银行女子图鉴

木多多 著

上海社会科学院出版社

图书在版编目（CIP）数据

银行女子图鉴 / 木多多著 .— 上海 ：上海社会科学院出版社，2020
ISBN 978 - 7 - 5520 - 3191 - 1

Ⅰ. ①银…　Ⅱ. ①木…　Ⅲ. ①长篇小说—中国—当代
Ⅳ. ①I247.5

中国版本图书馆 CIP 数据核字（2020）第 090198 号

银行女子图鉴

著　　者：木多多
责任编辑：刘欢欣
封面设计：郭　子
出版发行：上海社会科学院出版社
上海顺昌路 622 号　邮编 200025
电话总机 021-63315947　销售热线 021-53063735
http://www.sassp.cn　E-mail:sassp@sassp.cn
照　　排：上海紫焰文化传媒有限公司
印　　刷：上海景条印刷有限公司
开　　本：890 毫米 ×1240 毫米　1/32
印　　张：12
字　　数：301 千字
版　　次：2020 年 10 月第 1 版　　2020 年 10 月第 1 次印刷

ISBN 978 - 7 - 5520 - 3191 - 1/I · 407　　定价：49.80 元

目录

第一章
新人管培生 / 1

第二章
小柜员的爱情 / 25

第三章
二楼有个营销科 / 55

第四章
客户经理见习生 / 82

第五章
如此狼狈的相遇 / 116

第六章

第一个客户 / 149

第七章

高速公路上的等待 / 190

第八章

再见，中兴东路 / 240

第九章

重　聚 / 290

第十章

道别的声音 / 325

尾　声

/ 375

第一章
新人管培生

一

林山大学毕业的那年正赶上美国次贷危机爆发。

整整半年，电视里铺天盖地都是美国经济水深火热的报道。房地产泡沫破裂，股市大幅下跌，金融机构破产，银行员工被裁，新闻在电视屏幕上 24 小时滚动播出，加上各路专家悲观的解读，让这群远隔重洋的大学毕业生也跟着心忧天下起来。

“瞧瞧，死丫头脑袋不清醒！好好的学校不留，非要去蹚银行这摊浑水！等金融危机过来了，这就是你的下场。”同宿舍的好姐妹指着电视，恨铁不成钢地对林山骂道。

屏幕上，几个西装革履的白领正抱着纸箱，垂头丧气地从银行大楼里走出去。经过这段日子的反复播放，这几个倒霉蛋的面容已经深深印在了每个中国观众的脑海中。

林山刚刚拿到汇通银行 H 分行的录用函。

眼下已经五月了，她成功地抓住了应届生招聘的最后一拨机会，正沉浸在满心的欢喜中，因此对室友的责骂毫不为意，只“嘿嘿”笑着吐了吐舌头。

金融危机？那是什么鬼？离得远着呢！

对于一个眼界有限的大学生来说，周围的一切都没什么变化。如果硬要扯有什么特别的，那就是天气了。

这年的北京确实分外闷热。

窗户外面的杨树叶子从早到晚纹丝不动，空气中充溢着声嘶力竭的蝉鸣。小北门又在修缮了，推车一路遗落的黄土被烈日炙烤成松散的粉末，在匆匆步履下腾起团团轻烟。搬东西，托运，各种手续以及未卜的前程，人人行色匆匆，同窗多年的离愁别绪反而被挤成了丝丝缕缕，抓不住、聚不拢，只好在缝隙里飘荡。

到了吃散伙饭的那天，已经散沙一样的同学们终于又聚拢了回来。开始还只是“苟富贵，无相忘”之类的套话，整箱的酒喝空了之后，便都红了眼睛，三三两两抱头痛哭起来。林山记不清自己到底喝了多少，只记得最后和一大帮人手挽手，高唱着《让我们荡起双桨》走回了宿舍。

狂欢后的第二天，凌晨五点钟，天尚未大亮，校园静谧而冷清。林山背着沉沉的双肩背包，和来送行的朋友话别。几个姑娘衣冠不整地站在宿舍楼门口，一句话还没说出来，眼圈便先红了。林山强忍住心里翻滚的热流，和每个人拥抱一下，头也不回地走了。

坐上开往A市的火车时，太阳已经初现轮廓，金色的光芒照耀在周围的高楼大厦上，一切勃勃而有生机。随着列车缓缓地开动，这一切都慢慢向后退去。林山凝视着窗外，压抑许久的泪水终于喷涌而出，模糊了双眼。别了，北京。别了，我的青春。

手机及时震动了一下，是郑阳发来的信息。他体贴地问：“发车了吗？记得要吃点东西。”林山心里的温暖一点点荡漾，这一刻，马上要和郑阳厮守的喜悦暂时安抚了汹涌的离愁。

郑阳是林山的男朋友，两个人同校不同系。郑阳是G大计算机系的学长，林山是法律系的学妹，两个人都来自H省。计算机系一直在G大西校区，直到郑阳大三那年，西校区扩建才搬来G大本部。两个人就是在那一年的老乡会活动上认识的。

那次的组织者别出心裁地把聚会安排在了一家乒羽活动中心，为了调动大家的积极性，还像模像样地安排了各种单打、双打项目。被分配给林山搭档打混双的，恰巧就是郑阳。

郑阳是高手，林山是菜鸟。比赛开始后，林山负责缩在网前不动，而郑阳则一人罩住了全场。他辗转腾挪，身手敏捷轻盈得像豹子，推球、拉吊、防守、跃起扣杀，力量爆发的那一瞬伴随着击球“啪”的一声脆响，惹得周围一片喝彩。虽然寡不敌众，最终仍然输了，但郑阳俨然成了全场女生眼中的明星。

那天下场之后，郑阳便提出要教林山打羽毛球。等到林山把发球练习得差不多时，两个人已经正式确定了恋爱关系。这一年来，数不清的花前月下、甜甜蜜蜜，直到去年郑阳毕业，才告一段落。

G大是一所文科见长的大学，计算机专业并不拔尖，郑阳在北京找了几份工作都觉得不甚理想。正在犹豫之际，位于A市的通讯科技集团第十九研究所却向他抛出了橄榄枝。A市是H省的省会，而十九所的科研水平在业内十分有名，薪水待遇也十分优厚。就这样，郑阳权衡再三后，最终回到了A市。

入职后的头一个月，郑阳几乎每个周末都会坐火车回北京看林山，但后来一上项目，夜以继日的加班便成了常态。而那时林山刚刚进入大四，正在绞尽脑汁写毕业论文，还要四处参加招聘会。两个人隔着千山万水，电话里所有的劝慰和体贴都显得那么苍白无力，林山当时就下定决心毕业之后一定要结束这种异地恋。

规划未来的时候，两个人为了到底在哪座城市生活发生了分歧。林山舍不得待了四年的北京，劝郑阳不要轻易放弃，该试一试接着在这里投简历。可郑阳工作了一阵子之后，对现状却十分满意。

他说："宁为鸡口，无为牛后。我这种工薪家庭的孩子，就算在北京找到不错的工作，买房子依然会是很大的问题，留在那儿未必像想象中那么幸福。A市虽小，但也是省会城市，以咱们俩的能力，一定能过得舒舒服服，何苦非要削尖了脑袋往北京挤？"

翻来覆去争了几次，林山说郑阳安于现实不思进取，郑阳说林山好高骛远华而不实，夹杂着冷言冷语，牵扯到爱和牺牲，最终两个人都疲倦了。在一次激烈的争吵之后，两个人陷入有史以来最久的一次冷战之中。林山不愿主动服软，郑阳也没有做小伏低，这一冷下来居然就是一个多月。

这期间，林山意外得到了一个留校做行政工作的机会。欣喜之余，她不免又有些犹豫。这一年来，她体会到异地恋的不易，如果选了这份工作，那恐怕真要和郑阳上演无言的结局了。思来想去，还是亲爱的郑阳占了上风，于是她带着为爱牺牲的悲壮，在舍友们的一片骂声中放弃了这次机会。

林山开始着手在A市找工作。那时已经是四月末，传统的招聘旺季已过，几乎没有剩下什么像样的工作机会。所以，当在网上看到汇通银行H省分行招聘的消息后，她没有片刻犹豫便投了简历，并在一个月后顺利地接到了录取通知。直到来A市签合同，她才把消息告诉郑阳。郑阳的错愕让她在得意之余，又有些不安。

他沉默了好久，开口问道："现在能不能再回头争取一下留校的机会？"

林山故作悲壮地摇摇头："怎么可能？"

郑阳低着声说："你做这样的牺牲，我，我真承受不起。"

"行了，别装了。太假了！"林山忍不住笑道，"之前是谁天天游说我的？现在得逞了又装出这副样子来，呸呸呸。"

郑阳终于接受了这件事，吐出一口大气，也跟着笑了。

为了将功补过，林山返校后，郑阳一力承担了租房子和置办家具这些琐事。他很快便在汇通 H 省分行附近物色了一个高档小区。据说刚交房一年，出入小区和楼宇门都需要刷卡，非常的安静，也十分安全，就是房租贵些，一个月要一千二百块。

林山一听便尖叫起来："这是我工资的一半啊！不行。"

郑阳豪爽地说："不贵！我这儿工作经常加班，肯定不能陪你。你一个女孩子住总要安全些才好。我付了一年的房租，房东还给我便宜了五百块钱呢！"

林山心里感动，嘴上却数落说："真是傻子，哪有人会一下子交一年房租的？我爸妈可是早说了，让咱们抓紧买房，争取下半年就把这事解决了。到时候住不满一年，看你怎么退租金。"

郑阳沉默了一阵子，答道："那些都是后话，先把眼前安顿好吧。"

事实证明，郑阳的安排是有道理的。

林山来汇通银行正式报到的前两天，郑阳公司接到了一笔大订单，为了赶进度，把所有技术人员集中到郊区的一所宾馆内进行封闭设计。林山得知他没办法接站后，把书和衣服全部打包托运，只剩部分随身物品，勉强塞进了一只大背包里。

二

火车一路疾驰，到达 A 市的时候，正是早晨八点多。来不及回家休整，林山打算直接到汇通银行 H 省分行报到。火车站距分行大约三公里左右，等大活的出租车都嫌太近不肯载她，她只能背着硕大的双肩包自己走过去。

火车站附近人流密集，熙熙攘攘。她下意识地背手按住大包，匆匆往前疾走。路程过半，无意中发现一个干瘦猥琐的男人，混在人流里鬼鬼祟祟，紧紧跟住一个女孩。女孩的挎包上已经有了一道长长的口子，里面的东西都露了出来。

“嗨！背包！”她脱口喊道。

那女生没听到。小偷一边紧紧跟上，一边扭头恶狠狠地望了她一眼。做贼的人被人发现了难道不该溜之大吉吗？怎么居然还敢这样明目张胆地恐吓别人？林山被这一眼激怒了，她紧跟着走了两步，又再次高喊：“嗨！你的背包！”

这次那个女孩子听到了。她扭头一看，吓了一跳，立刻用手捂住破口处跳到了一旁。眼看煮熟的鸭子飞了，那小偷恼羞成怒，拿出一个亮闪闪的刀片对着林山骂道：“多管闲事！你是不是活腻味了？”

光天化日之下，林山没想到他能如此猖狂，心里不由得一阵惊慌。她偷偷往四周瞟了一眼，见驻足的行人都自觉倒退了几步，留出安全观看的距离。刚刚那女孩夹杂在其中，远远站着，满脸惶恐。

完了，势单力孤，变成一对一的对决了。她顾不上害怕，先迅速把背包摘下来提在手上，暗暗做好抡出去的准备。一包护肤品、一个保温水杯，还有其他杂七杂八的东西。这个背包又硬又沉，她对它的攻击力还算有点自信。

“警察就在前头，你再不走我就要喊了。”她强作镇定地说道。

谢天谢地，不远处的十字路口真有个交警在开罚单。那个小偷回头望了望，犹豫了一下，最终骂骂咧咧地走掉了，临走还不忘在她跟前一尺处吐了一口浓痰。

人群跟着散开了。那姑娘走过来，手拍着胸口说道：“哎呀，从没碰到过这种事，可把我吓死啦。你没事吧？”

林山打量着她。瘦高个，皮肤白皙，眉眼修长，是个不折不扣的美女，而考究的衣着和略有些夸张的声调，又处处透着一股养尊处优。

“没事。”林山淡淡回了一句，继续往前走去。

“哎，别急着走啊！这你拿着。”女孩一边追，一边从手提包里掏出两张百元钞票。

“你这是……”林山皱起了眉。

“一点心意，谢谢你刚才……”话还没说完，包上的大口子没捂住，里面的东西稀里哗啦掉下来，撒了一地。

“可惜了这个包，刚背了一天。”女孩气恼地说。

林山无奈，只好蹲下来一起帮忙。Juicy Couture的钥匙挂件、蔻驰的小卡包、用了半管的迪奥防晒，都不是多大的牌子，但也不是她们这样刚毕业的普通学生能负担得起的。就连眼前这个被划破的皮包，虽然没有明显的logo露在外面，但从设计和做工来看也绝非一般的平价货。这是个富家女呢！林山心里暗想。

那女孩把所有东西重新装回已经“溃不成军”的皮包，双手小心翼翼地捧着，十分狼狈。林山见状，又从自己包里腾了一个塑料袋出来：“已经兜不住了，你先用这个袋子装一下吧！”

“唔……”女孩皱着眉看了看，神情显得十分勉强。

“我放这儿了，你用就拿。”林山把袋子放在花坛边上，不再理她，自顾自往前走了。

“难看就难看吧！反正离汇通也没几步路了。”那女孩在背后低声嘀咕。

“什么？你是汇通的？”林山立马停住了脚步。

“哦，我是今年新来的。”女孩看了看林山的背包，突然间恍然大悟，“你也是？”

“对啊！我叫林山。你呢？”林山兴奋地问。她刚才还觉得这个小妞怪矫情的，现在一听说是一同入行的新同事，立刻把不愉快全抛在了脑后。

“我叫冯雅南。”

两人四目相对，笑了起来，觉得彼此亲近了不少。

“你不是 A 市人吧？”冯雅南看着林山背的大包问道。

“不是，我刚才坐火车过来的。”

“怪不得大清早的你会在火车站。”冯雅南环顾四周，嫌弃地说，“这地方可真是又脏又乱。”

“你也不是 A 市人？”林山好奇她的反应。

“土生土长的 A 市人，但以前从没一个人在这儿走过路。”冯雅南耸耸肩，“今天都怪我哥，非说有着急的会，把我扔在明珠商场门口就开车跑了。我想着也没几步路了，自己走过来吧，没想到就碰上这么档子事。”

“嗯，这贼挺会挑人的，一眼就看出你与众不同来，所以盯上你了。”林山委婉地说。

“是呀！我也真是倒霉。这账还得算在我哥头上，至少得赔我个新包！”冯雅南怏怏地说。

“代价很惨重啊。”林山开玩笑道。

两个人边说边走，不知不觉便拐到了 A 市著名的金融街——中山路上。这是一条不长也不宽的小街，前面是穿 A 市而过的白浪河，最早是水产品贸易集散地。多年前不知是哪家银行在选址的时候勘察过地形，说这里聚气聚财、风水极好，后来再进驻 A 市的银行便纷纷效仿，跟着把办公地点安置在了这里，渐渐形成了金融一条街。

高端洋气的写字楼陆续拔地而起，与隔壁的水产市场相映成趣，成了当地一大奇景。每天早晨，骑着三轮车来买新鲜鱼虾的大爷大妈们，刚卸完货还湿淋淋的大卡车，以及赶着刷卡的金融白领们都要在这条散发着腥臭的小路上狭路相逢，挤作一团。两个女生走到这里的时候，已经快九点了，可情况没有丝毫好转。马路已经成了一个巨大的停车场，刺耳的喇叭声此起彼伏。

“我开始理解你哥了，他不送你是对的。”林山看着这乱糟糟的马路说道。

“我可不这样觉得。”雅南龇牙咧嘴地说。她脚上穿了一双尖头细跟的鞋子，这一小段走过来就已经吃不消了。

“再坚持一下，我已经看见汇通银行的招牌了！”

汇通H省分行是一座12层的椭圆形高楼。据说十几年前刚刚建成的时候，是全A市最高、最漂亮的建筑。但十几年斗转星移，周围的摩天大楼纷纷建成，这座楼变得越来越不显眼，那白瓷砖外墙和重新漆过的红窗棂，都散发着一股陈腐和落伍的味道。

林山怕头一天报到就迟到，拉着冯雅南大步往前走。冯雅南脚痛跟不上，忍不住叫道：“别急呀，迟到一会儿也没什么事啊。”

两人一路拖拖拽拽，来到会议室时还是迟到了。新员工们坐得整整齐齐，正在聆听台上的人讲解行史和企业文化。她们推门进去，顺着过道悄悄溜到了最后一排坐下。

汇通银行发源于南方的M省。M省人素以灵活、胆大、排外而著称，灵活能钻空子，胆大敢吃螃蟹，排外意味着内部文化和价值观高度一致。三者合力，使汇通在成立后，像滚雪球一样发展壮大，一跃而成为商业银行中的佼佼者。但像所有过不了长江的南派精品一样，这种气质一进H省，便被当地又土又憨的民风瓦解了大半，所以H省分行这些年一直籍籍无名，既不露头也不扎眼，只自顾自四平八稳地发展着。

此刻，台上的人正声如洪钟地对着这一干新人训话：“分行在过去的五年里，一个人都没有招过，但这一情况从今年开始就要改变了。为什么？因为在吴行长的带领下，汇通银行H省分行马上要进入大跨越、大发展的阶段，进入前所未有的黄金时期，在这种情况下我们必须要培养和储备人才。你们是幸运的一批，遇到了千载难逢的好机会，所以一定要懂得感恩和珍惜，要在工作中证明你们自己的价值，努力为分行带来回报！”

大家耳朵被震得嗡嗡作响，大气都不敢出一口，不知不觉中都挺直了身子，以坐姿和沉默表示了恭顺。林山看台上的人五短身材其貌不扬，却派头十足，忍不住悄悄嘀咕：“这谁呀？”

“王同辉。人力资源部老总。”冯雅南用笔记本轻轻呼扇着，斜眼看着台上，轻描淡写地说。

“哦！”林山吐了吐舌头。

中场休息的时候，一股甜甜的香气悠悠飘了过来。跟着，一个女孩子便站在了她俩旁边。她个儿不高，身材圆润，白皙的脸上一对酒窝若隐若现。才刚立定，眼睛已经在林山身上扫了几遍。

“来这么晚！白给你占座儿了。”她推了冯雅南一把。

“你可不知道我今天早上都经历了什么！”冯雅南迫不及待地把小偷的事绘声绘色地复述了一遍，临了加了一句，“今天可亏了林山了。”

那女孩立刻侧头盯住了她：“你是林山？ G 大那个？”

“对。你认识我？”林山有点莫名其妙。

“哎呀，怎么可能会不认识！早就听说汇通今年招了个 G 大的高才生，没想到不光名校毕业，还这么漂亮。你让我们这些人该怎么办啊！”女孩眉梢眼角都是笑，十分热情。

“喔？是吗？你是 G 大过来的？”雅南看上去并不太在意。她耸耸肩，对那女孩说：“你总能知道这些，我可不知道。”

“除了……除了某某人，就没什么能让你上心的了！”那女孩调笑着，转而对林山伸出了手，“来，认识一下，我叫吴晓悦。H 大毕业的，和雅南同班同宿舍。”

“大官儿，我们院的学生会主席。”雅南加了一句。

林山连忙站起来同她握了握手。

“我也挪过来跟你们坐吧！一个人怪没意思的。”

吴晓悦转身准备去收东西，却见刚才在台上讲话的王同辉倒背着手，朝这个方向溜达了过来，于是立刻停住脚不动了。

“王总。”三个女孩都毕恭毕敬地招呼道。

“怎么头一天入职就迟到了？”王同辉微微板着脸问道。

“王总，咱们这个入职的日子可不是什么黄道吉日啊。我今天早上碰到了一个小偷，您看这包被划的！后来多亏这位林山同学见义勇为，帮我把小偷赶跑了，我这才能来报到呢！”冯雅南依旧笑嘻嘻的。

林山听她随随便便的口气，不由得瞪大了眼睛。更让她没想到的是，刚在台上雷霆万钧的王同辉并没有不高兴，只是和气地说：“哦，那是特殊情况，人没事就好了。”停顿了一下，仿佛在考虑要不要避开林山和吴晓悦两个人，跟着略一侧身，含糊地说：“你现在就去三楼吧！时间提前了一会儿，人都已经到了。”

冯雅南便站起身跟王同辉一起走了。

林山心里疑惑，便朝吴晓悦看过去，却见她紧抿着嘴唇望着雅南的背影，神色颇有些不自在。吴晓悦收回目光，见林山正看她，马上掩饰地笑了笑。

接下来的时间，雅南都没有回来。林山和吴晓悦坐在一起，听了一天企业文化和企业使命之后，终于熬到了散场。

“雅南不回来了吗？东西怎么办？”林山看着摊在桌子上的笔记本问道。

“应该是不回来了，可能在陪领导们谈业务呢！”吴晓悦说。

“是吗？”林山说道。其实她觉得吴晓悦在瞎猜。冯雅南一个新入行的学生，能谈什么业务？

“当然了。雅南不是一般人，和我们这些普通人可不一样。”吴晓悦看出她不信，加重语气强调道。

“看出来了，家庭条件应该不错。”林山随口答道。

“岂止不错。她爸爸是省政府……”吴晓悦停了一下，“职位很高的。”

“啊！这样啊！”这倒有些出乎林山的意料。她还以为雅南只是个寻常富裕家庭的孩子呢。这么一来，她那一身低调而精致的行头就能说得过去了。

吴晓悦张了张嘴，似乎还想说什么，但随即又忍住了。“东西我先给她收着吧！”她拿起了雅南留在桌上的笔记本。

十五分钟后，筋疲力尽的林山回到了出租屋里。

房间里面收拾得整整齐齐，冰箱里塞满了鸡蛋、牛奶、火腿肠、速冻饺子之类的食物，床上铺着平展的灰蓝格子床单。林山满意地把背包往地上一扔，喝了一大杯冰牛奶，然后四仰八叉地躺在了软乎乎的床上。这一天过得分外漫长，G大的同学们、冯雅南、吴晓悦在她脑子里交织出现，想了没一会儿，林山便累得酣睡了过去。

三

汇通银行H分行对这次的新员工培训十分重视。整整一个月的培训，不仅抽调部门业务骨干来串讲银行业务各个板块的基础知识，还安排了点钞、打传票这样的基础技能培训。这样的日子和读书时几乎没什么两样，一起入职的这十来个人，上课一起听讲、串笔记，下课一起捻着练功券侃大山，很快便彼此熟悉了起来。

冯雅南和吴晓悦是H大金融系的同学。雅南家境优越，养成了她率直干脆的性格，有时难免会有凌人之上的感觉。晓悦却是极为精明周到的一个人。两人性格虽然南辕北辙，私交却还不错。因为头一天报到的经历，雅南对林山格外感激，不管做什么都要拉着她，于是三个女生整日形影不离。

这天下课，三个人照例凑在一起，吴晓悦手里拿着一沓练功券认真地练习着。她手很巧，才两个多星期便能数得有模有样了，一捻一弹之间，纸张如同流水一样在指尖翻了过去，抻出张白纸条飞快地上下一绕，便成了整整齐齐的一沓子。

林山也很努力，但手指的灵巧程度就比吴晓悦差了很多。点到一半，手指夹不住了，票子“哗”的一声漏了一地，这已经是5分钟以内的第二回了。她急躁地举起右手，狠狠在左手上打了两下。

雅南在一旁“扑哧”笑了。她把练功券捻成了一把花团锦簇的小折扇，正在轻轻扇着风。

“别练了别练了，干什么这么折磨自己？招都把你们招进来了，难道还会因为不能点钞就不让你们上岗了？”她懒洋洋地说。

林山正发烦，听见这话，顺势把练功券一推：“不练了。”

“那一会儿放学了出去玩会儿吧？”雅南兴致勃勃地提议。

雅南是本地人，对当地风物如数家珍，跟着她玩必定不错。林山一下子来了兴致，问道：“去哪儿？”

“去白浪河吃烧烤！你肯定没去过白浪河吧？现在这季节，坐在河边儿吹着风，再喝点小酒，要成仙了。”

“好呀好呀，去啊！晓悦？”林山也跟着兴奋起来。

“六、七、八、九、零！”晓悦一直没理会她俩，只顾把自己手里这沓练功券点完扎好，才答道，“好，去就去吧。”

雅南不知从哪儿搞来一辆车，沿河七扭八拐地开了半天，最后熟门熟路地停在了一家“眼镜烧烤”门前。这家店的位置极好，独占着一段开阔的河滩，门前支起的几个细丝网架子上，有大串羊肉在慢慢地烤着，不时有油脂滴到红红的炭火里，发出嗞啦嗞啦的声音，肉的香气被腾起的白烟带得很远。店家生意火爆极了，沿河摆开的几十张桌子座无虚席。她们三个人走到了最边缘，才找到了一个靠河边的位置坐定了。夜空辽阔，凉风习习，三个人左手肉串，右手扎啤，一口肉一口酒，实在是痛快至极。

林山舒服地靠在椅背上说：“真美，突然让我想起以前上学的时候去后海玩的日子。那天月亮也是这么大，水景也是一样这么清清朗朗的，空气里还有不知道是什么花的味道，甜香甜香的……”

“跟男朋友一块去的吧？还甜香甜香的……”雅南调侃。

林山笑了。她说得不错，那天确实是她和郑阳的第一次约会。

“看这一脸陶醉，那肯定是了。”晓悦看着她直摇头，“哪天我非得见见你这男朋友！到底有什么魅力让你连留北京的机会都放弃了。”

“一般人，没啥特殊的。”林山谦虚道，“就是觉得两个人感情挺好，随随便便分手太可惜了。”

“好伟大！敬你一杯！”吴晓悦端起杯子，咕嘟喝了一大口。

“后悔了吧？”雅南拍拍她的肩膀，“非要和人家小刘同学分手。看看林山，这就叫嫁鸡随鸡，嫁狗随狗。你当初要真跟他一块回 B 市做个公务员，应该也挺不错的。”

“好不容易读大学出来了，为什么要回去？我不后悔，再来一次我也不回去。”晓悦反驳，“林山这样的才少有呢！”

“怎么会？要我我也这样选啊！我觉得我挺理解林山的。可能我们都属于那种比较纯粹的女人，就是感情至上的那种，没什么功利心吧。”雅南口无遮拦地说道，丝毫没觉出晓悦有些不自在。

林山见状，连忙打岔：“说起来，你的感情运可是要来了。我听说班里好几个男生都暗恋你，也不知道谁能入得了你的眼。”

雅南嘻嘻笑着，也不说话，自顾自剥了花生毛豆来吃。

“嘁，就那几个？都没戏！”晓悦很快恢复了正常，“我们雅南早就有心上人啦！”

“真的吗，都没听你提过！完了完了，我听到了多少男人心碎的声音啊！”

“碎就碎吧！她就是一路踩着玻璃碴子过来的，谁让人家心里就只有她哥呢！”晓悦轻笑。

“她……哥？”林山抱住了头，“不伦恋？”

啪！雅南给了她后背一巴掌：“呸，什么不伦恋。你个土老帽没看过韩剧啊？里面不都这么叫吗？”

“干吗跟棒子学？不习惯！男朋友就男朋友，叫什么哥啊！你这时髦赶的，啧啧，失败！”林山狂摇头。

“这不还不算是男朋友吗？”雅南一向自信满满的脸上闪过一丝惆怅，“再说了，我从小到大都叫他哥，已经习惯了。”

“你可别兜圈子折磨我了，赶紧讲讲吧！”

雅南脸上露出了甜蜜的表情，她略微矜持了一下，便在林山的连声催促中说道：“我俩是在政府大院一块长大的，他比我大四岁，我从小就跟着他混，算是发小。后来读大学的时候，有一天我有事到他们单位找他……然后突然就喜欢上他了。完了。”

林山还在聚精会神地等着详细铺陈，没想到这么潦草就结束了，立刻不依不饶地说：“不行！你这把人胃口吊起来了，又虎头蛇尾的！怎么开头好端端的，去单位一趟就能喜欢上他呢？他什么单位的啊？”

雅南咯咯笑了：“也是银行的！那时候他刚上班没多久，还在支行做客户经理。听说我到了，他推门出来迎我，身上穿着行服。他们的行服，衬衫是那种淡蓝色，穿在他身上怎么就那么好看。他冲我了招招手，就像是射出了一支爱情之箭，嗖的一声正中了红心！”

吴晓悦早忍不住笑倒在了椅背上。她摆着手说：“每次听我都忍不住。我真觉得该以你这段经历为例证，给总行写一封信，题目就叫‘论行服的重要性’。这有助于我们行的男同志脱单啊！简直功德无量。”

“唔，别打岔！”林山摆手制止晓悦，一本正经地说，“多浪漫啊！男女主角青梅竹马，爱慕日积月累而不自知，最终因为一件行服突然觉醒，然后一发而不可收，最终私订许终身。啧啧，这么精彩的桥段，电视剧都编不出来！”

“你俩都不是好人，不说了！”雅南说生气了就拉下了脸。

“这人，怎么翻脸比翻书还快？好啦好啦，是我们的错，您老快消消气吧！”林山推她。

“怪我。林山头一次听不知道，但我知道这事在雅南心里的分量，不是件开玩笑的事。”晓悦轻声细语地说。

雅南脸色略微缓和了些，但还是噘着嘴不说话。

“刚说到哪儿了？他现在还不算是你的男朋友？为什么？”林山故意问，“这么俊的闺女，我都动心了，他难道还不动心？”

“去你的！”雅南终于绷不住劲儿笑了。

晓悦看看她的脸色，笑着替她答道：“说是一直把她当妹妹看。我觉得肯定是动心的，就是一时转不过弯来而已。”

“那他有别的喜欢的人吗？”林山问。

“没有。”这个问题触动了雅南的敏感点，她不顾自己还在生气，立刻开口否认了，“有的话他一定会告诉我，我们那个小圈子的人也不会不知道。”

“那他对你好吗？我感觉一个男生爱不爱你，女生总该能感觉得到的。”

“我确实不知道。”雅南十分认真地说。她仿佛陷入了深深的困惑，想对一切可能的人诉说，来寻求这道难题的答案：“要说他不关心我，对我不好，那并不是。他对我很好。无论我碰到什么问题，只要找他，他总是尽心尽力地帮我开导我。平时发小们聚会，我们两个也是最能谈得来的。我觉得这是爱，但他说不是。”

“那就是因为不习惯吧！角色转换是非常困难的。”林山安慰，“你想想，一个从小跟在他屁股后头玩的小丫头，现在突然长成了这么一个美人，还跑过来说喜欢他。要你会不会也有点震惊，也有点转不过弯来？他应该也是一样。所以多给他点时间。”

雅南笑了，脸上又自信起来：“说的是。时间长着呢！是我的总也跑不掉，总有那么一天我会把他搞到手的。”

“有志气！等你得手的那一天，我们一定给你摆庆功宴。”几个女生撸胳膊卷袖子，手里的酒杯“砰”地碰到了一起。

说说笑笑间，培训的日子便过去了大半。雅南中间请了一个星期的假，说是身体不舒服，其实是跑去日本玩了一趟。回来的时候，正好赶上了个人金融部的实践任务——办信用卡。她和林山分到了一组，要跟随信用卡中心的员工去商场驻点，晓悦则比较郁闷，她那组的活动是走街串巷推销，术语叫作“扫街”。

到了实践那天，林山两个人按约定时间来到A市最繁华的新世纪商场，见她们的师傅早已经到了，正在布置用来做宣传的小桌子。这是一个年轻的小姑娘，皮肤黝黑，衣着朴实。三个人一论岁数，师傅倒还比她俩小两岁。“别跟我叫师傅啦。我叫杨晓红，叫我小杨就行。”小师傅憨笑着说。

把宣传册摆好，再听师傅把汇通信用卡的品种介绍了一遍，周围的人便多了起来。见晓红主动出击，在人群中四处游走，林山扭头跟雅南说：“咱们也出去转转吧？傻站在这儿跟木头桩子似的。”

“这还真当成个事儿啊？要去你去，我在这儿应付会儿就得了。”雅南坚决地冲她摇了摇手。

林山只好自己出去了。她身上汇通银行的红色绶带仿佛带了刺，逛街的人们一看便纷纷避让，让她感觉自己并不是在推销信用卡，而是在从事什么不正当的勾当。好不容易见一个人似乎对宣传栏有兴趣，多看了两眼，可等她走上前去说了一句“您好”，对方却一个白眼甩过来，一声不吭地离开了。林山的脸顿时发起烧来。

“这个活不好干。”杨晓红见她尴尬，走过来安慰。

“这些人也是奇怪，我就是想介绍一下，办不办都不强迫，干吗摆出一副躲瘟疫的样子？”林山十分气恼。

晓红捂嘴笑了：“早都被推销怕了。全国几十家银行，家家都在卖信用卡，大家被缠几次之后都学精了，直接躲开多省事。”

“唔……那你们可真是够难干的。”

“这不算啥。以前扫写字楼的时候，我还被人家轰出来过。反正我们都习惯了，得指着这个挣钱呢！我们都不是汇通的正式员工，工资跟办卡量挂钩，办一张挣十块钱，不办就没收入，所以……”晓红说了半句，突然见一个女孩在海报旁边驻足了一下，连忙撇下林山凑了过去。

林山走回宣传桌，原本站在那儿的雅南却不知所踪了。林山张望了半天，这才看见原来她正在一家护肤品柜台里，舒舒服服地半躺着。柜员半蹲在一旁，正给她在手背上揉着雪白的膏状物。

“大小姐！让你守摊呢，你怎么就能跑这儿来了？”林山叹道。

“我的腿都站疼了。”雅南半闭着眼，“这家到了新手膜，我过来试试嘛。”

“这又是什么？”林山用脚踢了踢凳子旁边的几个袋子。

“那边几个店里打折呢！最低到了三折，超级划算，你看这个小钱包，比我在日本看的还便宜。你也去看看啊！”

“才多大一会儿的工夫，你居然还买了东西？”林山哭笑不得。

“来新世纪就干杵在那儿不买东西？你怎么想的！”

林山在新世纪商场里整整待了一整天，即便是中间偷偷在长椅上休息了好几次，可到结束的时候还是累得小腿发胀。收工的时候，杨晓红收获了四张信用卡，雅南收获了几个购物袋，两人都十分欢喜。只有林山忙碌了一天，却两手空空，只带着被数不清的冷脸践踏到尘埃里的心情，踏上了回家的路。

四

为期一个月的培训是以一场迎新晚宴收尾的。

在丽华酒店一间富丽堂皇的包厢里，餐桌上摆放着馥郁的鲜花，晶莹剔透的水晶灯从高高的天花板垂下来，散发出柔和的光芒。汇通银行H省分行的行长吴良策坐在正中间的餐桌旁接电话，几个中层干部离开了一点距离，压低声音交谈着。新入职的十几个学生们则挤在门旁一个角落里，鸦雀无声。

吴良策在汇通体系内算是一个异类。他并不是M省人，也不是汇通一手培养出来的，全是因为机缘巧合，才从一家国有银行来到了汇通银行。由于出身名门正派，业务讲究稳扎稳打，在总行的几次大跃进的狂潮中，一直表现得不温不火。有传言说，总行近年来对他颇为不满，曾说他“挣一点，交一点，留一点，发一点”，只顾关起门来过自己的小日子。只不过因为他已经50多岁了，马上就面临着退居二线，所以才一直睁一只眼闭一只眼。

其实总行的态度，吴良策心里跟明镜似的。他大学毕业进银行，在这个行当里一干一辈子，风景已经全部看透。什么时候该干，什么时候悠着干，应该怎么干了然于胸，胡萝卜和大棒都要的得心应手。到了现在这个岁数，领导的脸色当然也还要看，只是这脸色在年轻的时候是“过江千尺浪，入竹万竿斜”，如今却成了“他强任他强，清风拂山岗”，远远比不上让自己身心愉快更重要了。眼下他接着电话，瞥见大家毕恭毕敬侍立一旁，尽管已经排场惯了，但心里依然十分受用。

“别站着呀，都坐都坐。”他合上手机，亲切地向一堆人招呼，然后又扭头招手，“同辉！”

王同辉立刻上前，俯下身去听领导的吩咐。他个子很矮，略一低头，耳朵便到了吴良策嘴边。可他刻意把腰折成了九十度，头点得如同鸡啄米一般。一时得令，立马起身执行。

“大家都岔开坐，别非往一块挤！来几个新学生坐这桌。”他眼睛来回扫了两圈，用手点着说，“小冯，还有旁边那俩，你们过来吧。”

这样，林山和吴晓悦两个人便跟着雅南被划拉到了领导这桌。服务员端着白酒、红酒和果汁过来，还没张嘴询问，王同辉已经不容分说地吩咐：“全都倒上白的！今天吴行长和大家吃饭，这么高兴的日子，没有任何借口不喝啊！”

一桌子人都没吭声。

“吴行长，我这两天感冒了正吃药，不能喝白酒。”雅南清脆的声音响了起来。

王同辉忙扭头介绍：“忘了忘了，吴行长，我给您介绍一下啊！这是小冯，……家的闺女。”中间压低了声音，含含糊糊一带而过。

吴良策心领神会，冲雅南亲切地点了点头。

王同辉笑说：“小冯，白酒消炎活血，喝了出出汗，感冒没准就好了呢。你不试试？”虽是劝酒，语气却十分客气。

雅南娇笑：“我还是算了吧！”

吴良策伸手点了点王同辉：“我说你多少次你也不改，别老是强迫人家。本来是个高兴事，让你每次都搞得像下任务！”

大家凑趣，哈哈大笑起来。笑声中，服务员给雅南换上了果汁。

“我常说，吴行长这么体恤下属的领导，打着灯笼也找不见，那小冯就喝果汁吧。剩下的人呢？没有吃药的了吧？哈哈！老规矩啊，一块儿举三个，感谢吴行长出席今天的迎新晚宴！”

林山看着这个阵势，心想行与不行都得硬着头皮上了。她跟晓悦对视一眼，一声不吭地跟大家举起了酒杯。三杯酒落肚，空空的胃里立刻点燃了一个小火把，熊熊地烧了起来。

按照A市的规矩，三杯过后，桌上的人该逐一敬酒，俗称“打圈”。林山酒力不济，被那三杯酒的劲道冲得头重脚轻，胃里不断翻涌，正想吃两口菜压压，却看见王同辉使劲冲着她们使眼色，示意赶紧向吴行长敬酒。林山心里涌起一阵憎恶，于是假装没看见，只顾偏过头去搛菜。

晓悦起身，端着酒杯走到了吴行长身边说道：“感谢吴行长，百忙之中还惦记着我们，真是太荣幸了，我敬您一杯。”她说话本来就软糯，现在喝了酒，尾音拖得长长的，更是有一种说不出的韵味。

“好，是个好苗子！”王同辉拍手叫好，“吴行长最平易近人了，你们一入职就赶上这样的领导，真是太幸运了。”

“是呀，吴行长对青年人的关注和培养也是有目共睹的。就拿这次培训来说，可以说是倾全分行之力，把分行最优秀的人才都调动起来培训你们，你们真是幸运的一批！”几个中层干部接着话头，也都你一言我一语地奉承起来。

吴良策含笑不语，面上颇有自得之色。等大家该说的都说完了，这才慢慢总结道：“这点你们算是说对了。我是国有行出身，有些观念根深蒂固，比方说重视培训、比方说轮岗培养机制。我八十年代大学毕业进银行，一样从出纳干起，会计、信贷员、支行行长、公司部，银行哪个岗位我没有干过？哪一块业务我不明白是怎么回事？我现在想起来，是非常感激国有银行这种培养机制的，这种流程培养出来的员工，哪个拎出来都是响当当、能独当一面的。你们再看看其他小银行，谁有耐心培养你、等你成长？都是头天还穿着校服呢，第二天就到柜台数钱、就去放成百上千的贷款了！那叫银行职员吗？我说不叫，充其量也就是个业务员。所以，有人建议把你们这些新学生放在机关，我是坚决不同意，不能一开始就在机关，那就把你们都毁了。按我的意思，都要到基层去，不要以为学历高，一开始就想搞管理。必须到基层去，每个岗位都做一遍，这样能对银行业务有个全面的了解，基础才扎实，对未来的个人发展也更有利。”

“听见没有？吴行长为你们倾注了多少良苦用心呀。碰上这样的领导，真是你们的运气，还不快敬领导一杯。”王同辉按住了胸脯，轻拍着桌子说道。

林山心想，雅南不能喝，吴晓悦刚刚喝过，轮也该轮到自己了。吴良策刚刚说得真诚，这杯酒敬了倒也不亏。想到这儿，她端着酒杯站了起来：“感谢吴行长的悉心培养，那我斗胆代表我们这些新学生敬吴行长一杯吧。”

王同辉在一边儿小鞭子轻抽：“你要代表这么多人，一杯怎么能充分地表达感激之情啊？怎么也得来三个呀。”

我可去你的！林山暗骂。

不屑同他磨叽，林山硬着头皮装爽气：“好，那就三个！”

随即把三小杯酒折到一只高脚杯里，猛提一口气，仰头便干掉了。

“好好好！有前途。”王同辉和几个中层干部一齐拍手叫起好来。

叫声浮浪，林山心里一阵腻烦，觉得这反而把自己刚硬撑起来的格调拉低了档次。

酒过三巡，场面渐渐活跃，另一桌的学生们也轮番挤过来敬酒致意。林山正好借着给别人腾地方串到了其他桌上，晓悦则依旧坐在吴良策旁边陪着说话。

林山连着夹了菜，一口一口迟钝地往嘴里送去。见雅南也跟了过来，咧着嘴说道：“胃里好难受，赶紧吃点东西压回去。”

“喝太猛了。没想到你这么厉害，晓悦也不错，我可不行。”

“少来了！那次在白浪河，你比我能喝，这次就是感冒影响了。”林山舌头有点大。

“我呀，看跟谁了！跟好朋友们在一起发挥都不错，可到了这种场合就不好受了。”雅南嘻嘻笑了起来。

林山看着她恍然大悟：“哦，你，你这家伙，狡猾……”

雅南竖起手指“嘘”了一声，不屑地低声说道：“他们算老几了？也配叫我陪酒？哼。”

晚上十点半，晚宴持续了将近四个小时之后终于结束了，吴良策尽兴而归。大家拥簇着他向门外走去，林山深一脚浅一脚地跟在人群之中。迷迷糊糊之中，怎么走在她身边的人竟然成了吴行长？王同辉带领的众人怎么又落下了几步距离？她的耳朵里仿佛塞了一团棉花，依稀听到吴良策在问：“今天喝得不少，不太适应吧？”

“确实有点不舒服，但还能撑得住。”她毕恭毕敬地回答。

“不错。”吴良策漫不经心地夸奖了一句。几步之后，又慢悠悠地说道，“今天这些人里，我看你和别人格外不一样，一看就是个好苗子，以后好好表现。”

林山脑子嗡的一声，后背立时渗出一层冷汗，酒也醒了。她的心思瞬间转了几遍，嘴上却只回答道：“谢谢领导，我一定好好干。”

迎新晚宴的第二天，岗位分配名单便公布了。

林山被分到了中兴东路支行，吴晓悦到了建设东路支行，职位都是柜员。只有雅南，留在了省分行办公室，成了这批人里唯一一个进入机关的人。大家都并不意外，她父亲在政府居高位，汇通在诸多业务上均需仰仗，所以她的职场之路自然与平常人不同。

领完调令之后，王同辉特地留下林山和吴晓悦，长篇大论地讲了一通，大意是中兴东路支行和建设东路支行都是业绩突出的大型支行，两个人一定要珍惜机会，不要辜负他刻意栽培的一片苦心。

林山同晓悦道谢之后出门，迎头便碰上了气冲冲的雅南。

“不明白我家老头怎么想的？我不去办公室，死气沉沉的太没劲了！我要换部门。”说完一阵风似的进了王同辉办公室。

林山和晓悦互相望了一眼，笑道：“咱们也该去报到了。”

两个人在分行门口挥手道别，一个往东，一个往西，各自离开了。

第二章
小柜员的爱情

一

九月的A市天高云淡，带着凉意的微风吹过，路边浓绿的杨树叶子便哗哗响成一片。周一早晨八点，大部分上班族还在路上的时候，汇通银行中兴东路支行的营业厅里已经乱成了一团。柜员们一股脑儿挤在狭小的更衣室里，着急地换着工装。按往常的惯例，运钞车在这个时间早该到了，今天可能也是被早高峰堵在了路上，大家才多了些整理的时间。

林山把头发一股脑儿梳到后面，盘成了一个又小又紧的发髻。发髻没能盘正，有点歪，又有一点高，看上去有点像兵马俑。她四处找了一圈，也没发现那个罩头发的黑发网，想必昨晚下班的时候随手扯下来忘记放哪儿了。索性直接放弃——反正罩上也不过是个小老太太，并没有比兵马俑强多少。

“林山！”已经端端正正坐在工位前的李敏冲她招招手，“过来我给你整整围巾。”

李敏是林山的师傅，三十岁出头，是个干净利落的老柜员。那条小小的丝巾，林山怎么系都像围嘴，但经她一打理，就露出了漂亮的图案和完美的褶皱。她整理完，左右端详了一下，皱眉说道："秃眉秃眼的，一点都不精神，也不化个妆。"

林山苦笑。昨天是周日，正轮到她倒班，半天做了一百多笔业务，晚上做梦都是在数别人的钱，到现在还缓不过劲来，哪有心情描眉画眼的?

林山独立临柜已经有一个月时间了。像所有新人一样，是从最辛苦的倒班做起，上两天休一天。这两天并不是两个完整的工作日，而是一个下午、一个整天再加一个上午。之所以这样设计，据说是为了避免连续高强度工作所导致的差错率。亲身临柜之后，林山简直要跪谢这个规定的设计者了，因为对她们的工作强度来说，连续工作一天已经是能够承受的最大极限。

中兴东路支行离 A 市的火车站很近，附近聚集了三个小商品批发市场，市场里的生意人是支行最主要的个人客户。他们大多是江浙一带的农民，二十世纪八十年代末离开家乡来到内地闯荡，从摆地摊卖各类针织品起家。得益于那个时代匮乏的商品供应和火车站附近巨大的客流量，现在大都成了腰缠万贯的财主，原来摆地摊的荒地也发展成了颇具规模的批发市场。

每天早晨，从闸门打开开始，这些生意人便络绎不绝地聚拢而来，从挎包里、裤腰里，甚至鞋底里掏出零七碎八的钞票。好几次，林山接过那些潮乎乎、软塌塌的钞票时，感觉上面依然残留着可疑的温度和气味。一沓点完，手上便结了一层厚厚的黑泥。洗掉回来的时候，已经有不耐烦的顾客拿卡敲柜台了，于是又赶紧坐下继续。这样没几天下来，手指已经干得全是裂纹，用白条子绑钱，一不留神手上"哧溜"就是一道血口子。林山终于明白为什么营业厅每个人都随身带着凡士林了，她很快也和大家一样，养成了没事就抹手霜的职业病。

“包车来了！”有人高喊了一声。李敏和林山都站起身来，同大家一起出去接包。晨风中，大家一律的粉衬衫黑裙子，显得十分整齐好看。一时箱子清点完毕，同荷枪实弹的押解员签字交接之后，内室落下双重防盗门，就要准备开始营业了。

银行营业厅向来阴盛阳衰，这会儿大家忙着找箱子、取钱袋，拿印章，嘴上却叽叽喳喳一刻不停。

“今天的自助服务区是谁检查的呀，怎么不登记？”

“张樊，修打印机的还不来！今天的对账单还是打不了呀！”

“张樊，我要的两千欧元大库怎么又没出？今天客户就要来取了！”

营业厅会计主任张樊自打中兴东路支行成立便待在这儿，是这里的元老。他精明厚道、业务熟练，堪称营业厅的定海神针。长久以来混在女人堆里，练就了他充耳不闻、三缄其口的本领。此刻被各种声浪包围着，也只是一边安静地啃着煎饼，一边抓紧浏览报纸中的体育新闻。

直到声浪渐小，大家各自归位，他才走过来说道：“都注意一下，我通知几件事。一是分行近期发的那些固定话术，大家必须一字不落地背下来，接待顾客的时候少说一句罚款两百；二是微笑一定要真诚，要露足八颗牙。谁要是不确定，就尽量往多里露，露不够罚二百；三是最近推的这款理财‘滚雪球’，要跟每个来办业务的顾客介绍一遍，忘了的话罚两百。入秋了，天凉了，神秘人又开始活动了，上周有五家支行都被查到了。大家都打起精神来，到时候扣了工资别怪我没提醒你们啊。”

屋里一片哗然。

神秘人是服务质量检查人员的别称，一般由专门的服务公司雇用社会闲散人员兼职担任。他们常以个人主观感觉对客观打分标准进行演绎，并且以多挑错、多扣分为能事。分行会根据他们的检查结果直接扣罚柜员工资，当事人并没有任何辩驳、质证和申诉的机会，因此神秘人群体便成了基层柜员群体的公敌。现在听张樊提到“神秘人”，每一个人的神经都被刺痛了，于是群情激愤，骂成了一片。

张樊等在那儿，直到骂声稍小，这才不急不慌地接着说道：“别激动，还有一件事没说呢。刚接分行通知，‘滚雪球’这个理财产品，每个员工有十万的销售任务，完不成的话罚款两千。好了，接着骂吧。”

他说完扭头就走，只留下一群人愣愣地待在那儿，半天才回过味来，瞬间又涌起一阵嗡嗡声。

林山瞬间发起愁来。她家不在A市，又不是在当地上的学，除了郑阳之外真是举目无亲。前段日子，行里下发了信用卡任务，郑阳已经四处托了一圈朋友和同事，现在难道又要让他帮着去卖理财产品不成？单位里三天两头都有任务，这样下去绝非长久之计啊！

她不是没跟顾客们推销过。这段日子，只要来她窗口办业务的顾客，她总要着意跟人家推介一遍。可惜人家的反应不尽如人意，“不感兴趣”是最常见的回答，也有人会直接训斥:“你快点办我的业务！别说那些没用的！”每当这时，林山便觉得一口气噎在喉咙里，要很久很久才能消化掉。

“咱们支行的柜台销售历来都难，大家都是一样的。”李敏见她一无所获，劝慰道，“咱们行的客户都是生意人，生意人的钱是要周转起来的，没人会存钱买理财、买基金。你别看咱们天天这么忙，其实都是过路钱，留不住。”

“那你们以往的任务都是怎么完成的啊？”林山十分纳闷。

“咱们柜员，天天大门不出二门不迈，能认识什么人啊？只能动员父母姐妹亲戚朋友买呗！还好这次是卖保本的理财，要是基金什么的更麻烦。以前有一次，分行给每个人分了五万的基金销售任务，我在亲戚朋友里动员了一圈，最后我舅奶奶买了点。结果怎么就那么倒霉，那个基金正好就给赔了！哎呀，当时搞得那个热闹啊。虽然最后是我掏钱垫上了，但两家还是搞得很不愉快，直到现在都不走动呢！所以我现在基本都是区别对待，要是保本类的呢，就动员家人帮着买点，要是不保本的呢，我就豁出去了，宁可挨罚也不完成这个任务了。”

看来没别的出路了。要是实在完不成的话，那也只好向自己家里人下手了。林山回想着李敏的话，不无惆怅地算计着。

“噗”的一声，有人把厚厚一沓钱重重地放在了她的柜台上，打断了她的思绪。她立马站起身，刚对着来人说了一句“您好”，李敏已经抢先招呼了：“您好，您来我这边儿办吧，她那儿有点别的活儿占着呢。”

林山惊讶地望了一眼李敏。她并没什么别的活儿啊，干吗要这么说呢？

那个顾客把钱挪了过去。她大约四十几岁，一头细碎的卷发又是编又是盘，做成了一个极为繁复的发髻，用一个镶满水钻的凤凰卡子别住。可能因为太过于爱惜这发型，许久没有拆下来洗过，点点头皮屑在泛油的发丝下隐约可见。她文过的眉毛和眼线已经褪成了青色，此刻微微皱在一起，正紧盯着手里点着的钞票。一会儿，手指头干了，她吐出了舌头，用手指在上面重重蘸了一下，又接着点了下去。

林山看呆了，偷偷问旁人：“这谁啊？”

大家都没吭声，直等她走掉了，才你一言我一语地说了起来。

原来，这个女人叫罗九妹，是对面针织城的生意人，靠卖内裤发的家。以前支行有个年轻柜员，在给罗九妹办业务的时候，把取钱的交易代码错输成了存钱，结果里外差了三万块。支行为这事找了罗九妹很多次，但她百般扯皮，就是不肯退回来。最后没有办法，分行要求柜员自己垫上这三万块。那个柜员是个派遣制员工，收入不高，家里也不富裕。这样的事情对于她就像天塌下来了一样，天天以泪洗面。

中兴东路支行的曹勇行长是个憨直仗义的人。实在看不过去，自己掏了一万元，支行兄弟姐妹们捐了几千元，小柜员自己又东拼西凑借了一些，才算凑够了这三万块。钱虽然是赔上了，但事情却给柜员留下了巨大的心理阴影，以后只要一上柜台便心慌手软，全身直冒虚汗。最后实在没办法再做下去了，只好调到了信用卡团队。

“本来她再坚持坚持就能转正了的。你说这罗九妹缺不缺德？这不把人家的一辈子给坑了吗？她缺那三万块钱吗？做这种昧良心的事情也不怕天打雷劈！所以每次她来，我们一般都不让新手接待，就是怕出了错不好追回来。”大家感慨。

“她说不还就不还吗？民法有规定，这种属于不当得利，法律要求必须返还的。为什么不起诉她？”林山十分不可思议。

“书呆子。”大家摇头笑道，“欠银行成百上千万不还的人有的是，行里这些大案子还忙不过来，谁顾得上这些鸡毛蒜皮的小事？再说了，什么案子一经了法院的手，那可就复杂了去了，要是拖上一年半载都不判，行里的账怎么结？报表怎么出？所以基本都是柜员自己掏腰包先垫上。至于过后讨不讨得回来，全看运气了。”

林山听完，又是诧异又是愤怒，只觉得全身血液都翻腾了起来。她盯着窗外，恨不能立刻揪住这个罗九妹的脖领子，揪回来打一顿才好。

二

郑阳的集中设计结束了。他终于回到了A市，但加班却依然是常态。林山倒班，作息时间同常人也不一样，结果两个人虽然同在A市，见面的机会却也一直寥寥可数。这个周六，林山难得赶上了下午休息，便叫郑阳过来一起吃饭。

今年似乎冷得要早一些，几场秋雨之后便阴冷透骨了，林山张罗着在家里吃火锅。郑阳昨天加班到很晚，林山让他去沙发上休息，自己一个人洗菜摆盘。忙碌之中，扭头看见他歪在沙发上，眼睛直愣愣地盯着电视，屏幕上一个技术人员正站在田间给大家传授冬小麦种植技术。

锅里热汤翻滚，羊肉、白菜、豆腐、粉丝下锅，呼噜呼噜吃了几口，身上立刻有了些暖意。林山照例边吃边说，郑阳则一直沉默着，偶尔"嗯"一声以示回应。

林山停住筷子，吸溜了一下鼻子："你最近是不是很累？怎么感觉总是心不在焉的？"

郑阳抬头看了她一眼："是有点，最近太忙了。"

林山怜惜地说："可怜，看看累成啥样了。来，快好好补补。"说完把锅里面的肉片捞出来放在他碗里，小山似的一堆。郑阳笑了笑，又给她往碗里夹回了许多。

"你得学会自我减压。你们是挺累的，但至少工作环境简单，总比我们当柜员强多了。你看我们，每天开柜接客，一坐就是半天，既要忍得住渴，又要憋得住尿，客户骂娘也得赔着笑脸。外边有神秘人查服务，行内有会计部查合规，都是一言不合就发通告扣工资。"林山故意卖惨，"我前两天还被发通告了呢！通告说柜员林山衣冠不整、头发散乱。是，我衬衣领子只从西服里翻了一个出来，这我认了。可我头发天生自来卷，盘了也会蓬起来，因为这个罚我二百块钱，你说我冤不冤？”

“冤。有这二百去做个拉直多好啊！结果白便宜了汇通，冤死了。”郑阳笑了起来。

林山跟着乐了一阵，这才温柔地说：“你以前不也说了吗？咱们来A市了，没那么大压力的，不用把自己搞得那么累，反正房价又不高。对了，说起房子，你到底什么时候有空陪我去看看呀？”

郑阳本来还笑着，听见林山提起房子，一下子嗫嚅起来：“我最近工作上有些问题，现在实在是没心思弄这些。再等等吧。”

林山立刻炸了锅。又是“等等”。集中设计的时候，他就说“等等”，回来这都一个月了，她不提他也一句都不提，到底在等什么？等房价再涨涨？她强压着心里的怒火，问道：“工作上什么问题吗？”

“也不是什么问题，不过是我自己的想法有些变化……”郑阳看着她的脸色，“就是突然意识到了一些事情……”

“说说吧！”

郑阳垂下了眼皮：“我最近有些想法，是以前从来没有过的，让我有些慌张……有些恐惧。我总是在想，自己未来的路是什么？写一辈子程序？我以前从来没想过这些，总觉得就顺着大溜走，让我干技术我干就是了。可最近有些事情让我觉得，有时候人确实是要做出一些牺牲，才能有所成就的。有时候是自尊，有时候是个性，甚至有时候是……原则。你见过已经头发花白的人点头哈腰，跟在领导后面提包的样子吗？我不想这样……”他停住口，出神地盯着汤锅里咕嘟咕嘟冒起的泡泡。

林山心里的焦躁一下子烟消云散了。她心想，郑阳以前满脑子都是打球和玩，哪里走过半分仕途经济的心？看来工作这一年，真是成熟了。她轻拍他的胳膊以示理解：“有什么想法，说来听听？”

有那么一瞬间，郑阳仿佛真的要说些什么。但面对着林山的眼睛，他最终还是犹豫了：“其实没什么具体的想法，只是有一种感觉，不愿意这样过一辈子。”

“好啊，有进取心是开始成熟的标志，今天真是值得纪念。不管怎么样，我永远都支持你，这里就是你最温暖的港湾！”她挺直腰，轻轻锤了锤自己的肩膀。

郑阳笑了，真就把头靠在了她的肩上。

接下来的那周，林山忙得像个陀螺。另一组倒班的柜员里病倒了一个，张樊安排林山顶班。她连轴转了两天，到最后一个上午的时候，体力和脑力几乎都已经消耗殆尽。

十二点钟，当她最终看到接班柜员提着箱子走过来的时候，就像一头卸下了重轭的老牛，心里欢快地唱起歌来。乖乖隆的咚，好日子马上就要来啦！接下来有两天时间可以休息，可以放松，可以自由支配啦！今晚是和雅南晓悦一起逛街，明天是和郑阳一起去看两个楼盘，后天大可以睡上一天，想想就觉得心花怒放呢！

林山放了“暂停服务”的牌子在窗口，轻哼着歌，开始清点手头的现金。黄色皮筋代表十张，绿色代表二十张，红色代表五十张，全部加起来是——六万两千多元。她在键盘上录入轧账代码，输入加总金额，轻快地敲下了确定键。

“咚！”系统传来一声异响，屏幕上猛地跳出一个对话框，鲜红色的字体让人心惊肉跳：“轧账不平，请重新输入！”常有的事，肯定是哪里没加对，再来一遍好了。林山沉住气又重新核对了一遍。

“咚！”系统不屈不挠地又响了一声——账还是不平。

看来这次是真错了，一定上午倒折子的那笔，她镇定地想。那会儿，她刚数完一堆面值不等的残币，那个戴着老花镜的老太太便来到了她的窗口前。老太太颤巍巍地从布兜里取出三张有点年头了的存折，要求林山把第一张的本金取出，利息折到第二张存单里，然后和第三张存单凑成一张十万元的新存单，剩余的本息都取出来带走。存单上的数字，无论是本金还是利息都散散碎碎，圆角分都凑齐了。

林山马上翻出那笔的业务凭证，在纸上又是写又是算，可最终并没有发现问题。这就奇怪了呀！她终于慌了，懵头懵脑坐在那儿，背上出了一层冷汗。

来接班的人见她杵在桌子前一动不动，好奇地问："怎么还不去吃饭？还没有结完吗？"

"我错账了。"林山愣愣地说。

对方像被烫了一下似的跳起来说："错账？差了多少？赶紧给张樊打电话呀。"

几分钟后，张樊从食堂回到了大厅，后边还跟着李敏，手里拿着吃了一半的花卷。张樊走到她跟前，面无表情地问道："差了多少？"

林山低声说："差了 21 600 元。"

"办了这么久业务就没出过错，这一错就是个大数啊！"李敏忍不住说。

"错了就找吧！"张樊面无表情地说，"李敏你看传票，我去看上午的监控录像。"

林山上午一共办了 60 多笔业务，李敏细细地看了一遍，又看了一遍，大半个小时就过去了。慢慢地，她的目光盯在其中一张传票上，眉头拧了起来。在计算器上打了两下，她高兴地喊了起来："张樊快来，找到了！"

"你看，这张是马友存的。"她指着传票说，"马友不是旁边小街上那个烟酒店的老板吗？他那个店特别小，平时也就是存个千儿八百的，林山这次给他存了两万四，肯定不对。他哪有这么多钱呀！一定是录系统的时候多打了一个零，这俩正好是个大小数。绝对是这笔，不信去看录像！”

张樊已经走到了录像前，按照传票上的时间调控着画面。林山看到屏幕上的自己站了起来，接过了马友手里薄薄的一叠钞票，放在了点钞机上。张樊把画面定格、调大，大家都清楚地看到屏显上的数字，是24。

下午，张樊带着林山穿过一条污水横流的小巷去要账。

小巷的两边都是些年久破败的平房，间或有路边摊档搭建起来的简易棚子，有几个拖着鼻涕的小孩子在街上跑来跑去。张樊和林山都穿着行服，打着领带丝巾，几个坐在门口斗纸牌的老太太像见了怪物，一直好奇地注视着两人走了很远。到了一个丁字路口，张樊停下来四处张望。一个男人围着油腻腻的围裙，叼着半根烟，抱肩斜靠在一个小饭店门口，紧盯着他俩看。

林山心急，走过去问道：“劳驾问一下，知道马友烟酒店在哪儿吗？”

那人上下扫了他俩几眼，反问道：“你们找他干吗？”

张樊抢先说道：“我们是附近银行的，约好过来办笔业务。”

那人面色立刻缓和了：“哦哦，银行现在穿这种制服啊。马友，那不就在那儿吗？”他指了指对面。

那是一个简易铁皮房，墙上用粉笔歪歪扭扭写着“烟酒糖茶”几个字，连个像样招牌都没有，难怪走了两趟都没发现。林山的心顿时凉了半截，这家店一年也赚不了两万块啊，他怎么舍得把钱退回来?

张樊像看透了她的心思，叹口气说：“进去吧。”

小房里面光线昏暗，货架子上陈列着三五瓶白酒，老式玻璃柜台里摆着几样香烟，角落里还有一个落满灰尘的大大泡泡糖罐子。张樊喊了一声：“有人吗？”

一个中年男人应声从货架后面转了出来，正是常来办业务的马友。见到张樊和林山，他十分意外：“你们俩怎么来了？”

“有点业务上的事。哎，麻烦你先给我拿包白浪，瘾上来了。”张樊拿到烟，一边撕塑料包装一边问，“上午你是去我们支行存了笔钱吧？”

马友瞪圆了眼睛：“是啊，怎么了？”

张樊把烟取出来，叼在嘴里含含糊糊地答道：“账有点不对，你存了多少钱？”

马友迟疑地看看他，又看看林山，才答道：“两千四啊。”

“哦，那就对上了。”张樊使劲吸了一口烟，轻声细语地问，“我们犯了点错，给存成了两万四。你看你能不能跟我们回去抹个账？”

马友愣住了。他喃喃地重复道：“两万四？存成两万四了？两万四？”

两万四是个大数目，他显然需要时间来消化、权衡和抉择。林山紧张地看着他，左脸颊上的肌肉不受控制地跳动着。

马友像是终于弄明白了这件事，脸上渐渐露出了坦然的表情：“你看这事儿闹的，存完钱那个回执我连看都没看，出门就团了一团扔掉了。我要是当时看见了，马上跟你们说了，也省得你们跑这一趟。这样，你们先回，我喊我媳妇儿来看店，她到了我就过去。”

张樊犹豫了一下：“我们等你会儿也行，咱们一块过去。”

“你放心，我既然说了去，那就肯定是要去的。不是我的钱，我自己昧下干什么？”马友爽朗地说。

半小时后，马友果然来营业厅把错账抹平了。大家都替林山高兴：“命真好！这真是碰上好人了。要是摊上罗九妹，让她把吃进去的吐出来，可就难了。”

曹勇行长听完张樊的汇报后，专门叮嘱了支行的内勤，以后支行招待客人用的烟酒，价钱相当的，尽量都从马友那里买。

他说：“知恩要图报，不能寒了好人的心。”

三

雅南穿着一件卡其色的风衣，黑色紧身牛仔裤外套了一双马丁短靴，栗色的头发扎成了一个高高的马尾。她化了淡淡的妆，坐在咖啡店里看着一本杂志。林山推门进去，温暖的风裹着咖啡焦甜的香气扑面而来。她深吸一口气，感慨道："生活多么美好啊。"

雅南放下手里的咖啡说："可能因为你刚刚讨回了两万多的错账。"

林山控制不住地咧嘴笑："生活对我不薄啊！我忍不住要感恩大回馈。今晚先吃饭再唱歌，我来做东。晓悦呢？什么时候到？"

雅南撇撇嘴："刚打电话过来说行里临时有点急事，来不了了，真扫兴。"

"啊？真是的，太扫兴了。大晚上的行里能有什么急事？"

"谁知道她！"

斯巴克牛排在新世纪购物广场二层，据雅南介绍，这是A市最老牌的一家西餐店，从她小时候一直开到了现在，店里的牛排很地道。此刻顾客并不很多，她们俩挑了角落里一个靠窗的位子坐下。若有若无的音乐声缓缓流淌着，头顶上的枝形吊灯散发出淡淡的光。林山靠在天鹅绒软沙发上，和雅南闲闲地聊着天，心情轻松又愉快。服务生拿菜单过来。雅南轻车熟路地点道："我要龙舌兰，给她莫吉托，然后芝士焗烤蘑菇、酥皮海鲜汤。牛排要西冷……"

林山的手机响了起来。她掏出来一看，来电显示是王同辉。他又打电话干什么？林山的头瞬间疼了起来。

数不清这已经是第几次了。自从迎新晚宴之后，王同辉的电话就成了林山头上的紧箍咒，不知道什么时候就会念上几句。有时候是“吴行长今晚和几个中层干部吃饭，一块来坐坐”，也有时候是“总行领导下来视察了，过来陪领导唱歌”，让人非常头痛。

“堂堂一个人资部总经理，怎么偏往下三滥的路数上走？他这是要改行做妈妈桑吗？真受不了！爱谁谁，反正以后我是不去了。”

一天晚上，在十一点接到王同辉让她到 KTV 陪领导唱歌的电话之后，感觉受了侮辱的林山跟吴晓悦抱怨。

可能上次迎新晚宴表现突出，晓悦和林山一样，都成了这类活动青睐的对象。但在林山的眼里，晓悦的处境似乎更坏。建设东路支行的行长戴昀，是出了名的场面上的人，不光外头的应酬个个不落，自己支行里还要隔三岔五主办几回。晓悦在王同辉和戴昀这两大红人的手底下，忙得如同走马灯一样，一天都不得闲。

“可别！少谁都行，就是不能少你呀！”晓悦笑眯眯地说。

林山明白她的意思。那晚吴良策单独对她说那几句话，别人或许注意不到，但是绝不会逃过晓悦的眼睛。那之后，她先后试探着问了好几次，可林山觉得这不是什么光彩的事，都搪塞了过去。

“少胡扯了。”她没好气地回了一句。

某种意义上，林山真算得上是雅南口中那种“纯粹的女人”。在世事人情上，她既冰雪聪明，又太过单纯。像吴良策，她自然知道这是一种机会，但因为是非观过于强烈，政治性过于缺乏，对自己的能力又过于自傲，于是只凭着天然的好恶，便在心里做出了坚决的选择。

在找借口拒绝了几次之后，王同辉喊她应招的热度明显减退了不少，已经有好一阵子没再打过电话了。林山本来以为自己已经解脱了，可今天看来，死灰还要复燃呢！

索性再来一瓢水，彻底断了他的念想。林山拿定主意，冲雅南做了个手势，起身到楼道里接电话。

“今天晚上吴行长要宴请一下 C 市分行的班子成员。你一块来坐坐。”王同辉十分霸气地说。

“对不起领导，我去不了了。今天跟我男朋友家长见面，现在已经在饭店里了。”

王同辉的脸一定已经耷拉了下来，因为他在电话里的声音变得阴沉无比：“这可是吴行长的一番好意啊，主要是想让你跟C分行的领导们认识一下。你能不能克服困难参加一下？”

都说了是见未来公婆，居然还不死心，他的反应激起了林山的一阵气愤。

“真去不了，辜负了领导的好意了。”她不带丝毫犹豫地说。

王同辉没再说别的，只冷淡地说了一句“无所谓了”，便挂了电话。

林山攥着手机往回走。没两步，突然想起了什么，立刻止住脚步给晓悦发了一条信息：今晚吴行长的饭局你参加吗？我刚撒谎说去看未来公婆，你千万不要说漏嘴。”

几乎同时，晓悦回过来了一个“好”字。

她果然在那儿，林山暗想。在枯燥无味的应酬和好友相聚之间选择前者，有时候她还是蛮佩服晓悦这股劲头的呢！

“……所以，他们只好把我调到投行部了。投行！这多高大上啊，比起在办公室盖章听着好多了吧？”雅南一边把酥皮撕成小块一边笑，“就是也难多了！好多产品我一看名字都觉得迷糊，什么债啦、股啦、信托啦、理财计划啦，根本不懂啊！后来我想，干什么自己在这儿纳闷？我哥他们天天捣弄这些，找他问问去不就得了？”

林山打断：“找谁？”

“我哥，融发银行那个……”

林山恍然大悟，拊掌大笑：“厉害、厉害！我说为什么非要去投行部呢！明修栈道，暗度陈仓啊。”

“主要是修栈道，要能度了陈仓，那就完美了。”

林山嬉笑：“什么时候能让我见见你哥？这是何方神圣啊，居然让这样的美女死心塌地？”

雅南反击：“什么时候让我见见郑阳？居然把你……”

她突然停住了口，紧张地看着林山。对方死死抓住了她的手，盯住大门的方向全身哆嗦着。

“郑阳……”

雅南扭头，见一男一女已经出了大门，女生边走边穿外套，男生肩上挎着一个女士背包。再回头看林山，脸色惨白，如同被重击过一动不动，突然又像是猛醒了过来，起身朝门口跑去。雅南抄起两个背包，抱着大衣跟在后面，一边跑一边从包里摸出来几张百元大钞扔给了追在后面的服务生。

林山脸色惨白，直挺挺地站在新世纪购物广场上，茫然地四处张望着。他们不见了。缠在树上的彩灯忽明忽暗，步履匆匆的人们来来往往，嘈杂的音乐和人声潮水一样涌过来，林山的脑子乱哄哄的，许多事情搅在一起，旋转成了一团。

雅南走到她身边：“哪儿去了？跟丢了？”

这句话像风一样在她耳边吹过，变成了毫无意义的嗡嗡声。突然，仿佛是哪位过路的神仙突然用手点了点她的头，她瞬间灵台清明，郑阳的声音穿过一片嘈杂，无比清晰地传了过来：“明天再说吧，现在太晚了。”

林山转身，雅南跟着她的目光看过去。就在她们侧后方不远处，Gucci 巨大的海报下，一个女孩子正仰头看着郑阳，满脸娇嗔。两个人的手紧紧牵在一起。林山全身的血液瞬间全部涌到了脸上。她的胃痉挛一般地阵阵抽搐着，腿软得几乎支撑不住，只好慢慢蹲在了地上。

“你干吗？没事吧？”雅南从一大堆物件里勉强伸出两个手指头，揪住了她的毛衣。

“我有点害怕。”林山从咯咯打架的牙齿里挤出了这几个字。

“你怕什么？该怕的是他呀！”雅南急得上蹿下跳。

林山仿佛失去了行动能力。她蹲在那儿，眼睛却离不开那两个人的脸。郑阳正在说着什么，他讨好地看着那个女生，伸手替她拨开了脸上的碎发。林山心里突然一口气涌上来，猛然站起身，哆里哆嗦地朝他们走了过去。

郑阳像被钉在了当地。他惊恐地盯着林山，微微张开的嘴看上去既可怜又可憎。林山想都没想，抡圆了胳膊，用尽全身力气照他的脸打了过去，只听“啪”的一声脆响，郑阳晃了几晃，险些摔倒。

那女孩子尖叫着冲林山扑过来。郑阳大叫着“蓓蓓”，雅南迅速地扭住那女孩的胳膊，她蹿着跳着，却挣脱不了雅南的手，只能大声地叫骂：“你是不是林山？凭什么打人！泼妇！疯子！难怪郑阳不要你！”

“你给我老实点！”雅南狠巴巴地说。

林山诧异地扭头盯着她。她居然知道自己的名字，怎么回事？这出闹剧里难道只有自己是傻瓜吗？

“不好意思，让你见笑了。我是林山，您怎么称呼？”林山梦游一样走到她跟前。

郑阳走过来挡在两个人中间，哀求道：“林山，你别激动，求求你别这样。咱们回家说好吗？”边说边扯着林山的胳膊往外走。林山用力甩开的同时，听到蓓蓓咬牙切齿地说：“郑阳！你敢！”

林山转头对雅南说：“咱们走吧，我想回家。”

夜很深了。一点还是两点？林山并不知道。她和衣躺在床上，眼睛瞪得大大的，床头亮着一盏小台灯。眼皮底下还是被蓓蓓的指甲划到了，有一点点痛。她想举起手来摸摸，却忘记右手已经肿了，这一动便疼得哼出了声。雅南探头进来仔细听了一会儿，见再没动静，这才又轻手轻脚地关上了门。

郑阳刚刚离去。

林山盯着床边的凳子，仿佛他还坐在那儿，伏在她的膝盖上痛哭流涕。他的话在她的脑海里一遍遍重放，直到每个字眼、每个语气、每个表情都烂熟于心。

“蓓蓓跟我都是去年进的十九所，她爸爸是我们集团的领导。她从培训的时候就开始喜欢我。她也知道我有女朋友，我告诉她的，真的告诉了的，可她并不介意，还是经常来找我玩，有的时候是叫我一起去打球，有的时候是吃饭。后来我和你冷战，我跟她……我跟她……见面就比较多了。再后来，你悄无声息应聘到了汇通，我特别意外，我一直觉得你不会为了我而放弃北京的机会，但你居然放弃了。我就和蓓蓓说我们不可能，但她很伤心，我又不能放下不管。我很痛苦，就申请去参加封闭设计，想避开她。可她马上也打申请，跟着我一起去，搞得公司上下都知道她对我有意思。她父亲还和我谈过一次……中间我犹豫过的，真的！我一直这样拖着，就是不愿意失去你。我既没有办法拒绝蓓蓓……也没有办法放弃你。林山，我爱你，我从没想到这辈子伤得最深的竟然是你，你打我骂我，我都无话可说。我知道，从你看见我和蓓蓓的那一刻，我们俩就彻底完了。这是我一直希望的，但为什么我这么难受？为什么我难过得像要死掉一样？我该怎么办？”

他伏在林山的膝盖上哭了起来。

林山心里燃起了熊熊大火，只剩下无穷无尽的恨。她恨郑阳的背叛，恨蓓蓓用权势把人性的丑恶揭开来给人看，更恨自己眼力不济，为这样一个人而千里迢迢来到 A 市，成了笑柄。

耻辱伴随着恨意汹涌而来，她抬腿便把他蹬到了地上。“滚开！

快别说这些让我恶心了！什么叫你还爱我？什么叫你难过？为了显得你是逼不得已？还是想两边都占着？你陪着蓓蓓，我陪着你？你是吃软饭的，我是吃剩软饭的？是这个意思吗？呸！呸！郑阳我告诉你，有胆选就要有胆认！要是不要脸还想遮遮掩掩，那就算搭上了蓓蓓，你也成不了什么大事！我林山是瞎了眼，落到今天的下场是我自己活该，怨不得你。请你立刻在我眼前消失，滚得越远越好！这辈子，下辈子都永不见面才好！”

郑阳用手捂住脸抽泣起来。看着他的肩膀默默颤动，林山突然丧失了全部力气，发泄过的心像大火烧过的荒原一样苍凉。不知为什么，她突然想起了从前他的样子：撩起衣服，把她冰凉的脚放到肚皮上去焐；骑自行车爬很陡很长的坡，却不许后座上的她下来；打球的时候只输给她一个人；生病输液的时候，笨手笨脚帮她把头发梳成一个马尾。林山终于哭了，眼泪流啊流。她多想再抱他一次，像抱住过去所有的美好，但最终她一动也没有动。她记得自己说：“走吧，你自己保重。”

他最终流着眼泪走了，高高的个子，表情却像个迷了路的小孩子。

想到这儿，林山的心又痛了起来。她使劲揪住胸口的衣服，张开嘴大口地呼吸。可那痛不肯退让，一波高过一波地涌上来。她坐起来，抬手就给了自己一个耳光，在心里厉声叫道：都知道自己看错了人，现在还不回头吗？不许再想他，不许再想过去，让这个人在你的生命里迅速地、彻底地消失！

四

天快亮的时候，林山终于迷迷糊糊睡了过去，可是梦却一个接一个。一会儿是蓓蓓和郑阳牵着手对着她冷笑，一会儿是郑阳说：“咱们不是早就结婚了吗？什么蓓蓓，你做梦呢吧！”一会儿又是郑阳摸着胸口对她说：“我还爱你，林山你要我的心吗？我剜给你。”

她在梦里哭着回答：“我不要，没用，我什么都不要。”喊着喊着醒了过来，泪水已经把枕巾浸湿了一大片。

客厅传来了一阵小心翼翼的敲门声，昨晚睡在客厅的雅南一阵窸窸窣窣，趿拉着鞋子过去开门。来人同雅南压低了声音，在客厅一阵嘀嘀咕咕。

“就在斯巴克……碰个正着……那女孩她爸……哭了一整宿了……这肯定不能再在一起啊……”

“肯定难受啊……为这么个小白脸千里迢迢来……放弃了北京……那我上午待这儿吧，我今天是下午班。”这句声音略高了一点，林山听出来了，是晓悦。

“那我下午请假，中午过来替你。”雅南压低声音答道。

“都不用陪我。我今天还有事，要出门一趟的。”林山走出来对她俩说道。

“什么时候起来了？这大冷的天出门干什么呀？不是什么急事就过阵子再说吧！”两人一起劝道。

“不用哄我，我又不是小孩子。这种事……谁陪着我也没用，它就是一股劲儿，过去就好了。你俩听我的话，该干什么干什么去，谁也不用陪，我也不会在家待着的。”

那两个人对望一眼，都不吱声。林山转身走进卧室高声说道：“好啦、好啦，我马上换衣服，咱们一起出门。”

深秋的清晨，天空中弥漫着一层雾气，大地阴郁而萧索。催走了晓悦和雅南，林山径自到了最近的一家商场里，找了一张长凳坐下。她希望独处，但理智告诉她一定不能独处，回忆和痛苦一定会乘虚而入，把她撕得粉碎，而商场里熙熙攘攘的人群、热闹嘈杂的环境是此刻最好的麻醉剂。她像做梦一样，在长凳上坐了整整一天，直到商场晚上关门才回家。

第二天，又像前天一样，周而复始。

雅南和晓悦忍不住劝：“跟我们说说话，说出来会好受一些呀。”

林山瞪大了眼睛：“事情明摆着的，有什么可说的？我不知道说什么。”

到了第三天，到了她该上班的时候，三个人都像是解脱了一样。林山早早到了单位，在工位上等着开门。怔怔地坐了一会儿，突然记起还没盘头发，于是伸手从小盒里拿出一个扎钱用的绿皮筋，在头上挽了两挽。

“你裤子怎么回事？”李敏问道。

林山低头看看自己，工装西裤的底下露出一圈牛仔裤边：“哦，忘了脱，直接套上了。”

李敏皱眉说：“怎么歇了几天回来，看着还是这么没精神？一会儿办业务可得小心点。”

今天是交社保的日子。支行大门一开，如同吹响了战斗的号角，已经排在外面的先遣部队立刻冲了进来，后面的大部队还在源源不断地继续涌入。不一会儿的工夫，营业厅里便已经摩肩接踵，挤得没有下脚的地方了。空气中弥漫着焦躁的气氛，不时有客户为先后的问题发生小规模的摩擦。林山对外面的情形充耳不闻。她如同一台高速运转的机器，只顾一笔接一笔埋头做着业务。上一笔业务凭证刚打好流水号，接着又按下了叫号机。这时，人影一闪，罗九妹站在了她的柜台前。

另一位顾客急急忙忙赶过来，手里拿着号说道："别插队呀！该我了，叫的是我的号。"

罗九妹依旧梳着高髻，卡着凤凰，纯黑色的貂皮大衣富贵逼人。她看都不看那个顾客，冲林山扬了扬手里的卡，说："先给我办。"

她手里拿的是汇通银行的贵宾金卡。这种卡的持有人一般在汇通都存有大额资产，因此享有种种办理业务的便利和优惠，不用排队便是其中之一。林山对那个拿号的顾客做了解释，他悻悻回到了座位上，边走边气愤地说："银行就是一帮势利眼，有奶就是娘。"

罗九妹扔了几摞钱进来，都是各种面值混在一起的，已经非常破旧了，有一些达到了残币的标准。林山需要先一张张挑出来归好类，才能继续清点。她扭头对后座的搭档说："我碰到大活儿了，刚叫到号的那个顾客，你先帮人家办一下吧，别让他等太久。"搭档探头往她桌上看了一眼，立刻明白了，说"好的"。

林山开始清点。罗九妹见外面的顾客都不满地盯着她，故意不耐烦地拿卡敲打着柜台，大嗓门自言自语道："慢死了！这要是放在别家银行，早就办完了。"

顾客们转移了注意力，不满地嗡嗡成一片。

林山默不作声。她抽出一张一百块，给李敏看了一下，然后站起来面无表情地说道："跟你说一下啊，这张是假币，我要收缴的。"

罗九妹立刻叫了起来："别！你先递出来给我看看。"

"别给她，给了她就不还你了。"搭档在一旁小声提醒。

林山把假钞贴在玻璃上："就这么看吧。我们有规定，假钞不能再出柜台。你看清楚，边上这四分之一是假钱拼接的。"

"你递出来，这样我看不清楚。"

林山摇摇头："不行，有规定，进了柜台的假钞不能再出柜台。

这张钱我们要盖上假币章交人行。”

罗九妹立刻翻脸，大叫起来：“好端端的钞票，你说假的就是假的，就收掉了？我损失了一百块钱，谁来赔我呀？我管你什么规定不规定，你今天要是不把钱还我，我就打你们 92366 投诉。”

后面跟了一长串的土话，林山依稀听见其中有个“小娘……”什么的词被反复说了几遍，显然是在骂人了。她冷着脸说道：“你嘴巴给我放干净点！办业务归办业务，你凭什么骂人？”

罗九妹用手指着林山大叫：“就是骂你怎么着？就是看你不顺眼，骂你又怎么样？你快点把钱还我，不然惹恼了我还要打你呢。你出来呀，缩在玻璃后面耍什么威风！”

怒火瞬间冲到了头顶。林山心想：大不了不干了吧！反正是为郑阳来的，现在被他甩了，A 市已经完全没有意义了。新仇旧恨一块儿算，今天不撕了这个泼妇就不姓林！她使劲往后踢了一脚凳子，朝营业厅外猛冲了出去。

大家张口结舌，都愣在了原地。

李敏先反应了过来，连声喊道：“回来，你干什么去！你们快拉着她。”

已经晚了，林山像一头斗牛，已经一溜烟地跑了出去，保安和大堂经理见势不妙，挡在中间分别拦住了两个人。罗九妹对着林山破口大骂，一连串土话破锣似的咚咚作响。她的手指配合着指指戳戳，貂皮大衣里的樟脑球味随着手臂的动作一阵阵涌过来，令人作呕。

林山一声不吭，瞅准她手伸得长点的一个机会，猛抓过去，却被保安师傅手疾眼快地挡住了。

“丫头，快别，犯不着，咱们犯不着跟她动手。”老师傅连连劝说道。

林山一击不中，便相骂反击：“泼妇！不害臊！”她的经验不多，翻来覆去只有这几个词，远不如罗九妹花样翻新。周围的人也顾不上办业务了，都抻长了脖子，饶有兴味地看着。

张樊赶了出来，先对着林山呵斥道："你给我回去！进里面去！"然后扭头对罗九妹说："假币必须没收，这是人行的规定，我们只是执行。你有意见找人行提去，别在这儿闹了，不然我就打110。"

罗九妹跑到门口大声叫嚷着："仗着你们人多欺负我吗？你们就是这么对待客户的吗？大家都来看看啊，汇通银行是土匪窝啊，千万不要来这儿存钱！不知道什么时候钱就会不见了！"

"这是在干什么！"曹行长刚从外面回来，此刻夹着包站在门口，声色俱厉地问道。

张樊上前低声解释："收她假币了。"

曹行长一看是罗九妹就皱起了眉："这是菜市场吗？这是银行营业大厅！有什么话不能好好说？银行都有制度摆着，有什么事不能解决？又要又骂的成什么样子！张樊，她要是再叫一句，立刻就报警！"

张樊答应着，扭头又对林山说道："你还不快点回去！"

林山低头往回走去，听见罗九妹在背后叫喊："报警我怕你吗？你会报警，我要投诉，我要把存你们行的钱全转走！我要跟你们总行投诉，你们等着！"

罗九妹到底还是打了总行的客服电话。总行随即给H省分行服务办发来了查询，要求分行处理。总行级别的查询，在中兴东路支行还算是头一回。

"你是炮仗啊？哪个柜员收假币不挨客户骂？个个都像你这么能耐，跑出去跟客户打架去了？"张樊斜眼看着林山说道。

"你别说她了。罗九妹那个样儿，我们都看她不顺眼，就算林山不打，我们早晚也得跟她打一次。”李敏在一旁说道。

张樊瞅着她：“我说她呢，你跟着掺和什么？她打架还打对了？她跑出营业厅去跟客户干仗，我还该给她戴朵大红花？”

林山一直坐在那儿不吭声，听到这儿忍不住说：“我闯的祸我自己担，扣我钱吧，扣多少我都认了。反正架也打了，现在再怎么批我也没用。”

“嗬，你还挺硬气！你以为是分行发查询啊？扣你点钱就完了。这是总行客服发过来的！除非你让客户满意了，主动去撤销投诉，否则要扣支行的分数你知道吗？”

林山没想到结果这么严重，不由得愣住了。她嗫嚅道：“那我辞职行吗？”

“你辞职！”张樊气得直嘬牙花，“真牛啊！你辞职行不行我说了不算，罗九妹说了才算。你辞职也好，你赔礼道歉也好，如果罗九妹不肯撤销投诉，那这个分数是扣定了。”说完不再理她，气呼呼往后边去了。

李敏追着问：“这是收假币引起的，咱们占理啊！不能和总行沟通沟通吗？”

张樊说：“跟总行沟通？我还不如去找罗九妹赔礼道歉呢！”

五

张樊果真登门赔礼道歉去了。

林山是冲突当事人，又是年轻女孩儿，肯定不能让她去，这是对她的保护。张樊是她的领导，他代表的是中兴东路支行，希望罗九妹记得以前那三万块的昧心事，这次找个台阶下来就好了。这是曹行长和张樊商量的结果。

林山心里那个难受劲儿就别提了，那种闯了祸，眼睁睁看着别人背锅的感觉真是太痛苦了。所以当张樊灰头土脸地回来，说罗九妹不肯撤销投诉的时候，她心里反而坦然了：自己闯的祸自己解决，她决定自己去找罗九妹，要杀要剐，悉听尊便。

那天，她悄悄跟营业厅的几个人打听罗九妹的铺位地址，结果还没下班便被张樊叫到了后面。他黑着脸说："我直接跟你说吧。你别自己去找罗九妹。曹行长已经说了，这个投诉爱撤不撤，总行愿意扣分就扣，我们不再理它了。所以，我请求你，千万千万不要再添乱了。你要是有点什么事儿，这个责任我担不起。"

林山只好放弃了这个计划。

"其实我还是想去，可又怕真去了的话会节外生枝，反而辜负领导的好意。"事后，林山十分矛盾地跟雅南和晓悦说。

"曹勇都肯兜底了，你还非要去干吗？自己给自己找事啊！"雅南直撇嘴。

"就是说呢！你命好，赶上曹行长这样的领导。要放在我们支行啊，估计戴昀得先臭骂你一顿，然后扔给你自己解决。上门下跪也好，挨打挨骂也好，她才不管呢，反正你得把事情摆平了，不能扣了支行的分。"晓悦感慨。

林山不信："你这太夸张了，顶多就是不高兴而已，怎么还臭骂，还逼着自己解决？毕竟是按规定收假币，客户撒泼，那也不能全怪在柜员头上啊？"

"当然要怪了！明知道她是什么样的人，还非要去触这个霉头，这不是找事吗？一般大客户、熟客户或者这种泼皮无赖都不收的。你以为个个都像你这么死心眼呀。"

"所以说，林山还是沾了领导的光。"雅南啧啧称赞，"人家中兴东路的好风气、曹勇的好口碑果真是名不虚传。"

晓悦应酬得多，雅南身在机关，两个人都经历得多、见识得广。

支行以及曹勇的好口碑林山以前从来没听说过，只是觉得在支行待得特别舒服而已。如今两人一提，这才意识到自己原来一直身在福中而不自知。

她很听话，那之后没有再去找罗九妹，只是更沉默寡言了。好一阵子，除了专心做业务，便是出神地盯着支行的落地窗。街对面有棵杨树，她刚到这里的时候，叶子浓密翠绿。而现在，枯黄的叶子一片片飘下来，最终只剩下了光秃秃的枝丫。冬天已经来了。

年末，十二月三十一号，大家嘴里念叨了许久的年终决算终于到来了。空气莫名的紧张，开门营业前，张樊一反常态地嘱咐道："都仔细点，千万别错账！"

楼上信贷科的客户经理跑上跑下，预约要赶在今天放三四笔贷款。营业厅里的电话响个不停，都是问某某企业的钱到了没有。对公窗口几乎放弃了对外营业，柜员一个在不断地查询企业账户余额，一个则守在打印机前面，看着它吐出长长的账单。连后厨的大师傅也分外忙碌，一趟一趟往食堂提着菜蔬鸡鸭。

"什么是年终决算呀？"林山悄悄问李敏。

"就是一年工作要收尾啦！有希望完成的任务要再冲刺一把，所有的账目要轧平，晚上还要一起吃流水席呢。你可小心点，千万别错账，不然会麻烦死的，全国二十几家分行跟着一块下不了班。"

林山也跟着紧张起来，一板一眼地做着每一单业务，隔一会儿就要碰一下账目，生怕出错。终于到了要关门的时候，大家吐口气，埋头收尾，大厅里鸦雀无声。

"张樊，张樊，快！电力公司突然来了四个亿，快踢出去！"二楼信贷科的黄莉一阵急促的叫喊，回荡在空空的营业厅里，让人心里紧紧一缩。

张樊迅速蹿起，一溜小跑到了对公窗口前，指挥着柜员噼里啪啦一阵操作。他紧盯着屏幕，嘟囔了一句："是融发银行踢过来的。"

黄莉个儿不高，看上去精明又爽利。听见张樊的话，她骂道：“我就知道，融发这帮孙子最狠了！”

上午不是还在盼存款吗？怎么现在来了四个亿反而不要了呢？林山正纳闷，便听黄莉已经接着说道：“不过都是干银行的，能理解。像这种过路钱，就待这么一晚上就把存款时点拉高一大截，白白把明年的任务基数也拉高了，搁我我也得踢出去。”

“来不及了，大额系统关了。”张樊说。

黄莉的脸立刻急得变了形：“那怎么办？元旦回来，这钱一转走立刻就是四亿的窟窿呀！要死了要死了！”

“随便编个名目先划走，算是在途资金，等元旦回来上班了再做未用退回。”

柜员抬头看着他：“行吗？会不会被会计结算部发通告？”

张樊的眼睛在瓶底厚的近视镜片后闪烁。他狡猾地说：“我看过，没有一条内控规定说不可以这样的。”

柜员立刻噼里啪啦打了一阵子，最终吁口气说：“划走了。”

黄莉如释重负，高兴地直叫：“太好啦！快上去喝酒去，我等着敬你们啊！”

二楼食堂的餐桌上都铺了白白的桌布，上面摆满了各种冷盘，鸡鸭鱼肉都在食堂的大锅里“咕嘟、咕嘟”地炖着，只等客人来了便摆盘上桌。林山她们上来的时候，信贷科的客户经理们早就已经坐满了一桌，撸胳膊、卷袖子地喝上了。

曹行长见人到齐了，刚举起酒准备提一杯，便听说审计部和会计结算部来团拜了，大家都起身去迎接。刚落座没一会儿，科技部和风险部又到了，乌泱泱走进来一堆人。曹行长迎上去又是握手又是寒暄，前后脚进门的两拨人也忙着互相打招呼，小饭厅顿时热闹得像菜市场。这些人有喝几杯便赶往下一处的，有坐下来东拉西扯不动窝的，走马灯似的人来人往，席上的菜不一会儿就换了好几茬。大家无一例外地祝贺曹行长今年指标完成得好，在大型支行里拔得了头筹。过不多时，又有人通报说吴行长过来了。曹行长有些吃惊，忙起身往外去迎接。

林山想着之前拒绝王同辉的那几次，略觉尴尬，于是趁着乱悄悄从偏门溜回营业厅。正一张一张地撕着小山似的对账单，林山突然听到一阵人声喧哗，原来吴行长和一众随从到营业厅视察了。她心里叫苦不迭，赶紧站了起来。

曹行长边走边跟吴良策介绍："您看，这装修还都是九二年前后的式样，一看就落伍了，客户的体验确实不怎么样。您再看看这桌椅板凳，也都有年头了……"

王同辉打断他："行了行了，老曹，你怎么见面就提你那点事儿啊！都快成讨债的了，天天追着吴行长要钱！下次再见吴行长的时候，记着手里捧个盆，再放个钢镚进去哗啦两声啊。"

大家哈哈大笑，吴行长也绷不住劲儿咧嘴笑了。王同辉接着说："你就是个填不满的无底洞，有五就想六。当初你这儿缺人，吴行长可是先紧着你安排的。对了，我们给你分过来的新学生锻炼得怎么样了？你得好好培养，别给我们耽误了。"

"王总给布置的任务，我能不完成吗？都是按分行的意思，现在在柜台学习呢。这孩子不错。"说完扭头招呼，"林山！"

林山走出来，叫道："吴行长。王总。"

吴良策轻哼了一声。王同辉则高声说道："这不是林山吗？可是好久没见着了。听说前阵子跟客户吵架了？后来解决了吗？"

林山尴尬地笑了笑，不知说什么好。曹行长连忙解围："正想办法解决呢。那个事也不能全怨她，她是收假币，那个客户本身素质就比较低。"

王同辉打个哈哈："好，好，挺有个性。"说完不再看她，陪着吴良策朝门外走去。

九点多的时候，团拜的人陆续离开了，曹行长让大家也都散了，只留下各部门负责人等着最后的决算。林山裹紧围巾，走出了支行。天干冷干冷的，夜空很清透，她沿着马路慢慢朝家的方向走着。

已经十点多了，可路上依旧热闹无比。新世纪购物广场附近已经堵得水泄不通，准备赴夜场抢购的汽车排成长龙，红红的尾灯亮成了一条车河。街上的行人川流不息，有手拿玫瑰依偎在一起的情侣；也有又叫又笑的女孩子们；还有聚餐后准备去 KTV 通宵的年轻人。一个流浪汉躲在路边一个暖风出口，身上盖了一床破棉絮。林山走过去，又折回来，摸出五十元钱递给他。他吓了一跳，犹犹豫豫接住，说了声“谢谢”。

几个月过去了，林山又站到了新世纪购物广场，周围的一切都还是老样子。她望着贴大幅海报的橱窗，仿佛又看到了郑阳捂着脸、全身哆嗦地站在那儿。

兜里的电话震动了起来，是王同辉。

林山不接。她把它捧在手里，自言自语道：“你们以为，人人都是郑阳吗？”

第三章
二楼有个营销科

一

快过年的时候，营业厅收到了一封邮件。那是分行人力资源部发出的通知，要在全行柜员中间遴选对公客户经理。邮件上说，对于符合条件的柜员，通过初步的资格审查，即可调动到所在支行的营销科，学习对公信贷业务。

吴晓悦很快就打来电话，问林山要不要报名。林山反问：“对公客户经理是做什么的？”

这半年以来，吴晓悦追随着王同辉，行里的应酬参加了不少，见识早已经不同于林山了。她见的这些领导们基本都有过信贷经历，谈的说的也离不开信贷，早就知道了这块业务的重要性。听林山这样问，她却略犹豫了一下，随即说：“我也不大清楚呢，估计就是拉存款放贷款的。”

“那报了干吗啊？”林山立刻想起自己给人推销信用卡，以及在柜台卖理财产品等种种惨痛的经历。一方面，她是真觉得自己不是这块料，打心眼里怵营销，更重要的是，她自觉自己的专业是法律，要去也该去更对口的法律合规部，如果真报了客户经理，那可是离专业越来越远了。

“嗯，确实没什么意思，你不报就算了。我跟着掺和一下吧，不过应该没什么戏。”晓悦在电话那头说道。

报名截止日的那天中午，林山到食堂去吃午饭，在楼梯上碰到了曹行长。他正夹着包往外走，看见林山，便随口问了一句：“客户经理初审名单什么时候下来？”

林山尴尬地说：“曹行长，我没报名。”

曹勇一下子急了，折回来问：“为什么没报？错过了吗？我去找王总给你补上。”

“报名还没截止呢。是我自己还没有考虑好……”

曹行长松了口气，不容分说地命令道：“报上，快去报上。信贷是银行的根本，无论哪个岗位都离不开这个根本。有了信贷经验，以后在银行的职业生涯就基本没有短板了。无论是对你的个人前途，还是对支行现在的需要，这都是必需的。更何况，这是分行对你们这批学生的培养计划，不要掉链子。”

林山只好在最后一个下午报了名，并很快通过了初审。看到当初一起入行的这一批人几乎都在通过名单上，林山这才相信曹行长所说的，这确实是分行培养计划的一部分。如果那天不是碰到了曹行长，她现在应该已经掉队了。

正月初四，过完春节的林山回到 A 市，到营业厅盯了最后一次柜。春节虽然是中国人最重要的节日，但银行却并不因此而关门。除了年三十下午可以休息半天，即使是正月初一都要开门营业。

汇通银行的传统是照顾家在异地的柜员。像林山这次，腊月二十九便放假了，直到正月初四才回来。而家在 A 市的柜员牺牲就比较大，几乎每年都要在三十或初一当班，不能和家人团聚。听说有其他支行为此闹意见，本地的柜员不愿年年做牺牲，只好大家扯平了轮流。但中兴东路支行的员工是出了名的厚道，所以这个老传统还在一年一年延续着。

初五那天早晨，林山早早起来往支行走去。A 市刚下过一场大雪，路面的积雪已经被轧实了，成了厚厚的一层冰，到处是横七竖八的车辙。林山小心翼翼地走着，平时只需要十分钟的路，足足走了有半个多小时。李敏早到了，见她慌慌张张地进来，连声说：“不用急。大过年的，根本没人来。”

确实，附近市场的商户都回家过年去了，至少要出了正月才会回来。街上的行人寥寥无几，从早上开门到下午，只有一个顾客过来换新钱。林山和李敏姐吃着行里慰问时买的瓜子、花生闲聊，度过了当柜员以来最轻松的一天。

“听说你过完年要上楼了，我这心里还挺舍不得。不过对你们这些年轻人来说，这是好事，干信贷有前途。”李敏说。

“李敏姐，你们都说信贷好，但要是真这么好，为什么大家不都去报名干信贷呢？”林山对于干信贷这件事还是有点忐忑。

李敏笑了：“你以为大家不想干啊？可以前哪有过公开招聘这回事儿？都是跟领导走得近的才能去干呢！有人干了快十年柜台了，还是转不成，所以只好在柜台上干一辈子。等现在实行公开招聘了，岁数又大了，条件不满足了。你们是赶上了好机会，碰上这两年汇通缺人缺得厉害，要不然还得在柜台熬几年才能有这个机会呢！”

“我老听说汇通这两年缺人，为什么啊？”

“待遇不行呗！挣不着钱，也升不了职，稍微能干点的就都跳槽走了。你上去之后好好干，现在正是青黄不接的时候，待遇提得肯定快。你们真是赶上好时候了呢！”

中兴东路支行的营销科在二楼，有公司信贷和个人信贷两个板块，一般被简称为对公和个贷。按照中兴东路支行的规模，原本应该配备一位副行长主抓信贷工作，可去年连着几家银行在 A 市设立分行，汇通出现了大规模的跳槽，以至于现在满眼都是空着的坑，却没有合适的萝卜去填。所以，支行信贷这块儿业务仍由一把手曹勇兼管。

支行的对公客户经理只有一男一女，男的叫李会明；女的叫黄莉。两个人年纪相当，都是三十出头的样子。李会明职务高些，是信贷科的科长，听说也是支行主管信贷副行长的后备人选。

黄莉自己有一间小小的办公室，是她为了躲开李会明这杆大烟枪跟曹行长讨来的。李会明独自一人留在了大办公室里，少了女同事的唠叨和管束，坐卧行止乐得自在。现在里面还多余着三四张桌子，林山便搬了进来。

这间办公室被经年累月地糟蹋，简直无处下脚。地不知多久没拖过了，一层灰尘上散乱着各种花色的鞋印，沙发的布丝里渗透着烟焦油的味道，桌子除了键盘附近那一小块是干净的，其他地方不是土便是烟灰。烟灰缸里的烟头已经堆成了金字塔，随时都有整体倒塌的危险，于是主人转而把烟屁股向旁边发财树的花盆里丢去。剩茶水不管凉热，也是随手往盆里一泼。难为这棵发财树铁骨铮铮，虽然经历了烟熏和水淹，却依然挺立不倒。

林山想要找个桌子做工位，可没有一个抽屉是空的，全部满满当当地塞着杂七杂八的纸张，据说是历任客户经理遗留物品的集锦。她大致翻了翻，里面有1991年给A市建材公司发放贷款的申请书，有2000年某企业客户的业务回单，最后在一堆乱糟糟的碎纸片中，居然还翻出了一张结婚证，男方姓名一栏赫然写着李会明。拿去给他，对方开心地把嘴咧到了耳朵根："原来在这儿呀！怪不得我媳妇在家翻半天都找不到呢。"

林山哭笑不得。她挽起袖子又拖又擦，收拾了整整一上午，这才算是有了点好转。黄莉过来望了一眼，赞叹道："猪圈也有今天！这屋子可算盼来了个利索人，简直焕然一新！"

李会明讪笑："收拾我也会，可是没时间啊！一个人管十几个户，哪有心思弄这些没用的。但凡我轻松点，这屋子，啧啧，保准叫它……"

黄莉嗤之以鼻："懒没有关系，脏也没有关系，但李会明同志，人贵在自尊自爱要脸皮啊。"

两人互相瞪了半晌，忍不住都笑了。林山也跟着笑了。她开始还担心会有些隔阂，现在看来完全没必要，这两人都是很好相处的人。

收拾停当，林山的信贷学徒生涯算是正式开始了，她被分配的第一项工作便是放款。按照李会明的说法，放款是一项操作性的工作，几乎没什么技术含量，但踏进信贷队伍的新人几乎都从这里起步。正巧当天就有笔贷款要发放，于是他带着林山一块儿到分行去拜山门。

中兴东路支行离H省分行不远，只有三公里的路程。李会明的自行车后座绑着孩子坐的小椅子，没办法坐人，林山便到柜台里又借了一辆。两个人把写着"真诚服务，逐梦未来"的蓝色布袋放进车筐里，然后便顶着寒风出发了。中间要经过一个地道桥，上坡的时候正是逆风，林山使劲蹬着车子，累得直喘粗气。李会明直接下来推着车走，嘴里叹息道："一定要搞辆汽车了。"

到了分行，林山就像是刘姥姥进了大观园，跟着李会明楼上楼下跑。一会儿是郜姐，一会儿又是张哥，走马灯似的换，晕头转向了小半天，后来只记得李会明见了男的就递根烟，见了女的就嬉皮笑脸，到最后不知怎么就把款放完了。

拜完山门之后的第二个星期，林山便迎来了第一笔独立放款。那天，黄莉临时要出趟差，于是便把一笔着急的活儿交给了林山。她抱来一大摞的资料，一项一项地仔细交代："这是借款合同、担保合同和抵押合同，都是一式六份，我都只填好了一份，剩下的你照着我的抄就可以了。注意千万别填错，如果错了还得让企业过来盖章，很麻烦的。这个是董事会决议、核保书、借据，大部分我都填好了。剩下合同号、日期什么的，怕有个万一我就没填，你等放款中心审完之后没问题了再补上吧。但要注意和合同核对，日期、签名、金额都要前后连贯一致，具体怎么核对，我写在了便利贴上……”

黄莉说话又快又利索，炒豆子一样噼里啪啦讲完了。林山手里的资料都被她分门别类用小夹子别好了，每个便利贴上都密密麻麻写了一堆注意事项。

见林山消化差不多了，她又递了一张纸过来，接着说：“这是放款流程，我怕说了你记不住，所以都写下来了。你看，一共有二十一个步骤，涉及十二个人签字。放款中心那几个人，前几天李会明不是已经带着你去认识了一遍吗？剩下的这些，具体在哪层楼哪个工位，我都给你标好了。你一定要注意，这些步骤有先后顺序，比方说这个合同号，去了要先到七楼办公室登记排号，然后六楼放款中心才肯接收你的卷，但七楼登记的时候，会先看看有没有计财部的意见，所以你还要先到九楼的计财部签字，你看我标的……”

林山看那张纸上，在步骤五的旁边额外画了一个框出来，上面用醒目的红笔写着“先完成步骤七里的第二小项”，后面还标了一个小三角以示提醒。

黄莉抱歉地说：“有点乱。我先考虑按部门顺序写，后来又觉得还是按签字顺序写，结果弄得不伦不类。你凑合看吧，我就是怕你白跑冤枉路。本来我该跟着去陪你走一次流程的，现在要出差也没办法，只能你自己去了。”

林山简直佩服得五体投地。黄莉把一切都嘱咐得十分妥当，她拿着资料、便利贴和流程图，在分行按图索骥，几乎没遇到任何麻烦便把款放完了。

看来这事儿也并不算太难嘛！林山不由得万分自信起来。

二

这天早晨，林山到单位附近的巷子里去摊煎饼。

这家煎饼摊非常出名，因为支在一棵大槐树底下，便被吃客起了个诨名叫“大树煎饼”。夫妻两个，男的负责炸油片，女的负责摊煎饼。现炸出来的油片又薄又脆，杂面摊的饼皮又香又软，再撒上芝麻、榨菜和葱花，一口咬下去，真是好吃得连舌头都要吞掉了，摊子每天都要排起长龙。林山在柜台的时候，曾经从李敏买来的煎饼上撕过一小口，自此便心心念念一直记挂着。今天到支行的时间比平常略早了些，便跑过来排队了。此刻是八点二十，已经轮到林山前面那个人了。胜利在望呀！她心里高兴地算计着。

“老板，我来八个。一个不要香菜，一个不要辣椒酱，一个要两个鸡蛋的，剩下的都是标配。”前面那个女生说道。

“嘶——”排队的人们都倒吸了一口凉气。

老板娘连忙安抚大家：“别急别急，快着呢，半分钟一个。”

眼看已经排到了跟前，林山怎么都舍不得放弃，她又看了一眼时间，决心继续等下去。

这时，一辆极破的桑塔纳慢吞吞地开了过来，“吭哧、吭哧”停在了煎饼摊面前。车玻璃刚摇下一小截便被卡住了，李会明只露出两只眼睛，热情洋溢地叫道：“林山！”

林山猝不及防，在原地愣了十秒才反应过来。

“李哥，差点认不出你来了。这车哪儿搞来的啊？”排长队的人们纷纷把目光投过来，她有些尴尬地问。

“还行吧？”李会明大大咧咧地说：“是一个朋友的，马上就要报废了，我拿过来练练手。”

“不错，不错，看着还挺皮实的。”林山违心地说道。

“我觉得也还行，反正是为了练手，凑合开开呗。”他拍着方向盘，“上来我带你一段？”

“不用了、不用了。”林山连连摇手拒绝，“我摊着煎饼呢，还得等会儿。”

“那行吧。”他很费劲地摇着把手，玻璃又吱嘎吱嘎地升了起来。升到只能看到一层头发茬的时候，林山听他仿佛“哎呀”了一声，于是立刻俯身问：“怎么了？”

“差点忘了。我一会儿有事出去一趟，你今天替我去给鑫泉放笔款吧！”隔着黑色的玻璃，林山依稀见他扬着头，努力把嘴对着车窗小小的缝隙。

“没问题！放款的资料放我桌子上就行。”林山满口应承。

“没有资料。我都还没弄，你自己准备吧。”李会明的声音闷闷地传了出来。

噩梦开始了。林山回到了支行，辛苦排来的煎饼只吃了两口便放在了一边。整整一上午，她就像只撞晕了的兔子，不断跑来跑去，准备各种放款资料。

“李哥，这个合同号怎么填？”

“李哥，抵押物权证号是哪个？他项权证号又是哪个？”

“李哥，业务授权人是谁？”

鑫源公司的财务人员从一百公里外的B市带着公章赶了过来，此刻陪在一旁，听得头上直冒汗。他跟在准备出门的李会明屁股后面，连声问道：“李经理，我们这笔款你不管放了？明天应该能放下来吧？这可不能出纰漏，厂里等着急用呢。明天要付不出去，供应商要收我们违约金的。”

李会明大大咧咧地说：“放心吧！加上今天有两天时间呢，这还放不成一笔款？”

林山独自梳理着这些放款资料。以前，这些都是黄莉做好了喂到她嘴里，她几乎没有动过脑子。现在碰上了李会明这个甩手掌柜，没了依靠，只能自己边读边对照边琢磨。这一来，竟然发现这些文件都能和以前学过的法律知识对应，不由得越做越精神起来。等到终于填完最后一个空，再看着这堆资料，反而生出一种老朋友的感觉。

第二天早晨八点，林山提着一袋资料直接到放款中心排队。她以为自己够早了，没想到已经有人排在那儿了。大家互相看看，心照不宣地笑了。

分行的人们陆陆续续来上班了。八点半一到，像打响了发令枪，客户经理们瞬间变身为超级玛丽，上蹿下跳地去过那二十一关。那些负责把守关口的大怪们性格迥异，有的温柔耐心和风细雨；有的个性暴躁破口大骂；有的热心帮忙左右支招；有的一脸冷淡爱莫能助。林山上蹿下跳、低声下气地一路求过来，一天的时间已经过去了。

一个大怪把资料摔到桌子上训斥道："企业地址都填错了！就这个样儿还想放款啊？你们支行怎么回事？没人教你吗？就知道往我们这儿一推？反正推过来我们就得管，免费的老师，不用白不用是吧？走走走，拿走，今天别想放了。"

林山从没听过这么重的话，心里又屈辱又窝囊，泪水不由得夺眶而出。躲到厕所里"呜呜"地哭了一阵，硬着头皮给李会明打了电话。

用世界末日般的语气讲了一遍，那边的李会明只淡定地问了一句："你说是哪儿写错了？"

"企业的地址。街道的名字是南环东路，我漏了一个东字。"

"那写个欠条吧！就说保证两天之内补一份正确的回来。"

林山去跟大怪说。他愤怒得像喷发的火山："你们就会打欠条！李会明上次放款欠的还没给我补过来呢，先给我清了上一笔再说！现在是连坐，连坐知道吗？支行里有一个人补不回来，你们整个支行都别想再办业务。”

此时天色已晚，眼见着别的部门已经有人下班离开了，林山急火攻心，嘴角隐约就鼓起了一个泡。正要再打电话，就见曹行长走过来了。原来他正在分行开会，李会明料定林山搞不定这事，转头就去搬救兵了。

曹行长赔着笑：“我们这个新手给你添麻烦了，老兄多担待吧！这笔业务确实着急，企业的供应商要求今天就把货款付出去，不然有违约金呢。错的地方要不是那些关键性的，就通融一下先给办了吧。我给你打欠条，保证两天之内补回来。”

大怪客气了许多：“曹行长，你看我也不是故意挑刺，这确实太不像话了。不过这次既然有你担保，那就先办了吧，下次可一定要注意啊。”

“好，好，谢谢老兄！”

林山又羞又气，脸红到了脖子根，低头随着曹行长走了出来。

曹行长没有责怪她，只是和蔼地嘱咐：“快办吧，一会儿系统就关了。”

所有资料审核完成后，已经六点多了，林山还要抓紧赶回支行。那里，对公柜员还在等着她做最后一步的发放操作。离开的时候，放款中心依旧灯火通明，所有的人都在自己的岗位上忙碌着。不知谁家的女儿，在一张空桌子上一笔一画地写着作业。林山看着他们，心里突然就理解了那些暴躁的大怪们。

这次事情之后，林山业务进步十分神速，把支行近期的一些放款任务全部承包了下来。李会明不无得意地对黄莉说，这是“甩手式”教学方法对“保姆式”教学方法的胜利，可以进一步提升为男式教学方法对女式教学方法的胜利。黄莉翻翻白眼，依旧我行我素，所有事情都恨不能掰开揉碎了告诉林山才放心。

很快就进入了三月。

全行轰轰烈烈地搞起了“开门红”活动，邮件和会议交替轰炸，频繁使用的红色字体和成串的惊叹号让人触目惊心。曹行长和客户经理们面色凝重，整天行色匆匆，除了例行的晨会外，经常在办公室里一坐就是半天，讨论什么时点日均、中间收入、托管账户，林山只觉得耳鼓嗡嗡作响，什么都听不明白。所幸并没人理她，一片鸡飞狗跳之中，只有她一个人愣愣地站在那里，享受新手独有的宁静。

好景不长。几天之后，零零星星有两家企业过来倒贷。又过了两天，便发展成了燎原之势。支行的客户像约好了似的，一同向她席卷而来，按下葫芦起了瓢，一周倒有五天时间都泡在分行。放款中心炙手可热，人们一进去便沾染了火气，个个走路带风，张嘴就要骂娘。林山待了几天之后，人中部位很快就起了大泡，像抗日电视剧里日本人的小胡子。

吴晓悦也是放款中心的常客，比起当柜员的时候，两个人见面的机会明显多了起来。有时候业务没办完，中午懒得回支行，两人便约着一起去找雅南蹭饭。这天，三个人凑一起吃完午饭，到附近的商场里去溜达。

“问你俩一件事，你们基层这些人都用绩效考核系统吗？”雅南一边扒拉着橱架上的衣服，一边问道。

“那是个什么系统？听都没听过。”林山和晓悦两个人面面相觑。

“唉，看来实际情况比估计的还要差。”雅南叹息，“你说我怎么这么倒霉，摊上这么个差劲的活！”

雅南到公司部已经待了半年多了，但对投行业务始终一知半解。部门不敢给她分配太专业的活儿，所以她平时就只做一些基础统计、上传下达的杂事。工作量不大，又很简单，她对此倒也十分满意。

“咱行考核一共有两套系统，一套叫客户关系系统，跟会计系统挂钩，只能提取客户的存款余额。还有一套，就是这个绩效考核系统，它跟信贷系统挂钩，只能提取贷款余额。现在注意，最白痴的一点来了——这两个系统居然不、兼、容！客户经理必须自己到客户关系系统一个个去查询，再补填到绩效考核系统去。”雅南忿忿地说。

“听上去很麻烦呀！”林山听着就觉得头大。那个客户关系系统她用过，速度慢、总死机不说，要填的东西还超级烦琐。

“谁说不是呢？底下的人不用，所以几个系统的考核数据都是一团糟，哪个跟哪个都对不上的，这也不是一天两天了。可今天上午，老吴也不知道想起什么来了，说要做到大数据一致，让我们部门负责梳理这几个系统呢！真是烦死了！”

“你有什么可烦的？你动动手把通知下发了就行了。到时候倒霉的是我们呀！这些不都得客户经理一个个去录入吗？哎呀，要死了、要死了，还有一堆款要放呢，又添这么件麻烦事！”晓悦和林山一齐哀叹。

“那有什么办法？老吴发话了，谁敢不照办？不是我抱怨，汇通的绩效考核体系就是一团糨糊。你看我哥他们融发银行，客户经理只管营销，其他什么都不用操心。每天晚上只要录入自己的工号，当天的存款、贷款、中收、有效户就都出来了，样样清清楚楚的，全是从核心系统调出来的数据，又快又准确。哪像咱们，客户经理不光干业务，还得总提防着数儿没算清吃亏了。”雅南说着话，从架子上提起一件短斗篷问道，“这件好看吧？”

林山还没从刚才的噩耗里恢复过来，心不在焉地回答：“一点都不实用。”

“怎么不实用？”雅南一边在身上比画一边说，“多好看啊！今年超级流行这种款式。”

“要赶上个刮风的天，骑车的时候这就直接成披风了。”

晓悦笑她：“傻子！人家雅南跟你一样骑车啊？人家都是开车

的呀！”

林山回过味来，也跟着笑了：“忘了、忘了。我不行，但你能穿，你穿挺好看的。”

雅南恨铁不成钢：“说出去真够丢人的。人家都说银行客户经理是最挣钱的，可看看咱行。一个个来分行办业务都是绑着皮护腿、骑着电动车，怀里还抱个破布袋子，就跟偷地雷的似的。就这形象，怎么出去营销客户？哪有一点竞争力啊！”

“下边该是‘我哥他们融发了’……”林山调侃，“反正三句就得到她哥身上去。”

“没错，你怎么这么了解我呢？”雅颂大咧咧地捏捏她的脸，“我哥他们融发，男生们都是衬衫西裤，小姑娘一律短裙皮鞋，开的车最不济了也得是个速腾。那架势，真是想营销谁就营销谁，全都不在话下呢！”

“速腾啊？”林山感慨，“我是不敢想了。我师傅的梦想也不过是宝来，我要是能买个 QQ 就很满足了。”

“QQ？太奢侈了。我的定位是老年代步车呢！”晓悦不动声色地补了一句，三个人随即嘻嘻哈哈笑做了一团。

三

剑拔弩张的三月份终于过去了。整整一个月的时间，林山几乎天天都在放款。所有贷款虽然进入了企业的结算账户，但必须过了三月末才能动用。这是银行冲刺时点存款的常规手段之一，对于这一点，银行和企业彼此心照不宣。

“我的存款基数为什么是六个亿？怎么得出来的？！”

这天，李会明瞪着重新梳理过的绩效考核数据，眼珠子都快掉出来了。他三月末的成绩不错，存款增量有大几千万，但如果按照这个新基数计算的话，新增的存款连窟窿的零头都不够填。

“公司部要求在系统里把每个客户都对应到客户经理名下。咱们系统里大大小小的企业有四百多个，支行就咱们两个人，你自己算算。我的基数也有六个多亿好不好？”黄莉没好气地说。

“四百多个得有一半多都是僵尸户吧？剔出去不行啊？”

“行啊！不过不能自己剔，公司部说必须让企业自己来销户才行。”

“扯淡啊！那得一个个去联系吧？先不说电话找得到找不到，就算是全联系上了，人家同意配合你来销户，那这销完也得俩月过去了吧？”

“你以为这些我没讲吗？可人家说这是吴行长要求的，他们也没办法。系统里只要是现存的客户，就必须对应到客户经理名下。”

“要这么说起来，那省网通呢？它前年有五个亿的存款，但因为是支行移交的老客户，所以我一分钱的奖金都没多拿过。去年网通集团实行资金归集的时候把钱全收走了，那这五个亿的窟窿是也要记在我身上？还有这些数不清的小企业，今天开户存十几万，明天钱又转走了，这种随机性这么大，出来的窟窿也要我们背吗？”

“要我说不该，但我说的又不算。”

“这简直胡闹！他们这么一调，我存款一下子出了几亿的窟窿？那我今年还干什么干？反正连水面都浮不出来了。我找曹行长去。”

曹行长听了后立刻去了公司部，回来的时候却很无奈。绩效考核系统的梳理引发了全行任务基数的大混乱，为了这事，公司部的门槛都快被客户经理们踏平了。对于大家的意见，公司部表示十分理解，但同时说这是改革中必经的阵痛，希望大家都能配合。消息传回来，李会明消沉了好几天。

四月，天气渐渐暖和了起来，汇通也迎来了所谓的培训季。几年前，吴良策提出了以人才储备为目的的“人力梯队培养计划”，要求人力资源部每年必须提供一定时长的培训课程。于是每年的四月到九月，分行会密集地安排各种培训，被大家戏称为“培训季”。

培训内容涵盖了财务知识、报表分析、营销技巧、团队建设、执行力培养等方方面面，整体还算实用，但有时候也夹杂着“商务礼仪”“演讲技巧”等水分课。

对于林山这些新人来讲，其实是件好事。毕竟大家都还年轻，又没有家事拖累，这算是不错的学习机会。可对于老客户经理们来说，这些内容换汤不换药，翻来覆去讲了好几年，而且每次还都要占用两天周末时间，便显得十分鸡肋了。所以，当在邮箱里见到培训通知的时候，黄莉立刻皱起了眉头。

“周末两天全有课！我闺女怎么办？”她女儿一岁多了，还没有完全断奶。

林山看了看课表：“第一天的课下午五点就结束了，你可以回家呀。”

“你看看培训地点，是在植物园！离市里得有四十分钟车程，还没公交车，就是没打算让你中间回来的！”

“干什么下了课还不让回来？”

“无非就是吃喝玩乐那一套呗！”黄莉含含糊糊地说，“不行，我才不住那儿呢！我得去鼓动鼓动李会明，搭他的车一块回来。”

周六早晨，林山同黄莉搭李会明的车一起到了 A 市植物园。刚进教室，已经到了的吴晓悦朝林山招了招手。她穿着一件薄呢连衣裙，在满屋子的休闲运动服里特别出挑。

林山用手遮住眼：“靓死了，培个训都这么靓，简直不能直视！”

那天的课程是《营销技巧系列之如何发现你的客户》，课程提供方是北京一家专门的培训机构。讲师是一个矮胖、谢顶的男士，西装革履，激情万丈。整整一天，他用南方普通话为大家讲述了自己如何从逐户扫楼干起，一步步凭着自己的努力，做到某股份制商业银行营销部总经理的传奇故事。当他讲到自己只身一人来到某国企董事长办公室，慷慨陈词，用诚意和才华赢得了合作机会时，见习客户经理们都忍不住鼓起掌来。李会明在旁边懒洋洋说了句“扯淡”，黄莉姐则呵呵笑着，头也不抬，只顾仔细修剪钱包里孩子的照片。

课程结束，王同辉适时地出现了。他通知说：“为了庆祝本年培训季拉开序幕，晚上将在植物园餐厅举办宴会，吴行长会出席。今晚大家都在植物园留宿，如果有特殊情况要回市里，必须向我请假。”

林山低声问黄莉：“你俩还要回去？”

“我们这些老家伙们不是重点，你们这些年轻人留下来领导就满意啦！”黄莉说完便和李会明结伴请假去了。

林山同晓悦住了一个房间。两人都是头一次来植物园，于是趁晚饭开始前的空闲略逛了一逛。从游览图上来看，这个园子面积很大，后面一部分是对游客开放的观赏区，远远望去花柳掩映、湖光山色。前面十几栋精巧的建筑物便是培训中心，教室、餐厅、网球场、温泉池一应俱全。今天的晚宴便安排在其中一个厅里。

这间宴会厅非常开阔。一条小溪从当中潺潺流过，把大厅一分为二，一边摆放了十几张圆桌；另一边则是 KTV 和舞池，足不出户便可以吃喝玩乐。

吴良策被一队人前簇后拥着走了进来。陪同的人里有王同辉、戴昀这几张老面孔，也有好些林山所不认识的。这些人牺牲了休息时间，特地跑这么远来给领导凑趣，落座时纷纷往主桌上挤。戴昀手疾眼快，进门便抱住了吴良策的胳膊，于是顺理成章坐在了他的一侧。余下的人们，几个位份高的大大咧咧地坐下了，小喽啰们既不好意思抢得太明显，又不甘心白白让给别人，于是围着桌子好一阵推让。

见习客户经理们都自觉坐在了最外围。才刚沾了个凳子边，便见王同辉远远冲这边招手。林山心里正在犹疑，就听他喊道:“吴晓悦，来来来，到这边来。”

晓悦俯身跟林山低声说了句“那我过去了”，然后便起身到了那边。给她让座的是个小喽啰，好不容易才在吴行长周边混了个座位，屁股都没坐热。面对王同辉粗声大气的命令，只能忍气腾了地方，铁青了脸坐到旁边桌去了。林山听到旁桌有人轻浮地笑着说：“还是女同志有优势！”

晚宴开始了。主桌自然是说不尽的闲话助兴、推杯换盏，其他桌相比之下就安静了许多。人们默默地吃着东西，不时往主桌那边投去嫉妒又鄙夷的一瞥。几个女生看了吴晓悦几眼，又交头接耳一阵议论。无意间碰上林山的目光，忙停住了说话，若无其事地低头吃东西。

林山趁人不注意，悄悄从门口溜了。回房间已经十一点了，她稍一收拾便躺倒在了床上。身体明明已经倦极，可睡意却像是飘浮在半空中，始终不落地。不知过了多久，混沌中仿佛听到了门响，也不知道是在做梦还是现实。又迷糊了一会儿，旁边床上隐约传来了一声叹息。她转过身，借着月光，见晓悦正仰躺在那儿，手臂搭在了眼睛上。

“几点了？你才回来？”林山问。

“嗯。”晓悦闷声闷气地回答。

林山翻了个身：“这被子潮乎乎的，怎么也睡不踏实。”

“睡太早了，要多玩一会儿就不会这样了。”

“闹哄哄怪没劲的……”林山说着，又迷迷糊糊地睡过去了。

房间里一片寂静，窗外的天色渐渐亮了起来。

四

周一早晨，曹行长主持召开营销科晨会，学习刚刚下发的《汇通银行H省分行贷后管理及考核办法》。上周工作了五天，又连着培训了两天，相当于没有休息，林山他们三个人都是一脸倦意。

“也就是说，民营授信客户每个月都要写贷后检查报告。”曹行长总结道。

黄莉算计：“咱们支行十四个授信客户，有十二个是民营。也就是说每个月都要写十二份检查报告。这任务量也太大了吧？估计写了这个就没空做别的了。”

“曹行长，能不能把这个活儿给林山试试？”李会明突然说道，“她放款已经学得差不多了，也该接触点信贷业务了。贷后报告比授信报告简单，但关注的重点跟授信报告又差不多，从这块起步我觉得是可以的。”

“可以。但一开始不要给她太多，另外她出的报告，你们两个要把关，不能当甩手掌柜的。”曹行长答应了。

“那是肯定。”

散会后，黄莉笑着对李会明说：“你就懒吧！林山，你摊上这么个懒师傅，想不出徒都不行。”

贷后检查，顾名思义就是对有贷款余额的企业进行经营财务方面的检查，以便及早发现问题，防止贷款到期不能偿还。贷后检查有实地和非实地两种，林山做的是非实地检查，主要工作就是比对企业财务数据的变动。

这对她来说并不容易。她学的是法律，对于财务和会计完全是个外行。她不知道这些科目的含义，不明白出现多大的变化才算是异常，更不明白这些变化之间的相互关联。她只能对照着李会明扔过来的《中级会计实务》现学。所有的科目，只要有变化就标出来，然后打电话去问企业的会计，再原封不动地把原因记在后面。至于那些什么流动比、周转率的指标，因为实在难以理解，只好按公式原封不动地套进去。花了一天时间，生生攒了一页报告出来，自己也不知道到底有多差，硬着头皮放在李会明桌子上。

李会明花了十秒钟的时间上下扫了一遍，露出了一副意料之中的表情。他用手指敲着纸上的数字，问道："这些科目变动的原因，都是企业说的吧？我问你，要是他们是在说谎怎么办？你有没有自己比对一下，他们的说法是不是合理？"

林山迷茫地摇了摇头。

"企业的话可以参考，但绝对不能信。"李会明接着说道，"比方旭日集团，它销售收入同比下滑了这么多，说是因为产品价格下滑导致。你核实过了吗？我记得前几天刚在行业网站上查过，最近焦炭均价一直是小幅上涨的趋势，每吨同比要贵二百块左右，那他说的显然不合理。这种情况下，你要侧面了解他是不是销量下降了，如果销量下降了是什么原因，是因为检修、环保限产导致产量下降？还是因为市场不好导致就是卖不出去了？再比如，这个应收账款，销售下滑的情况下还增加了一倍，他们说是下游客户回款速度变慢引起的，可你看看这个科目明细，里面大量的欠款方并不是他们的下游客户，里头甚至还有一家房地产公司，这时候你就要考虑，他们是不是把钱挪出去借给房地产企业了？如果那样风险就比较高了。"

信息量太大，林山努力往心里记。她问："这些我都怎么查？"

"一是上网搜集相关的资料、政策；二就是跟企业聊天的时候多打听，互相比对。算了，这些要求有点难为你了。你先尽量弄吧！多写几次，再去企业实地看看，你就明白了。"

两人正说着，曹行长突然急匆匆进来，满脸凝重地说："鑫泉的杜总脑梗，听说已经不行了。咱俩得马上去一趟B市。”

李会明大惊，黄莉也闻声走了过来。两个人结结巴巴地问：“怎么会？杜万鑫不是还挺年轻的吗？怎么回事啊？”

“具体情况不了解，只听说是昨晚喝了一场大酒，半夜就不行了。黄莉你也跟着，正好顺路去一趟新兴羊绒，说说外汇结算的事。林山看家。”曹行长简单利索地吩咐完，立刻下楼了。

“估计今天回不来了。”黄莉打开办公桌旁的柜子，换上一双平底鞋，又取出一个装备齐全了的旅行包。临出门，她对林山说：“明天上午你替我去一趟华恒集团，到财务部找谭姐把合同拿回来。说好了的，你一提她就知道。”

第二天，林山倒了两趟公交车，来到了位于东开发区的华恒科技集团。谭姐听她说明来意，抱歉地说：“知道、知道，黄莉跟我说过了，可我这儿出了点问题。我们的公章昨天就出门了，今天中午应该能回来。要不，辛苦你在这儿等会儿？”

林山看了看表，已经快十一点了。

“那就等一下好吧。”她答应了。

谭姐过意不去，一会儿陪着说两句话，一会儿又送杯茶，搞得林山有些不好意思起来。她起身说：“您忙吧，我不在这儿碍事了，出去走走。”

“行啊。我们办公楼后面有个花园，很漂亮，你可以去那儿逛一逛。”谭姐如释重负。

林山顺着她指的路往办公楼后面走去。果然，老远就望见一片郁郁葱葱的树木，走近了，看见在入口处立着一块大石碑，上面是两个朱红色的大字——“畅园”。

她慢悠悠走了进去，只见园内花木扶疏，流水潺潺，斑驳的阳光在青石板路上洒下了一地细碎的光影。她惬意地走走停停，来到一大片湘妃竹前。竹子旁的树荫下有一小片开阔的平地，被细铁丝网编成的笼子罩住了，里面养了三五只漂亮的锦鸡。她捡了一根小树枝，饶有兴味地逗弄着它们玩。那几只锦鸡见到树枝，纷纷跑来啄。只有一只，始终头朝里窝在角落里不动。

玩了一会儿，这几只锦鸡渐觉无趣，纷纷丢下树枝走开了。其中一只走到窝着的那只鸡那儿，以迅雷不及掩耳之势狠狠啄了它一下。其余几只有样学样，也跟着围了过去。那只可怜的鸡被啄得咯咯直叫，站起来四处逃窜。这一来，林山才看到它的羽毛稀少斑驳，脖子部位已经被啄得光秃秃了。

真是岂有此理！林山不平之心顿起。她奋力拍着笼子，一边恐吓的“嗨嗨”直叫。几个行凶者略停片刻，见并没有什么实质性的损害发生，便继续围堵那只小秃毛去了。林山急得团团乱转，冲进旁边竹林又是折又是拧，好不容易弄断了一根，两手已经通红了。

她把竹子伸到了笼子里面，对着那几个行凶者狠狠敲了下去。这几只鸡被打得扑棱棱乱成了一团，往周围散开了一些。但在外围转悠了一小会儿，又贼心不死，重新试探着往那儿凑。林山手起杆落，毫不留情地一阵乱打。这样几个回合之后，那几只鸡学聪明了，远远地去了笼子另一个角落。

林山这才发觉手心又疼又热，估计是刚才折竹子弄伤了。她放下竹竿使劲吹了吹，眼角余光却看见在侧后方不远的地方，不知什么时候站了一个人。她大吃一惊，立刻想站起来，偏偏脚盘得麻了，动弹不得。

那个男人斯斯文文，穿牛仔裤和淡蓝色的衬衫，背着手站在那儿。林山看不出他是什么人，只好尴尬地笑了笑，心虚地加了一句：“我看了一会儿锦鸡。”

那人黑黑的眼睛里全是藏不住的笑意，他拼命咬住嘴唇，回答道：“看吧、看吧。”

林山偷偷活动着脚趾，扶着笼子慢慢站起来，狼狈地说：“你看吧，现在我该走了。”

对方点点头。像是没忍住，又促狭地问了一句：“你走了，它们如果又去啄那一只怎么办？”

这一问提醒了林山，是呀，小秃毛怎么办？她站在那儿犹豫起来。

那人挑了挑眉毛，神情像个恶作剧的小男孩：“我给你支个招吧。刚进来的时候，我见那边小房子里有个花匠，看样子该是管这园子的。你要不要去找他想想办法？”

林山连一秒都没犹豫，便把竹竿递到了他的手上：“好，那你先帮我盯一会儿，我去找他，用不了太久的。”说完飞奔离开了。

那男人手里拿着竹竿，哭笑不得地站在鸡笼面前。

“得，自食其果了吧！”他心里嘲讽着自己，手上却也学着林山的样子，把竹竿伸进鸡笼，架在了那群锦鸡的头上。

十分钟过去了，二十分钟过去了，他渐渐等不住了，扬起头使劲往那边张望。结果没看到林山，却看到了那个皮肤黝黑的花匠走了过来。

“这人啊，真是一个比一个有闲工夫，一个花钱隔鸡笼，还留一个在这儿盯着。”花匠嘟囔着，显然把他俩当成一伙的了。

他忍不住好笑：“付钱的那个呢？”

“刚接了个电话就走了。”

男人没想到，心里一时怅然若失：“去哪儿知道吗？”

花匠倔巴巴地说：“我怎么会知道？你自己给她打电话啊！你不用在这儿盯着我。我老魏可是讲诚信的人，收了钱就做活，有没有人盯着都是一个样。”他拿出一片细铁丝网，隔在小秃毛和其他锦鸡中间，开始细细缠绕起来。

那男人笑了笑，把手里的竹竿丢到一边儿，也转身朝园子外面走去了。

五

黄莉他们刚从 B 市回来，风尘仆仆，李会明还带了一身酒气。

“那个杜总真是因为喝酒去世的？”林山惊讶地问。

“是呀。听说是接待下来视察的领导，喝酒猛了点，家里人早上发现的时候已经不行了。真是太可惜了！今年才四十六，我们去年过年前去 B 市走访的时候还见过一回呢，那么精神的一个人。唉，留下这一家老小可怎么办？”黄莉惋惜地说。

“那有什么怎么办的？人家这一辈子每顿酒都喝得有价值，现在留下万贯家财，一家老小别说这辈子，就是下辈子也够用了。你替人家发什么愁？真正该发愁的是我们，穷得叮当响，要是哪天喝出个三长两短，也不知道汇通会不会管我们一家老小。”李会明斜靠在沙发上说道。

黄莉摇头：“瞧这口气，还为绩效考核的事儿别扭呢？又不是光你一个人多背了基数，大家不都一样吗？”

“怎么可能不别扭？一季度费劲儿新增的存款，这回全填了窟窿，奖金一分钱也拿不到了。”李会明忿忿地说，“你说他们是不是故意的啊！就等着月底考核的时候来这么一手。”

“哎，我都习惯了，汇通的钱我就没指望容易拿过。况且大家提了意见之后，人家公司部不是意思了一下，把基数往下调了吗？你知足吧。”

“我要是个女人，不用养家，那我就知足了。”李会明没精打采地说，“爱怎样怎样吧！林山，你写一份鑫泉的风险预警报告报到分行风险部去。我要去睡一觉，中午喝了一斤也不止。”

林山刚想说话，黄莉偷偷冲她摆了摆手。等李会明走了，黄莉才说道：“他让你写你就写吧，不会的来问我。绩效考核系统这一调整，他存款基数一下子多出来了大几千万，心情正不好呢！让你干什么就干吧。”

鑫泉的事情就这样交到了林山手里，就像以前天天泡在放款中心一样，现在她又转向跟风险管理部打交道了。风险管理部是发放贷款后的风险监控部门，里面的风险经理们都是有些年纪的老头。听说是以前做信贷员时出过不良的人，吃足了企业的苦头，所以完全具备合格的风险经理所需具备的全部品质——多疑、审慎且较真。

“企业对杜万鑫的依赖度到底有多大？下面接手的人目前有没有确定？”老头们追着林山问道。

“鑫泉是二十世纪九十年代成立的，最初只是一家工具贸易企业。九十年代中期，杜万鑫从父亲手中接过企业时，正值A市的国企光明工具厂因经营不善进行股份制改革。当时是杜万鑫拍板，收购了工具厂，接收了其所有技术人员，让自家企业向生产型企业转型；也是他跑了市场之后，把产品定位在了合金工具的生产上。从发展历程来看，杜万鑫绝对是鑫泉集团的灵魂人物。他突然故去，企业处于群龙无首的状态，经营不可能不受影响。但比较好的一方面是，经过了十几年的积累，鑫泉的经营已经进入成熟期，一切都处于良性运转的阶段。即使找不到接任者，短期内也不会出现太大问题，但长远看就不妙了。”

这是支行晨会上曹行长分析的话，林山听了来，此刻照葫芦画瓢侃侃而谈：“至于接任的人，目前真不太好确定。杜万鑫的两个女儿都在国外读书，回来接班是不可能的。现在大家分析，杜万鑫弟弟接班的可能性会比较大，但家族内部能不能达成一致也很难说。”

“杜万鑫弟弟什么背景？”

“一直在鑫泉集团，主抓生产和后勤，我这儿有一份他的简历。”

“你先回去，我们看看报告再说。”老头们皱着眉头说。

过了两天，老头们又把林山叫过来：“鑫泉现在在扩张产能？是要在B市再建一个生产基地吗？你把扩建这块的审批手续、资金来源、进度全部补充一下。”

就这样，围绕着送来的汇报材料，几个风险经理没完没了、反反复复地提了一堆问题。林山白纸一张，态度良好，不管人家问什么她都认真对待，到处调查了再来回答。几次之后，这几个老同志们对她和蔼了许多，有一次甚至夸她“一点就透”。

这天，林山拿着改好的第N版报告来交差，被风险管理部总经理吴真水招呼进了办公室。她原以为是要问鑫泉的情况，结果坐定之后，吴真水笑眯眯地问道：“林山你是学法律的？G大毕业的？”等林山点了点头，吴真水又亲切地说道：“我也是学法律的出身，咱们是同行啊！你现在是刚干客户经理是吧？感觉怎么样？”

“还可以，现在还是学习阶段，只是接触了些皮毛而已。”

“分行对你评价都不错呢。我观察了一阵子，觉得在新来的这拨年轻人里，你算是比较能干的了。对自己的职业前景有什么想法吗？”

林山被他问得丈二的和尚摸不着头脑。她小心翼翼地回答说：“吴总，我这才刚进银行的门儿，还没找准自己的定位呢！目前还是随着分行的安排走，也没啥个人想法。今天正好请您指点一下，咱们学法律的，在银行到底怎么定位才好？”

吴真水笑了：“要我说呀，学法律的人不该丢了自己的专业。银行里搞营销的人很多，少一个谁都不算什么，但搞法律的就不一样了，这个岗位可不是随便一个人就能干的。我这些年看着，这方面真正做精做专的人还是很稀缺的，所以我建议还是不要轻易丢弃自己的专业。”

“我也是这样想的。毕竟已经学了四年，丢掉就太浪费了。”

“有这种想法就对了。专业这个东西，只要自己不丢，总有用得着的那一天。”吴真水从手边拿起一张纸递给她，“说起来，今天我是有件事要求你。总行法律合规部有一个培训，通知得挺急，可我们部门现在抽不出人手来。我看了看，培训的内容比较深，派个没有专业背景的人我不放心。你看你能不能替我们去一趟？曹行长那儿我会打招呼的。”

总行的培训让我去？这是把我召回法律队伍之前的摸底吧？林山心里暗暗想着。她看了看通知，培训总共是三天。这有什么难的，只要曹行长没意见，去一趟就去一趟呗！

这样，第二天晚上，林山便坐在了开往上海的列车上。培训的三天课程安排得非常紧凑，包含了不动产登记制度、理财产品法律审查注意事项、对公、对私业务纠纷法律问题、供应链融资、国际及衍生业务相关法律问题等。除此之外，晚上大家还需要分组对不同课题进行专项讨论。

讨论现场弥漫着浓厚的学术氛围，专业和深度都超出了她的想象。置身于其中，林山仿佛又回到了大学课堂上，不由得对汇通银行法律合规这个群体生出了深深的好感。要是能够加入这个队伍就好了！听课的时候，林山无数次地想到。

培训结束，林山回到A市，去报销出差费用。找人力资源部签字的时候，那个办事员看着她的软卧票说：“按你的级别只能选硬卧，你这张票超规格了呀。”

林山解释：“通知我的时候离培训只有一天了，当时硬卧票都卖光了，所以才选的软卧。这个情况我跟吴总汇报过，他同意了的。你看这儿有他的签字。”

“这样啊！那你拿去让王总签个字吧。他签完就可以报了。”

林山走到王同辉的办公室，可巧晓悦也在。她熟练地歪坐在沙发上，正端着一杯茶说话，见林山进来，立刻停住嘴冲她热情地笑了笑。

林山说完来意，王同辉的脸色立刻不高兴起来。他拿起车票左看右看了好一会儿，皮笑肉不笑地问：“哎哟，法律合规部的培训，吴真水让你去啦？可以呀！”也不知道是在说林山，还是在说吴总。说完拿过审批单，唰唰画了两笔，扔还给了她。

“去大城市走了一趟？给我们带好吃的了没有？”晓悦有点不自然地调侃。

林山笑着说：“头一回没经验，下次一定注意。”

打着哈哈退了出来，林山想到王同辉刚才阴阳怪气的话，心里像吃了只苍蝇似的恶心。想想这事该跟吴真水通个气，于是下楼走向他的办公室。刚到门口，就听见吴真水很大的声音传出来：“我们部门自己抽不出人来，找个人帮忙去培训，这点自主权我们都没有？”

林山立刻停住了脚。

“……什么叫不能有进一步的想法？我现在就想问问，在人员的使用问题上，你们到底尊不尊重我们用人部门的意见？判断一个人适不适合这个岗位，是我们用人部门更专业还是你人资部更专业？白菜萝卜，你们随手塞一个我们就非得收着？我们就不能吭声了？我不问吴行长，我就问你们人资部……”

林山走开了。

那之后没多久，就听说其他支行的一个柜员进入了法律合规部。吴真水和林山再碰面时，都没有再谈起过类似的话题。林山心里因为培训而点燃的希望之火，就这样熄灭了。

第四章
客户经理见习生

一

林山租的房子快要到期了。

房东老太太最近上门收水费的时候，话里话外都透露了要涨价的意思："这小区里可再也找不到我这个价儿了。年初租金就涨了，现在两室都是一个月一千三，抢手着呢！我这人就是实在，想着你男朋友当初一下子交了一年的房租，那吃点亏就吃点亏吧。可你要是续租，那价钱咱们就得再商量商量了。"

林山走神了。

从搬进来她就没管过房租的事儿，她都忘了，这房租还是郑阳付了一年呢。其实那个时候他已经和蓓蓓好上了吧？他心里知道分手最终不可避免，所以才付了整年的房租，多少可以减轻一点自己心里的愧疚吧？林山心里又涌起了一阵气愤。

这样一来，林山决计不愿再住下去了，租房还是买房的问题便又提上了日程。A 市的房价噌噌地涨，连带着房租也跟着一起涨，一个月一千多的租金，白白付出去做房租，倒不如还房贷来得实惠。把这想法跟家里一说，父母立刻赞成："我们早就是这个意思，可一直都没敢催你。去转转吧，有合适的就定，等我们闲下来去 A 市看你，也算是有个自己的地方了。”

有了父母的支持，林山心里算是有了底，于是趁周末时间，骑着车子四处看起楼盘来。花了一个月的时间比来比去，心里最中意的是一个叫华恒悦府的小区。这小区位置、交通都不错。唯一美中不足的是，小区房子几乎已经售罄，现在只是在处理几套一楼和顶楼的尾房。

售楼小姐巧舌如簧：“咱们小区全都是十二层的小高层，以后市里这种楼盘会越来越少了，更何况还带着精装修呢。现在是五千一平，顶层赠阁楼，一楼赠小院，多合适啊，这可是现房啊！旁边春江花月的期房都卖到四千八了。您喜欢的话可得抓紧，我们今天正好搞活动，今天交定金的话，一万变三万……”

一楼太矮了点，采光势必会受到影响，而且花了不少钱却只能挑别人挑剩下的，林山心里多少有点别扭。但是，小区其他各方面又都还不错，而且交房在即，让她很是中意。林山权衡再三，还是买的想法占了上风，于是抽空到售楼处交了定金。

正巧，房子下定之后没几天，曹行长带他们几个对公客户经理同华恒集团的董事长严超一起吃饭。

华恒科技集团主营电子传感器，是 A 市数得着的好企业。曹勇慧眼识珠，早在华恒科技集团还叫华恒电子设备厂的时候，就给了企业两千万贷款。随着企业慢慢发展，在汇通的贷款金额也慢慢增加到了三千万、五千万，真正的相依相伴，共同成长。

后来，华恒因为扩张迅猛，资金一度出现了十分严峻的问题，很多银行争先恐后抽贷，唯独曹勇顶住了压力，不光没有收贷款，还说服分行把贷款调增到了八千万。之后，华恒顺利渡过难关，还越做越大，又成了多家银行追捧的对象，但跟汇通银行的这份情谊一直十分牢固。曹勇的饭局，是严超为数不多亲自出席的应酬之一。

“我们一搞银团贷款，银行们闻见味儿就都跑过来了，个个想当这个账户行，托各种关系找，连市里的领导都打电话过来了。我一律都推了。”严超说道，“我跟他们说，这事曹老弟已经跟我开了口，那就没旁人什么事儿了，还是等下次有机会再说吧！”

“老兄，让我怎么感谢你呢？我直接干一个吧！”曹行长端着高脚杯，把半杯白酒一饮而尽。

严超拍着他的肩膀：“我这老弟，人就是实在，和他共事我特别放心。这次的银团你们占大头，金额不小，老弟可一定把上下都协调好了，千万别出什么岔子。我湖北那个项目一开工，搞得资金特别紧张，现在就指着这笔钱呢。”

“是，四个亿也算是笔大业务了，而且银团的审批权限已经到了总行。我这阵子一直在上下协调，这不今天下午到吴行长那儿又说了说这事。他倒是挺支持的，就是有点担心你们房地产那块，一个劲问我这贷款是不是给房地产用。”

“这帽子扣大了！我们哪算得上是房地产了？就是旧厂子的一块地皮，我们在东开发区建了新厂区之后一直闲着，所以盖几栋房子卖出去挣俩小钱。除了这个，我们哪还有其他项目？吴行长这也太小心了。我听说汇通在其他省份做房地产做得风生水起，怎么一到H省，风格就变了呢？”

曹行长解释：“唉，吴行长这个人你还不了解吗？国有行出身，做事非常谨慎，看行业也很保守的。不过这样挺好，底下人好干，出不了大错。”

严超开玩笑：“也发不了大财呀！”

“安全第一。”曹行长笑着说，“咱们这个盘现在销售情况怎么样了？上次我记得说是还剩着一百多套，现在有新进展了吗？”

“这么细节的事我可记不住，小高，你给曹行长介绍介绍。”

高建平赶忙说：“我们这个项目，资金是融发银行给解决的，所以当初刚拿下地来的时候，融发银行内部就团了一栋。后来省医院、四中好几个单位找过来，也团了不少。真正开盘的时候，实际没剩多少了。现在估计也就还有十几套了吧？具体数字我得回去看看再说。”

“啧啧，看来地段好真是不愁卖。我天天上下班路过你们这盘，华恒悦府，大牌子刚竖起来没多久，这才几天的工夫啊就剩十几套了……”

林山听到“华恒悦府”几个字吃了一惊，立刻转头去跟黄莉嘀咕，黄莉瞪大了眼睛问道：“真的？”声音大了一些，曹行长他们都朝这边看来，她忙对着众人解释：“林山说她刚买了华恒悦府的房子。”

“是吗？什么时候？”曹行长问。

“就前几天，现在只剩下了七八套尾房，不是顶楼就是一楼。”林山答道。

“你看看，曹老弟你还在那儿问我们呢！剩几套房子，你手下的这小姑娘比我们的总经理知道得都清楚。”严超哈哈笑了起来。

“是，我跟售楼小姐确认了八百遍，生怕她有好楼层的房子藏起来不卖，所以真是知道得很清楚。”林山解释。

“那你最后选的几层呀？”严超笑呵呵地看着她问道。

“一楼，有一点点遗憾，但也没办法了。谁让您这楼盘这么抢手呢！”林山回答。

“你不早说。要早知道你看上了华恒的房子，咱们就拜托严总给你留一套好楼层了。看，现在晚了吧！”曹行长故意说。

严超没接话。他看了林山一眼，说道：“曹老弟，你这队伍现在真是兵强马壮，有会明、黄莉这两个干将不算完，现在又添个新人，越来越壮大啦！”

“壮大了也是为给严总好好服务。林山这一来，黄莉从好多日常事务里脱出手来了，正好专心致志地搞你们银团的授信报告。”

“这么说起来，我一定得对这个小林表示一下感谢了。”严超笑道，“小高，回去看看咱们留的那几套还有没有，有的话就给她换一套。曹老弟这儿都是自己人，咱们怎么也得先让自己人满意啊！”

林山简直不敢相信自己的耳朵，她不知所措地看看曹行长，后者冲她努努嘴说：“傻愣着干什么，还不快谢谢严总啊！”

林山这才如梦初醒地说：“感谢严总，太谢谢您了！”

“客气什么。一楼二楼，我卖哪套不是卖啊？你两套都要了我更高兴呢！来来来，还是大家一起端一个吧！”

那天散场，林山刚回家，手机就叮叮咚咚响了起来。她拿起来一看，是个陌生的号码，满屏的六和八，富贵逼人。她等了一下，见铃声一直锲而不舍，这才接了起来。

“喂？”她犹犹豫豫地问。

“小林吗？我是严超啊！”

“严总？”林山又惊又疑，“您……有什么事吗？”

“哦，今天散得比较晚，我就是想打电话问问，看看大家都平安到家了没有。”

“多谢您惦记，我已经到了。”林山连忙答道。

“那好，不打扰你休息了，再见。”

这就结束了？挂断电话，林山忍不住觉得自己刚刚小人之心了。没想到这位老总对一个小喽啰都这样周到，成功的人确实有过人之处。

第二天果然接到售楼处的电话，通知她去换房。新房位于三层，是装修过的，简单添置了几样家具就能住了。林山十分满意，于是补了差价，办了变更手续。到了搬家那天，支行楼上楼下来了好几个人，七手八脚一收拾便理清了。

临出门的那一刻，她看着空荡荡的出租屋感慨万千。一年前她为爱情而来，中间经历了背弃而带来的伤痛和孤独。所幸命运待她不薄，又给了她好的领导、同事和朋友作为补偿。现在离开这个地方，她跟郑阳这一页，也算彻底翻过去了。

二

公司部针对见习客户经理提出了一项“营销练兵”计划，要求每个人在三个月内新增两个有效客户。有效客户的定义是日均存款达到三十万元或是获批了授信。

这是林山进入信贷科以来面对的第一个销售任务。她如临大敌，立刻跑去问李会明该怎么办。谁知道急性子碰上了慢郎中，他只随便扫了一眼，含含糊糊地说：“不急，等我看看。”

像她这种一没资源二没经验的新手，营销该从哪儿入手？这是做柜员起就一直困扰林山的问题，她本想借这个机会问问的。可看到李会明没精打采的样子，又把话全咽了回去。

考核基数调整之后，李会明的情绪一直不高。他在单位露面的时间明显减少，即使来了，不是关上门打电话，就是盯着电脑屏幕走神，一副漫不经心的样子。

辛辛苦苦干了半天，原本指望能拿一笔奖金，可系统一个调整便全泡了汤，林山很能体谅他的心情，于是大部分事情都尽量自己解决，不去烦他。这次见他这样说，也就顺从地没再多问。

可接下来的一个月，李会明的行踪越来越飘忽，好不容易逮到了，一问还是那句话。林山感觉他压根就是心不在焉，便开始着急起来。跟晓悦打听，她在电话那头笑道：“急什么，还有两个月呢。”

“怎么可能不急？现在是完全没头绪啊！你有什么打算？”

“我是准备扫街的，我们支行这儿，唉，更没人能指望了。”

都准备扫街了还能这么淡定，林山对晓悦这种大将风度十分敬佩。不过回头一想，扫街也算是个办法呢！办信用卡的小师傅杨晓红，还有培训时那个口若悬河的讲师，不都说靠扫街找了很多客户吗？想起支行附近那几个家居建材市场，还有那几栋写字楼，她的心也动了。试试吧，坐在家里干着急也没用，还不如出去闯闯呢！就这样，给自己鼓着劲儿，林山蹬上自行车出发了。

搬家前转了几次的家具建材城是她的第一站。工作日的上午，商城里顾客寥寥无几，导购员们大都无聊地在门口转悠。林山挑了一家看上去富丽堂皇的瓷砖店走进去，导购小姐立刻热情地迎上来介绍："看墙砖还是地砖？咱们家是路易登峰的子品牌，有八大品牌十大系列，质量都没得说……"

"是这样，我是汇通银行的，这次过来主要是看看你们有没有业务需求……"林山红着脸说。

"我们不办信用卡！"导购翻翻白眼，干脆利落地答道。

"不是信用卡，我们是做公司业务的，比如你们平时结算啦，刷 POS 之类的……"

"那我可不知道，你找我们老板娘吧。"导购员一副事不关己的态度。

林山往里望了望，见一个身着黑色蕾丝裙的中年女性正坐在柜台里。这位女士戴着耳机，眼睛鼻子红红的，正紧紧盯着笔记本电脑。屏幕里民国时期装扮的女子正撕心裂肺地喊着，从口型判断，应该是："不要离开我啊，不要啊！"

林山站了一会儿，见她似乎丝毫没注意到自己的存在，于是在桌子上轻敲了两下："请问您是老板吗？"

女士摘下耳机，带着入戏后无法自拔的哀伤轻轻问道："怎么了？"

"我是汇通银行的，不是办信用卡，是专门做公司业务，像日常结算、POS 机啦，甚至贷款之类的。这次来主要想看看你们是不是有什么需求？”

感时伤世的情绪在老板娘的脸上迅速散去了。“搞贷款的？你能搞多少？”她眨着眼睛问。

“这个现在没有办法跟您承诺。但您可以先在我们支行开个结算户，日常走走流水，最好能有四五十万元的存款在账上，这样以后申报贷款的话，可能会比较好批一点。”贷款是吸引企业开户存钱的最大诱饵。林山知道以这个瓷砖店的规模，能通过审批的希望十分渺茫，却依然使用了这个诱饵，心里不由得十分羞愧，耳根子也发起烧来。

“不要哦，太麻烦了。我跟你讲，我现在办了几家银行的信用卡，光信用卡透支额度加起来就有几百万了，我才不要再去开什么结算账户，太不方便了……”老板娘立马对她失去了兴趣，摆了摆手，接着便低头看她的电视剧去了。

出师不利。

林山灰溜溜地出门，先找了个僻静的角落自我洗脑。感觉脸皮厚了一点之后，才鼓起勇气又出去转了几家。想着自己一个年轻姑娘，面目斯文人畜无害，又拿着正规的银行工作牌，即使买卖不成，总该也能得到礼貌的接待。哪料到这些每天满脸堆笑讨生活的生意人，在听她表明来意之后，脸上总会出现一种不可思议的优越和倨傲，连话都仿佛是从鼻子里哼出来的。终于，在又一次被以对乞丐的态度对待之后，林山彻底恼羞成怒了：“没关系，我理解以您现在的规模，可能确实什么都不需要。可以后做大了就知道了，做生意是短不了要和银行打交道的，到时候咱们再合作也行。”说完凛然往外走。

转身的瞬间，她扫见墙上挂着的营业执照上面写着“个体工商户”这几个大字。什么？个体工商户？那并不是对公客户，不属于她的营销对象啊！

“那个，问一句，您是个体工商户？”林山又忍不住转身去问。

“怎么，个体工商户怎么了？这一整栋楼都是个体户。”那老板没好气地说。

跑了半天，费尽口舌，一会儿勇气满满，一会儿自怨自艾，戏这么足，最后才发现营销对象都没搞对，这不是浪费感情吗！

林山这个不甘心啊！气都没喘一口，骑上车就直奔一家写字楼去了。这次学乖了，先看了看入口处的楼层索引，见上面密密麻麻写着某某公司心里就先高兴起来。之前在建材城话不投机，都是因为没找准目标客户。一群个体户嘛！能懂什么业务？这次终于对了路子，那就打起精神一层层来吧！

林山摩拳擦掌地坐上电梯到了最顶层，一步踏出去便被绊了个踉跄。低头一看，一个缺了一只胳膊的“人”躺在那，在昏暗的灯光下惨白一片。林山还没喊出那声“啊”，旁边就传来了一声呵斥：“看着点！”跟着，一个胡子拉碴的小工从一堆文胸、内裤中探出头来：“踩坏了你赔啊！”

林山抬眼望去。这个楼道简直就是内衣的海洋，地上摊着的、旁边摞着的全是花花绿绿的内衣和包装袋。穿着各式文胸、内裤的塑料模特一字排开，伸手做出请的姿势来，夹道对每一个来访者表示欢迎。

那个小工一边帮其中一个模特换上内裤，一边问道：“拿货的？哪个店？”

林山的脸又发烧了。她尽力装出一副坦然的样子：“我是汇通银行的，想找你们老板谈点事情。”

“银行的？干什么找他？他欠你们钱？还不起了？啊，我好几个月的工资都没发呢！”小工被自己丰富的联想吓得不轻，手上的动作也跟着停住了。

“不不，是别的事情。”

“哎呀可吓死我了！就怕你们这些吃公家饭的了，来了一般都没什么好事。”小工松口气，手又在各种蕾丝和花边中间穿梭起来，“他出门去了，应该马上就回来，愿意等你就等吧。”

满世界的内衣，目光不时在她身上扫来扫去的小工，以及檀香和饭菜混合的奇怪味道，这一切让林山如芒在背。

“算了，我不等了，你们老板有名片吗？”

“有，你自己拿吧。”

林山在财神爷面前的香案上捏出一张名片，落荒而逃了。按着原定计划，顺着楼梯逐层往下走。结果十四层正在装修，十三层空置，十二层的房间个个大门紧闭，连个招牌都没挂。林山在楼道里徘徊，引得声控灯忽明忽暗了几回，最终到底也没敢敲门。

扫街，扫楼，这是谁创造的词？还挺形象的。一层不落地轧下来，可不就跟个扫宝塔的唐僧一样吗？就只缺个孙猴子，也没有奔波霸或霸波奔……

这念头一起，林山脑子里有根弦突然绷紧了。这楼梯间许久没人用过了，昏惨惨的灯光下，依稀可见地上、扶手上已经积了厚厚的尘土，墙角也都是残破的蛛网。真是财迷心窍，为了不等电梯，居然走上了这么偏僻的路段。

这么想着的同时便听见上层楼道里隐约有什么声响，但等停住细听时，却又没有了。林山安慰着自己不要疑神疑鬼，走了几步，头顶上又是一阵窸窸窣窣，似有似无，细不可闻。她的心突突地跳着，支棱着耳朵刚要仔细分辨，便闻到满是土腥霉烂味道的空间里，似乎有一股淡淡的烟味飘了过来。

林山后背汗毛倒竖，腿瞬间软了。她迅速扫了一眼楼梯，跟着猛然发力，几大步便跨了十几个台阶到了楼梯门前。谢天谢地，楼门没锁！随着巨大的拉力，门呼地开了，然后反弹在墙上，发出了一声巨大的咣当声。几个正堵在门口扎堆聊天的保洁大妈吓了一跳，齐刷刷回头看她。

安全了。但林山依旧忍不住回头盯着门看，见始终没动静，这一颗心才算是放了下来。这一惊之后却也不敢再乱转，乖乖坐上电梯下楼去了。

回到支行，正巧李会明和黄莉都在，林山忍不住跟他们讲刚才的惊魂一幕。黄莉拿着她带回来的名片左看右看，忍不住笑了起来："发灿内衣贸易有限公司，董事长金发灿，主营露诗珍美、玛佳蓓儿、莫丽菲丝品牌。笑死我了……"

林山开始还想抗议，听她这么一念，忍不住"扑哧"一声，也跟着一块儿乐了起来。

"上赶着的不是买卖，这你听说过吧？咱们做的是公司信贷业务，不是个金零售，我干这么多年，就没听说谁能靠扫街找到好客户的，这么没技术含量的事下次千万不要再干了。不然你要出了事，我可要跟着一块儿出名了。"李会明一本正经地说。

"都怨你！你这当师傅的要是负责任，她怎么会去扫街？"黄莉打抱不平。

"怨我没说清楚，但她也是个毛躁性子，一点也沉不住气。都跟她说了让她别担心，谁知道她一声不吭跑去扫街了？我老早跟鑫泉、旭日这几个大户说了，让他们找了两个关联企业过来开户存钱呢。"

找授信客户的关联企业开户，凑个数就走，这就是应付差事，对实际业务一点都没拉动。林山放心的同时，对这种老油条的做法还稍稍有点不安。

"那我要真想找客户，该怎么入手？"

“呵呵，还挺有想法。”李会明看了看黄莉，“家里有资源吗？男朋友家有资源吗？亲戚朋友有资源吗？没有，那就急不来了，只能先接行里分配的这些老户，自己慢慢积累。等岁数到了，经验有了，社会关系也到位了，客户自然也就有了。”

“就算没有也没事儿。能不能提职升官，咱们行不看这些。”黄莉笑嘻嘻地加了一句。

“对，不看这个。好多人一个客户都搞不来，照样干客户经理当支行长呢。”

他俩的语气似有所指，林山不大明白。但这番话的安抚作用还是十分明显的，不仅解决了迫在眉睫的任务压力，还顺利消除了她对营销无门的焦虑。林山终于如释重负了。

考核期结束，公司部公布结果，吴晓悦的表现令人瞩目。她也完成了两户，但不同于别人的凑数，这两户都带着国有血统，是正儿八经的好公司。林山十分钦佩，再到分行的时候忍不住跟雅南感慨：“我师傅还跟我说扫街没用呢，看来也是分人的。晓悦这不就做得很好吗？真看不出来她营销能力这么强呢。”

“谁跟你说她的客户是扫街来的？”雅南诧异地问。

“不是吗？前阵子她说没别的办法就准备去扫街啊！”

“吴晓悦怎么可能用得着去扫街？你还真是够……”雅南嘻嘻笑着，说了一半又改口，“唔，她营销能力是很强，不过对内不对外。”

“什么意思？”

“这么跟你说吧。除了支行外，公司部手里也有一部分资源，大都是高层营销来的。这部分资源让谁来做，可都是大领导们说了算哦。”

“你的意思是，他们给晓悦做了？为什么？”

“我哪知道？”冯雅南狡黠地眨着眼，“我就听说前不久在植物园培训的时候，发生了一件有意思的事，行里最近都传疯了。你不会没听说吧？”

“真没听说，看来我太闭塞了。”林山苦笑，“上次在植物园培训的时候我也去了，但除了戴昀叼着玫瑰花给吴行长伴舞，没觉得有什么其他特别的事发生。”

“伴舞算什么，小巫见大巫了。”雅南意味深长地说，“听说后来戴昀冲吴行长和晓悦摔了酒杯呢！你自己琢磨吧。”

戴昀一个支行长，居然敢跟吴良策摔杯子？林山再迟钝也体会出了一些什么。她突然想起了植物园那天晓悦的晚归，心里一个可怕的猜疑像水泡一样越胀越大，最后砰地破碎了，震得林山半晌说不出话来。

“你说机缘是不是蛮有意思？像你就是去中兴东路跟曹勇这种厚道人。晓悦呢？有想法有追求，就正好让她去跟了戴昀。什么师傅带什么徒弟，我看以后啊，这一对师徒之间可有得较量呢！”雅南说。

接着，雅南显然没想到自己能总结得这么到位，说完又体会了片刻，脸上随即露出了十分满意的表情。

三

美国次贷危机是在林山毕业前爆发的，但真正在国内露出端倪却是在今年。

上半年，一切还是影影绰绰，只是零星有些企业倒闭的消息传来，但一过六月便成了燎原之势，危机率先吞没了东南沿海的大批出口企业，然后又从内陆、向各个行业蔓延开来。

H省是经济危机的重灾区，它的传统支柱产业钢铁、煤炭、焦化、纺织，全部属于产能过剩行业。市场猛然变脸，这些企业从上半年的高歌猛进一下子到了下半年的巨额亏损，经历了冰火两重天，企业全都哆里哆嗦地勒紧了裤腰带。

这些企业在当地银行的信贷资产中大抵能占半壁江山，唇齿相依，银行们也随之哆嗦起来，生怕风险集中爆发，自己死无葬身之地。紧张的情绪层层传导，各类排查和摸底报告铺天盖地袭来，人人惶恐不安，不知道第一个雷会炸在哪里。

中兴支行过剩行业客户占比高达 80%，属于重点监控对象，因此几乎哪个排查都躲不掉。李会明和黄莉没空，整日坐在办公室里，于是排查的任务便落在了林山身上。

对于林山而言，金融危机一向是个非常模糊的概念，只存在于书本和考试里。她也经历过金融危机，1998 年那一场，但那时她还是个学生。不管当时的形势多么惊心动魄，她的生活却是波澜不惊的。资本家白白倒掉牛奶，便是经济危机给她留下的全部印象。而如今，当她坐在位于中兴东路七十八号的办公室里，看着企业蹦极一样的财务数据，这才终于感受到了经济危机的含义。

半年来，她每月做这些企业的财务分析，虽然一户都没去过，但心理上却对它们如同老朋友般熟悉和亲近。此刻看它们个个境况惨淡，在生死线上挣扎，自己不由得也跟着忧心忡忡起来。

这天的信贷晨会，说起支行的几个出口型客户，曹行长突然问道："新兴羊绒情况怎么样了？它是百分之百出口，现在金融危机这么厉害，经营一定有影响吧？"

新兴羊绒是李会明的客户。他挠挠头说："我这几个户都交给林山排查了。我这阵子一直在跟 C 市那家企业，所以没太关注。"

林山翻开本子，找到了新兴羊绒的记录汇报说："这个企业还行，没受什么影响。截至上个月末，销售同比增长了 35%，利润增长了 12%，应收账款和存货同比、环比都是持平的。"

另外三个人都惊讶地瞪大了眼。

“怎么了？没错呀，我在本上记着呢，报表上确实是增长了呀。”林山丈二的和尚摸不着头脑。

“要不我抽空去 B 市走一趟吧！这几个户都该去看看了。”李会明有些尴尬地跟曹行长说。

“现在是什么形势你就敢‘大撒把’，全扔给林山一个新手？她什么都不懂，弄出问题来，签字负责的不还得是你吗？”曹行长生气地用笔敲着面前的本子。

“我错了。可您看，不管形势怎么不好，分行下的任务可是一点没减。要依着分行天天排查，咱们今年的指标怎么办？”李会明也有点委屈。

“非常时期，生存最要紧，不然出一单风险就把几年的利润折进去了。大家把手头的事儿都放一放，明天都去 B 市。林山也一起。从开始就是闭门造车，也该学着去看企业了。”曹行长说。

第二天，一群人倾巢而出，在曹行长的带领下来到了 B 市。B 市是地级市，距离省会大约三个小时车程。中兴东路支行一共有四个授信企业在这里，涉及化工、橡胶和羊绒制品三个行业，他们计划用三天时间走访一遍，第一站就是 B 市新兴羊绒制品有限公司。

李会明把车转向公司前的小路，嬉皮笑脸地说：“又要到黄莉最讨厌的新兴羊绒了。”

“为什么讨厌？”林山八卦地问。

黄莉还没说话，李会明已经接口说：“因为呀……新兴的李老板对她太热情了。她觉得自己受不了这么热情，所以才把这户让给我管的。”

黄莉啐他一口：“滚一边去！”

林山一见新兴羊绒的李老板便明白了原因。有别于民营企业家普遍发福的体型，李老板是个梳着大背头的瘦子，说话娘里娘气，眼睛盯在她和黄莉身上滴溜溜乱转。他迎上前来和曹行长他们逐一握手表示欢迎，握到黄莉时便不松手了："黄莉可是稀客，好久没来了，这次还带了个妹妹一起。"

黄莉把手抽出来，介绍说："这是林山，我们支行新来的客户经理。"

林山见势不妙，早就从黄莉身边悄悄绕到了曹行长身边，李老板不好再越过众人来握手，只好说："大家都请进！两位妹妹请进。"

主宾寒暄后坐定，好茶好烟奉上，便开始切入正题。李老板请销售部和财务部的负责人为大家介绍上半年的经营情况。两人从国际经济形势谈起，分别讲述了金融危机走势预判、中国政府应对政策、汇率走势、羊绒行业现状、新兴羊绒生产技术的先进性和下游客户的忠诚度等。

两人绘声绘色地讲了一通，林山听得两眼放光，心想这家公司实在是太优秀了，金融危机简直就是为了反衬出它的光彩而存在的，这明明是要到纳斯达克撞钟的节奏呀！她兴奋地频频扭头看曹行长他们几个，却见他们一言不发，端着眼前的茶杯小口轻啜着。

"和我们合作的这几家外国客户，都是欧洲老牌的羊绒贸易商，都是给 LV、爱马仕这些奢侈品牌供货的。金融危机影响得最厉害的是谁？老百姓啊！真正能消费得起这些奢侈品的那些有钱人，实际没受什么影响，人家还是该买毛衣买毛衣，该买围巾买围巾，所以我们的销售没什么影响。"长篇大论之后，李老板有力地总结道。

"说得也是，产品好不愁销路。"曹行长顺了一句，便扭头对李会明他俩说，"你们不是得看看账吗？去吧，我跟李总再聊一会儿。"

还没等那两人起身，财务老总已经赔着笑说："真不巧，正好这两天税务要查账，账本都抱到税务局去了。”

“这么巧啊！”

“是啊！突击大检查，临时通知的，你看这事闹的。”

李老板和曹行长都不吭声，只顾低头喝着茶。黄莉和李会明对望了一眼，问道：“我们在B市待三天呢，中间账本能回来吗？”

“哎呀够呛，税务局这个办事效率，估计十天半个月的都回不来。”财务老总说。

一阵尴尬的沉默。

曹行长起身拍拍衣服：“那就回头再说吧！林山，见过羊绒是怎么生产的吗？我猜你就没见过。还是请李老板带着咱们去车间看看吧，来一趟怎么也得长点见识啊。”

于是，一行四人便在李老板的带领下走出了办公楼。新兴羊绒的厂区开阔而整洁，笔直的小马路两旁栽满了绿树红花，厂房的蓝顶白墙发出耀眼的亮光。李老板带他们走进了一间厂房，只见里面的几十台机器嗡嗡作响，五六个戴着口罩的女工正在中间穿梭忙碌着。

“梳绒机。这是目前市场上最先进的，一台得百十来万元。这个机子梳十三遍，出绒的长度就能到35毫米以上，一般点的品牌也就够用了。”李老板不无自豪地介绍。

“不错、不错。”曹行长低下头去细看。

李老板甩了个眼色给跟随的几个手下，不妨被凝神细听的林山看了个正着。林山循着他的目光看去，只见黄莉和李会明不知什么时候散开了，黄莉正俯身在一堆箱子的标签上细看，李会明则站在一个女工旁边正说着什么。李老板的随从们迅速跟过去站在了两个人的旁边。没一会儿，李黄两人便在众人的簇拥下，有说有笑地归了队。

“再看看库房吧。”曹行长建议道。

“有点困难，那个管库的人今天家里有点急事，没来上班，别人都没钥匙。”车间主任立刻回答道。

“谁？是老魏吗？他怎么回事？三天两头不来上班，这不耽误事吗？下来你跟他说下不为例，别觉得跟我沾点亲就能搞特殊！”李老板怒道。

“好好，我知道了，下来我说他。那要不咱们去看看水洗车间吧？曹行长这边请。”车间主任说道。

一行人只好跟随着车间主任，按设定路线往水洗车间走去。

林山刚喝多了茶水，这会儿见路边有个厕所，便悄悄跟黄莉说了一声。她是个没分量的小角色，李老板他们并没有在意，一众人兀自往前慢慢走着。林山前脚刚进了厕所隔间，跟着便听到两个人走了进来，打开水龙头哗哗冲着什么。

一个说：“你说兰枝领过？确实是给一百？”

另一个说：“可不是呀！要不这次她把她妹妹和嫂子都拉来了。”

前头那个兴奋地说：“要是银行天天来多好呀！”

银行天天来好什么？林山暗觉蹊跷，心想一会儿得问问黄莉。

那天的晚饭安排在B市的皇宫大酒店。李老板点菜极尽昂贵之能事，尽是海参、鱼翅、龙虾之类的土豪菜品。上菜时，服务员把一个小碗端到林山跟前，李老板立刻大呼小叫：“错了，错了，你这姑娘是新来的吧？这个是壮阳的，给我们男人吃的，你怎么给小妹妹端过去了？这补错了能行？”

黄莉装没听见，林山装傻，李会明忙着跟旁人说话。

曹行长打岔：“哟！醉谪仙，这酒好！只有B市的水才能酿这出这个味！”

轮到倒酒时，李老板又为了黄莉不喝酒纠缠不休：“都这么久不来了，来一次还不喝酒，怎么都说不过去。”

“还在哺乳期呢，下次吧！”黄莉婉拒。

“就喝一小点没事。这酒全身都消化，又不是只往胸前走，摊到奶里才能有多大一点呀！”

“一点也不行，对孩子不好，还是下次吧。”黄莉十分坚决。

“有什么不行的？奶里来点酒精，孩子睡得还香呢。你看人家南方人，哺乳期也喝米酒催奶，哪有一点不沾的？来一点，就一点，都快两年了不过来，过来不喝一杯实在说不过去。”

“下次吧，李总，真不行。”黄莉有些急了。

“有我和会明陪你呢，还不够？黄莉这儿，让她下回来再补上，见面的机会多着呢。”曹行长解了围。

几杯酒下肚，李老板脖子以上都红透了，活像只煮熟了的大虾。刚才被压回去的半截话报复似的喷发了出来，染色的小笑话一个接一个往外蹦。

“所以我说，现在姓王是最占便宜的，大家谁还不知道隔壁老王那点事儿嘛！”说完自己先被自己逗得一阵大笑，几个公司的中层管理者跟着附和地笑起来。

“你家邻居不姓王吧？”他涎着脸又转向了黄莉。

林山暗吸了一口凉气，心想他今天这是要跟黄莉杠上了。

“我可不知道。李总是细心人，要考虑的总比旁人多，我们家不用操这个心。”黄莉笑道。

“呵呵，”李老板干笑了两声，借着酒劲接着说道，“没老王啊？那也逃不出这个桌去。我会看，我敢说你家孩子肯定跟咱这桌上的一个人像。你们都猜猜，跟谁像？”

空气瞬间凝固了，大家的笑容都齐齐僵在了脸上，黄莉拿起了面前的水杯。

“像黄莉呗！李总这是出脑筋急转弯呢？”李会明在一旁突然接了一句。

人们纷纷救场一样的大笑起来，黄莉把水杯弯回嘴边喝了一口。

回宾馆的路上，李会明对拉着脸的黄莉说：“还生气啊？他就是这个德行你又不是不知道。下次再来你别跟着了，不跟他碰面不就行了吗？”

“不光我不来，我劝你趁早把贷款收了，也别来了！”

“就因为得罪了你就要收人款，太狠了吧？”李会明嬉皮笑脸。

“林山你把白天听见的话给他们说一下。”

林山说了一遍，车厢内都沉默了。

隔了一会儿，李会明开口：“也不能因为这么三言两语就把人家判了死刑啊！三千万贷款利率上浮30%，另外还做了六千万的足额银行承兑汇票，上哪找这么高收益的客户去？”

“真是个不知死的鬼！钻钱眼里去了。曹行长您说这个户该不该收？您看这一趟难道觉得他没问题吗？”

“这两天再打听打听，等回支行碰碰再说吧！”曹行长答道。

接下来几户的走访流程都和新兴羊绒差不多，座谈、看账、转厂区，最后便是吃饭喝酒。B市人大多善饮，酒桌文化较其他地区尤甚，常以客人醉酒程度判断接待工作是否到位，越是烂醉如泥越显得宾主尽欢。林山他们除了早饭能吃点米粥咸菜之外，其余两顿几乎都是土豪套餐外加醉谪仙。这种状态下，她觉得自己每天轻飘飘地走在云朵上，真仿佛成了仙一般。曹行长有酒量，人又实在，跟这些人很能打成一片。有好几次，林山见老板们跟他窃窃私语，一副推心置腹的样子。

不知道曹行长到底了解到了什么，总之从B市回来之后没多久，他便给新兴羊绒定了调子：贷款到期之后全部收回，不再续贷。除此之外，还要求李会明专门写了一篇风险预警报告提交给分行风险管理部。

这下子对李会明的影响最大，贷款收清之后存款也就没了，相当于存贷两方面都出了个不大不小的窟窿。林山原本觉得他怎么也得发一下牢骚，可没想到他这次倒是很洒脱，自始至终没再可惜那六千万存款。估计就像黄莉说的：“贷款不出事就该念佛了，那点业绩比起来算个屁！”

四

李会明认识了一个做医药批发的老板，谈了几次之后觉得企业还行，便准备申报授信。考虑到林山一直在做贷后监控，初步具备了一点分析企业的能力，而贸易类企业又相对简单，他就把这单业务放手给了她。

师傅的信任让林山信心大增，第一次独立申报授信又很新鲜，她一心扑在了这个项目上，没日没夜地加班，结果不到两个星期就把这家荣健达医药贸易有限公司的授信报送到了分行。授信部审了几天，公司部突然打来电话，说要请她到分行去一趟。

“是荣健达的事儿。建设东路的戴昀行长说你们抢了她的客户。”公司部这样传达。

这从何说起？明明是李会明的关系营销来的，怎么成了抢客户了？林山百思不得其解。偏偏李会明跟曹行长出差去了，电话怎么都打不通，她只好跑到黄莉那儿把事情说了一遍。

黄莉一听，立刻给营业厅打了电话：“帮忙查查，看看荣健达医药贸易有限公司在建设东路支行有没有开账户？”

信息很快便反馈回来了，荣建达医药公司十年前在建设东路支行开过一个对公账户，但基本没怎么用过。

“呵呵，经济好的时候这种小户没人看得上，现在都成香饽饽了。走吧，我跟你一块儿去一趟。”黄莉卷起袖子来，带上林山便直奔分行去了。

在公司部总经理赵世忠的办公室里，戴昀正跷着二郎腿，指手画脚地说着什么，吴晓悦陪坐在一旁。见黄莉和林山进门，她扭过头，偷偷冲两个人做了个无奈的表情。

“曹勇出门了？那就先跟你们说说吧。戴行长说，荣建达药业很早以前就在建设东路支行开了户，按照咱们行客户归属原则，先开先得，这个户该是她们的。你们抢着先把授信报了，这可不太好啊！”赵世忠说。

“赵总，我们并不知道荣健达在建设东路支行开过账户，企业自始至终也没跟我们提过这回事，我们没有抢的意思。”

“不知道？做授信前不进系统查开户信息吗？”戴昀冷冷地说。

“这笔业务是林山做的，她头一回，流程不熟，所以没查。”

戴昀哼了一声：“好，你说不知道那就不知道吧。但现在知道了，是不是该把客户还回来了？”

黄莉不理她，只对着赵世忠说：“赵总，这个企业确实是在建设东路支行先开了户，但开户都快十年了，却没有任何业务合作，我不觉得说这户属于建设东路支行就这么理直气壮。我们跟客户接触的过程中，客户对建设东路支行只字未提，一直在说这次是头一回跟汇通银行打交道，显然压根不记得有开户这回事了。如果戴行长她们中间曾经维护过这个客户，那是绝对不会出现这种情况的。所以我觉得这个户更像是无主户，大家谁有能力谁做。”

赵世忠看着戴昀：“戴行长你看，人家中兴东路也有自己的理由啊！在你们支行开户这么多年都不维护，所以人家就做了，这怎么办呐？要不你们双方搞个业绩分成吧，怎么样？”

“不行！”黄莉和戴昀异口同声地说道。

“这本就是我们的客户，业绩当然属于我们，凭什么分给别人？一分钱也不分。”戴昀说。

“我们跟这个客户跟了很久，现在授信也报了，费了好大劲，没有让别人凭空分成的道理！”黄莉说。

赵世忠摆摆手：“好好好，那就不分，你们两家接着商量。”

“没什么好商量的，这是明摆着的事。汇通的规矩，先开户的先占，中兴东路必须把抢的客户还回来。”

“这明明算是无主户，我们没抢，现在也不准备还。”

戴昀声音高了八度：“这个企业跟我们支行一栋楼，地址就在我们的楼上。你们做户做到我们头上来了，还说没抢，你怎么这么会说呢？”

黄莉针尖对麦芒：“在你们楼顶上快十年了你都不做，我们刚一报授信你就跑过来说是你的。咱们谁会说呀？”

“好了好了，不要吵了。”赵世忠连忙拦道，“都是同事，有什么事不能解决呢？这样吧，你们先都回去，这事我再了解一下，过后再说。”

戴昀气急败坏：“老赵我告诉你，你别糊弄我，这个事儿要不给我个说法，我绝对不答应！抢户抢到我们头顶上来了，汇通还有没有老实人的活路了？我告诉你，你要不管我就找吴行长去，自然有主持公道的人！”

黄莉原本已经起身往外走了，听到戴昀的话，忍不住偷偷啐了一口：“呸！还真好意思把吴良策搬出来，快别让我替她害臊了！”

李会明回来听说了这件事，一副稳坐钓鱼台的样子，不急不慌甩了份《汇通银行关于授信申报过程中相关问题的解释》过来，文件是十年前发布的。

林山找了半天，见第十九个小问题里写着：关于客户关系归属，如开户三年后仍无进一步业务合作的，可以作为无主户处理，客户关系归最先申报授信的支行所有。

“这个文件发得早，人们估计早都忘了，可我一直记着呢。行里的文件只要过了我的眼就忘不了。”李会明不无得意地说。

林山欢欣雀跃，感觉像一下子有了尚方宝剑。她想，把文件拿到行里去，戴昀她们就无话可说了吧？

可接下来的事态，却并没有按照她预想的那样发展。先是授信部，停止了对荣健达药业授信的审查，理由是“客户关系归属存在争议，需公司部对客户关系进行认定后再继续审查”。公司部方面，即使拿到那份文件，却还是反反复复叫双方过来协调了几次。

曹行长问时，赵世忠只顾和稀泥：“那文件太老了，不符合咱们现在的营销思路啊！今年总行不还在说嘛，客户营销提倡就近原则，好维系感情啊！荣健达就在建设东路支行楼上，走动起来很方便，从这一点来说，人家建设东路也算有理……”

“狗屁！都是托词。我听说戴昀找过吴良策，有人看见她在老吴办公室抹泪呢！行里都传遍了。”黄莉咬牙切齿地说。

就这样，荣健达的归属认定一拖再拖，转眼一个月的时间就过去了。荣健达的老板坐不住，跑到支行来找李会明：“老弟，再这么下去我可受不了了，我们今年和H药业的新合同下来了，采购量比去年足足涨了一倍，这个月就开始执行了。钱再到不了位，就要把我逼死了。”

李会明动了恻隐之心，去找曹行长商量。

“这么拖下去对企业确实不太公平。客户满世界都是，咱们没必要在这个户上跟她们纠缠，她们愿做就让给她们吧。”两人合计了一下，最后就这样拍了板。

林山这些年学法律，一直认为规矩比天大，一切都要拿着文件画杠杠的。眼下，她虽然理解曹行长他们最后的决定，可心里却转不过弯来，总觉得分行对这件事的处置不公到了极点。

正忿忿不平，吴晓悦却来请她吃饭了。

“就当是为了荣健达给你赔罪啦！”她给林山倒上饮料。

“你一个小跟班赔什么罪？又不是你抢的。”

“虽然不是我抢的，但跟在她身边也是帮凶，无形中助长了她的气焰。”晓悦一副低眉顺眼的样子，但眼神有点不自然。

林山“扑哧”一声笑了:“唉，这么乖巧的丫头却跟了这么个恶婆娘，真是让人心疼。”

“她还把这个户给了我呢！我本来不想接，又没理由不接。”

“给你不是好事吗？干什么不接？”

“给了我，说是授信已经报过一遍了，材料都是齐全的，让我三天之内就把授信再报上去。我说怎么可能呢？光写授信报告至少也得一个星期！”

林山微笑不语，但心里已经明白她的意思了。

“好家伙，可是劈头盖脸一阵数落，说我笨，死脑筋，‘中兴东路写好的现成的报告，你不会去要啊？’你听听，这脸皮有多厚？亏她也能说得出来。”

“是呢！抢了人家的客户，为自己省事还去跟人家要授信报告，这可真是欺负人到家了。你们行长还真是号儿人物呢！”林山故意奚落。

“嗯，这事搁谁身上都得生气。要依着我，自己写一份算了，不过是费点工夫的事儿。可她那人你是不知道有多刻薄，本来就瞧我……我们这些客户经理不顺眼，现在逮住了这个机会，还不使劲发挥？我老觉得她开始把这户给我就没安好心。”

“哎哟，不就是一份报告吗？拿去！”林山不耐烦吴晓悦总兜圈子，直接爽利地说，“我自己留着也没用，干吗损人不利己，非让你自己去重写？”

吴晓悦如释重负：“我知道你不是个小气的人，不会把这种事放心上，但还是觉得怪不好意思的。谁让我倒霉，碰上这么个领导呢？”

“你跟她关系是不是不太好？”林山听她不住抱怨，突然想起那个摔杯子的传闻。

“你听说什么了吗？”晓悦敏感地反问。

“听说上次在植物园她冲你摔杯子了。”林山直言。

吴晓悦的脸瞬间红了。她怔了片刻，随即又掩饰地笑了：“我早该想到了，这样的新鲜事怎么可能会瞒得住？其实有什么啊！不就是戴昀喝多了撒酒疯嘛。可放行里这帮无聊的人们嘴里，一定会添油加醋，都不知道说成什么样子了呢。”

她看着林山，半是感慨半是询问。

“我听说这事也是很偶然的，就是说戴昀摔了杯子，添油加醋的倒没听到。”

晓悦显然不信。她用吸管搅了搅果汁，跟着抬起头，不自然地笑了。“嘴上没说，但一定挤眉弄眼，意味深长，或者摆出一副心照不宣的样子来吧？”好像生怕林山回答，她马上自己肯定说，“一定会的，不用想都知道。”

林山没答话。

“其实根本没什么，我是说我和吴行长。”晓悦像在对着全行的群众解释，“我常去应酬，我们是走得近。但他是领导，下属想讨好领导这也无可厚非吧？”

“是的，我觉得无可厚非。”林山毫不虚伪地说。道德约束自己，法律约束众人，这是她根深蒂固的观念。除最亲近的人外，林山从不拿自己的尺度衡量别人，这是她一向的行为准则。

“真的？”她如此坚定，倒让晓悦有些吃惊了。

“当然真的。个人选择而已，又没有妨害到别人，有什么问题？”

吴晓悦一时十分感动。她埋头盯着桌子，半晌才抬起头悠悠说道：“雅南要调去总行了，你知道吗？”

“什么时候的事？我前两天还见她了，没有听她说啊。”林山多少有点吃惊。

“我也不是听她说的。”晓悦拿着一根筷子在桌上画来画去，“是去总行投资银行部，调令其实已经下来了。”

总行投行部？雅南在分行干了这么久，专业都还是一知半解，现在又要去总行了？林山想。

“去了总行，眼界和经历就又不一样了，履历也更牛了。”晓悦看着林山，“雅南和我们一起入行，但起点就比我们高，走得又比我们快，为什么？”

“不能这样比。”林山劝道，“有几个跟雅南一样的？行里需要有背景的人，也需要干活的人。背景是天生的，强求不来，但工作可以自己努力，我不信这样就没机会。”

“你真乐观。”

“不是乐观，是我看到的事实呀！这么多年一路努力，考上大学、找到工作，只要付出的努力都没有辜负过我。难道你不这么想？”

“你知道我们第一次见面的时候，我压根没想到你是这样的人呢！”晓悦歪头打量着她，答非所问，“你可能不知道，我在大学里是很优秀的，特别优秀。大学四年，我努力学习，年年都拿一等奖学金；我帮辅导员带孩子，带头给出车祸的同学捐款，当了四年学生干部。能到汇通来，对我而言已经是最好的结局，我感恩戴德。可毕业的时候我发现，这对雅南不过是一句话的事，而且她能来，汇通银行感恩戴德。我们点钱点得满手是泥时，为了完成任务扫街时，为了存款听黄段子时，为了进圈子拼酒时，雅南呢？站得高高的，远远地走到了所有人的前面。”

“但我说这些并不是因为嫉妒。真的，我一点都不嫉妒，这是她应得的。她今天的顺风顺水，虽然跟个人的努力没有任何关系，但是跟她父辈的努力有关系。因为她的父辈肯付出，无论是金钱也好、汗水也好、自尊和面子也好，总之是付出过的。林山，平台太重要了，你真不明白吗？我进了银行，王同辉肯提携我，吴行长器重我。我家里从没有人有这么好的平台，这个平台是我自己挣回来的，我不想浪费，我得对得住我自己。既然父辈们没人能付出，那我自己付出好了。”

吴晓悦不动声色地说着，像是在说别人的事，但脸上泛起的阵阵潮红却出卖了她内心的激动。

林山看着吴晓悦，突然充满了深深的理解。不知怎么的，她突然想起了法律合规部那次无疾而终的调动。当时她是多么渴望能去做法律工作呀！

吴晓悦的话是有道理的，平台太重要了。如果当初她能克服自己，跟王同辉再走一段，拿到了进入圈子的门票，一切是不是就会变得容易一点？林山努力地设想着，假装自己又回到了迎新晚宴那一夜。

“我看你和别人不一样。”风清月明中，吴良策的话响了起来。又一次，她仿佛做了坏事一般心虚起来，周围的一切似乎也蒙上了阴霾。

就是做不到啊！她松口气，深深地靠在了椅背上，刚才杂乱的心终于坦然了。

五

三季度绩效奖金发下来没两天，支行里出了一个爆炸性的新闻——李会明辞职了。

他的新东家是融发银行，职位是某家支行主管信贷的副行长。曹行长为了送他，专门组织了一场小范围的聚会。

“对，就是周致那儿，我给他做副手。”李会明介绍。

“他好像比你小吧？”黄莉问。

“小多了！还没三十呢。家里有点背景，人也算能干，再加上融发用人挺大胆的，所以老早就提了支行长。我跟人家没法比。”

“你也很不错了！今年才三十三吧？就已经是副行长了，我三十三的时候还干柜台呢！”曹行长说。

李会明不好意思：“您说哪里话？您在汇通是屈才了。要是您肯跳槽，至少分行领导级别了。”

曹行长笑笑：“待遇还行吧？”

“还行。其实跳槽就像二婚，什么情怀啦、感情啦都淡了。大家目标都很明确，还是谈钱实在些。幸好融发在这点上还是挺给力的，一个月拿到手……”

“别说出来！我们受不了这刺激。”黄莉捂着耳朵打断了他。

“小银行挣钱确实不少，但压力大也是实实在在的。”曹行长和气地说，“你刚过去，正是立招牌的时候。咱支行这些户，你先拣着能做的做一些，需要的话我还能再给你介绍点。”

有那么一会儿，李会明仿佛感动得说不出话来了。他端着酒杯凑到了曹行长跟前，掏心掏肺地说：“我这次走，觉得最对不起的就是这帮兄弟姐妹们。咱们支行对公客户经理人本来就少，我这一走得给你们添不少乱。可是领导，我真不能再在汇通耗下去了。我三十三了，上有老下有小，每个月房贷、信用卡还完就剩几百块钱了，媳妇儿到现在还天天倒两次公交车去上班。领导你说，日子过成这样，是咱自己不努力吗？”

“那不是。”曹行长安慰说。

“真不是啊！前两年咱们三个是怎么干过来的？一个月有二十天都在外头喝酒跑客户，剩下十天就没黑没白地写报告。回家孩子面生，见了哇哇直哭。现在业务做起来了，可咱落下什么了？这些年奖金光见画大饼了，到了该兑现的时候，没一回是能痛痛快快拿到手里的。好！挣不着钱我也认了，那分行给我一个认可行不行？别让傻小子辛辛苦苦干半天凉了心呀！这也没有！您是去年年初跟分行申请给我提职的吧？这都两年了，来回讨论就是通不过，非说我资历浅。我资历浅？我资历比那干了两年客户经理就当支行副行长的戴昀还浅？”

曹行长拍拍他的肩膀：“你心里憋屈，这我都知道，所以跳槽这件事我一点儿都没拦着。其实你刚跟融发那边儿接触的时候，我就已经知道了……”

李会明吃惊地瞪圆了眼。

“融发的人力部老总，是我财大的同班同学。他面试完你就来跟我打听，所以我开始就知道。”

“领导，我什么都不说了，一切都在酒里……”李会明仰头便把一大杯酒倒进了嘴里。

“走吧，趁着年轻去闯一闯也好。走了的，留下的，咱们都好好干，希望大家的付出都有回报。”曹行长说道。

李会明走了，支行只剩下黄莉和林山两个对公客户经理了。不，严格说应该是一个半才对，毕竟林山还没有信贷签字权呢。于是全行十四个授信客户全部都挂在了黄莉名下。这个数字堪称恐怖，在汇通银行简直前无古人，后面估计也很难再有来者了。

曹行长一趟趟找行里要人。结果人资部一脚把球踢给了公司部，说客户经理由公司部进行调配。公司部两手一摊，说目前没人可派，巧妇难为无米之炊。

曹行长见总也没个结果，急得直拍沙发：“一个人管十四个授信户，这不是笑话吗？要是再不派人，出了问题算谁的？”

拍沙发也没有用，到最后还是捧了一张大饼回来——“再克服克服！分行已经决定了，把见习客户经理的签字权考试提前到明年初，到那时候就有人可派了。”

越急，越忙，越乱。

一天快下班的时候，曹行长得到一个消息，说H省交通投资公司在向发改委申报“河黄铁路”项目时出了点岔子，急需在两天之内取得银行出具的贷款意向函。情急之下，交投公司在A市的银行间广发英雄帖，有好几家银行听到风声已经在行动了。

H省交通投资公司是省国资委的全资子公司，负责全省交通道路类项目的投资，是各家银行眼里的香饽饽。以前为了业务需要，他们曾经在中兴东路支行开立过一个结算账户，曹行长借着这个机会攀了好几次关系，但都没什么实质性的进展。这次听见这个消息，不亚于天上掉馅饼。

贷款意向函的审批权限在总行。常规授信项目，终批权在总行的话，全流程通常在三个月左右。现在两天就想把三个月的事办完，难度也是可想而知的。好在这个项目股东背景够硬，项目自身又简单，还有搏一搏的可能性。曹行长立刻赶去分行找吴行长汇报，而黄莉和林山则把手头所有的事情都推到一边，加班写好了授信报告，组好了授信卷宗。

第二天一早，黄、林两人把资料报到授信部，然后便在分行泡了整整一天。虽然得到了大领导的支持，审批效率明显提高了不少，但从审查员、分行主管到信贷行长，中间这八九个的签字也是费了好一番工夫。最终，吴良策大笔一挥在分行行长这一栏签上了名字，审批材料这才算是齐备了。

黄、林两人往机场狂奔而去，总算是赶上了预订的航班，在深夜时分抵达了虹桥机场。上海的夜空淅淅沥沥下着秋雨，黄莉和林山四目相对，见彼此身无长物，除了随身背的皮包，就只剩两袋授信卷宗了。冒雨到长龙似的队伍里去打车，直到凌晨一点才在总行附近找到一家旅店。林山素来择席，可今天毛病却没有犯，身子一沾床就睡着了，迷迷糊糊中还听见自己打起了很响的鼾。

第二天一早挣扎着爬起来，搭在椅背上的衣服依旧潮塌塌、松垮垮，带着一股雨水的铁锈味，两个人都后悔没多带一套衣服。步行往总行去，一路上只碰到一家门可罗雀的烧饼摊，而且没有豆浆供应。两人昨天的晚餐也没吃，现在也顾不得烧饼又冷又油，三口两口吞下肚去，被噎得直翻白眼。

到达总行的时候正好是上班时间，衣着精致的绅士淑女鱼贯而入，高跟鞋在光可鉴人的大理石地面上发出清脆的嗒嗒声。两人随着人流进了电梯，自觉地朝角落里一靠再靠。到了其中一层，所有人都下空了，黄莉赶紧对着电梯壁拢了拢头发，林山则使劲搓了搓裤脚上的泥点子。

负责对接 H 省的审查员是一个清秀瘦弱的小男生，说话的声音细若游丝："是的，昨天吕处跟我打过招呼了。但今早领导临时给我分配了点别的任务。今天的贷审会是十一点开始，你们的项目我只能说尽力，但不敢保证能赶上……"

黄莉立刻就着急了。她低声下气地哀求："老师，我们这样突然塞个项目过来肯定是给您添乱了，但我们有苦衷。这个项目对我们分行很重要，它的投资方很牛，是我们的重点营销对象。最关键的是，这个项目还处于筹备期，清白简单，三言两语就能说清楚。您一定要帮帮忙，这笔业务对我们真的很重要……"

"我会尽力的，但真的不能打包票。"

两个人只好在旁边寻了个座位干等着。黄莉如同热锅上的蚂蚁，不停接打着电话，面色却越来越凝重。时间一分一秒流逝，正一筹莫展，突然听到有人大叫"黄莉"，同时一个巴掌重重落在了黄莉的背上。林山扭头一看，只见一个矮胖的大姐正笑呵呵地用手指点着她们，黄莉惊喜地叫道："周楠！"

两个人拉着手到旁边一顿叙旧。原来周楠最早也是H省分行的员工，早先还曾经跟黄莉一块当过柜员，后来调到了分行授信部，再后来又到了北京审批中心。周楠带着北方女人的大大咧咧，叽里呱啦说道："我一听声音就知道是你！我心说黄莉这死东西，怎么来了总行都不过来找我，跟我摆什么谱呀！"

黄莉说："姑奶奶呀！我哪知道你在这儿，你不一直在北审吗？什么时候调到总行了？"

"我都来了一个多月了你们都不知道啊，啧啧，咱们H分行还是那么闭塞。"周楠笑问，"你呢？你今天这是干什么来了？"

黄莉赶紧把刚才的事说了一遍，还没问周楠能不能帮忙，周楠已经抢先说道："就是给省交投出意向函？那简单。我这星期没项目，我跟他们说一声去，把这个项目调我这儿来不得了吗？"说完抬腿就走，只剩下黄莉和林山面面相觑，不敢相信自己居然有这样的好运气。

周楠简直是她们的幸运女神。她接手之后，这个项目的签批就像开挂了一样，顺利地通过了贷审会，顺利地找到了各个领导，顺利地签完了所有字。刚刚下午四点，便已经把盖了红章的贷款承诺函传真回了A市。

黄莉感激地拉着周楠千恩万谢，顺便把中午在旁边商场给孩子买的童装递了过去。周楠一看就翻了脸："你是不是有毛病呀！你给我退了去！你不退我把衣服扔垃圾桶你信不信？咱俩什么交情呀你跟我弄这一套！"

拉扯了半天，黄莉的胳膊都被掰红了一大片，直到林山连连说火车快晚点了，周楠这才勉强收了下来。

两个人走出总行，就像卸下了千斤的重担，连只能坐一夜硬座回A市都没能影响她们轻松愉悦的心情。赶上火车之后，黄莉提议："今天办了这么大的事，咱们吃点好的庆祝一下。"两人兴高采烈地跑到了列车餐厅，黄莉点了鱼香肉丝和家常豆腐，林山连喊不够，又加了一个醋熘土豆丝。两人举起雪碧，喊了一声“干杯”，咕嘟咕嘟便喝下去了半罐。又吃又喝，风卷残云般把饭菜一扫而空了。

旁边餐桌两个黑胖的中年大叔不时向她们投来惊奇的目光，其中一个忍不住问：“你俩是跑业务的？”

林山高兴地说：“嗯，跑业务的！”

大哥追问：“跑成了？”

两人对视一眼，忍不住哈哈大笑：“跑成啦！”

河黄铁路项目的贷款承诺函，汇通银行在两天内完成了支行、分行、总行三级的授信审批，成为A市所有参与行中首家出具贷款承诺函的银行，给H省交通投资有限公司留下了良好的印象。从这件事开始，中兴东路支行和交投公司的关系有了突破性的进展，乃至日后陆续开展了很多业务合作。但前人种树，日后充分享受这次营销红利的却不是他们这几个人了。

第五章

如此狼狈的相遇

一

新兴羊绒因为拖欠供应商的货款而被起诉了。黄莉从上海回来，立刻随曹行长去了 B 市。

上次从 B 市走访回来，曹行长虽然决定要收回贷款，可对外一直都不动声色。像李老板这种处心积虑蒙骗银行的人，如果让他知道银行打算收贷，极有可能破罐子破摔，豁着信贷记录有污点也要赖账。所以，装作不知情诓他把钱还上，是比较可行的做法。

李老板打了几次电话来探底，曹行长他们应付得不错，估计他就此放了心。所以第一笔两千万元到期的时候，他很痛快便把钱还了。还完等了两天，见新贷款没动静，便开始不停催促起来。黄莉借口说现在额度管控，出口型企业提款都需要向总行报批，搪塞了过去。坚持了一个星期，眼看另外一笔一千万元马上就要到期了。李老板虽然有些疑心，但也犹犹豫豫地从外头筹措了资金。没想到正准备还钱的时候，却突然被供应商起诉了。

银行之间多有关联，这个消息像长了翅膀一样，一夜之间便飞遍了各家贷款行。大家闻风而动，一窝蜂跑去了解情况，新兴羊绒的经营困境一下子被暴露了出来。

B 市谣言四起，充斥着各种版本的传闻：有的说新兴羊绒最大的客户已经扺不住金融危机破产了，拖欠的货款足有上亿元；有的说李老板在变卖家产；还有的说李老板已经卷钱跑路了。各路债主乱作一团，纷纷向法院主张权利，生怕自己落在其他人的后头。破鼓万人捶，新兴公司眼看就散了摊子，汇通原本好好的还款计划彻底泡了汤，成了众多贷款行中最先出现违约的一家。于是，曹行长和黄莉便马不停蹄地赶去 B 市参加债权人协调会了。

两人前脚刚走，支行的授信客户富邦电力设备公司便打来电话询问提款的事。他们在汇通获批了一千万元贷款额度，由于土地抵押没办妥，一直没能提款。

林山刚想请示一下黄莉，曹行长的电话就先进来了："明天下午四点，华恒有一个银团贷款的协调会。你替我去一下，记着做好记录。"

"可是曹行长，富邦电力设备想要提款。他们说明天土地抵押手续就能办完了，我还需要亲自去一趟吗？"

"喂？林山，必须得去一趟。"黄莉的声音传了过来，"一定要亲自从土地局的人手里把他项权证领出来，不然怕企业造假。"

"可富邦在 T 市，下午还要去华恒，我怕赶不及……"

"你坐明天的早班车去，两边都不能耽误。"曹行长不容分说地下了死命令。

第二天凌晨，天还完全黑着，林山已经坐上最早一班大巴车出发了。九点钟到达 T 市客运总站，富邦公司财务科的王会计已经在车站等候了。林山刚上车坐稳，便听他不好意思地说道："林经理，有个突发情况我得跟您说一下。土地局管领证的这个侯科长，说是家里有点事，今天要晚一点来单位。你看……"

“那怎么办？昨天没和他约好吗？您没跟他说我今天还有急事要赶回去吗？”林山立刻急得出了一身汗。

王会计尴尬地笑道：“都说了。可他们这些人哪管这个呀！人家就告诉你有事儿来不了，咱能怎么办？咱也不好说什么呀。”

“那，不是只剩下拿证了吗？能不能让别的工作人员给咱们取一下？”

“政府机关的事都是一人管一摊儿，不是自个的事旁人也都不愿管。你看咱这是求人办事儿呢，就别提要求了。一会儿惹烦了他们，再随便找个理由说今天领不了，那倒霉的还是咱们。”

林山郁闷极了。她说：“王会计，我已经提前跟您说过了，下午四点有个很重要的会必须参加。今天上午我最晚只能等到十一点，要是不行的话，我只能先回A市去，那边儿不能耽误。”

“行，就这样吧。”王会计答应了。

两个人守在T市行政审批中心等着。林山的电话一直没消停：一会儿是放款中心让提交银行承兑业务的增值税发票，一会儿是计财部让重新校验大额客户平台的几条信息，一会儿又是授信部催着交产能过剩行业的客户排查报告。林山的手机都打得发烫了。

王会计瞅个空，过来赔笑说：“林经理，我刚刚又联系了一下侯科长，听他的意思今天上午过不来了。你看要是今天取不成，下周我们到A市放款的时候，顺道把证给你带过去行吗？你就不用大老远再折腾过来了。”边说边打量林山的脸色。

“绝对不行！”林山断然回绝了，“我们必须亲自取证，不然我今天跑一趟是为什么？今天要是办不了，只好等下周一我再来一趟了。”

“可我们打算下周一把款就放了啊！那岂不是耽误事了？”王会计见她斩钉截铁，一下子着急起来，立刻打电话去搬救兵了。

也不知道请来了哪路神仙说情，快到十一点的时候，这位侯科长终于出现在了办公室。他身上酒精的余味飘然而至，一看便是昨晚的豪饮尚未降解完毕。王会计赔着笑，点头哈腰一直跟到了柜台门口。

林山偷偷对了一下墙上公示栏里的员工照片，肥头大耳，是同一个人没错。她凑到窗口，把自己的工作证递了进去。

侯科长眼皮都不抬一下，自顾自点上烟，先深深吸了一口，待烟雾把五脏六腑都滋润过了，这才接过证件来扫了两眼："汇通银行！银行牛啊，有钱！任性！我们都得为你们服务。"

林山不语。王会计又是好一阵的道歉和解释。侯科长拉开抽屉，摸了个证出来，随随便便扔到了柜台上。

林山翻开来细细检查。黄莉嘱咐过她，别看土地局是国家行政机关，可办事并不那么牢靠，以前有一次她都把权证领回来了，才发现上面的信息印错了好几项，只好又去重办了一遍。林山检查了一遍，只见地块信息、抵押权人信息、抵押金额都正确，落款处是T市土地局鲜红的公章，这才彻底松了一口气。在登记本上签收之后，立马便折返到了T市客运站。

林山紧赶慢赶，终于买上了一点钟的回程车票。偏赶上乘车的人少，司机出站之后不肯离开，又兜到大桥底下去拉客。一来二去，等赶到华恒集团的时候已经五点多了。会议室里乌压压坐满了人，有人正在演示着PPT，见她推门进来，都齐刷刷望了过来。

林山低了头，轻手轻脚寻个角落的位置坐下，接着便去拉脖子上的围巾。长发和围巾瞬间擦出了火花，轻飘飘地直立起来，又狗皮膏药似的粘在脸上，拨都拨不开。一抬眼，见财务部的高总正使劲冲她招手，又指了指会议桌上"汇通银行"的桌牌。她只好站起来，在众目睽睽之下转移到了预留的位置，同时感觉右脸颊上有缕头发依然恋恋不舍地粘着。

林山轻手轻脚地从背包里拿出了笔记本，再伸手进去摸笔却找不到了。钥匙、手机、护手霜、面巾纸、便利贴，不知多久以前的购物小票，不时在她手下发出轻微的窸窣声，就是偏偏没有笔。等散了会一定把这些没用的破烂全部扔掉，她气鼓鼓地想。

一支笔从旁边悄悄递过来。她如释重负地接住，连忙扭过头道谢。但看到对方样子的一刹那便愣住了——这不就是自己上次在华恒花园里保护秃毛小锦鸡的时候遇到的那个人吗？

那人看懂了她的心思，露出一副“可不就是我嘛”的表情来，促狭的样子与严肃老成的气质形成了有趣的反差。林山尴尬地笑笑，心虚地转过了头。

“哗——”会场里突然爆发了一阵掌声，台上的人发言结束了。高总望着林山的方向问道：“周行长还有什么要补充的吗？”

林山还没回过味来，旁边那人已经慢条斯理地说道：“刚才宋经理已经讲得很全面了，我只想提醒大家一句，这只是我们初步的一个方案，具体细节下来还要跟账户行……”

说到这儿，他侧身冲林山礼貌地点了点头：“汇通银行进行仔细沟通。这期间，也希望大家能多提需求，不要等后期执行时才发现某些指令自家的系统是做不到的。我就补充这一点，宋经理继续下一项吧。”

“好，下一项是讨论合同文本。”

林山十分诧异。怎么？这人竟然是个行长？可他看上去还这么……年轻啊！她好奇地斜眼望他面前的席位卡。牌子歪了，她努力往后掖着身子，也只能看见一个“周”字。刚想往后挪挪凳子，那人已经伸出手，把席位卡朝这边拨了拨。

林山的脸瞬间红到了脖子根，但同时也看清了席位卡上周致这两个字。她装作一副若无其事的样子记着笔记，脑子里却狂叫着：丢人、丢人、丢人、丢人、丢人……等等，周致？这个名字好像在哪儿听过。融发银行，周致，李会明的新上司？天呀，今天出门没看皇历，真是糟糕透了。

这天的会直开到晚上八点半才散。结束后，周致对林山笑道：“原来你是曹行长那儿的，久仰久仰。”

“你是李哥的新上司，我才久仰。”

“哦……”周致一拍脑袋，“对了，你在曹行长那儿，肯定跟会明一个支行啊！怎么回市里？我可以带你一程。”

林山连连推辞：“不用麻烦了，我打车，很方便……”

“周致，周行长。”高总在那边招手叫道。

“不麻烦，你等我一下，很快的……”周致往那边走去。

“真不用了……”林山补了一句，也不知道他听到没有。她犹豫了一下，便随着四散的人群走了出去。

夜幕下，东开发区荒凉的程度超出了她的想象，马路上行人寥寥无几，沿着大路连着走了两个路口，都没见到一辆出租车经过。一个骑电动车的人从她身边经过，速度突然慢了下来，还回头频频观望。林山害怕了，正犹豫着要不要再折回华恒去，一辆轿车从她身旁开过，然后又在前面十几米的地方戛然而止。周致推门下来，冲她打招呼说：“哎，你。”

林山飞快地跑了过去，刚到跟前便听到呼啦一声，原本提着资料袋的手瞬间一阵轻松。她低头看着散落了一地的资料，心里简直要被这倒霉的时运气死了，于是负气一般脱口说：“每次碰到你都这么狼狈，我也真是无语了。”

“不，从概率角度看，这应该是你的常态。”周致忍俊不禁。

林山睁圆了眼睛，但见对方鼻子眼睛都挤成了一团，忍不住也跟着乐了起来。

“走吧，捎你一段。这么晚了，开发区是打不到车的。”周致拉开了车门。

“那好吧！我不客气了，这一天也真是够了！”

“一天？”

“对啊，不然我为什么会迟到？我今天早晨四点钟起床的……结果那个胖科长啊……司机一看才这么几个乘客，脸立刻耷拉下来了……我这才算赶到了……”林山忍不住把这一天的事情前前后后给他讲了一遍。

“啧啧，看来你们汇通的客户经理也蛮拼的！”

“当然了！你为什么会觉得我们不拼？”

“吃大锅饭嘛，哪有动力去拼？等等，也许只有你自己这么拼吧？毕竟拿着竹竿在鸡笼旁锄强扶弱，这可不是平常人能做到的。”周致说着，嘴几乎咧到了耳朵根。

“锦鸡？我还想跟你打听呢！上次你看到老魏把笼子隔开了吗？我后来一直没空去……”

“反正那天我走的时候他正在弄。说起来，那天你怎么突然就走了？”

深秋的夜晚寒冷清冽，城市在一片黑暗中渐渐安静了下来，只有路灯依然星星点点闪烁着橘黄色的光。周致的车子在环城高架上一路疾驰，朝着 A 市的方向驶去。

二

第二天，夕阳西下，薄薄的暮霭缓缓流动，办公室里的光线渐渐暗了下来。资产负债表里数字仿佛已经变成了一个个黑点，不安分地在密密麻麻的格子里来回跳动。林山揉揉发酸的眼睛，起身出门，只见个贷那边灯火通明，热闹得像赶集一样。她接了一杯水，又回到了办公桌前，紧紧盯住了眼前的表格。

华恒集团七亿银团贷款项目已经正式启动了，一共有十家中外资银行向企业提交了贷款意向函。根据牵头行下发的备忘录，所有意向参与行应该在两个月内提交各自的授信批复，具体承贷金额将按照批复额度同比例分配。这个项目原本是黄莉负责，可曹行长在最近的一次晨会上，却把这个客户调给了林山。

“我手里的急事太多了。你看，新兴羊绒出事了，宏图、信达和三力授信都是下个月到期，续授信最晚这月底都得报上去。交投这儿得趁热打铁，准备给他们推几个信托产品。宝力格橡胶李会明走之前就在跟，资料也拿了，人家一直催着，可我报告一个字都还没写呢！”黄莉说道。

“我知道，黄莉姐，你这儿压力太大了。我不是对分户有意见，我只是觉得华恒这么大的企业，这次做的又是银团，我这么个新手，上来就做这么重要的业务，要是搞砸了怎么办？给我换个简单点的不行吗？”林山担心。

黄莉吁口气：“华恒就是最简单的。它是老客户，又是大企业，分行审查员对它的情况比你还清楚，所以一定出不了什么大问题，这是其一。它的基础授信我三个月前刚报过，报告都是现成的，你改改就能拿来，这是其二。曹行长跟严总关系很好，你只要不捅大娄子，相信他都能搞定，这是其三。所以，这就是最合理的安排了。你只管放宽心去做，以前你写的荣健达不是就很不错吗？没问题，一定能行的。”

黄莉又是鼓劲又是宽慰，林山没办法再说别的，只好硬着头皮接了。她俩现在一个是女人当男人使，把维护客户、营销跟进、喝酒应酬的事情全部担当了下来；另一个则是新手当老手用，什么月度查访、半年监控、自查自纠，懂不懂的，捋袖子先做了再说。两人就像是上足了发条的秒针，围着支行、分行和企业嘀嘀嗒嗒团团乱转，原本以为要散架的摊子居然也就摇摇晃晃撑了下去。

“来来来，吃饭了！”黄莉手里提着个大袋子进来了，“快，佟记包子，有肉有素啊！”

林山凑过去打开袋子，一股白气腾地蹿了出来：“热乎的。你刚买的？”

“不是，个贷那帮人又要干通宵了，小孔刚买回来的。”

两人在办公桌上铺张报纸，拧个杯子盖儿装醋，一块儿吃了起来。

“我看他们那边跟赶集一样，都是过来做按揭的？”林山问。

“可不是嘛！这几个人已经连着几天没回家了，牙刷毛巾都在那儿摆着呢。这还不算完，我听说曹行长这阵子又跑成了两个盘，一个住宅楼叫金碧城，还有一个是商铺，叫什么信元发的。啧啧，这俩再做起来，他们几个更有得忙了。”

“曹行长跑业务真是有一套！”林山感慨。

“那是当然了，中兴东路要不是他早就完蛋了。”

黄莉拿着包子蘸了蘸杯盖里的醋，说道：“咱们支行的日子，也是这两年才刚刚好过点了的。曹行长来中兴东路支行的前一年，客户接二连三出状况，有的因为经营不好被分行清退了，有的是经营太好上市了，就把银行贷款都还清了，还有像网通和电力这种大客户，那一年先后实行资金归集，账上的钱都被归集到集团去了。林林总总，支行那一年的存款就掉了几亿元。老曹来的时候，整个支行脚底下连块可以踩的实地都没有，一脚一个窟窿。这几年，他跟个老牛一样，带着李会明和我满世界跑。怎么样？我们生生地又把业务干回来了。你看看咱们现在的客户，跟三年前相比几乎换了一个遍，放眼整个汇通，哪还有一家支行跟我们一样的？建设东路支行戴昀那儿，号称汇通第一大行，二十几亿元的规模，可里面有她自己找来的一户吗？还不是吃历年历任积攒下来的老本？”

“这就不公平。要是赶上个底子好的支行，什么不做也能过得不错。既然这样，大家都去好支行坐享其成得了。”

“你以为想去就能去吗？肥肉为什么给你吃？”黄莉拿起一瓣蒜咬了一口，“什么是好领导？陪着玩的和真正做事的，让大家都有所收获，这就算是好领导了。可现在呢？哼！也就是看着曹行长吧！”

是的，看着曹行长吧。所以这些日子，虽然大家一直在超负荷运转，心情却始终不错。老曹这人，杂事难事从不甩给底下，不管外头多么艰难，支行里却总是一团和气。大家都保持着一种积极纯粹、埋头做事的状态，而且林山还是蛮喜欢这种状态的。

于是，她在一片忙乱中依旧很有效率的把华恒银团贷款报到了授信处。为了加快审批速度，又特地跑了一趟总行去申报绿色通道。事情办完，突然想到雅南也在这层，便拐去看了她一趟。

雅南穿着行服，挂着门禁卡来接她，俨然已经是总行众白领中的一员。迎面碰上一个同样是分行上来办事的人，看着年岁得跟李会明差不多大了，毕恭毕敬地对她喊了声“冯老师”。雅南礼貌而冷淡地点头致意，神情也与总行众老师无异。

到了工位，她一把把林山按在椅子上，跟着便急切地说：“来得正是时候！有个问题我看了半天也不明白，又不好意思问旁人，你快给我讲讲！”

林山扫了一眼她的办公桌。档案架里的文件夹上分门别类地标上了“非标”“并购”“夹层”等简要名称，桌面散乱着一堆文件，“某某集团评级报告”“资产支持专项计划”“法律意见书”等随处可见。

林山摆摆手，半是自卑半是开玩笑地说：“冯老师，这里这些高大上的东西我听都没听过，就跟刘姥姥进了大观园一样，看哪儿都是金光闪闪的，能给你讲什么啊？”

“知道。高级货你不懂，但庄稼地里的事总没问题吧？”

“哦……那还凑合。你说来听听。”

“应收账款对企业的影响到底在哪儿？”

“这……大了去了，哪方面啊？”林山被这宏大的问题问蒙了。

“报表。对报表结构有什么影响？为什么把应收账款打包卖了就能优化财务指标？”

“应收账款打包卖了？是做无追索权保理吗？”

“哎呀不是，是做ABS，很复杂的，跟你说你也不懂。你就直接告诉我对财务指标有什么影响吧！”

雅南这张嘴呀！林山听了别扭，但又不好说什么，只能苦笑着回答：“我只知道，如果是无追索权保理，就相当于银行把企业的欠款都买下来了，应收账款就都变现成了钱，还不用在负债方面体现，那肯定是降低资产负债率了。但如果有追索权的就不行了。”

“这是出表或不出表吗？”雅南看着很糊涂。

“什么是出表不出表？”林山更糊涂。

“哎呀，你还是自己拿去看看吧！”雅南不耐烦地塞了份文件给她，上面写着“资产证券化业务培训资料”。

林山用十几分钟浏览了一遍，对正在浏览淘宝的雅南说：“我大概明白了。拿你手头这个应收账款类的来讲，这和我刚说的保理原理很像，不过要公开发行出售，要评级，投资方也不一样而已。企业做这个产品，最大的好处就是实现出表，就是把应收账款直接变成钱，而且在负债方面还不显露出来，那报表绝对能优化不少呀！但实际中能不能出表是有一些判断标准的。”

她按照自己的理解滔滔不绝地讲解了一通。虽然有些表述过于浅显简单，甚至存在一些漏洞，但雅南听完，觉得确实比之前清楚了不少。

“看来在基层做一做也是有好处的，业务理解起来就是容易。

真是羡慕你啊！不像我，半天越看越糊涂。”雅南心里高兴，顺带表扬了别人几句。

“你算了吧！得了便宜还卖乖。我们这些基层员工，想接触这些高级货还没机会呢，就只能凑合干点接地气的庄稼活儿了。”林山小心眼地说。此刻，她已经深深体会到了智商的廉价。

“真的，基层信贷经验真很重要！我不骗你！”雅南咯咯笑了，“你没见最近总行发布的分行领导后备人员遴选标准吗？有基层信贷经验可是标准之一呢。”

“是吗？那你也到支行来跟我一块做客户经理。不然以后怎么升职？”

“我啊，我们这种都是用例外条款的！”雅南有口无心，半真半假地玩笑。

“羡慕嫉妒恨，气死人不偿命。”林山吐吐舌头。

“说着玩呢！”雅南哄她，“我在这些事上可没什么兴趣。当初来总行我不愿意，都是因为老吴说转一圈，在履历上加一笔就回分行，我这才答应的。现在后悔死了，每天弄这些半懂不懂的项目真是活受罪。”

“早知如此，当初留在办公室不得了吗？自己还哭着喊着要去公司部。”

“我不是觉得到公司部能接触到业务，这样和我哥话题会多一点嘛！结果弄巧成拙，现在离家这么远。”雅南十分惆怅，“我们那个小圈子聚了几次，我都错过了，现在都好久没见他了。”

林山忍俊不禁：“色字头上一把刀，你这纯属于自找，只能忍着吧！”

两个人又叽叽喳喳聊了一阵子，林山这才返程回了A市。

回去不久，总行下发了重点客户认定，华恒顺利进入了绿色通道。审查员看了一段时日，问了几轮问题，其中有一条指出，华恒这次提供的系列抵押物中，有一个位于东北某地级市的酒店，位置比较偏僻，希望支行能去实地勘察一下。

华恒方面很快便帮林山安排了行程。同时，因为担心其他参贷行未来也会提出类似疑问，特别邀请融发银行一同走一遭。融发银行是牵头行，作为整个银团的代表，他们的调查报告可供所有参贷行参考。这样，三方的人便一起踏上了前往东北的旅程。

三

汽车一路疾驰。窗外寒林漠漠，残雪中驳杂着黑褐色的地面，一两棵枯黄的玉米秸秆在风中瑟缩着。广袤的农田和灰蒙蒙的村舍大片地扑过来，又飞快地向后退去。林山斜靠在车窗上，也不知道自己睡了多久，这会儿醒过来，迷迷瞪瞪朝车窗外望去，想找个路标看看到了哪里。

“马上就到J市了。”周致合上笔记本电脑，“挺能睡的，中间几个电话都没吵醒你。”

“真没听见。”林山不好意思。

“我也没听见。”躺在后座上的宋经理揉揉双眼，坐了起来，“直睡了一路。”

林山、周致以及融发银行的主管客户经理小宋，一行三人是今天凌晨乘飞机抵达的长春。下飞机之后，又马上搭乘企业预备好的商务车直奔J市而来。连续奔波，人困马乏，林山和小宋上车便睡过去了，周致倒是挺精神，在电脑上忙活了一路。

华恒用来抵押的酒店位于J市开发区，是一幢八层楼的建筑，内部装潢还不错，看招牌上写的酒店标准也有四个星。几个人在餐厅简单地喝了碗粥，便立刻进入了工作状态。林山和小宋楼上楼下把内部装修和设施看了一通，又到外面去拍了建筑物外观和周围的商业环境。

“周行长，地产那边的王总正往这赶，意思是无论如何今天和您见一面。西南边刚下了暴雪，高速路给封了，他们估计早到不了。您看这怎么办？”华恒方面负责陪同的老方凑到周致身边，殷勤地请示。

“你什么想法？”

“唔，”老方沉吟片刻，“地产这边儿虽然不是华恒的事，但您也知道是谁的关系，严总挺重视的。”

“知道，要不我也不跟着来这一趟了。”周致淡然说。

“那您看能不能这样。咱们今天就不回长春了，不管多晚都跟他们见一面，这样双方心里都踏实。明天我直接把各位送到机场，保证耽误不了回程。”

周致沉吟片刻，回答说：“还是回去吧！不论多晚我等他们就是了，什么时候谈完什么时候走。反正这事简单，用不了多久。他们非要见个面才心安，那就见个面好了。”

老方有些怀疑地问：“真那么简单？您确定能做？之前他们可是各家银行都问遍了，一听说是房地产都摇头。”

“能做。”周致笑笑，“这不是我们的第一单，这种模式已经很成熟了。但价格也很高，综合成本在 20% 以上。”

“不高不高，能做成就念佛了，再说跟外头的资金比起来可便宜多了。”老方连连称赞，“要不说融发是做房地产的专家呢！找你们总没错。”

正说着，小宋匆匆走过来，俯身在周致耳边说：“您过来看看后院。”

酒店的后院是一个小停车场，专门供住宿的客人使用，地上整整齐齐地铺着嵌草方砖。

“这门是通到后面小区去的。”宋经理指着角落里一个小门说，

“这个酒店原来是市机井的地，前面是厂子，后面是宿舍楼。宿舍楼原本有个朝西的出口，后来旁边建写字楼给封死了，现在后面那些住户们进进出出都只能走这儿。等于土地使用上是受限的，估计将来变现的时候会有影响。”

周致走到小门前看了看：“土地证有什么问题吗？”

“土地证是规整的。这属于地役权问题，证上不会显示。”

“那就不提了。”

“可是如果将来真涉及变现的话，会有影响……”

“要是华恒一年后就到了要变现抵押物的地步，那现在为什么还要做这一单业务呢？”周致径自往回走，“这事报告一点也不要体现。十几家参贷行，出一点小问题就得左右协调多少天，到时候不是压额度就是换抵押物，咱没时间跟他们折腾。这笔业务下个月底必须落地，你也知道，今年的指标就差这笔中收了。”

“知道了。”小宋跟着走了一段，突然又想起件事来，“还有汇通银行那个小林呢？她要是也发现了就麻烦了。”

周致没说话。

小宋在后面自言自语：“未必能发现。认真倒是挺认真，还没经验呢，菜鸟一个。”

回到大厅的时候，林山正在翻看过去几个月的入住收据。她头埋在厚厚的一摞账本子后面，一个手指着票上的数字念念有词；另一只手在计算器上认真地敲打着。周致突然一阵冲动，走过去坐在了她旁边说：“我念，你打计算器。”

林山冲他笑了笑。

“185，268，185……”

周致慢慢地念着，林山噼里啪啦地敲着。两个人认真地做着这项简单的工作，既全神贯注，又神游物外。账本一页页簌簌翻过，林山脸红扑扑的，鼻尖沁出来了些细细密密的毛汗。

“没了。”良久，周致捏着账本的最后一页，开口说道。

“这么快？”林山扭头看他。

“嗯。”

“那好吧。”说着站起来伸了个懒腰。

时近中午，大厅里的人骤然多了起来，不时有人三三两两进来，不是扛着三脚架就是背着摄影包，一边走还一边兴奋地喧哗着，林山依稀听见了光圈、景深这几词。

“这些都是住这儿的客人吗？”她纳闷地问老方。

“对，都是摄影爱好者。刚下了大雪，估计雾凇这两天就出来了，这都是过来拍照的，好多都是提前十几天就过来呢。”老方挺得意地说，“我们这酒店位置好，正守着江边，夏天避暑休闲，冬天看雾凇，一年四季都闲不着呢。”

“严总当初怎么会跑这么远买个酒店？”

“这也是凑巧。我们七八年前曾经筹划在这边建分基地，严总过来考察，想着厂子建在这儿，这个酒店弄成个客户接待中心挺不错的。没想到还真买对了！这几年J市搞旅游开发，这酒店跟着火起来了，而且越是天寒地冻人就越多，观光的摄影的，一拨接一拨，你看这乌泱泱的……”

“都是来看雾凇的？”林山心里有点痒痒的，“我记得小学有篇文章就是专门讲松花江边的雾凇呢！这儿离江边不远是吗？”

“开车五分钟，拐个弯就是。”老方没理解她的意思。

“想去看吗？”一旁的周致突然开口。

“有点。要是不方便，不看也没关系。”林山觉得这种集体行动中提出个人要求有点不好意思。

“这会儿啊？早没了，太阳一出来就没了，你没见这人们都回来了吗！想看得明天一大早才行。”老方说。

“哦，那就算了吧。”

林山心里多少有点小遗憾。正要接着做事，突然听见周致对老方说：“那我们住一宿吧！人家都特地大老远跑过来看呢，我们都离这么近了，不看看是怪可惜的。你觉得怎么样？”说着转头去问宋经理。

“我没意见。早累瘫了，住一宿能先休整一下最好了。”

老方心花怒放，直劲儿说：“就是就是，住一宿。难得这么好的凇，不看看太说不过去了。”

宋经理见林山满脸喜色，忍不住打趣：“小林，客户经理这差事还行吧？也不是光出差受罪，也还是有点好处的是吧？”

“嗯！”林山点头。

“坚持住，干几年你就能走遍祖国的四面八方了。像我，光香港都去了四遭了呢！”

“真的？”

“真的。就是连航站楼都没出过，每次都是看着人家在合同上签完字就又飞回来了。”

大家哄堂大笑，林山更是笑得嘎嘎的。冷不防见周致正看着她，突然脸一热，心里扑通扑通猛跳了两下。

那天晚上，林山很早就回房睡下了。自从上了班，时时东奔西走，以前择席的毛病不治自愈。这一觉又香又甜，直到早晨七点多才被走廊上密集的脚步声和喧哗给吵醒了，心想那一定是看雾凇的人们出发了。她赶忙跳起来洗漱，按昨晚的约定到了大堂，却见等在那儿的只有周致一个人。

“我以为我晚了，没想到宋哥和方经理更晚。”她庆幸地说。

“他们不去了。”周致气定神闲，“昨晚见了个客人，谈完业务又去吃夜宵，直折腾到两点多。他们起不来了。”

“还有这事！”林山十分吃惊，“那你呢？你能行？”

“我没事。难得的机会，再困也能克服啊！”

车子朝江边开去。七绕八绕，宽阔的大道越来越窄，两旁的树木多了起来了，开始只是零星几棵，渐渐便连成了片。东北苦寒，夜里的雾气凝在枝上，结成了冰雕玉琢般的树挂，这便是著名的雾凇了。此刻，整片林子披霜挂雪，满树都是高粱头一样饱满的冰晶，在湛蓝的天空下流光溢彩。行至林末，地势渐渐开阔，眼前的松花江水缓缓流淌，辽阔的江面笼罩了一层氤氲的雾气，更是如同仙境一般。

林山一路啧啧惊叹，车还没停稳便跳下来，洁白的雪地上立时留下了一溜欢快的脚印。看一阵，玩一阵，啧啧惊叹一阵，拿手机狂拍一阵。仰拍、俯拍，站石头上去、跪在地上，各种角度各种特写，恨不能把这美景全收到手机里去。

周致跟着她，心情也雀跃起来。

“看，那个地方不错。”他指着江里的一小片空地说。那片空地离岸不远，也就能容两个人站立而已，“那儿一定能拍到松花江那个大弯和雾凇的全景。”

林山玩心大起。她站在江边目测了一下距离，说：“我来试试！”说着脚上一使劲儿，已经咻一下跳了过去。

“小心！”周致吃了一惊，“我就说说而已，你怎么就真跳过去了？真是胆儿大。”

林山远远拍了一张松花江的景色。这个角度真是绝佳的，蜿蜒的河流、壮美的雾凇都囊括在内，照片洗出来就是一张现成的明信片。她忍不住地欣喜，转身想要跟周致夸耀，却发现他正举着手机对着她。

“你站在江边拍风景，拍风景的人在后面拍你。”周致歪头笑着说。

“别，可别拍我！”林山跳回来说道。

“为什么？这么美的景色不留个纪念吗？”

“不，我不拍。”林山坚拒。

周致纳闷：“为什么？怎么这么坚决？”

林山看看一旁各种自拍和合拍的人们，低声跟他说：“这个地方这么像仙境，跟人完全不配的，加上人就糟蹋了。”

周致愣了一下，心里随即便笑翻了。

“哦，明白了。”他特别郑重其事地点了点头。

当天晚上十一点，一行人回到了A市。

融发银行的作风果然如同传言中一样强悍。第二天一早，当林山勉强爬起来赶到单位时，发现宋经理已经向各家银行群发了这次的调查报告。林山一边纳闷他什么时候写的，一边赶着把自己的调查整理出来，也反馈给了分行。半个月后，这个项目顺利通过了审批，被报到了总行。

与此同时，支行好几个大项目都有了不错的进展。曹行长一直在跟的两个按揭项目都签了约；宝力格橡胶已经通过贷审会审批，只等放款；省交投公司投桃报李，一下子买了几个亿的信托理财。

眼看着克服了人手短缺带来的困难，业务还连连开花，大家还没来得及高兴，便迎头赶上了分行新一轮的人事调整。几乎是毫无征兆的，曹行长被调到了新华路支行，而他的继任者，居然是王同辉。

在汇通银行，虽然同为中层，但机关各部门老总们的地位却远高于支行行长。支行长调任部门老总，就算是平级调动，那也叫高升，而部门老总调任支行行长就带了“被贬”的色彩，更何况是人力资源部这么万人敬仰的部门。但眼下这次调动却不同于往日，坊间疯传这次是王同辉在为未来铺路。王同辉办公室出身，后来进入人力资源部，履历里缺乏基层锻炼的经验，始终是进一步升迁的短板。现在，把他放到中兴东路支行这块犁好的熟田里，只要按部就班春种秋收，便能在履历上加上出彩的一笔，怎么算都是一笔好买卖。

相比之下，曹行长的调动则更像是在腾地方。一方面他来中兴东路支行才刚刚四年，并没有到必须轮岗的时间；另一方面，他这次要去的也不是什么好地方。新华路支行曾经也是大型支行，但近几年的发展并不理想，各项指标都缩水得厉害，已经下滑到二类小行的行列了。所以，这任命一下，就像一滴水进了热油锅，分行上下一片哗然。有人私下开始称呼曹行长为“老牛”，意思是专犁荒地。但不管外面如何议论，曹行长每天神色照旧，支行的工作依然是该布置布置，该推进推进。

有人替他不平：“行里办的这叫什么事？费劲出力刚把这块捋顺了，说调就调走了，这不是欺负人吗？跳槽算了！以你的资历，到哪个行去不是抢着要？”

他也只是笑着摆手：“老了！毕业就来汇通，待了快二十年，有感情了。不去啦，哪也不去啦。”

到了要走的那天，他像往常那样下来，在各个办公室转悠了一圈，平平淡淡地跟大家告别：“大伙都忙着吧，我走了。”

林山已经低落了好一阵子的心突然决堤了，忍不住扭过头去，却正好看到了黄莉眼底的意兴阑珊。

四

王同辉到任之后干了三件事。

头一件便是把分行的领导们请到支行来指导工作，一个月之内，光是吴良策就被邀请来视察了两次，部门老总们更是你方唱罢我登场，走马灯似的过了一遍。大家的生活发生了翻天覆地的变化，整天迎来送往，几天里参加的饭局便超过了过去一年。

第二件是开会。利用晚上的时间，连着开了整整一周会。会上，他要求所有员工进行深刻的批评和自我批评，反思中兴东路支行过去几年为什么进步缓慢，为什么没有实现更大的跨越。“愿景”“目标”“价值”“KPI”这些闪闪发光的词从他嘴里一个接一个往外蹦，听者肃然起敬的同时不免听得云里雾里。

第三件，就是把吴晓悦从建设东路支行调来了中兴东路支行。这也算是唯一让林山高兴的事了。而晓悦到位之后，王同辉喊林山和黄莉去参加应酬的次数锐减，可以说是附赠的一喜。

添了新人手，王同辉把信贷科的工作重新分配了一遍。黄莉照样挑大梁，拿着风险最高、事务最复杂的十几户民营授信客户，林山除了继续负责华恒集团之外，又从黄莉那里调了盛大泵业、富邦电力设备两户过来，晓悦则接手了H省交通投资有限公司和几家纯存款客户。考虑到林山和吴晓悦都在见习期，没有授信业务签字资格，因此客户虽然分给她们管理，工作也由她们去做，表面上却还是挂在黄莉名下。

“小吴刚从建设东路支行过来，她们那边民营客户少，所以管户经验肯定不如你们，这次先给她几个风险小点的，等以后有经验了还要再调整的。”王同辉自觉分得肥瘦不均，特意对黄莉她俩说道。

“行啊，听您的安排，我没意见。”黄莉拿这并不当回事，反过头来问，“B市政府要开新兴羊绒的贷款行协调会了，说是会拿一套新方案出来，您看咱们近期去一趟？”

此时，距新兴羊绒贷款逾期已经几个月了，企业无力偿还已成定局，诸多参贷行纷纷把工作重点放在了对担保方的追偿上。以B市的信贷风气，当地企业授信以互保、联保居多，提供有效资产抵质押的极少。这次新兴羊绒贷款逾期，B市竟然有半数以上企业都牵扯其中，成了银行追偿的对象。面对动辄数千万元的代偿数额，各家担保企业像是建立了攻守同盟，毫不犹豫地把法律和信义都甩到了脑后，众口一词地拒绝履行担保责任。

眼见B市的信贷声誉就要彻底遭到破坏，当地政府无法坐视不理了，责令金融办牵头成立了解决新兴羊绒问题的专项小组，频频把银企双方组织到一起协商。这是大事，之前一有什么风吹草动，都是曹行长同黄莉一起过去。

“我不去了。这都是我来之前的事儿，我又不了解情况，去了也没什么用。”王同辉摆手说。

这种置身事外的态度十分出乎黄莉的意料。她怔了一怔，追问道：“这种会一般支行长都会参加的，您不去，会不会让政府觉得我们不够重视？”

“那你就跟他们说我临时有事。”王同辉略有些不耐烦，“这都是之前曹勇搞出来的，和我有什么关系。”

黄莉听到这句话，脸色一下子变了。她把嘴闭得紧紧的，不再吭声了。

快到十二月底的时候，华恒银团贷款在各家银行的批复陆续下来了。到了截止日一统计，统共有九家银行拿到了批复，审批金额也达到了七亿元。

这结果一出真是皆大欢喜。现在的经济环境下，各家银行在审批方面都极其谨慎，这次组团能不能成谁心里都没谱。最后结局如此圆满，足以说明各家银行对华恒的信心了。

汇通银行作为账户行，这次是最大的赢家。七亿元贷款资金集中进入了汇通银行的托管账户，由此带来了可观的资金沉淀、贷款利息以及中间业务收入。就因为这一笔业务，中兴东路支行主体指标完成率达到了百分之百，在考核排名表里被缀了一排小红旗。王同辉红透了半边天，到分行办事时，说话声音都粗了一格。

黄莉作为挂名的客户经理，名字也上了光荣榜。坊间根据今年分行的激励政策，计算出这单业务的主办客户经理至少能挣到十万元。

“别做梦了。行里的激励什么时候不打折啊？公司部统共发了三万到我卡上，但王同辉都让我上交支行了。估计过后会拿出一部分来给你。”黄莉跟林山辟谣。

“那能给我分多少？”

“按以往曹行长的规矩，估摸着怎么也得有一万吧。”

“这么多啊！”林山高兴得两眼放光。

她刚考过了驾照，正盘算着攒钱买辆代步的小车。有了这笔钱，加上平时省下来的工资，爸妈再给添一点，就够一辆 QQ 了。一想到马上就不用再挤公交车，林山真是心花怒放。

接下来的日子，她开始无比殷切地盼着这笔奖金入账。可王同辉那边一直石沉大海，像压根没这回事，两三个星期都没有消息。林山总想问问，可几次话到嘴边都没好意思开口。好在这天汇报别的事的时候，王同辉主动提起来了。

“华恒的银团贷款，你做得不错。”见他从抽屉里拿出一个信封，林山心里立刻一阵窃喜。“这客户是支行交办给你的，整个过程也是利用了支行的各种资源，按说奖金都应该上交支行。但我觉得你跑手续挺卖力，这就算是支行给你的特别奖励吧。”

这话怎么那么别扭！林山心里有些不痛快，但看在钱的份上，还是道了声谢接了过来。

信封到手里的那一刹那，单薄程度立刻让她心凉了一半，等回到办公室打开一看，另一半马上也凉了下来。只有五百啊！这是在打发叫花子吧？枉费她盼了这么久，筹划了这么久。赌气到外面买了一堆水果零食，回来给大家分分，胡乱花掉了事。

另一边，华恒因为银团成功落地的事兴致分外高昂，特意举办了一场“迎新春暨银团庆功酒宴”，所有参贷行都在受邀之列。王同辉对这些露脸的事情一向十分积极，拿到请柬便决定要去参加，催着林山跟华恒那边定了位子。

宴会头天晚上，林山加班到了挺晚。外头天气不好，一直在零零星星飘着小雪花，等她干完下楼的时候，营业厅灯已经全黑了下来，只有广告屏上“真诚服务、逐梦未来”几个字发出幽幽的蓝光。她穿过空荡荡的大堂，从自助服务区的侧门走了出去。

一个夹着手包的男人正砰砰拍着柜员机，见了她就像是抓住了救命稻草：“哎！你别走。我卡被吞了，你先进去帮我拿一下。”

林山过去查看了一下，见卡已经完全进去了。

“现在取不了。开机器的钥匙都是专人保管，你得等明天上班之后再来。”

“明天？我等不及，这卡我现在急用！你给管钥匙那个人打个电话，让他来给我取一趟。”男人瞪着眼睛，十分蛮横地说。

林山耐着性子解释：“你听我说，现在把人叫来也没用。因为取出来还要到系统里核对卡主信息，证明确实是你的才能还给你。我们的系统这会儿早关了，就算人来了今天也办不了了。”

“你啰唆什么！”那男人突然暴躁地喊了起来，“查什么系统？卡刚吞进去还没两分钟，中间又没别的人来，不是我的是谁的？你们就开门取一下，这么简单的事儿，什么这个规定那个规定的！不就是嫌麻烦吗？我告诉你我急用这张卡，你今天必须想办法给我拿出来。这可是几百万元的生意，耽误了事让你吃不了兜着走！”

林山见他道理不通出言不逊，脾气也上来了，冷淡地说了一句“不好意思，我没办法”，转身便走。

瓷砖台阶上落了薄薄一层雪花，她刚小心地迈了一步，后背上的羽绒服便被人狠狠扯了一把，跟着右脚踝处一阵钻心的疼痛，人已经跌倒在了台阶上。身后的男人低骂了句“破银行”，就头也不回地跑了。

林山没有丝毫的犹豫，立刻举起手提包狠狠砸了过去。包在空中急速飞翔一阵，到他背后几米的时候力尽，“扑通”一声落在了地上。里面的钥匙串、护手霜、面巾纸都撒了出来，丁零当啷落了一地。她无奈地咒骂了一阵子，还得自己忍着疼痛起身，一瘸一拐地把地上的东西捡了回来。当晚回家脚腕便肿了个大包，第二天连普通鞋子都穿不下，只好趿拉着棉拖鞋去上班，赴宴的事算是彻底泡汤了。王同辉没办法，最后只好临时拉上黄莉一同去了。

宴会第二天早上，黄莉一到单位便对林山笑说：“你是躲过去了，都不知道我昨晚有多受罪。”

“你们都是企业的功臣，好吃好喝好招待，有啥罪可受？”

“还不是那位。”黄莉说着往王同辉办公室的方向努了努嘴，“昨晚把严超给得罪了。”

“啊？怎么回事？”林山立刻八卦地凑近了。

“你记不记得他给咱们开会的时候老是说，对待企业手腕要硬，要把他们捏在手心里？”

林山当然记得。在对待企业的态度上，机关出身的王同辉同基层出身的曹行长完全不一样。王同辉久居庙堂，心里惦念的是领导，关怀的是人事。银企关系？他的认知还停留在20世纪90年代，他刚进银行的那会儿。那时候，银行是大爷，高高在上，企业是孙子，点头哈腰。所以他最看不惯的，就是黄莉她们对企业态度太友好。

“太软了，你们太软了。是他们借我们的钱啊！你们要树起威信来，要有掌控力，得把他们当成你们手里的面团，得捏熟了才行啊！要不听话就把贷款收了，这些人，怎么能跟他们客气呢？”这些话他时常挂在嘴边上。但那毕竟是在支行内部，他该不会糊涂到当着华恒的人的面搬出了这套理论吧？

“什么叫拿腔捏调，什么叫摆官架子，我可是见识到了。”黄莉不住冷笑，“可严超是什么人啊，他能吃你这一套？敬酒的时候轮到了他那儿，你猜严超说什么？他皮笑肉不笑地问我，‘黄莉，这位是谁呀？我不大认识。你们汇通我就认得个曹勇。我们的银团不是他搞的吗？怎么今天他不来？’你听听！”

“他真这么说？这太尴尬了，这等于当众不给人面子呀！”

“是啊！不过严超那人本来就狂，加上人家马上上市了，多少家银行挤破头往里进，就算得罪了你汇通，人家压根不在乎啊。你知道吗？昨晚融发银行主管公司业务的副行长也去了。省分行的副行长啊！跟严超客客气气、称兄道弟的。你说人家都这样拉关系了，那位还看不出门道来，结果最后弄得臊眉耷眼的没人搭理，连带着我一块脸上无光。真是丢死人了……”黄莉喟然长叹。

“谁丢死人了？”晓悦从外面走了进来。

“我呗，除了我整天丢人，还能有谁？”

黄莉起身打个哈哈，出去了。晓悦嘻嘻笑了一下没吭声。

整整一上午，林山都在琢磨这事，越琢磨越觉得不好。支行长在银企关系中太重要了，具体业务可以客户经理来做，但是和企业的关系还是得由支行长来搞才行。以前曹行长在的时候，她们从没为这事发过愁，可王同辉只是吃了一顿饭，居然就弄砸了跟华恒这种大客户的关系，她这个客户经理夹在中间可有得难受了。想得入神，连丢在沙发上的手机嗡嗡响都没注意到。

晓悦往手机上瞟了一眼，提醒说：“愣什么呢！还不快接。”

林山缓过神，见屏幕上赫然是严超的名字。她心里惊疑，犹豫了一下便拿着手机走到了外面。

“小林，昨晚的宴会你怎么没参加啊？”严超十分亲切。

“哦，我本来是要去参加来的，可不小心把脚崴了，现在还只能穿拖鞋呐！”林山赶紧解释。

“是这样啊。我就说呢，我这儿真心实意地请客，怎么最想见的人不来，反而来了一堆不相干的杂人呢！”

林山干笑了几声：“嗨，看您说的，都是一样的。”

“那可不一样。真正出力的人没能请到，总觉得有些遗憾。这样吧，等你脚好了我专门请你一次，到时候一定要赏光啊。”

他像拉家常一样平淡，林山却如同五雷轰顶：“您不用客气，千万不用，这都是我应该做的。”

“就这样吧。你安心养伤，咱们到时候再聊。”

林山愣在了楼道里。半晌，直到晓悦探头探脑出来，拍了她一巴掌，林山这才缓过神来，慢腾腾走进了办公室里。

五

接连下了两场小雪，北风再一吹，天便冷得不成样子了。支行的暖气偏偏这个时候出了问题，整栋办公楼除了营业厅和行长室有暖风空调，其他地方都跟冰窖一样。黄莉她们冻得头疼，打听着要一个多月才能修好，于是跟王同辉打了申请，想买台电暖气。到现在都半个月过去了，还没一点动静。

这天上午，林山披着厚厚的军大衣，正在捣鼓那个怎么都不热的暖手宝。黄莉走过来招呼：“脚都冻疼了，跟我出去暖和暖和？”

“去哪儿？”

“去看个企业。没问题的话，还是你来做。”

两个人提上包，刚出门就听见楼下隐约传来了一阵喧哗。

“这又是哪个客户等得不耐烦了？现在的人都跟炮仗似的，一点小事就咋呼。”

个贷的小孔刚从楼下上来，听见黄莉的话，接口说：“这回可不是客户，是《小丁帮你忙》的人在楼下。”

《小丁帮你忙》是A市电视台很火的一档民生节目，老百姓们遇到什么解决不了的难事，都可以联系栏目组，由他们出面解决。林山两个人都吃了一惊："他们来干什么？"

"好像是李敏办的一笔业务出了点问题。"

楼下已是混乱一片，看热闹的人们里三层外三层围了一个圈。从前只在电视上见过的小丁正举着话筒，旁边还站着一个怒气冲冲的中年人。张樊夹在中间，像被围剿的猎物。小丁把话筒递到了他嘴边，像白岩松一样皱眉问："那么，你是承认银行在这件事上确有违规之举了？"

张樊像被一杆枪指着。

他的头微微往后仰着，胖胖的脸上满是尴尬："我是说，如果真如王先生所说，那肯定是违规了。但到目前为止，一直都是这位王先生单方面的说法，我也需要听听我们经办柜员的说法，您说是不是？"

小丁追问："能把她请出来吗？我们当面讲清楚，给王先生以及电视机前的观众朋友们一个交代。"

"今天她正好倒班休息。等她上班我问清楚具体情况，一定会给您一个答复的。"

那位王先生立刻激动地嚷嚷起来，小丁也不肯轻易放过，仍然举着话筒一迭声地追问着，局面顿时乱成了一团。办公室主任闻讯赶来，同张樊又是哄又是劝，好不容易把一行人请到二楼会议室去。

黄莉见他们走了，悄悄拉一把林山，绕到后门进入了营业室内部。李敏果然在里面，她躲在那排柜子后面，见黄莉她俩进来，立刻竖起手指嘘了一声。

黄莉低声问："怎么回事啊？"

李敏脸色极其难看地说："这回我踩着雷了。"

原来两个月前，王同辉曾打电话请她做过一笔存单的密码重置业务。密码重置是很普通的常规业务，这笔之所以要王同辉亲自交代，是因为存单的主人身份特殊，是一位领导的母亲。

这位领导说自家老太太已经八十七了，长期卧病在床，头脑也不清楚，没办法来柜台办业务，也不喜欢外人到家里核实。王同辉特意给李敏打了电话，让她灵活处理。

李敏历来是个谨慎的人，但搁不住顶头上司的命令，纵有千般担心，最后还是照办了。结果前几天老太太去世，子女们分遗产的时候发现有一部分钱被偷偷取走了。查清原委，发现是银行这边帮忙做了手脚。他家兄弟不睦多年，不肯善罢甘休，于是闹了起来，这才出现了刚才那一幕。

“这回我要背处分了，违规做业务，还把电视台给招来了。”李敏说。

“这不是领导让你做的吗？他会想办法解决吧？”林山问。

李敏叹口气，没吭声。

“黄莉姐你说呢？”林山殷殷转向了黄莉。

“也许吧！”黄莉敷衍地拍了拍她。

黄莉与林山跟李敏聊完，便前往了要去拜访的企业。企业名叫万顺装饰装修集团，坐落在A市城中村的一片民宅里，高高的院墙上布满了碎玻璃碴，镶了金色门钉的红漆大门左右各蹲着一尊威武的石狮子。黄莉上前轻轻叩了两下门环，门后骤然传出了震耳欲聋的狗吠声，两人吓了一跳，同时往后退了一大步。

老板张万顺应声跑来开门。他身后，一条半人高的狼狗气势汹汹地上蹿下跳，沉重厚实的身子把牵绳子的小伙子拽得东摇西晃。

“畜生！瞎叫什么！再叫宰了你！”张老板一面骂狗，一面安慰她俩，“别怕，它就是叫得凶，不敢真咬的。”

林山一溜小碎步跟着张老板，把他当成了挡狗的屏障。那狼狗一路盯着他们走过来，掐算他们马上要到正前方的时候，突然往前作势一扑，直扑得牵绳的小伙子也跟着踉跄了一步。

“妈呀！”林山尖叫一声，立刻伸手抓住了张老板。

“哎哟！”张老板同时倒吸了一口凉气。

林山立刻意识到，自己抓住那一层薄薄的羊毛织物的同时，还揪住了下面的一小撮皮肉。“对不起、对不起，我以为它扑过来了。”

“没事、没事，我在这儿，它不敢真咬。”张老板龇牙咧嘴地说，直到进了会客室，手还在偷偷地揉着后腰。

这个房间富丽堂皇，与其说是企业的会客室，倒不如说是欧式古典装修风格的样板间。顶上是水晶垂枝吊灯，沙发是缠枝花鸟垂流苏的式样，连张老板的办公桌都是镂金雕花弯腿。

“这房子是我自己家的，闲着也是闲着，正好当了办公室。前院是个仓库，所以养了条狗看家护院。”可能自己也觉得不太正规，张老板忙解释，“前几年有人劝我换个写字楼办公。我说那就换吧，那才能花几个钱啊，咱又不是没钱。后来找了几处，发现真不是钱的事儿，大楼里头的地方都太窄，怎么看怎么比不上我这院子豁亮。比来比去，还真是没有比我这儿更好的了。”

“是，确实不错。”黄莉礼貌地附和，“您干装修多久了？现在咱们公司有多少人啊？”

张老板滔滔不绝地介绍起来。林山听他说了一会儿，心里渐渐对这家万顺集团勾勒了个大概。这是一家以普通散户为目标群体的装修公司，在附近的家居建材城租间门面做展厅招徕客户，一旦有了订单，再找相熟的水电工、木工、泥瓦工来干活，一年大概有一千多万元的营业额。

“我们以前做的是家庭装修，都是些散碎活，说白了都是小打小闹。但这次签的这笔大合同可不一样了，是给一栋写字楼提供整体装修，一笔就是四百万呢！我们前期费了好大劲才拿下这笔工程来。这要是做完了，在市场上的名气打开了，那以后的业务面可就宽了。”张老板停下来，给黄莉的茶杯里续上水，这才接着说道，“所以这次务必请你们帮忙。你们要是能帮我把资金搞到了位，我保证先开三轮足额保证金的银行承兑汇票。真的，说话算话。”

会计把公司的基础资料、审计报告、合同复印件都抱了过来。黄莉看一阵，又问了一阵，把该了解的情况都摸了个差不多，跟张老板说：“我今天来就是初步了解一下情况，回去之后还要具体分析这些材料。您放心，没问题的话我们一定尽快做的。”

张老板随着她们站起身来，脸上瞬间堆满笑，半挡在黄莉身前。“两位，那这事就拜托你们了，请多费心！这个是我们的一点心意……”说着从兜里掏出点什么，以迅雷不及掩耳的速度塞到了黄莉的包里。

黄莉很快又推了回去：“张老板，不用这个。您这事是领导特意交代过的，我们怎么会不尽心啊？放心吧，一定尽量给你做。”

张老板还想塞过来，但见黄莉已经坚决地往门外走了，于是改口说：“那也行，我老张是个知恩图报的人，等成了一定不会亏待大家的。”

回去的路上，看黄莉沉默不语，林山忍不住问：“这户你觉得怎么样？”

黄莉随口答道：“不怎么样。”

林山一听黄莉跟她意见一致，立马打开了话匣子：“我也觉得不怎么样。我从没见过这样的公司，你看那大门，那大狼狗，还有那一屋子花里胡哨的摆设，这哪像个公司的样子啊？”

黄莉笑了：“以外表判断一家公司可不应该。我见过一家上市公司，厂区就像个垃圾堆，满地的煤渣和金属碎屑。也见过干净利索的，像新兴羊绒，驴粪蛋表面光。你那次不也见了吗？”

“哦。”林山吐了吐舌头，“那你为什么觉得它不怎么样？”

“这是一种感觉，看户看多了之后就有这种感觉，就跟脚步听多了能听出是谁来一样。而且我还感觉他没说实话，这笔资金的用途有问题。”

林山笑道：“你这还不如以貌取人呢！完全自由心证嘛。感觉，感觉，索性依据都不需要了，这企业要是被感觉否掉了，那可就要冤死了。”

“哎，你还别不信。搞信贷就是这样，就凭怀疑就有权否决一个企业。不过这个麻烦点，这是领导交代的，能拿到确凿的证据最好了。”

“我就说嘛，这不像你的水准啊！哪个领导交代的？”

“王同辉说是厉行长介绍的，这个张老板好像是厉行长的什么亲戚。”厉自强是分行风险条线的副行长，林山听说，不由得吐了吐舌头。

“原本想来看看，没什么问题就交给你做的。这下可好了，只能我自己来了。”黄莉叹息。

回支行之后，她埋头捣鼓了好一阵子，对着一堆资料比对来比对去，上网搜来搜去，打了一堆莫名其妙的电话，又问了许多莫名其妙的问题。到最后长叹一口气，揉着太阳穴说道：“凭证全是自制，表面上都没有问题，可一个都不能信。”

她举起一份合同，又出神地看了一会儿，突然说道：“对了，林山，你是C市人呀！”

林山莫名其妙：“是啊！我就是C市人啊。”

“那你来看看这个合同，能不能帮我查一下这个地方？”黄莉把张老板提供的大合同递了过来，林山见这份复印件上清清楚楚地写着，合同标的位于C市解放路356号。

“没问题，包我身上。”林山一口应承下来，扭头就给家里打了电话，拜托老爸到解放路实地探一探。

老头接受任务后很是兴奋，立刻沿解放路骑了一个小时，最后站在一大片庄稼地里打电话说：“解放路哪有356号？骑到了头儿也只有两百多号啊。”

黄莉听到这个结果，兴奋地咧嘴直笑：“运气真不错，赶上个笨贼。”

第六章

第一个客户

一

万顺集团的授信陷入了僵局。

王同辉在听完黄莉的汇报之后，单独和她长谈了一次。张老板随之又找上门来，解释说合同是被自己那个糊涂的会计搞错了，现在送来的这份才是正确的。而这份新合同，无论是甲方，还是待装修的物业都位于A市，确有其人其物。

林山突然意识到，这是一件非常棘手的事情，黄莉实际是陷入了一个两难的境地。而随着万顺集团的卷宗在她桌子上越摆越久，黄莉的脸色也越来越难看起来。

“还有这样死缠烂打的，简直是甩不脱手的狗皮膏药。”她拍着卷宗，气不打一处来。

“领导不同意不做？”林山问。

黄莉阴郁地盯着卷宗，没回答。

“咚咚”，有人在门上轻敲了两下，跟着李敏便走了进来。

“你怎么有空上来了？稀客稀客！”黄莉忙站起身来，拉着她的手让到了沙发上。

“我上来跟你们告个别。”李敏笑着说，“我调到河西支行去了，下午就走了。”河西支行在A市近郊的河西县。这个县虽然就在A市边上，但过去也有二十公里的路程。为了方便管理，这个支行历来都是从当地招人。林山听说李敏居然被调到了那儿，吃惊地瞪大了眼：“怎么？为什么？怎么这么突然？”

“正常调动。我在中兴东路待了八年了，分行觉得我该动动地方了。”

“那也不该去下面县里呀！你家里又是老人又是孩子的，每天来回跑这么远的路，这怎么能行？你没跟分行说说这些吗？”

“没用。让去哪儿就去哪儿吧，不折腾了。”李敏一脸逆来顺受。

“为什么没用了？你不试怎么知道？调动可以，但不能不考虑家庭情况吧？”林山满肚子疑惑，还在追问。

“上次电视台那事，解决了吗？”黄莉突然问。

李敏苦笑：“算是解决了吧！行里发文了，记了过，又罚了三个月的绩效。打也打了，罚也罚了，我觉得应该是解决了。只是没想到，现在又让换地方……”她停下来，往楼上望了望，叹道，“走就走吧，省得领导不舒服。”

黄莉拉着脸，一声不吭。突然一拍沙发，硬邦邦地说：“走吧！调走未必是坏事，留下也未必是好事。现在这样，待下去又能有多大意思呢？趁这个机会离了这儿也不错。”

“说得就是。”李敏笑了。

林山眼眶立马就热了。她扯着李敏的手，嗓子里像堵了一团大疙瘩。“这么说你也要走了。”

“没事没事，你看你哭什么！铁打的营盘流水的兵，谁也不会在一个支行待一辈子。要想我的话，你俩就都努力，将来当了行长把我调过来，咱们不就又聚到一块了？”

“就是！早晚的事儿！”黄莉拉着李敏的手，两人都笑了起来。

林山笑不出来。她还年轻，没办法这样洒脱。她已经习惯了一下楼，就看见李敏坐在六号窗口；习惯拨通电话，张嘴就叫“李敏姐查个账”；习惯了李敏带着嗔怪地抱怨“每次放款都要到这么晚”。现在，看着柜台里空荡荡的位子，她的心里着实难受了好几天。

可能是因为自己郁闷，她觉得连带整个支行都压抑起来。众人好像都蔫蔫的提不起精神，一副怪没劲的样子。这种气氛在开例会时达到了顶峰。王同辉变本加厉地刻薄，吹毛求疵的声音像阴天的滚雷。没有人吭声，除了黄莉。她面色如常地对答，话脆得就像冰凌断了落在大理石地板上。林山觉得两个人之间有一股暗流，在充满张力地推来扯去。

这个漫长而寒冷的冬天，就在这样的阴郁之中结束了。接着，春天来了。

夹着柳絮和沙尘的风吹了起来，金融街的碧桃开了满树满枝，热热闹闹地挤成了一簇簇红云。但整条街上人心惶惶，谁也不真正认真地瞧它一眼，就算无意瞥见这一团火红，兴许还要嫌弃它没心没肺的喜气呢。

经济并没有和天气一样回暖，依然在深深的谷底徘徊，看不到一丝好转的迹象。苦撑了一个冬季的企业早已元气大伤，金融危机的火苗喷溅，不断有人倒下去。所有人都提心吊胆，那场不可避免的燎原大火仿佛已经近在眼前。

就在上下一片悲观迷茫之际，四月间，一个爆炸性的利好消息突然传来——政府要出手救市了！充沛的资金流向了市场，已经在四处跳跃的火苗被迅速浇熄了，大家头顶上的乌云尽散，又过上了风和日丽的好日子。那些原本在生死线上徘徊的企业，突然间恢复了生机，财务数据漂亮得像造了假一样。林山在贷后报告里写了很久的“低迷”“下滑”“在谷底徘徊”，现在终于改成了“回暖”“量价齐飞”“持续向好”。

就在这死里逃生的喜悦之中，又一家股份制商业银行——德众银行，高举着大旗挺进了 A 市。汇通 H 分行公司部随之下发了一个通知，将对公信贷签字权考试突然提前到了两个星期之后。

同国有银行不同，股份制商业银行通常不会到校园去招聘新学生。他们需要的是已经打磨完毕、即来即用的员工，因此搞社会招聘是比较通行的做法。为了招徕人才，他们往往会开出足够优厚的条件，在当地银行间引起人心浮动。对于这种挖墙脚的行为，银行领导们虽然头疼，多数也只能听之任之，咬牙硬撑着自己消化。但这其中也不乏有奋起反抗者。A 市一家城商行，将辞职脱密期罕见地定成了半年，期满后才能拿到“解除劳动关系证明”到新单位入职。这项规定当然引起了员工们的咒骂，但却也成功地遏制住了跳槽潮。

汇通 H 分行则采取了另外一种做法。它开启了一种循环招聘的模式，以半年一次的速度迅速吸收着应届及往届毕业生。轮岗的周期大大地缩短了，客户经理的选拔也变得频繁而密集。大学生们被招收进来，分配到一线柜台上去，几个月的锻炼之后，又被迅速补充到信贷科或分行机关。全行就像一条超速运转的流水线，不断把各种速成品补充到空了的货架上去。这种做法是否达到了储备人才的目的并不好说，因为它就像小学那道著名的四则混合运算应用题，管子在不停往池子里放水，池子本身却有个洞在不断排水。反正几年下来，因为向 A 市银行界贡献了不少人才，汇通倒是得了个“培训学校”的诨名。

但林山这些新人们现在却看不到这些，汇通那满眼的萝卜坑，在大家眼里都是闪闪发光的希望。每一个人都期盼着顺利通过签字权考试，赶快跳进去占上一个呢！

她和晓悦领来题库，便进入了紧张的备战状态。除了晚上在家用功外，白天在办公室里也是能学就学，一些不急的工作便全部往后推了。

这天，两个人正对着看书，晓悦突然丢下卷子叹道：“最后的分析题，实在是无从下手啊！”

分析题是卷子最后的一道大题，一题就占了四十分。出题人会列出一家公司的财务数据，然后由答题人自由地分析优劣势，并在最后给出意见到底该不该给予授信。这道题类似于实战模拟，能真正考察出对信贷知识的理解和运用程度。对晓悦而言，死记硬背的选择题毫不困难，但分析题却是她的软肋。

建设东路支行的大型客户居多，她从做见习客户经理开始，接触的不是国有企业就是上市公司。按规定，这类企业贷后监控的频率要低得多，对财务的分析也要简单得多，所以这块是她的薄弱项。林山则正好相反。中兴东路的客户百分之九十以上是中型民营企业，按照贷后管理要求，她每个月都要把这十几家公司的财务逐个分析一遍，半年做下来，就算是榆木脑袋也要开窍了。此刻见晓悦发愁，她安慰说：“其实也没什么，无非就是这么几个点，只要掌握了这几个点，一半分数总能拿到的。”

说完随手捡出一道分析题开始讲了起来。这都是一点一滴问了李、黄两人后，她自己又琢磨总结出来的。虽然浅显，却是繁重劳作淘得的几粒金砂，现在倾尽告诉了晓悦。晓悦聪明，听完之后，按照林山的方法分析了几次，把总结出来的问题又去问林山。几问几答之后，长进飞快。

周六考完，分行在下周二便发了榜，效率之高前所未有。榜单上一共列出了二十五个人，通过率之高，也是前所未有。林山和吴晓悦自然都在通过之列。虽然早在意料之中，但真看见自己名字的那一刻，两个人还是忍不住笑容满面。连黄莉也松了一大口气，直说肩上的担子轻了一半。

就在公布成绩的那天下午，林山看到万顺集团的卷宗到了晓悦的桌子上。她吃了一惊，按着那沓资料问："这是谁给你的？这个户黄莉姐觉得有风险不肯做，你知道吗？"

"知道。"

"那你还接？"

"领导要给我还能不接？"

林山看她轻描淡写，一点都没意识到问题的严重性，忍不住着急："要出了问题怎么办？就算是领导交代的，经办的责任一样跑不了啊。你不记得李敏姐那事了吗？"

"那我怎么办？黄莉姐已经推过一次了，难道我再推一次？"晓悦依旧笑嘻嘻的，"未必我这么倒霉，接了这个户正好就出问题。"

林山无言以对了。她顿了顿，嘱咐说："那你自己小心吧！"

几天后，当晓悦把万顺集团的资料报送给分行的时候，华恒的银团贷款也迎来了首次还款日。

这天，华恒早早把资金转进了汇通的账户，林山这边也万事俱备，只待融发银行发来划款指令，便可以往各个参贷行转账。可这节骨眼上，融发方面却出了问题——他们把划款指令原件弄丢了。这件事的经办是个年轻的小客户经理，她早在几天前便把原件准备妥当了，只等今天发送了事。没想到到了今天，却怎么都找不到了。

"小孩吓得一个劲儿得哭，我也不好再说她什么啊。林山，你看能不能先用扫描件把款划了？我现在就去办手续，保证今天再盖一份原件出来，下班前给你送过去行吗？"宋经理打电话来央求。

林山跟王同辉汇报。王同辉摇头摆手地说："你先跟分行汇报一下，得分行同意了才行。让公司部、风险部都批一下，对了，还有授信部。其实要是能让厉行长签一个更好。"

林山瞬间觉得头胀成了两个大。

把所有部门都拉进来垫背？这当然好了，能把吴良策也拉进来签上字更好呢！但问题是别人都不是傻子，闷声不响就会按你的要求给签了。

授信部负责贷前，风险部负责贷后，公司部负责产品和推动，这件事跟哪个部门都不太搭边，人家凭什么签？要真按他说的，跟各部门一路扯下来，不死都要脱层皮。到时候恐怕融发的原件都补回来了，这边还没签完呢。

“王行长，”林山为难地说，“所有这些部门都签的话，恐怕明天也签不完。要是耽误了划账，九家银行一起逾期，影响是不是不太好？”

王同辉毫不在意：“那就不关咱们的事了，谁让融发银行把东西弄丢了的。”

林山没办法了，如实反馈给了融发。宋经理气得不轻：“按理说错在我们，我说不着这话。但林山你们行长也太他妈矫情了，简直他妈……算了算了，不说这些没用的话，我让华恒的人找他说。”

也不知道华恒方面是怎么沟通的，反正王同辉再打来电话的时候，态度发生了一百八十度大转弯。

“华恒那笔先划款吧。不过你要在划款指令的扫描件上签字，再写上‘已与原件核对一致’，明白吗？”

划款的时候，林山作为客户经理本来就要签字，王同辉特地嘱咐加上这一句，无非是想把自己的责任减到最轻。事情至此，林山不屑于再同他有一言半语，于是一声没吭，按照他的要求办了。

二

林山在办公室里坐立不安地等着宋经理的原件。

半个小时前，运钞车已经来了一趟，张樊借口说账没轧平，让他们先去了别的支行。眼看天越来越黑，运钞车分分钟就要去而复返，宋经理这边却失联了。

林山锲而不舍地拨着电话。“我再等一分钟，或许下一分钟，能够感觉你也心痛”，撕心裂肺的彩铃从话筒里不断盘旋涌出，全部挤到她脑袋里去，她不由得一阵焦躁。

你爱怎么等怎么等，反正我是等不及了！林山啪的摔下话筒，立刻又拨通了周致的电话：“周行长，我是汇通银行的林山。您知道华恒集团的银团今天首次还款吧？”

她把事情原委讲了一遍，接着着急地说：“我跟柜台打过包票的，说今天一定能补上，现在支行上下都走不了，都在这儿等这份原件。眼见着包车马上就要回来，可宋经理的电话怎么都不接，您能不能帮忙联系一下？我都快急死了。喂喂，在听吗？”

又急又委屈，眼泪马上就快掉下来了。

“在……”周致像是正在消化这一连串的信息。

“喂？”林山追问。

“我在听。我知道你特别着急，所以……”

门外传来了一阵敲门声，林山对着手机问：“什么？”一边站起身拉开了门。

周致站在门外说：“所以，我亲自送过来啦！”

“怎么你……你怎么亲自来啦？宋哥呢？”林山又惊又喜。

“他有别的事，盖好章交给我就去忙别的了。我们支行今天有好几件要紧事，把人都给占了。”他笑道，“我开上车就往这边赶，结果还是让你着急了。”

林山见他从天而降，心里说不出是紧张还是高兴，突突直跳。她掩饰地转身取外套，嘴里客气：“居然劳驾领导亲自出马，真是不敢当。”

“别这么说，应该的。”

两个人下楼把文件交给经办柜员，正巧赶上运钞车回来。封了包，交了箱子，人人都松了一口大气。

林山拍着胸脯：“好险，多亏你了，我可真得好好谢谢你。”

“本就是我们惹出来的麻烦嘛。”

“虽说欠债还钱是天经地义，但据说放债的这个人，在钱安全落到口袋的这一刻，都要在心里真诚地跪谢对方十八辈祖宗的。”

“真的？你也这样吗？”周致忍俊不禁。

“我正在如此呀！”

周致笑起来：“这怎么办才好，简直让我受宠若惊。要不请你吃饭吧，一来赔罪，二来还礼。”

“不用不用，太客气了。”林山脸红了。

“不客气。耽误这么晚，反正我都要送你的，我看……你的脚还没好太利索。”

“你怎么知道？”

“华恒的庆功宴听说的。”周致眼睛望着别处，“反正怎么都要送你，你怎么也要吃饭，那不如一起吧！”

“那好吧！”林山想了想，答应了。

“有什么想吃的吗？”周致很高兴，“川菜？粤菜？日料？A市没有我不知道的地方，想吃什么随便说。”

林山觉得日料的环境更雅致一些，但想到冷冰冰的饭团子、油腻腻的炸物儿，胃里又不由自主地一阵抗拒。“A市没有我不知道的地方”，这句话勾起了她想了很久的一个愿望。她吸溜一下鼻子，实话便秃噜出来了：“你知道哪儿有羊蝎子吗？”

“羊蝎子？”周致十分意外。

“嗯，我们以前上学的时候，一到冬天，宿舍一定会一起出去吃羊蝎子。自打来了A市我还没吃过呢，去年找了一年都没找到。”

“刚吹了牛，马上就被难住了。”周致笑说，“这在A市还真没见过。不过……应该有办法！”

他开着车在夜色笼罩的小巷七拐八转，最后停在一家很不起眼的小馆子跟前。这家馆子看上去有年头了，木头招牌上写着“红星饭店”几个龙飞凤舞的大字，两扇玻璃门上一边贴着“家常便饭”，另一边贴着“丰俭由己”。撩开棉布帘子进去，只见几口乌黑锃亮的大锅一溜摆开，里面的各种炖菜在咕嘟作响的汤中欢快地翻滚着。周致指着其中一个问：“炖脊骨，跟羊蝎子差不多吧？”

戴着白套袖的服务员端上一个热气腾腾的铝合金盆，里面的脊骨盛得冒了尖，一股浓浓的酱香味瞬间飘了过来。

林山使劲闻了闻，心满意足地说：“就是这个味道！”

“那快趁热吃！”周致笑了，“这年头喜欢吃这个的人可不多了，能吃到这个的地方也不多了。”

“这多亏了你这个A市通，藏得这么严实的地方都能知道。”

“你知道我为什么能找得到？”周致笑说，“因为这是我小时候最向往的地方。”

“你小时候？那这店得开了多少年了啊？”林山环顾四周。

“得三十多年了吧。最早是国营的。看见前面那条小街没？往前走三百米，往东一拐就是老A钢的家属院。我爸没调政府前，一直在A钢当工程师，我家就住那儿。我小时候，一到了他们快发工资那几天，放学之后就不跟别人去玩了，总是提前溜到厂门口去等他，为的就是磨着他让他带我来这儿。一个肉末烧饼，一碗鸡蛋汤，吃完把嘴抹干净了再回家，晚饭照常该怎么吃怎么吃，其他人什么都看不出来。就是可惜这种好事发生的概率不高，有时候磨了半天，不光吃不着，还会挨顿揍。”

“真看不出来，你小时候这么有吃心眼儿。”林山笑了起来，“咱们今天应该点肉末烧饼啊！把你小时候的遗憾都吃回来。”

“不行了，现在岁数大了，那么实在的东西可真是吃不下去了。”他玩笑道，“你多吃点，吃骨头长骨头，脚好得快。”

林山嘻嘻一笑，没有说话。一块夹得紧紧的骨缝肉让她忘记了矜持，此刻正在专心致志地对付它。

“听说河西有一家郝记骨头不错，好多人专门从市里过去吃，下次可以去试试。”周致看她吃得津津有味，忍不住说。

“河西啊，李敏姐就在河西。”林山想到李敏，一阵怅然。

“那是谁？”

“我师傅。”林山擦擦手，跟着便把李敏的事原原本本跟他说了一遍。她自己都没意识到自己说得那么细，连同对李敏的不平和不舍、对王同辉的猜忌和不满一股脑儿全倒了出来。

周致凝神听完，评论道：“说到底，还是你们给这种人提供了生存的土壤，如果在融发他可能就生存不下去，也许早被撸掉了。”

“为什么？”

“融发一切都讲业绩，没什么人情味儿，但是相对公平。能当上支行长的都要有业绩支撑，靠走关系的人可能一时能上，但时间一长就被考核刷下去了。但你们就不一样了。有吴良策在，所以跟国有行没什么两样。人情第一，业绩第二。风险第一，业绩第二。反正业绩总不是最重要的。”

“真希望汇通能跟你们一样，那样就能把王同辉给撤掉了！”

“要真跟我们一样的话，你现在就要背五千万存款的任务了。

你真希望？”周致调侃。

“五千万！”林山直吐舌头，“这么激进！”

“这就算激进了？比你们差远了。以前同业里一说起生猛，总拿融发做标杆，其实现在早被汇通给盖过去啦。”

“这才是骗人，刚还说我们四平八稳呢。”

“因为你在H分行。这两年，汇通上下都挺生猛的，就是H省一直不露头。吴良策国有行出身，行事不爱冒进。我想现在的有些做法，比方说使劲做同业业务，比如一些钻空子的创新，他肯定不是很认同。”

“什么叫同业业务？钻空子又是怎么钻？你给我讲讲吧！”林山一听这些来了精神，给他的茶杯续上热水，无比殷勤地说。

“好不容易请你吃次饭，你确定要听这些？”周致啼笑皆非。

“当然！这算是吃饭附赠的福利吧！”

“那……好吧。”周致无奈地答应了。

“传统的信贷业务，就是你现在每天做的授信、放款，一直是银行的老本行，但这块业务的监管非常成熟，投向的行业受限制，资金用途受限制，利率也受限制，空间是很有限的。除了这块之外，银行也买卖票据，也投资债券、理财，总之就是用资本套利，用钱生钱，这块统称为同业业务。但传统上这块占比很小的，因为银行是国家的银行，是有社会责任的，政府倡导银行用钱去支持实体企业的发展，而不能光搞资本运作那一套。”

“嗯，我前一阵子整理银监局的文件，是一直在倡导解决企业融资难的。”

“是，国家是这样倡导的。但问题是，银行越来越多，竞争越来越厉害，大家的生存压力都很大。慢慢有些银行就觉得，光按照传统那一套发展太慢了。为了多盈利，他们开始想方设法地规避传统信贷的各种限制。我问你，现在什么行业最不好贷款？”

“钢铁、水泥、煤矿吧？我们行大会小会上说，这些都是过剩行业，一笔贷款都不能放。”

“对，过剩产业是一类。除了过剩行业，房地产行业，还有地方政府的融资平台，这都是要严控的。”

“房地产我明白，是因为国家要打压泡沫。可为什么不让给地方政府贷款？那不是国家的亲儿子吗？而且政府啊！信用又没问题，又不会不还钱。”

“吃饭穿衣看家当。有些儿子或孙子无法无天，为了政绩各种投资建设，一年只收入十万块钱，却欠下了银行一百万的债。短期内拆东墙补西墙没问题，但长远看都是隐患。万一将来哪家还不起债破产了，你说影响坏不坏？到时候还得中央兜底，所以也要严控。结果就是，一些行业很缺钱，但融资却非常困难。有些银行看见这种情况，便开始动脑筋了。这些行业，别人都不敢贷，我要是能贷，那岂不是蝎子粑粑独一份？那价格还不是由着我定？大家都这样想，可真正胆大又聪明的，就只有你们汇通银行了。”

林山听得入迷，迫不及待地追问：“怎么？”

“监管不是说，银行的资金不能直接投向这些行业吗？那好，我自己不投，我拉信托公司、基金公司和证券公司这几个小兄弟过来，大家一起来合计合计，有财一起发。这几个小兄弟，监管规定的标准都是不一样的，有些能投 A，有些能投 B，这不就有空子可钻了吗？我先让信托公司成立一个信托计划，银行把钱给了信托计划，信托计划再给这些限制行业放款。一个信托计划不足以规避监管的话，那就再把基金公司拉进来，加一个资管计划。有时候一层一层，能加到七八层，这就实现了规避监管的目的。这个产品一‘创新’出来，真是奇货可居，上面说的那些行业都一窝蜂跑过来要资金。通过这样放出去的钱，收益最高能达到 20%。传统贷款呢？不过才 7% 左右吧？这么一来，你说银行愿做哪个？肯定是一窝蜂去做这类业务了。

“说实话，这一点上我挺佩服M省人的，脑子真是灵活，天生的生意人。这两年，眼见人家发展得快，多少同行眼热，追在身后跟着学，管这叫创新。可大行们都瞧不起，说这纯粹是乱来。”周致说。

“是不是就像九阴白骨爪、千蛛万毒手或者化骨绵掌之类，虽然挺厉害，但依然不算是江湖的正统？”林山喃喃说道。

“你真是博学多才。”周致大笑，“有那么点意思。不过要是大家都用的话，终究有一天，这些武功就是主流，就是正统。事情一般都是这样的。”

林山想了想，摇头说：“要是我选，我宁可做籍籍无名，也不愿用九阴白骨爪扬名天下，你呢？”

“我？在我看来，关键在于有没有违反规则。这个江湖里的武林盟主，他并没有规定说不能使用这些武功，那我就无所谓了。反正用降龙十八掌和九阴白骨爪杀人，结果都是一样的，那用哪个都没分别了。”

“对自己太宽容了。”林山摇头，“毕竟规则之外，还有良心和道德感嘛！”

“那你在银行里一定干不了营销。”周致笑了，“小同志，相信我，如果你参加几次存款进度分析会就会发现：重压之下，能守规则就已经是好样的了。还要讲道德？那简直太不道德了。”

“我现在就是客户经理啊，就在营销第一线，也没有感觉到像你说得那么有压力。”

“啧啧，业内共识——国有银行以及汇通H分行的客户经理，不算是真正的客户经理。况且，你这个客户经理一上来就赶上了经济危机，各行的业务几乎都停滞了，你哪见过大跃进的时候什么样？”

林山气结，又说不出别的来反驳，只好板着脸说：“好，反正我刚入行，什么也不懂，只好由着你说了。”

周致见她生气，心里十分好笑。他端起茶杯，轻啜了几口，突然开口问：“你说，我们的进度是不是太快了点？第一次吃饭居然就吵架了？”

林山错愕。见他满脸促狭，知道是在玩笑，于是自己也忍俊不禁起来。就是嘛！两个半生不熟的人头一回吃饭，讲了半天银行的规则和良心，自己居然还为这个生起气来。

“也是，”她讪笑着，“小子无状，让您见笑了。”

“没关系，我有心理准备。跟你在一块怎么都不意外。”

林山心里一动，抬头看他的脸，他却已经埋下头去吃菜了。

三

德众银行在 A 市招兵买马的过程并不顺利。金融危机过后，人们大都保守了许多，选择稳定多过于选择高薪，结果德众筹备了许久，员工的质量和数量都远达不到要求。

德众 H 省分行的行长是个敢想敢干的狠角色，见常规方法行不通，立刻便转向规外行事。所有来人，只要还堪用，许以大小的职位，等对方心动之下答应加入，便直接拉到人资部办入职手续。等到月底，也不管在原单位的离职手续有没有办好，也不管到底有没有到新单位来效力，一个月的薪水已经兀自进了账户。应聘者们做梦也没想到德众银行如此大方，在同时领两家银行薪水的美好现实下，德众银行惜才如命的形象便迅速建立了起来。

A 市银行业的水被迅速搅浑了。小鱼小虾们自不待言，大咖们的心思也都活络了起来。各行人心浮动，“跳吗”代替了“存款怎样了”，成了最热门的打招呼用语。

哪里有压迫哪里就有反抗，在这股狂风暴雨中，那家把脱密期定成六个月的城商行损失最为惨重——不解除劳动合同就能入职，还能领工资，这方案简直是为他们的员工量身打造的。这样千载难逢的机会要是把握不住，那不成了傻子了吗？于是群跳、窝跳的情况层出不穷，有的支行从柜员到行长，组团走人，整个支行都空了。

至于后来 A 市城商行如何气急败坏地反扑，如何找政府主持公道，如何准备诉诸法律，德众银行又是如何申辩，如何斡旋，各种细节便不得而知了。反正两家银行倾情上演的撕斗大戏，最终以德众承诺“下不为例”落下了帷幕。但已经吃了的不会再吐出来，来了的人不会再回去，反正德众招够了人，最终如期开业了。

黄莉是什么时候起了去德众的心思，林山一点都没感觉到。所以，当她在黄莉电脑上无意发现那张“德众银行 H 省分行应聘报名表”时，瞬间感觉自己的世界地动山摇，忍不住脱口问道：“黄莉姐你要去德众了？”

黄莉正坐在沙发上看一份文件。她怔了一下，随即反应了过来：“我没删掉吗？帮我删了吧。别忘了清空。”

“什么情况？那边都谈好了？什么时候走？”林山一边操作，一边连声问道。

“我进信贷时的师傅，以前从汇通跳到了融发，现在又从融发去了德众。他那边正在组营销团队，想让我过去给他当副手。”黄莉淡淡地说，“但我考虑了一阵子，已经决定不去了。”

“为什么？这条件你不满意吗？”听到黄莉不走，林山心顿时宽了，但又好奇她为什么不走。

“我挺满意的啊！挣得多不说，还给了职务，跟的又是知根知底投脾气的人，都挺好的。说实话我早在这儿待烦了，去哪儿也比在这儿舒服。”

“那你干吗拒绝？”

“你以为我愿意拒绝啊？我没办法啊！”黄莉叹道，“新兴羊绒的钱还没收回来呢！李会明和曹行长都走了，这一茬里就剩了我自己，总得有个人善后吧。我现在辞职，行里一定不会痛快地同意。虽说我是半路接手，要是非坚持走他们也不好硬拦，但这样一来就彻底撕破脸皮了。那些人指不定怎么嚼舌根呢！肯定会说，中兴支行那几个人，把贷款搞不良了就全跑了，全都不管了。这话我想想都受不了！我们从头到脚清清白白的，到最后了，不能为了这个事坏了名声。”

“那这个机会错过了，不可惜吗？”

“挺可惜，这次真是哪儿都挺合适。我师傅就老说我傻，说我以后一定会后悔。”

林山调到营销科之后，同黄莉相处的时间最长，两个人的关系可以说是亦师亦友。李会明和曹行长相继离开后，黄莉的心劲一直不高。她工作风格跟王同辉完全不对路，工作也并不愉快。这些林山都知道。但从私心来讲，她还是不希望黄莉离开，至少不要这么快离开。毕竟黄莉是她的主心骨，是隔断王同辉的缓冲垫，是曹行长时代留下的最后一丝温暖，她还没有做好对方离开的准备。

但是刚才，黄莉脸上一闪而过的惋惜让她的心瞬间一疼，一股豪气涌了上来。她拍着胸脯说道：“这一茬怎么就剩你自己了？不是还有我吗？你只管去吧！新兴羊绒交给我，我来善后！”

“你？”黄莉笑道，“你才刚入门几天啊就敢接不良贷款？走到不良阶段，各种扯皮的事就出来了，各种乱七八糟的人也都出来了。你个小豆芽菜，我敢打赌，几句话就让人炒熟了。”

“哪有那么夸张？万事开头难，谁也不是开头就会干，做一次不就知道了？再说还有风险部呢，又不是就让我一个人去单挑了。”林山不服地嘟囔。

“那样人家一样会说：看，中兴东路这帮人，把贷款搞出不良来了，扔给个什么都不懂的小孩子就跑掉了。”

黄莉模仿着别人嚼舌根的语气，说完自己咯咯笑了一阵子：“行啦，知道你为我好，不过不用担心。我说这次机会错过了可惜，但也不是错过了这次就没机会了。现在银行这么多，都在铆足了劲做业务，最缺的就是人，有经验的客户经理就是香饽饽。你说咱什么不能干吧？前台的营销，中台的产品经理，后台的风控，有咱不会的吗？就算是出了银行，信托证券基金，典当行小额贷担保公司，哪一个不能干？所以说，跳槽机会大把的呀！”

林山知道她为了安慰自己，话里有夸张的成分。但即便如此，还是被她描述的客户经理这一职业广阔的前景给激励得热血沸腾了。

“好好努力，赶紧出师，你们是赶上好时候了。”黄莉大力拍着她的肩膀。

同时，又嘱咐道：“我要走这事儿，跟谁也别说啊！”

“当然了，这还用说。”

黄莉伸个懒腰，笑眯眯地说：“跟吴晓悦也是一样啊！”

林山纳闷，干吗特意挑出晓悦来？但嘴上没说别的，只又应了一声“哦”。

黄莉是个有责任心的人。她虽然跟王同辉不太合得来，但在职一天依旧尽力办好一天的差事。去年冬天因为经济不好，中兴东路支行基本没怎么储备新客户，眼见着现在经济好转，她便张罗着要带林山往外跑跑。这一张罗，问题也来了——往哪个方向跑呢？当年的行业投向一直还没有下发呐！

行业投向是总行调研分析之后，对经济形势以及三十几个主要行业的走势进行预判，然后结合本行的经营思路制定出来的业务指引，是所有分行授信业务的红宝书。之前救市资金的投放，市场情况的好转，都是宏观的利好和表现。但具体到各行各业呢？该是什么政策？是宽是严？准入标准怎样？大家都在等待着总行的态度。

二季度，千呼万唤之后，行业投向终于下发了。大家惊喜地发现，总行对许多行业的政策比预想要积极得多。即使是传统过剩行业，也并没有被划到禁止介入或压缩退出的类别里，而是仍然停留在了谨慎支持类，只不过象征性地加上了名单制管理、特别报批等要求。这样看来，总行对于经济前景也是乐观的，一切都有空间，一切都有可能。看到这里，大家因为经济危机而提起的气，才算是真正松了下来。

行业投向有了，年度指标考核便也随之下发了。总行下发到分行，分行下发到支行，层层分解。王同辉把硕大的考核表贴在墙上，拿了一根笔，在上面敲敲打打地说："今年要细化管理，不能再像你们以往那么粗犷了。每个人都要把年度指标分解到各个时间阶段和各个客户头上，并写出详细的行动计划，每周汇报，每月总结。"

考核表上密密麻麻分了许多小格。仔细看时，有本外币对公存款、贷款、利息收入、国际结算和中间业务收入等基础项，还有有效户新增数、机构数净增、小微客户贷款新增数、资产风险控制等附加的特别考核项，每个大类之下还进一步细化成了数个小类。林山只扫了一眼，太阳穴便忍不住突突地跳了起来。偷偷打量别的人，见黄莉面无表情，晓悦则神情专注，边听边频频点头。

散会后，林山找黄莉讨主意，哪知她一听便像炮仗似的炸了："不知道，不会，以前没弄过！支行就那几个客户，这一年打算做什么、有没有业务机会、能对上哪个指标，心里过一遍不就知道了，还用分解？你现在规划得挺好，这周 A 完成 5%，下周 B 完成 10%，可到时候它就是没业务，也不一样是抓瞎吗？又或者你写了这周只完成 1%，可它突然做了一笔大业务，像华恒银团贷款，一下子就完成了 100%，这也是有可能的啊！我不明白搞这些有什么意义。我们是基层经营单位，基层支行，业务先行。有搞这些纸面工作的工夫，自己出去跑跑客户不行吗？成天蹲在办公室里，成天想搞管理，既不走访老客户摸底，也不找新客户储备，就在这儿分析来、规划去，业务这样就能上去了？搞笑！”

说完也不理林山，只管盯着电脑气呼呼地看了起来。

林山知道她对这种纸上谈兵的做法极度看不上，于是吐吐舌头，悄悄退了出去。回到办公室，跟吴晓悦两人绞尽脑汁，采用平均法把指标摊到各个月份和各个客户头上，各写了一张交差。

“表我看了。其他人的都不错的，黄莉这张不行，拿回去看看别人怎么弄的，照着改一下。”王同辉在宽大的皮椅上正襟危坐，眼睛在茶色的镜片后瞄来扫去，“去年，在经济形势整体不景气的情况下，我们支行各项任务完成得依旧非常好，分行领导们都十分满意。希望大家今年也不要松懈，要再接再厉。不要觉得我以前怎样怎样，我以前拉了多少客户，我以前吸收了多少存款。不要跟我摆老资格，那都是过去式。我更关心的是，我来了以后你们是怎么干的，这一点希望你们每一个人都记着。”

会议室里鸦雀无声。晓悦起来给王同辉的杯子里续上水，又坐了回去。

“眼下有一项任务。大家都知道，现在中央在号召银行支持小企业发展，所以各行都在推广小企业贷款业务，我们的总行也推出了‘拓业贷’。银监局十分重视这个业务，每个月末都要求各银行报送中小企业类贷款余额。哪家不达标，直接请分行行长到银监局去喝茶。所以，某种意义上来说，这是一项政治任务。现在，各支行行长们都已经给吴行长立了军令状，保证下季末完成任务，接下来就要看大家的了。

“说到这儿，我得特别宣布一件事。我们支行的吴晓悦前阵子上报了万顺集团这个企业，目前分行已经审批通过了。按银监局的统计口径看，这户正好属于小企业，所以吴晓悦是全分行完成‘拓业贷’任务的第一个人。这个开门红十分漂亮，打响了头炮。分行领导十分满意，决定给我们支行一个特别奖励，本项考核指标直接加了五分。五分啊，大家都该知道这意味着什么，我希望大家都要跟她学习。对于一个员工而言，业务能力固然重要，但执行力才是核心。希望大家都学会听从指示，跟上领导的步伐，提高自己的执行力。这样才能确保一直获得进步。”

王同辉停顿了一下，留足了让大家回味和反思的时间，这才接着说：“这次这个任务，一人一户，完成了每户奖励三千元。要是完不成的话，我丑话说在前头，罚款六千、取消年底评优、取消今年的职级晋升。”他收起下巴，眼神从镜片之上翻过来，阴沉沉地警告：“说到做到，到时候别嫌我罚得重。”

四

小企业贷款发展的风潮是刚刚兴起的。

此时，各个蓄水池的资金逐渐满溢，金融机构在使劲儿放贷，企业在大量地吸收，市场空前活跃。政府既怕大家饿着，又怕大家撑着，于是便叫银行把“企业营运资金需求测算”这道防线扯紧，想看清楚企业的饭碗有多大、里面有多少饭、再吃多少才够。可惜这时的银行已经同企业一样红了眼，他们一样在狂叫：快呀，再抢快一些呀，慢了就被别人抢完了！于是原本可以把关的防线，被睁一只眼闭一只眼地放松了，灌溉的水流漫过了农田，又渗进了周围的阴沟暗渠。

产量小、风险高的小企业是农田里的贫瘠地，以前水流有限，没有人把资源分配到这里。但贫瘠地也产粮食，既然是有意地开闸放水，浇它总好过于阴沟暗渠。于是，在中央的倡导下，银监迅速下发了系列《加大商业银行对中小企业信贷支持的通知》，被冷落多年的中小企业一下子成了抢手的香饽饽。汹涌的资金发现又多了一个消化渠道，不由得欣喜若狂。而银行面对这块新蛋糕，内部则分化成了两派。

风控摇摇头："小企业风险度太高，不要大规模地杀进去，要谨慎，要谨慎啊！"

而已经摩拳擦掌的营销则嘶吼："人人都在抢，你不抢，等着饿死吗？再啰唆灭了你们这帮人。"

搏斗的结果，风控在国有银行照例大获全胜，而在股份制商业银行则正好相反，多以被整改批斗而告终。

此时，神州大地沟满壕平，水土丰沃。汹涌的水流同时带起了地上的泥尘沙石，掮客和骗子们蠢蠢欲动。林山等人身在基层，从一些前所未有的小事中嗅到了一丝丝混乱的味道。有人从破皮包里掏出面额上亿元的银行承兑汇票，咨询贴现业务。有人自称资金充裕，可贴现可贷款，希望银行牵线搭桥，辛苦费自然是巨额的。最夸张的一次，是某企业的老板在咨询业务时偷偷允诺，如果能做成贷款，会按照贷款金额的 20% 给客户经理回扣。

林山听得胆战心惊。她觉得自己过了二十几年清纯的日子，如今却仿佛行走在了混沌的边缘。各种灰的、黑的勾当就在隔壁窃窃私语，在银行这个金主周围暗暗织成了一张巨大的网。这时候要做什么业务都很容易，但是要想不坠落在那些迷幻的陷阱里，就要考验个人的道行了。

正迷茫的时候，公司部连续举办了几场针对中小企业的银企对接会，合作方包括了各行业协会、中小企业局、政府金融办等机构，碰巧中兴东路拿到了和 A 市风险投资公司这一场的主办权。

“愿意去就去吧。这场参会的好歹都是风险投资公司的客户，比其他的还强一些。”黄莉跟林山说，“风投公司投资前也有自己的贷前调查，相当于把了一道关。

“那你呢？为什么不去了？”

“说实在的，我对任何推介会、对接会都不太有信心，但我鼓励你们这些年轻人不要失去信心。”她嬉笑着，“要我说的话，还是从华恒的子公司里找一户做比较好，知根知底，又省事又放心。可你非不听，那我也没办法了。”

林山没吭声。她倒也想要一户来做呢，可她人微言轻，在华恒财务部的高总面前根本没有谈业务的资格。借助于行长的力量吧，偏跟王同辉关系搞那么僵。况且又有严超在里头，她私心里觉得离华恒还是越远越好。

银企对接会那天，省银监局和金融办的领导悉数到场，除此之外还有八九家银行和三十几家企业。王同辉请来吴良策助阵，现场彩旗飘飘，迎风招展。吴晓悦和林山穿着行服，斜挎着“真诚服务，逐梦未来”的红色绶带，站在汇通银行展位之前，迎接着络绎不绝的企业。不一会的工夫，两人便收获了厚厚一摞名片。

风险投资公司的偏好与银行有所不同，他们往往更看重企业的成长性，投资方向也更为激进，所以这次与会的企业大都是高新技术类。也许他们的研发在专业领域内是一流的，也许他们的概念非常有发展前景，但按现有的销售收入和经营规模，大多数都没可能在银行得到传统授信的支持。

林山跟一拨又一拨的人交谈，细细地观察和挑选着。一时说得口干舌燥，转身想喝口水的时候，发现身边的晓悦不知道什么时候已经不见了。往场里扫了一圈，见吴良策和王同辉正在同银监局的领导聊着什么，晓悦则微笑着站在一边。

散了之后，两人一同收拾展位。晓悦把桌布折起来，懒洋洋地说道："这乌泱泱跟赶集似的，能找到客户？反正我是一个都没看上。你怎么样？"

林山还真看中了一户。她刚想说，可看着晓悦笑嘻嘻的脸，不知怎么一阵别扭，于是只含含糊糊地答道："没有。回去筛筛再说吧。"

林山看中的企业叫作新宇轮胎贸易有限公司。这家公司是飞驰轮胎A市总代理商。飞驰轮胎是国际知名的轮胎品牌，能拿到它一个区域的总代理，公司实力应该算是不俗。飞驰总部对经销商的管理十分规范，经销商EPR系统与总部直接对接，进销存数据一目了然，基本没有造假空间。这是林山最看重的那一点。

新宇公司的胖老板对林山的主动登门十分吃惊："现在银行竞争这么激烈，你们的日子也不好过了吧？像我们这种小企业，以前托关系找到你们银行去都爱答不理的，现在都主动上门来谈贷款了，真是不一样了。"

林山以为他在冷嘲热讽，可看他一副难以抑制的惊喜，这才意识到他就是那种心直口快的类型。

"嗯，跟从前是不大一样了。"她不卑不亢地回答。

胖老板有四十多岁，从汽修起家，一直是自给自足的小作坊经营。都是因为飞驰今年给的任务量比去年增长了一倍，这才起了跟银行打交道的心思。而对于林山而言，独立营销客户也是头一遭，正赶上对方也是菜鸟，还是个规模不大的企业，当真压力顿减，信心陡增。

"利率还能不能再低点？基准上浮30%，一年就是7%啊！这钱挣得太容易了，啧啧，真是干什么都不如开银行。我们干企业，拼死拼活一年才挣几个钱啊，这成了给你们银行打工了，我们自己什么都落不下。"

“担保公司要收3%？凭什么啊！他们不就是出张纸吗？这简直是抢钱！不用！我们不用！我自己有办公楼和土地，干什么多花那个钱，我抵押。”胖老板算盘打得噼里啪啦响，肉痛得不断一惊一乍。

“存心骗贷款的人，开始就不打算还，他们在乎的是怎么尽快把贷款搞到手，不会在乎贷款的价格。拿了贷款不用于正常经营的人，一般也不会在乎价格。现在把资金投到外头去，无论是炒股、开矿、放高利贷还是房地产，赚的都比这点银行利息高多了。所以，如果有人对贷款价格斤斤计较，那能从一定程度上说明，他拿着银行的钱确实是要搞经营的，我们可以放心。”林山看着胖老板一分一厘地抠细账，回想起黄莉的话，心里高兴得乐开了花。纯粹从放贷的角度考虑，他还真是个不错的对象呢。

“好！那就抵押，就是速度可能比担保公司担保要慢一点。”林山提醒。

“不怕、不怕，我们还不是那么太缺钱。”

面对贷款没有饥不择食，说明家底还是有的，林山更高兴了：“没问题。土地证、房产证都齐全吧？”

“全，都有。李会计你拿过来。”

林山过了一遍，最后指着土地证问道：“为什么是划拨地？”

“哦，我们仓库这块地，原来是国营染料厂的。我们两家原来是邻居，后来染料厂破产的时候，我就想把这块地买下来。后来区政府一协调——我们不是跟区政府关系很好吗——说让我们把他们的员工接收一部分，地这块就不用再掏钱了，还按划拨来。怎么了，这有影响吗？”

“划拨地办抵押的时候，土地局一般会补交土地出让金。”

“出让金？那得多少钱啊？”

“市价。这块地现在市价多少钱，你补多少。”

“那不行！凭什么让我补？我当时还接收了好多工人呢，我为国家减轻了多少负担啊！这么多人每个月开工资，早超过那点出让金去了。这事儿你别管了，我找区政府去。”

“能行吗？”林山深表怀疑，“要是办不成，最后可能会耽误放款。”

“实话跟你说，宋区长是我把兄弟。土地局是政府的土地局，他们自己内部的事儿还不好解决吗？你放心批贷款吧，到最后我肯定能办下来。”胖老板大包大揽。

林山见他十分笃定，便把这事放下，集中精力做起授信来。小企业管理大多不正规，即使像新宇这样的佼佼者，除了总部监控下的进销存数据准确外，其他资料都是一塌糊涂，连一份正规的财务报表都拿不出来。再加上从没和银行打过交道，有顾虑，有疑惑，有答非所问，双方的沟通十分耗时耗神。中间还间插着其他种种琐事，林山写写停停，停停写写，原本一周能结束的报告足足写了一个月，这才报到了分行。

这时，分行的考核导向已经掀起了“拓业贷”的高潮。全行客户经理一窝蜂出去找小企业，大批项目接踵而至，但后期配套的审查却成了大问题。林山把新宇轮胎报到分行授信部时，在前面排队的居然有十七个项目。

“听说某支行的某项目在分行四个月了，现在还没审完。公司部光使劲按着客户经理下任务有什么用？现在费劲巴拉地把客户找来了，可审查批不出来，这算谁的？”

“某个项目我们和某某行同时做授信，某某行都已经提款了，我们这儿还要求补充资料呢。你说这业务还怎么做？”

“人家某某行，只要是担保公司担保，拿过来闭着眼就批了。再看看咱们这儿，没完没了地问问题，最后没准还给毙了。”

一时间非议满天飞，矛头都直接指向了授信部。大概在全天下客户经理的心里，别人家的审查员都是事少、宽松、体贴温柔的劳模，偏自家的审查员是不懂业务、叽叽歪歪、面目可憎的傻瓜吧！

授信部负责“拓业贷”的审查员只有两个，赶上了这种业务爆炸期，卷宗从桌面摆到脚底下，人都被榨干了也等不来分行的后援力量。于是，枯黄暗淡的脸整日阴沉欲雨，方圆几平方米以内都附带了低气压。此时，无论是明确地要求“能不能先审一下我们的”，还是隐隐地暗示“我们这个项目急”都如同在战场上大叫“向我开炮”，会瞬间引发雷暴，被炸得粉身碎骨。

林山可不敢在这节骨眼上去触霉头。她把项目报上去之后，一句也不敢催，只是时不时买点水果、零食去转一转。可惜授信部桌子上的小吃已经堆得跟小山一样，她这份“心意”并不能显山露水。

杳无音信了一个多月，正在林山坐立不安的时候，分行公司部和授信部联合下发了一份名为《加强拓业贷审查时效》的通知。里面对审查员接项目后几天出具预审问题，客户经理反馈后几天再回复，都作了详细规定。通知里还特别强调，如果未达到要求的审查时效，会对审查员有一定的处罚措施。

这份文件的效果是立竿见影的。邮件下发第二天，林山便收到了审查员发来的预审问题。点开邮件一看，一共三个，分别是更新企业报表、更新企业征信和更新法定代表人个人征信。

简单，清晰，敷衍。

上有政策，下有对策。林山知道，这是审查员们对分行只施压、不救援的行为无声的反抗。她看着这道餐前小菜，深吸一口气，作好了长期抗战的准备。

五

这天上午九点，坐了一夜绿皮车的林山在宝塬县清晨的阳光里瑟瑟发抖。

宝塬县位于H省边境，西与N省交界，距离省城四百多公里。这里属于高原地带，春天比内陆要来得晚一些。眼下，路边的树木刚抽出新绿，明亮的阳光照在上面，单薄的温暖中便杂进了丝丝清冽。一阵微风拂过，林山单薄的春装下立刻浮起一层鸡皮疙瘩。她抱着肩，又下意识地往太阳地里走了几步。

林山这次是来替吴晓悦办事的。H省交通投资公司在宝塬县有一家风电公司，他们打算用这家子公司做主体购买一笔理财产品。宝塬和A市之间交通不便，企业不愿为盖章这事单跑一趟，于是只好由银行亲自把合同送上门了。正巧吴晓悦有事去了总行，这差事便落在了林山身上。

晓悦到总行去已经一个星期了。说是总行人资部在搞一个什么活动，需要抽调人手帮忙。分行没人可派，所以才临时抓她去当壮丁。她去得很突然，甚至来不及当面跟林山他们交代工作，只在后来匆匆发信息说了一下。

林山自己也有替法律合规部去培训的经历，所以这事她一听就过，基本没走心。黄莉开始也没吭声，过了一阵子，却突然说："这个女孩，心眼太多了。"

林山不解。

黄莉冷笑道："我开始就觉得不对。人资部的什么事会抽调一个客户经理去？还走这么急？连夜就去了。后来一打听才知道，你知道她干什么去了吗？青干班培训听说过吧，培训回来能进干部储备库的，整个 H 分行就三个人，她是其中之一。名单早确定了，她不可能不知道，但她一直不吭声，临了还装出这么一副匆匆忙忙的样子。我早看这孩子不地道，跟我们不是一路，果真没错。”

林山无比震惊。她结结巴巴地问：“黄莉姐，那，那你是怎么知道的？”

“人资部我有熟人，打听来的。你知道吗？今年青干班人员的选拔都没公开，是分行内定的，做得可机密呢！也是，要是让大家知道像吴晓悦这种资历都成干部储备了，那老家伙们还不炸了窝？”

林山一句话也说不出来。晓悦的隐瞒让她生气，这样突如其来的进步又让她嫉妒和不平。两者夹杂在一起，气势互相助长，直顶得她脑门发烫起来。她神思混乱地在桌前坐了半天，直到日暮西沉，这才逐渐平静了下来。

她在心里暗暗骂着自己：林山啊林山，你有什么资格责怪晓悦？难道她以前没跟你敞开心扉谈过吗？她一开始就坦诚地告诉你，她比不得雅南，要靠自己抓住这个平台啊！这次的青干选拔，分行高度保密，就是怕她资历太浅而引起非议，难道她反而不顾分行的好意，来主动泄密给你，这才算朋友吗？你算了吧！你只是因为嫉妒在挑刺而已。可是你又有什么资格嫉妒她呢？她难道是没有付出就得到了这一切吗？你懒，你号称有原则，这个懒得做，那个又不能做，你自己选了一条不一样的路。这一点，你以前不是反复思考过、确定过了吗？那为什么一看到人家进步，马上就嫉妒起来了？这不是卑鄙吗？

狠狠地骂了自己一顿，骂得越狠，反而越觉得轻松。到最后终于卸下了重担，照样跑前跑后，自己的事、晓悦的事全部承担了下来。像独自来宝塬这一趟，即便知道这是个为他人作嫁衣的苦差事，连王同辉布置任务的时候都有些不好意思，林山倒坦然得很，心想自己身强力壮，跑一趟又不怕掉二斤肉，去就去呗！全当塞上一日游了。

此刻，林山站在风电公司的院子里，等着财务部的人盖章。供暖早停了，办公室里阴冷冷的，外面有太阳的地方反而暖和些。她大口地呼吸着新鲜的空气，竭力把过去十二个小时在卧铺车厢里沾染的臭气驱散掉。

手机突然响了起来。她眯着眼睛举起来一看，见来电是“盛大泵业耿云”。

“耿姐。”她亲热地招呼。

“小林，有件事我挺不好意思跟你说的……那个，我们的资金出了点问题，今天可能到不了位了。”

“到不了位……什么意思？”今天是盛大泵业四百万贷款的还款日，林山一时转不过弯来。

“你别着急，先听我说啊。”耿云连忙解释，“我们不是存心不还，这笔资金计划早就做好了的。谁知道月初的时候融发银行不声不响把我们的一千万贷款给抽了，然后有几个客户，按合同本应该这个月回款的，可现在一直也没到。两边这么一挤兑，弄得我们特别困难。不过你别担心，我们一直没放弃，我们老总现在正想办法解决呢！估计这两天就能有着落了。”

林山终于明白她的意思了。她再怎么也没有想到，才干了几天信贷居然就要碰上逾期了。一激动，身上冒出一层细汗，热腾腾的一点也不觉得冷了。

“耿姐，”她结结巴巴地说，“就四百万，金额也不大，你们这么大厂，就不能在别的地方挪腾点吗？你哪怕只晚还了一天，都会上人行征信，那你们信用记录就多了个污点。就为四百万，值得吗？”

“小林你也知道，我们是老国企，把信誉看得比什么都重要。我们最不愿意的就是逾期，可有什么办法啊！我们就被挤兑到这儿了。但凡能挪腾一点，我就不给你打这个电话了，可现在是真的一分钱都没有啊！客户欠着我们九千多万，我们上至书记下至处长们，轮着出去要账，可就是要不回来。你说我们上哪儿说这个理去！”

林山不死心，刚想再接着追问，脑子里突然闪过了一个更严重的问题。

“耿姐，你刚说融发抽你们贷款？为什么？”

“嫌我们没存款。他们来说了好几次，让我们开几轮银行承兑汇票，可我们算了算成本太高了，实在接受不了，所以就一直拖着没做。”

要求企业开百分之百保证金的银行承兑汇票，这是银行揽储的主要手段之一。银行贷一千万给企业，要求企业再拿一千万存款做保证金，开出一张一千万的银承。然后企业办理贴现业务，再把银承变现为现金。在这种情况下，银行放了一千万贷款，得到了一千万存款，而企业为了取得一千万贷款，除了支付贷款利息外，还又多了一项开票手续费和贴现费用。

这是银行间通行的做法，但各行在操作程度上却各有不同。像汇通，贷一千万，开一轮银承，拿到一千万存款就很满足了。而融发的规矩，企业想贷一千，要开三轮银承，拿到三千万的存款才行。这就意味着，同样是一千万贷款，企业在融发要付出比汇通高三倍的成本。那怎么还会有企业去融发贷款呢？一是因为它政策灵活，能贷人所不能贷、不敢贷、不愿贷的业务；二是因为企业大都处于疯狂吸金的阶段，只要把钱搞到手，再生出钱来的渠道太多了，这点成本可以忽略不计。

融发这种磨刀霍霍的作风业内知名，林山早有耳闻，但此刻却打了个大大的问号。她担心耿云没说实话。会不会是因为企业经营上有什么风险，被融发银行发觉了呢？

盛大这个企业，是中兴东路支行成立以来第一批授信客户，到现在已经合作十二年了。因为是个老国企，加上贷款金额又小，她接手之后一直都没有太重视。没去过企业，没认真读过报表，一直都只做些常规化的表面工作，可现在偏偏就是它要逾期了。会不会别的银行都已经察觉到了风险，只有她一人蒙在鼓里呢？她慌得厉害，不由自主地开始回忆盛大泵业的授信报告，想看看经营到底有没有什么漏洞。但这怎么可能想得起来？越是努力，脑子里反而越是一片模糊。

一阵风吹过，她身上一冷，定了定神。不能自己吓自己，眼下最迫切的，还是跟融发方面打听一下，看看到底为什么抽贷。一想到融发银行，周致和李会明的影子同时浮现了出来，找谁呢？李会明刚去没多久，人的事儿肯定不如周致熟悉。可一想到要找他，林山的脸又红了：绕开李会明去找他，会不会显得他俩关系太近了？犹豫了一会儿，最终还是拨通了李会明的电话。

“盛大泵业？好像是和平支行那边做的。不过我跟他们没打过交道，不是很熟。你急吗？”李会明的话是从嘴缝里漏出来的，林山知道他现在一定正叼着烟。她能想象他那副吊儿郎当的样子，就像以前在办公室里成千上万次见到的那样。

“急，我都快急死了。我现在在宝塬回不去，盛大的贷款今天可能就要逾期了。”她带了哭腔。

“哎呀呀，亏你还是我的大弟子呢！看看那点出息，才四百万就哭了？”口齿清楚了好多，烟一定已经拿掉了，“我找人打听去，你等我回话吧。”

“马上啊！最好上午就给我回话。”

风电公司把章盖完了。林山拿到合同，再看看手里晚上的火车票，心里像扎了棵草一样。宝塬回 A 市的火车就只有晚上一趟，虽然耗时长，但胜在有卧铺。她原本计划白天的时间到县里的几处古迹逛逛，可现在兴致全没了，只恨不能立刻长翅膀飞回去才好。企业的人见她着急，说上午倒是有一班长途汽车到省城，但车又破又小，又要坐六个小时。林山归心似箭，不顾众人劝阻，执意上了这趟车。

宝塬境内的高速公路大修，要先走一段国道。车在山中行，路窄而曲折，不断有各种重型车辆从旁边呼啸而过，拉煤的，拉建材的，拉农产品的。林山这辆长途车十分小心，一路开得不紧不慢，直到中午还没走出宝塬县界。到了一个叫铁仙桥的小镇，车速越来越慢，到了最后便完全不动了。

司机把车熄火，干脆利落地说："堵了，都下车活动活动吧！"

一车的人都叫喊起来："怎么回事？得多长时间？"

司机一副习以为常的样子："怎么回事？自个看不见吗？这么窄的道儿，大车都抢着过，不堵才怪。本来就天天堵，正赶上今天还是铁仙桥大集。哼，我看一时半会儿是走不了了。"

"那怎么办？到了A市我还有事儿要办呐！""我跟人约好谈合同呐。""我得接货呐！"众人叫嚷一阵子，筋疲力尽之后也明白此事无可奈何，于是渐渐四散开来，活动的活动，方便的方便，还有的跑到前面去观察路况。

有人给司机递烟攀谈："师傅，这条路老这么难走啊？"

司机把烟夹在耳朵后头，回答道："要说这条路，去年的时候还清净着呢！别说堵了，路上跑半天都见不着几辆车。堵车都是从前一阵子才开始。"

"怎么呢？"

"你是做买卖的吧？我问你，今年买卖好做不？"

"嗨，凑合事儿呗。不过这几个月是特别显好，比以前都好。"

"就是啊！大家伙都觉得买卖好干，都跑出来挣钱来了，车可不就多了呗。车一多，路就堵了呗。”

“那还有没有别的路能绕一下的？”

“没路，就这一条。我看今天这架势，没几个小时是别想动窝了。”

林山在一边听得心哇凉。听他这意思，今天的时间恐怕就要浪费在这儿了。可这个节骨眼上，她怎么可能什么都不干，就在这儿呆呆地一直坐下去？她简直恨不能把所有的信息拿来，马上搞清楚盛大泵业到底怎么回事啊！

急中生智，林山突然记起刚接手这个客户时，黄莉曾经给自己邮箱发过授信报告。她像抓住了救命稻草，立刻在手机上打开邮箱，找出来仔细看了起来。

手机响了起来，是李会明。“我打听清楚了，确实就是因为没存款所以才收的。他们觉得这一千万放在盛大泵业，光挣点利息实在太亏了。但因为双方合作好多年了，所以一直没好意思动手。正好赶上最近贷款规模不是特别紧张吗？他们就狠了狠心，把这一千万抽出来给了其他综合收益高一点的客户。”

林山挂了电话，沉沉地思索着。

水泵行业准入门槛低，芝麻小厂遍地都是，价格战打得不亦乐乎。盛大泵业的主打产品是特大型渣浆泵，又要资金又要技术，小厂没这个实力抢市场，这是它的优势。但是大型渣浆泵工期太长，动不动要四五个月，期间全要它自己垫资。就算完工交货，客户也是分期付款，再加上还要押两年的质保金，资金被占用得太厉害。现在这七八家银行之所以还在支持它，不外乎因为它是老牌国企，大家合作多年，已经下意识地把它划进了心理安全区。但这个时候，融发突然抽贷了。不论原因是什么，这一抽没准就成了引发雪崩的最后一片雪花，给盛大脆弱的现金流致命的一击。眼下不就应验了吗？他们一个年销售近两个亿的企业，可是连四百万都筹措不出来了啊！

她凝视着窗外。附近的村民陆续挑着扁担过来了。他们是来向堵车的人们兜售食物的。茶叶蛋三块一个，方便面十元一包，开水一块钱一杯。经济繁荣引发了堵车，堵车为农民增加了副业收入，一荣俱荣，很好。

手机又响了起来，是耿云。“好消息，小林，钱筹到了！有个客户终于同意回款了，现在正在银行办转账。等他款一到我就给你们转过去啊！哎呀，真是太险了。我性子急，光怕晚告诉你的话，耽误你们行内的一些手续。结果虚惊一场，白让你跟着担心了。”

林山心里一阵感动，又一阵愧疚。她正在打算把盛大的贷款收回。是的，他们很讲信用，想方设法在最后一刻把贷款还上了。是的，这时候收贷很不仗义，不亚于雪上加霜，盛大泵业没准会因此倒闭，但她已经被自己刚才的分析吓到了。盛大泵业是一个没有前途的企业，能够存活下来也不过是勉强支撑而已，她不能战战兢兢地整天为它担心。

林山蹲在田埂边，剥开了一颗茶叶蛋。一个农妇把滚烫的热水注入了林山刚买的方便面盒，清水和酱料相遇的瞬间变成了黑红色，飘出了一股腻香的味道。她举起叉子搅拌着，心里已经作好了决定。

六

审查员终于发来了新宇汽车贸易授信项目正式的预审意见。

二十三个问题汹涌而至，刀枪棍棒直击企业经营的要害处，把祖宗八代都刨了个底儿掉。胖老板看完之后脸色发白，连说问得太细，又问分行是不是想让他们表示表示。

林山解释说这并非有意刁难，又说银行对客户的资料绝不会外泄，也不会跟税务部门共享，他这才将信将疑地补了一部分。但对于“出具税务局盖章的不欠税证明”这点，却怎么都不肯答应了。

“你们上嘴唇一碰下嘴唇，说得倒是挺容易，办起来有多麻烦你知道吗？你们去跟税务局打交道试试！我不开，这款我不贷了也不找这个麻烦。”

情况反馈回去，审查员也很不满意：“他们不懂你也不懂吗？这个证明不开，万一有偷税漏税的情况，轻了被追讨，重了被判刑，这是多大的风险隐患啊！”

一方面要求把问题讲清说明；另一方坚持“意思”一下解决掉，林山夹在中间，两边都搞不定，业务陷入了拉锯状态。

又拖了一阵子，总行下发了全辖“拓业贷”完成率排名表，H省分行因为排名垫底被总行点名批评。吴良策面上无光，立刻把相关部门召集起来臭骂了一顿，然后又亲自召开了一场全行业务动员会。

“对待小企业，我们的思路要放开一点。什么是小企业？如果什么都很正规，要什么有什么，那还叫小企业吗？那是上市公司。所以，不能用传统的眼光去审视小企业业务，要多看实质风险，少揪细枝末节。”在大会上，吴良策反复强调说。

这话奠定了H省分行拓业贷发展的基调。重压之下，授信部不得不对审查角度和尺度都进行了调整。新宇轮胎的审查员终于不再坚持要“不欠税证明”了，取而代之的，是要求林山出具一份补充报告：“你写上‘经过调查，该企业税款按时足额缴纳，不存在偷税、漏税行为’，然后签字给我。”

林山自然没办法保证企业已经足额交税，审查员也清楚这一点。但在企业基本面尚可的大前提下，她必须撒这个谎，把责任承担下来，而审查员则要做到睁一只眼闭一只眼。双方各退一步，这个项目才终于算是做成了。

整理卷宗时，林山拿着审批通知书去请授信部老总方志诚签字。他瞟她一眼，随口问道："中兴东路支行的？听说水泵厂的贷款你们给收了？"

"是。"

"黄莉吗？"

"不是……是我收的。"

"你？"方志诚大感意外，"什么理由？"

"主要是怕它的现金流出问题。"林山把自己的担心讲了一遍，最后总结道，"我觉得这个企业是非常危险的，所以就下决心把它收了……"

方志诚一直一言不发，饶有兴味地听着。等她一口气讲完，这才问道："谁是你师傅？黄莉？"

"曹勇行长、李会明还有黄莉，都教过我。"林山挺骄傲的。

"好。好师傅，好徒弟！才没干几天信贷就懂得收贷款了！"方志诚发出了一阵大笑，"知道水泵厂最早是谁做的吗？"见林山茫然地摇了摇头，他得意地伸出拇指指了指自己："我！我跟你们曹行长一块做的，我主办，他协办。十几年了，没想到最后让你给收清了。不错，善始善终！那你们王行长呢？收一个户他不肉疼？"

"有点。可我弄成了这个户，所以他也没说别的。"林山拍了拍新宇轮胎的卷宗。

方志诚低头看了看："这个户还行。不像其他的，烂到底儿掉。"十分心烦地皱着眉，在审批通知书上把名字签了。

林山高兴极了。自己独立做成了一个企业呀！不是分行分配的，不是托人介绍的，是从头到尾自己一个人搞定的！现在还得到了权威人士的肯定。放眼整个分行，年轻人里有一个像她这么棒的吗？当然没有啦！她心里早把尾巴翘上天，真恨不得变出一个分身来，用力在自己肩膀上拍着称赞：“小林，好样的！”

哪知道美滋滋地刚过了两天，迎头袭来的一记重击便把她从天上打回到了地下——新宇轮胎土地抵押出问题了。

“土地局说抵押就得补交出让金，好几百万呢。我才不给！”胖老板肉疼。

“当初您不是说能找政府协调解决吗？”林山后牙根疼。

“我找了啊！别说区里，市里我都托关系了，可都不行啊！土地局说现在国家对这块把得很严，这是严重违纪，所以都不敢办。”

经历了九九八十一难，只差放款就能功德圆满了，眼下居然要功亏一篑？林山不甘心。她想了想，直截了当地说：“那就更换担保方式，找家担保公司吧。我们行准入了不少民营担保公司，我觉得担保费能谈到 2%。这是目前市场最低价了，你考虑一下。”

胖老板考虑了几天，打来了电话：“林经理，你们行那个名单我看了，也打听了一下。不是我说你们，这些民营担保公司你们行都是怎么准入的啊？这些老板们我得认识一多半，像这个丰源担保，它老板不就是原来温州针纺城的那个顾跃辉吗？还有这个林四桥，他就有几家加油站而已。按说担保人应该比被担保人更厉害才对呀，可这几个人实力还不如我呢！现在弄张执照就能给我担保了？还收我 2% 的钱？简直空手套白狼！你们也不想想，我要出了事，他们真能赔得起吗？做银行的心怎么能这么大呢？我跟你说吧，你们爱怎么准入怎么准入，但我不用他们。钱是小，名声是大，A 市生意圈子里就这几个人，以后一说起来，我居然让这几个皮包公司给担保了，我可丢不起这个人！”

听着胖老板滔滔不绝的一顿数落，林山哭笑不得。这个胖老板，抠得要命，还总是铆着劲儿的。一千万摆在跟前，别人早就往手里抓了，他却还在认自己的死理儿。林山虽然生气，但也不由得敬他认真。

“这样的人啊，你把款放给他最放心了。虽说不会有太大的发展，也绝不会出什么问题。只可惜黄了。”黄莉听说后评论道。

“也不算黄了。他还有一层写字楼，权证正在办，等办下来可以抵押。不过这次的任务节点肯定是赶不上了。”

“啧啧，马上就是季末，你怎么交差？还是找华恒吧！子公司都是现成的，这是眼下最快的了。”

想到华恒集团，林山便有些踌躇，但想想王同辉那张脸，又觉得似乎别无选择。一时间，“拓业贷”成了压在她心口沉甸甸的大石，让她寝食难安。她皱眉说：“我考虑、考虑吧。”

其实，如果林山不是这样的新手，她就一定能拨开眼前如火如荼的“拓业贷”，看到一副更广阔的情景。非标业务悄然盛行，已经成为业务的主流、银行的新宠。资金顺着一条条通道流向了传统信贷所无法触及的领域，为银行带来了资产和利润的爆炸式增长。在迅猛扩张的公司业务板块中，小企业真是沧海一粟。它的重要性可能和鸡毛等同，只是被希望四处开花的领导习惯性地说成了令箭而已。

林山到底还是去了华恒。隔三岔五的小礼物起了不小的作用，这天财务处的谭姐跟她偷偷通了气，说高总一直会在单位。

“他平时见的都是支行行长。你一个客户经理，要正儿八经地约时间肯定是不行了。你只能在门外等着，插个空直接进去跟他说。”谭姐热心地支招，“说起来你们行长也真是不给力。我看别的行长们三天两头上门联络感情，就是单单没见过他。平时不来也就算了，有事求人的时候也不露面，单支使你一个小客户经理过来。这能成事吗？”

林山叹了口气。不能成事又有什么办法？王同辉绝不会屈尊登门拜访企业，像华恒这种给过他难堪的，更是想都别想。但有什么办法呢？毕竟他是领导，有资格讲风骨、讲自尊。至于林山呢？还是算了吧！毕竟搞营销不用要脸，这是举世公认的。

高总办公室里的人络绎不绝。在往来员工好奇的目光下，林山徘徊了良久，这才抓住了一个空子。她赶紧敲门进去，满脸堆笑地招呼说："高总，您好。"

高建平一时想不起她是谁，略微愣了一下神儿。林山脸上发烫，刚要厚着脸皮再介绍一下自己，他突然又想了起来，回答说："哦，你是曹勇那儿的客户经理。"

"哎，是，我叫林山。"

"有事吗？"他并没有请林山坐下，而是一边翻着桌上乱七八糟的东西，一边礼貌而冷淡地问道。

林山道行尚浅，玻璃心瞬间稀里哗啦碎了一地。她努力把碎片拼凑起来说："不好意思，这么冒昧打扰您，但我今天来确实是有点事。我长话短说，不会耽误您太久的。"完了赶紧把事情讲了一遍。

"你们支行换行长了是吧？现在这个叫什么来着？"高总面无表情地问。

"王同辉。"

"哦。"他手上不停，依旧整理着桌上的文件，"我们确实有几家子公司，但现在集团正在搞融资改革，以后恐怕要搞统贷统还的模式。所以很抱歉，这个忙我们这次恐怕是帮不了。"

"统贷统还……什么时候？"林山刚追问了一句，就被一阵电话铃打断了。

"好的，我马上到。"高总对着话筒答道。挂上电话，他瞥见站在一边的林山，略带惊讶地又强调了一遍："就这样吧！我还有个会要参加，失陪了。"

林山灰溜溜地出了门。在挫败感和羞耻感的双重夹击之下，她像被霜打蔫了的茄子一样，没精打采地站在了电梯旁。门打开了，几个人从里面走了出来。为首的一个见到她，口中轻轻“咦”了一声。林山抬头一看，原来是严超。她赶紧垂下眼，毕恭毕敬地叫了声：“严总好！”严超没有回答，冲她略一点头，然后便在众人拥簇下离开了。

开发区回城只有一趟公交车，林山等了快一个小时，这才来了一辆已经塞得满满的车。她拼命挤上去，胳膊折成两个弯，从其他人身体的缝隙里伸过去捏住了一点栏杆。嗡嗡，一条短信进来了。她艰难地用另一只手掏出来，半举到空中去看，是严超。上面写着：直接联系财务部办理子公司授信。

林山像被烫了手，立刻把手机塞回了兜里，一会儿又取了出来。盯着屏幕看了几遍，这才一字一字地回复道：“好的。谢谢您。”

嗡嗡。信息又进来了。上面写着：“不客气，今晚七点潮白楼请你，不见不散。”

第七章

高速公路上的等待

一

林山以前从来没听说过潮白楼。

这楼隐在市郊的林区公园里，依水而建，古色古香，推窗便是波光粼粼的小南湖。门口一副黑底金字对联，上书“且就湖光赊月色，将船买酒潮白边”，与眼前的景色相合，倒也不算唐突名句。只可惜这番清雅，被两个心怀鬼胎的人给糟蹋了，林山看着对面的严超暗想。

服务员递上了深杏色的折子菜单。里面的菜名一律蝇头小楷，满纸的踏歌行、千堆雪、眼儿媚。林山有意成全这份卖弄，只扫了一眼便递还回去，坦然说道：“我不知道该点什么，严总您来吧。”

严超宽容地笑了。他指挥着服务员：“你给解释一下。”

“清平调——拌时蔬，千堆雪——蛋清炖鲜奶，眼儿媚——樱桃肉，彩云追月是红白两种鱼片的拼盘……”服务员麻利地介绍着。

“都是些平常东西，难得他们费心起了这些名字，吃个风雅嘛！”严超不无得意地说。

好风雅，这不是在吃饭，分明是在吃诗意。林山附和：“确实新颖有趣。这样好的地方我以前竟然从没听说过，刚在网上搜了搜也没什么介绍，太埋没了。”她其实是在试图查询人均消费额。

“这家是会员制，一般人可能不会知道。”严超轻笑。

“哦，那难怪。”

“别人也就算了，不值得费这个心，但你不一样。一定要选个特别点的地方，才能显出我的诚意来。”严超真是老练，说完便垂下眼皮喝茶，看都不看她一眼。

林山抓紧时间消化了这份尴尬，然后立马正襟危坐：“严总待人真是真诚，对我这么个小客户经理都这么尽心。难怪大家提起您来都交口称赞，服气得很。”

上至达官贵人，下至贩夫走卒，人们对赞美的渴望都一样永无止境。严超暂时偏离了原定的话题，饶有兴味地问道：“哦？都说什么？”

“曹行长说您眼光过人，魄力也过人，华恒发展过程中的几次危机都被您化解了，换作任何其他人那都是不可能的。说您待人处事极为周全，这在A市的企业家里是数一数二的。还有我师傅黄莉，她说您是她见过的最有风度的企业家。”情急之下，林山临时给曹行长和黄莉一人一个角色救场。

严超微微一笑。那是一个吃惯山珍海味的人，对毫无新意的菜色微微的倦怠和习惯性的受用：“那你呢？你怎么认为？”

林山看着他的表情，突然觉得自己就像一只在老狐狸面前表演的母鸡。她装着傻，兜着圈子，想在不得罪他的前提下表明自己的品行。而这只老狐狸也一样在装傻，他眯着眼睛看她表演，同时坚定不移地按照自己的既定方案推进。都说成功人士有百折不挠的品质，果然不假。

“我也这么认为。您的能力有目共睹，自然不用多说。难得的是，您一看就是个谦谦君子。”林山搜肠刮肚，“总之很有底蕴。”

不知为什么，底蕴这个词，通常都能搔中人们心里最痒的部分。严超的眼睛亮了起来：“你这个话说到我心坎里去了。是，我也认为自己和一般生意人还是有些不同的。英国皇家诺顿商学院听说过吧？我刚刚拿到了 MBA 的文凭，是货真价实的文凭。别人都是找人代写论文，再远程答辩，纯属糊弄了事。我不是。我天天这么忙，还抽出时间亲自写了论文，又飞到澳门跟教授们面对面答辩的。旁人都觉得，明明能应付的事儿，何苦搞得这么辛苦？这不是傻吗？他们都不懂我，都不懂。”严超摇摇头，突然转向林山问道：“你能理解吗？”

“我……能！”林山咬牙答道。

“我也觉得你能。我这个人，别的不敢说，看人还是很准的。这些年我也见过许多女孩子，漂亮是很漂亮，但都没有你身上这股灵气。我记得你是学法律的吧？毕业怎么会进银行了？”语气中有惋惜。

“正好赶对机会就来了。”

“那学了这么久的法律岂不是白费了？没考虑过进法院吗？”严超由衷地惋惜道。

“没，反正也考不上。”林山觉得把自己说得越不堪越安全。

“那并不重要……”严超若有所思地望着她，声音温柔得像在催眠，“进 H 省高院不是什么难事。咱们可以想想办法。”

弦外之音，铮铮作响。就是它了。先是谈人生谈理想，接着是讲江湖广阔知己难求，最后再不动声色地送上一个终极大礼包。可礼包不该是珠宝房子和豪车吗？为什么送她的偏偏是一份工作？嗯，当然是因为她气质清新，不同于外面那些妖艳贱货了。林山胡思乱想也忘不了高看自己一眼。

“法院？我好像还真没这个想法。”林山做出一脸云淡风轻，“我学了好多年法律，但其实并不喜欢。一直感觉法律工作有点宏观，好像不太适合我。不如现在当客户经理，每一点工作都能实实在在地拉动 GDP，我觉得很有成就感啊。”

“怎么会这么想？当法官是别人求你，当客户经理是你求别人，哪个权力大？哪个社会地位高？你这么聪明，怎么这点事还看不出来呢！”严超笑了，“父母都是做什么的？”

“爸爸是老师，妈妈是公务员。”

“猜到了。这个气质一定是随你父亲吧。”

“不是，其实我更像我妈。”林山暗暗作好了准备。汇通那么一点月薪，她实在犯不着为这把自己搭进去。能兜圈子自然好，不能的话就要豁出去挑明了。

“哦？你妈妈是什么样的？”

这就来了！

“我妈在单位是个小头头。一个啥背景都没有的女人要想干出点成绩来，挺不容易的，但我妈干得还行。最让我佩服的是，女人在社会上出头常用的那一套，她从来没用过。”

“女人常用的哪一套？我怎么不知道？”严超笑眯眯地问。

“靠男人。”林山脸不红心不跳，“我妈说这是最让人瞧不起的。一旦你这样做了，不管你爬多高，你都只是个笑话而已。”

“很有原则啊。看来是想向妈妈学习了。”

“嗨，这都用不着学！亲妈，好多东西都直接遗传了。”

严超笑了：“小姑娘，A 市现在都修到三环了，房价也突破每平方米七千了，这世道跟从前早已经不一样喽。你还太年轻，不知道有些风光得体会过之后才能知道到底有多好。所以我劝你，凡事都不要急着做决定，要三思。”

说完也不等林山接口，指着桌子笑道：“别光顾着说呀，来，吃菜、吃菜！”接下来便不再提这个话题，只拿一些风土人情的闲话来讲。林山知道他想拉长战线，严超也明白她想速战速决，但无奈他抢先留了活口，又转移了话题，搞得林山也不好再说了。

一时间菜残酒冷，林山借口上洗手间来到了前台。

“我想结一下竹里馆的账。”希望数字不要太离谱，她心里暗暗祈祷着。

负责接待的美人笑靥如花：“对不起小姐，餐费是挂在严总账上的。”

“能收回来吗？这餐是我请的，我来刷卡。”

“那您有我们的会员卡吗？我们只有会员才能消费。”美人笑吟吟地问。

“用严总那张，我来付费。”

“对不起小姐，总部要求单卡一致，只有会员才可以消费。”

世人对美人都格外宽容，林山也不能免俗。她耐着性子商量：“能不能给通融一下？你看今天明明是我请客，却让严总付了钱，这太说不过去了。麻烦你给想想办法，我觉得你们这儿环境很不错，等回头叫几个朋友过来，多办几张会员卡。”

美人忍不住“扑哧”笑了出来：“我们的会员卡……”良好的职业素养及时制止了她，她抿着嘴抱歉地说：“这是总部的规定，我实在没办法。”

这规定真变态，谁付钱不是付啊？林山正要接着跟她理论，另一名美人却翩然而至，带话说严总请回。林山大为尴尬，回去一看，见严超已经收拾妥当，一副准备离开的样子。

“我这请客真失败，吃着吃着客人居然跑掉了。”严超笑道，“怎么样？把前台搞定了吗？”

“哎……”林山极其不好意思。

“没事，搞不定也不怨你，她们这点规矩还是懂的。”严超一边调侃，一边冲服务员打了个手势，一个小纸袋便被送到了林山手上，“这是他们刚来的好祁红茶。我临时有点事，今天是没空喝了。

你带回去，下次咱们再找时间品品。”边说边往门外走。

林山心里极不是滋味，但琢磨琢磨，没有一句话好说，只得拿了包跟上。在连廊上七扭八拐走了一阵，终于到了大门口，严超的车已经候在那儿了。

“我送你回去。”

“不用了，严总，我……”

话到一半，突然被背后一声“林山”打断了。她愕然回头，见雅南又惊又喜地走了过来，口里叫道：“真是你呀！”

她的身边跟着一个同样一脸惊讶的男人——竟然是周致。

“雅南……”林山直愣愣地看着他们。她有些发蒙，一时分不清到底是因为看到他们在一起而震惊，还是因为被他们看到自己和严超在一起更震惊。思绪纷至沓来，她仿佛明白了些什么，心瞬间塌了一片。

“这不是周致吗？你也来这儿吃饭了。”

“严总，真是凑巧。”

雅南并不认得严超，见他同林山一道，又跟周致熟识，于是好奇地来回打量。无意间见周致飞快地朝林山望了一眼，那眼神让她心里一颤，瞬间疑惑起来。

“有空到我办公室喝茶。”严超结束了寒暄，十分自然地招呼林山，“咱们走吧。”

跟他走，还是留下来面对雅南他俩？林山心里一阵发酸。她哪个都不情愿。现在她只想飞奔回家，把头扎在床上，静静地一个人呆会儿。她飞快地瞟了周致一眼，见他平静地望着别处，脸上依然残留着刚才寒暄时的微笑。

“严总，我还要再待一会儿。这位是我的好朋友，刚从外地回来，我们难得一聚。”林山拉起了雅南的手。

“这样啊！那你们玩。”严超看看她俩，又看看周致，开玩笑地加了一句，“你可注意不要当电灯泡呀！”

林山看着他的车绝尘而去，转头说：“大神送走了，我就不打扰你们了。”

雅南拉住林山：“着急走什么？知道这是谁吗？我还没给你介绍呢！”

“周行长吗？我们为项目打过几次交道，早就认识了。今天一见才知道是你的那个……那个发小哥哥。”林山勉强笑道。

“聪明！”雅南冲她挤了挤眼睛，“看来A市还真是小，金融圈更小。”

“是，太小了。”林山苦笑，“我先走了。下次再回A市也给我和晓悦留点时间，我们都一直想和你聚聚呢！”

“好啦，一定。”

“太晚了，送送你吧。”一直沉默的周致突然开口说道。

“瞧我！”雅南轻轻拍了一下头，“你把护花使者给打发走了，现在怎么回去？我们送你吧！”

我们，林山的心翻搅着，几乎快要哭出来了：“不用了，出租车也很方便，非要送来送去的做什么？早点回家歇着吧。”

说完生怕他们还要客套，不等回答便扭身疾走。担心他们开车出来后再碰上，又特意拐到湖边小路上，随着散步的人群出了公园。

终于到家了。

这一晚是这样漫长，林山觉得自己精疲力竭，进门便摇摇晃晃地瘫倒在了沙发上。

周致一定是误会了她和严超。一对地位悬殊的男女，在这样一间会所单独碰面，还有比这更暧昧的吗？刚才她整个人都被震惊和嫉妒占据了，到现在才刚刚意识到这一点。

可那又怎么样？她难过地想。她和他算什么？相交寥寥，充其量不过是个谈得来的朋友，她干什么这么在意他的看法？而且，她又有什么资格在意他和雅南在没在一块儿？

茶几上的手机骤然响起，林山全身一激灵，迅速抓了过来。

“到家了？”雅南问道。

“到了。”林山心里隐隐失望，“你呢？”

“我也到了。”

林山沉默着，她在等着雅南发问。可奇怪的是，电话那头也是一阵沉默。良久，雅南才又犹犹豫豫地开口问道：“你和他，是怎么回事？”

“没怎么回事，就是吃顿饭而已，他说想为之前的银团业务表示一下感谢。人家刚帮我完成了一户拓业贷任务，我也不好拒绝，所以就去了……”

“不是，我没说严超。”雅南生硬地打断了她。

“不是严超？”林山迷糊了，“那你说谁？”

“周致。”

林山握着手机愣在了那里。

二

新兴羊绒的逾期贷款以一种意想不到的方式解决了。李老板没有像传说中那样东山再起，提供担保的企业们也并没有按合同主动代偿。人们对法律的约束力和执行力毫无敬畏，这件事的解决，最终还是依靠了强大的行政力量。

随着地产市场的升温，在数不清多少次的协调会之后，B 市政府推出了非常有吸引力的一版解决方案：担保人代偿银行贷款后，李老板拿出部分土地折价给予补偿，不足部分由政府兜底。兜底方式是圈出几宗地块，以远低于市场的价格转让给担保人，并协助办理土地性质变更手续。这个方案让李老板保留了部分家产，也让各家担保企业得到了实惠，因此很快得到了扯皮双方的支持。终于，B 市政府以其极强的责任心和行政力，平息了这起影响巨大的圈保逾期事件，恢复了 B 市在 H 省银行间的信贷声誉。

还款资金到位的那天，黄莉分别给曹行长和李会明打电话通报了消息。三个昔日的战友又说又笑，把和新兴羊绒斗智斗勇的整个过程又回忆了一遍。挂断电话后，黄莉便锁紧门，独自在办公室待了一个下午。林山看着那扇紧闭的门，伤感地觉得离别已经近在眼前了。

黄莉很快便向行里提起了辞职，但在第一个环节就被扣住了——王同辉拒绝签字。

在王同辉的领导生涯里，黄莉这个下属绝对算是个异类。他承认她业务能力十分突出，但偏偏她有一个致命的缺点，那就是不够听话。如同大多数领导一样，王同辉笃信权力至高无上，也习惯对权力层级的绝对服从。因此，黄莉这一个缺点便足以遮盖她所有的好处，成了让他憎恶的源头。事实上，她已经激起了他强烈的战斗欲，只是没想到在制服她之前，她居然提出了跳槽。

这是王同辉第一次体会到跳槽的意义。以前，他在人资部经历过无数次跳槽，全行的离职文件都要经过他的手，但那些似乎都与他无关。可如今他才算真正明白了，这一个章盖下去，就意味着他和她不再是上下级，意味着她可以光明正大地把他当空气，意味着她就这样大摇大摆从他手心里走出去了。这怎么可以？这不是太不公平了吗？所以，当黄莉提出辞职时，他的反应几乎可以用失态形容了。

“现在的人，见利忘义！见异思迁！别的银行出价高点，转身就离开了，完全忘了汇通这么多年的培养。你们是不是除了钱，别的什么都看不到了？有没有责任心？懂不懂什么叫感恩，什么叫忠诚？你们的人品在哪里？良心在哪里？这表你拿走，我告诉你，我是坚决不会给你签的。”

“理由呢？”黄莉拉着脸问。

“理由？支行的人手不够，你的客户调出去没人能接收。客户移交不了，你怎么走？”

黄莉一言不发，站起身就走了。隔天，她交了一份附有诊断证明的病假条，然后便没在单位露过面。

王同辉发了疯，非让吴晓悦去医院，找医生调查病情是否属实。吴晓悦扯了林山一同前去，两人不出意料地挨了一通抢白，被赶了出来。王同辉不肯罢休，又让晓悦到黄莉家门口蹲守，收集她身体无恙的证据。晓悦觉得此举实在离谱，只是在外头逛了几次，胡乱交差了事。这样一来，王同辉抓不到黄莉的把柄，但也不肯批准她的离职申请。黄莉办不了辞职，却也不再来上班。事情就这样陷入了僵局。

但很快，因为另外一件大事的发生，王同辉自顾不暇了。

六月间，汇通银行的高层突然发生了人事地震，总行行长的宝座易主了。这件事如同飓风一样席卷了总行机关，然后又逐层逐级向下蔓延。到达分行这一级的时候，虽然风力已经大减，但依然拂动了一个个利益的蛛网。有的网只是动了动，有的网被直接吹破了，许多人的命运都因为这次重新洗牌而改变了。

吴良策首当其冲。他被调到一家一级分行担任了监察员。这是一个没有实权的闲差，待遇虽然还升了一格，但实际意味着已经提前进入了二线。这个任命下得十分仓促，并没有给他留下多少善后的时间，于是给一部分人留下了深深的遗憾。林山不知道王同辉和吴晓悦最初的期望值是什么，但从他们最近焦躁失常的表现来看，两个人对吴良策调任的这个结果显然都不满意。

另一方面，总行的机构改革在大刀阔斧地进行着。鉴于非标业务的盛行，投行部被独立了出来，又额外组建了金融市场部，专攻同业业务。投行部、金融市场部和公司部这三大部门，攻城略地、各显其能，在同一个市场上深耕细作。在这一片“撤、并、改”的大潮中，雅南从总行回到了A市，出任H省投资银行部的总经理助理兼高级产品经理，职级定在了2–4。

汇通银行分行员工分四个职等。1是普通员工；2是科级；3是支行长、部门经理之类的中层；顶尖的是4，也就是分行行长们了。其中每个大级里还设有四个小档，每档的晋升都有着烦琐的标准。从没有人见过这些发生变化的标准，人力资源部对此拥有绝对的解释权。

像黄莉，她入行已经九年了，业绩一直处于上游，但职等在四年前达到2–2之后便停滞不前，每次提升总会被变化了的标准卡住。一直到了今年年初，还是“托了德众银行的福”，这才迈出了跨越的一步，终于到达了2–3。相比之下，雅南这次真称得上是一蹴而就了。

雅南原本就鹤立鸡群，现在总行一番历练，又新得晋升，真是众星捧月一般。一同入行的有些人动了心思，积极张罗着搞一场聚餐。偏偏她公务缠身，一直抽不出空来。几次之后，她自己也不好意思了：“我看大家也别单独聚了。马上就是我生日，今年我打算在丽晶办个大Party，大家都来参加吧。”

林山开始并不想参加。

上次那通电话还梗在那里，成了她心里的疙瘩。那晚的雅南就像变了一个人。以前她偶尔也会盛气凌人，但那只是一个大小姐无伤大雅的小娇纵。但那天林山离开之后，周致的表现显然让她发了疯。她的审问，她的提防，让林山一度觉得她们之间的友谊其实只是自己的一厢情愿而已。但林山最终并没能给她一个“明确”的解释。她和他到底什么关系？那样一些微妙的东西，恐怕连林山自己都搞不清，又怎么可能给雅南讲清楚呢？

“我和他最近进展很好，你不会拆我的台吧？”她想起了雅南冷冰冰的语气。

进展很好，林山一阵痛苦。她一个局外人，能拆什么台？

“不会。”她斩钉截铁地答道。

到了生日这天，林山把礼物交给晓悦，正要说出编好的借口，却被晓悦一下子堵了回去。“又是升职又是生日，这么重要的场合，连外人都去捧场，你能不去？”她搂住林山的肩膀，不容分说地挟着她往外走，“有什么事都往后推，今天的 Party 少了你还有什么意思？”

雅南的聚会场面之大，超出了林山的想象。她把丽晶酒店二层的大厅全部包了下来，搞成了自助餐会的形式。女主角穿一件象牙色的缎子长裙，高贵美丽得像个公主。

“人太多了，我照顾不过来，你们自己招呼自己啊！”她揽住林山和晓悦的肩膀，亲热得像什么都不曾发生过。

汇通今天来了不少人，有好几个年轻的中层出席，雅南的分量和前景可见一斑。除此之外，还有数不清的亲朋、故旧、同学，满堂宾客齐聚一堂，在鲜花、彩带和气球之间穿梭着、谈笑着，十分热闹。晓悦像条轻盈的小鱼，很快便汇入了人群中，林山则拣了个靠门的角落独自坐下了。

待一会儿就走，不来确实有点不好，像跟雅南闹别扭似的。现在露了面，礼数上就算是周到了。林山一边暗想，一边不动声色地四处打量。

屋子里的灯光变暗了，一个插满了蜡烛的蛋糕被推了出来。摇曳的烛光下，众人一齐唱起了生日歌。接着，随着“砰、砰”两声响，数不清的彩带花瓣从天而降，大家欢呼着从周围围拢过来，“生日快乐”的声音一浪高过一浪。雅南微笑着向人们表示感谢，眼神却频频朝门口飘。突然，她的眼睛亮了起来，笑容也像花儿般绽放了。她一边拨开人群往外走，一边嗔怪地说：“蜡烛都吹完了，这人总是迟到。”

林山立刻紧张起来，循着她的目光看去，果真，是周致到了。他走进来，一边跟周围的熟人打招呼，一边把礼物送到雅南手上，说了声“生日快乐”。

“主角儿可算是到了。”有熟人调侃。

周致像是没听见，早跟旁人寒暄成了一片。他的眼神在人群中迅速扫过，林山躲闪不及，碰了个正着。两人心里同时一跳，都赶紧避开了。

“这就是雅南那个心上人吧？”晓悦端着一杯红酒，不知什么时候来到了林山的身边，“看着挺一般呀。就算是家世好点，但也盖不过雅南。”

林山没吭声。

“你觉得呢？”晓悦看着她。

“我觉得还行吧。”林山勉强笑笑，“感情不就是讲投缘吗？有时候就是看对眼了呀！”

“你和雅南倒真是挺一致呢。”

这话仿佛有些什么意味，林山扭头打量她，却见她若无其事地四处观望着。

“咦，这不是吴晓悦吗？”一个拿腔拿调的声音响了起来，戴昀随后走到了跟前，“可是好久没看见你了。最近怎么好多场合都不参加了？”

吴行长走了之后，晓悦出席各种应酬的机会明显减少，这不是明知故问嘛！林山本来就讨厌她，听见这种含酸带醋的刺儿话，忍不住翻翻白眼，往旁边转了转身子。

“戴行长。”晓悦尴尬地招呼，“看您说的。我算老几啊？哪能什么场合都参加？”

“可别这么谦虚，你已经挺努力了，就是运气差点，但那也不能怪你啊。”戴昀咯咯直笑。

晓悦被她笑得脸上挂不住，紧抿了嘴没吭声。

“小冯和你是一批来的吧？啧啧，真是人比人气死人呢！”戴昀冲雅南那边扬了扬下巴，跟着又转过头来笑道，“不过你也别气馁，这一茬不行赶下一茬，下一茬不行还有下下茬，来日方长。年轻啊，这就是资本，你说是吧？”

说完拍拍吴晓悦的胳膊，满意地离开了。

“神经病嘛！这算是哪儿跟哪儿啊？”林山周围都是老实人，首次面对戴昀式市井泼妇，简直可以用震撼形容。

吴晓悦脸色铁青，像结了一层霜。她仰头把手里的酒全倒进嘴里，气恨恨地说：“哪一出？你真不知道，假不知道？吴良策走了，我的功夫都白下了，到头来什么都没得到。这难道不是行里最近的热门谈资吗？人们不是都在背后笑话我吗？就非要我说出来才满意是吗？”

得，气都冲林山来了。

“怎么会什么都没得到呢？你不是参加了青干班吗？”林山忍不住说。

“你知道？”晓悦脸上闪过一丝惊讶。她提防地看着林山，有些嘲讽地说：“真看不出来，原来你一早就知道了。”

这话林山听得极不舒服，但理解她心情不好，只说了一句：“别瞎说，我是碰巧知道的。”

“你是不是觉得我参加了青干班就是占了天大的便宜了？”吴晓悦伸手拿起一杯酒，一边喝一边说道，“这只是画了张大饼，级别一点都没动，这能比得上直接2–4吗？戴昀说得对，我运气是太差了。他再待一待，哪怕只有半个月也好啊！只要动动手指头我就能提级了,但就只差那么一点点啊！你知道吗？只差那么一点点啊。”

不远处，戴昀周围聚了几个汇通的同事。一群人有说有笑，不时往这边望过来，吴晓悦见他们抬头又连忙把头扭开了。

“一定是在议论我，一定是！随他们说吧，我不在乎！都是势利小人，全都是！看见雅南一个生日Party有多少人了吧？全都凑过来了！还不是看着人家前途无量，过来搭关系、抱大腿。”晓悦咬牙切齿。

“人都是这样，犯不着为这生气。咱们不是以前就说过吗？这世上还是普普通通的人多，又能出几个雅南啊！”林山安慰她。

“是啊，有几个雅南啊！她爸爸发了话，汇通证券就拿到了H省药业集团上市的保荐人，汇通给人家2–4，她都未必能满意呢！”她冷笑着把手里的酒一饮而尽，突然又扭头对林山说，“知道吗？雅南的那个心上人，拿到联席保荐人的资格，也是她爸爸一句话的事儿。你说，咱们拿什么跟人家比？”

“你怎么知道的？”林山心里大痛。

“她自己说的。你和严超吃饭那天，她跟我打听过。”

“跟你打听……什么？”林山瞬间觉得天旋地转。

“你跟严超，还有跟那位周行长。”晓悦意味深长地看着她。

“那你怎么说的？”林山用手捂住了额头。

“我什么都不知道，能说什么？”晓悦转着手里的高脚杯自嘲地说，“我以为自己已经很努力了，其实跟你一比不过是个笑话。看你平时不显山不露水的，哪知道悄无声息留了这么多路！”

“你别说了！不是你说的那样。”

“那是！当然不是我说的这样。怎么可能是我说的这样呢？”吴晓悦看着她笑道。

“是！你说对了！本来就不是你说的那样！别把别人想得都和你一样！”林山气极了。

两人之间的空气凝固了。背后仿佛有人朝着她们走过来了，但林山顾不上，她只听见晓悦一字一句地说：“是吗？不一样吗？你这么牛，这么厉害，这么口口声声不依靠别人，那你为什么要接受严超帮你完成指标？你为什么住在他给你调的房子？”

不对，事情不是这样的，吴晓悦应该知道的，这完全是颠倒黑白。她一定是被自己刚才的话伤到了才会故意这样说。不能再吵下去了，不能在这里丢人，现在最好马上离开，等明天两个人都平静下来之后，大家会更理智一点。林山紧闭住嘴巴，马上转身离开，可扭头的那一瞬间便呆住了——雅南和周致愕然站在她的身后，雅南手里还端着两杯颜色艳丽炫目的鸡尾酒。

林山的脑袋嗡嗡作响。她没去看他们的脸，而是偏过身，昂着头从他们身边走开了。

三

吴晓悦第二天便跟林山道了歉。她说她当时糊涂了，在怒火和酒精的双重夹击之下失去了理智，她已经完全不记得自己说了些什么。

和大多数女人一样，林山并不大度，她不是个会轻易原谅别人的人。昨晚，吴晓悦中伤了她。虽然天性让她首先反省自己的错误，站在对方的立场去考虑，去回想晓悦这一路忍受的委屈，相较之下，自己一直运气不错。但在仔细回忆了昨天的一切之后，她的智商逐渐复苏了。吴晓悦为什么非要扯她去 Party？冯雅南那晚跟吴晓悦打电话谈了什么？吴晓悦为什么要在周致面前故意混淆事实？在无足轻重的小职员和前途远大的官二代之中，吴晓悦会选择跟谁做朋友？

好吧，也许宫斗戏看多了，智商复苏得有点过头。但不管怎样，这个疙瘩算是留下了，吴晓悦和冯雅南都被她从朋友的阵营划到了路人甲乙的行列。至于周致……想到他，林山心里一阵剧烈的痛苦。那只是一场空想罢了。他是怎样的人，他又认为她是什么样的人，这些其实已经无所谓了。

“林山，富邦电力设备公司的还款到现在还没划过来，你要不要问一下？”营业厅的会计打电话来问。

“哦。还没到？”林山一时没办法从沉思中缓神。她下意识地拿起电话，给富邦电力的王会计打了过去。

“您拨打的电话已关机，请稍后再拨。”

林山立刻清醒了过来。关机？这可不是个好兆头，她心里敲着小鼓，又拨通了公司老板的电话，暗暗祈祷只是虚惊一场。

“您拨打的电话已关机，请……”林山一手死死按住挂断键，另一只手举着听筒，像个雕像一样僵在了那儿。

富邦电力的老板跑了。在地产、矿业和股市这三股热潮的席卷下，被无数个造富传说所吸引，他抛弃了主业，把资金全部投到了鄂尔多斯的一个山头。但矿藏并没有产生预期的效益，钱全部折了进去，资金链断裂了。

事情的处理非常迅速。企业的摊子不大，摸了几次底后，并没有发现可以倒换挪腾的空间。加上新行长上任，正是清算旧账、划清界限的时候，风险部整体考虑了一下，便拍板直接起诉了。

这天上午，林山正在分行办事，王同辉打电话说富邦有些意外情况，让她立刻回支行。他的语气让林山心惊肉跳，立刻放下手里的活赶了回去。到支行一看，分行两个风险经理正襟危坐，手里正翻着富邦的档案。

“富邦焦化的土地他项权证是假的，你知不知道？”王同辉一棍子便把林山打蒙了。

“假的，是什么意思？”林山愣在了当地。

“坐，林山，坐下说！”风险经理里一个叫老何的温和地说道。他对口负责中兴东路的贷后，常跟林山打交道，双方相处得还算不错。“抵押给我们行的这块地，人家说查不到抵押信息。后来去T市行政审批中心调查，发现档案里这个土地他项权证是伪造的。”

他停顿了一下，对着骇然的林山做了一个镇定的手势，才又接着说道：“当然了，这个户的前半段是黄莉管的，你也是刚刚接手。可黄莉不是病假吗？所以想先跟你了解了解。”

“太恶劣了，分行一定要彻查，这里头到底有没有内外勾结的情况！”王同辉咬牙切齿，“这个黄莉，我早看她胆子贼大。先有新兴羊绒，现在又是富邦，还不知道埋了多少雷在支行呢！当初没放她走实在是太明智了。”

老何连忙说：“嗨，这也言之尚早，一切都有待调查。也有可能是没亲自去取证，结果被人钻了空子。”

林山的头嗡嗡作响。许久之前那个午后，T市行政审批大厅、王会计的眼神、满身酒气的科长、盖了公章的他项权证，如同电影一般在她的脑海里交替放映着。她喃喃说道：“不是。我去了，黄莉让我去的。”

“你说你去了？”老何问道。

林山把那天的事从头到尾说了一遍，他连连摇头：“这太蹊跷了。那T市土地局为什么说从没出过这样一个权证呢？证确实是从窗口递出来的？你有没有看清楚，对方是不是工作人员？穿工作服了吗？”

林山努力回忆着："没穿，他刚从外面喝完酒回来，穿的是便装。但我之前看了大厅里的工作人员公示栏，我记得是有他的。"

王同辉斜眼看着她："你的意思是，土地局的工作人员递给你了一个假证？如果这是真的，那这人也真是胆大包天了，居然敢冒丢公职的危险。你能确定吗？"

林山原本很确定，但现在却不敢了。经他们这一通质疑，她自己也动摇了。是呀，国家工作人员怎么会给她一个假证？时间这么久了，会不会当时她看错了呢？她真敢肯定那个科长就是照片上的人吗？

看着她迟疑的样子，剩下的三个人迅速交换了一下眼色。王同辉冷冷地说道："林山，这个事情是非常严重的，我认为定性成金融诈骗都不为过，判刑坐牢都有可能。你那时候是新人，没有签字权，大家都相信不会是你的问题。但你有没有可能是被别人蒙蔽了？大是大非面前，希望你能抛开个人的一些私心杂念，跟分行讲实话。"

自己是因为记不清迟疑，却被他说成了私心杂念，他是在暗指黄莉吗？林山又急又气，眼里的泪马上就要流出来了，但理智告诉她哭没用，打嘴仗也没有用，她现在最需要的是确定，是斩钉截铁的确定。想到这儿，她咽下嗓子眼里堵着的一大团疙瘩，尽量平静地答道："王行长，我说的都是实话。只是时间长了，有些事都模糊了，请您给我点时间再好好回忆一下。"

离开王同辉的办公室，林山毫无意识地顺着楼梯下来，怔怔地走到了支行门口。刚刚下过一阵大雨，门口的车都被冲刷得干干净净，连李会明丢下不要的那辆破车都显得簇新，此刻正在阳光下闪闪发光。林山愣愣地盯着它看了十几秒，突然转身奔回办公室，从那个保管历任客户经理杂物的抽屉里翻出了车钥匙。二十分钟之后，她已经从环城高架出市，直奔T市而去了。

这条高速她刚听一个老司机提起过。因为才刚开通，所以很少有人知道。她这一路开足了马力，在四车道的大路上奔驰，连一辆别的车都没碰见。两个多小时过后，便已经顺利到达了T市审批大厅门前。

已经过了午休时间，可大厅里静悄悄的，一个人都没有。林山张望了一下，便悄悄走进去，径自来到国土资源局的公示栏前站定了。那个人，当时亲手递给她权证的那个人，照片就赫然悬挂在公示栏的最上方。她仔细端详着他的脸，和记忆中的一点一滴对照着。

他斜着眼睛打量她，他点着了一根烟，他随随便便把权证扔了出来，甚至，他打开一页崭新的登记表让她签字！没错，她百分之百肯定就是他。林山环顾一下四周，迅速掏出手机，对着公示栏拍下了一张照片。手机“咔擦”一声脆响，在寂静的大厅显得分外刺耳。柜台后面某个办公室隐隐传来了椅子挪动的声音，她立刻像做贼似的溜出了大厅。

回程的路上，林山心里涌动着阵阵寒意：都说有利益的地方就有黑暗，现在才算真正见识了世事险恶，有谁能想到国家公职人员居然会从正规的工作窗口递了一份假证出来？这不是太不可思议、太荒唐了吗？关键是，这样荒唐的事情，单凭她林山一张嘴，分行会相信吗？

她沉思着。车在空无一人的路上疾驰，路边青翠的草地和隐隐的群山迅速向后退去，眼看路程已过大半。拐过一个长长的弯，太阳的光线变成从斜前方射过来，十分晃眼。她伸长手去拿副驾驶上的墨镜，可就在那一刻，前方路面突然出现了半圈破轮胎皮。绕开已经来不及了，她一边尖叫，一边死死握住了方向盘，呼的一声从轮胎皮上开了过去，底盘瞬间发出轰隆隆的一声巨响。林山的心突突直跳，边刹车边往后视镜望，只见轮胎皮弹了出来，又咕噜噜滚回了路中央。

这太危险了！这要天黑了被别人轧上去，绝对是一场灾难。林山把车靠边停下，迅速跑出去捡起来，然后用力扔出了路边的护栏。

再回到车上，挂挡准备离开，刚踩下离合车身便一阵剧烈的哆嗦，然后，竟然熄火不动了！林山一遍遍地拧着钥匙，可车子只是发出刺耳的咔咔声，却怎么也启动不起来。天啊，简直不敢相信！这辆车居然选择在这人迹罕至的野外、在这半天没有一辆车经过的高速路上坏掉了！

林山六神无主，110、120、119盲目地在手机上乱按了一通。闪烁的一格电量逼她冷静了下来，她定定神，立刻拨通了李会明的电话。

“说曹操，曹操到！正聊着你呢，就打电话过来了。”李会明的电话背景人声嘈杂，一听就知道是在饭局上泡着呢。

聊她？聊什么？和谁聊？林山的好奇心一闪，很快就被眼前的困境熄灭了：“李哥，我的车，不是，是你的车在高速路上打不着火了。以前出过这种问题吗？该怎么解决？”她急匆匆地问。

“我的什么车？在哪儿？”他吓了一跳，电话那头的嘈杂声瞬间小了许多。

林山简要地把情况讲了一遍，末了说道：“反正现在就是在西城高速上，刚拐过大弯的那块。车坏之前我好像见过一个指示牌，说离社县服务区几公里，但具体几公里我不记得了。”

“林山你怎么总这么莽撞？那个破车都快报废了，还能开着跑高速吗？更何况你还是这么个二把刀！我以前怎么说你的，你都忘了吗？怎么说多少次都不改……”吃饭吃得好好的，兜头空降了这么件麻烦事，李会明声音颇有些气急败坏。

“李哥，我手机马上要没电了。”林山截断了他。

“手机还没电了？妈呀！让我想想怎么办。是电瓶吗？你看看窗户能升起来吗？不行，忘了忘了，是手挡的破车。要不你拦个车，让人给你对个火？也不行，万一是坏人呢？你就在车里待着吧，锁好门，我叫救援公司。手机偏偏还没电了！你说谁出门前不检查自己手机电量啊？怎么就不知道带个充电宝……”

叮叮当当，一阵悦耳的音乐声后，李会明的唠叨瞬间消失了，林山的世界安静了下来。环顾四周，田野寂寂、微风习习，天地之间仿佛只有她一人。她想着李会明的话，赶紧缩进了车里。坐了两分钟，又出来打开后备箱，翻出半截断了的拖把防身。

这种情况下的一分一秒都分外难熬。抱着拖把待了一阵子，林山渐渐焦虑起来。也不知道李会明那边还要多久！这会儿要是能有辆车让她搭一段就好了。不、不，还是一辆都不经过的好，万一是坏人呢？话说回来，要是真碰上坏人，这一片空旷的地方能往哪逃呢？她胡思乱想着，突然记起刚才看到的指示牌，好像说距离社县服务区只有几公里了。几公里并不算远，与其干等在这儿，还不如自己走上一段，只要到服务区一切就都好说了。

这想法一生出来，林山心里便像种了草，扭来扭去怎么也坐不住了。两分钟不到，典型胆汁质人格的林山已经推开车门，大步流星地向前走去。

四

路边的草地青翠，一直延伸到远处的山脚下。头顶的白云纹丝不动，像是被嵌在了瓦蓝的天空中。世界像被按下了静音键，只有林山哒哒的脚步声清晰可闻。美丽、安静、诡异，就像好久以前看过的那部《香草的天空》。林山越走越快，后背渐渐渗出一层细密的汗珠。

感觉走了很久很久。当指示牌再一次显示服务区距离的时候，远处灰白色的建筑群已经隐约可见了。林山的心放下了一半，兴奋地甩开步子，一路跑到了服务区匝道上。可已经预备许久的那声欢呼声还没喊出来，落了一半的心马上又吊了起来——这片华美的建筑空荡荡矗立在寂静的农田之中，围栏挡板都还没拆利索，显然还没投入使用呢！巨大的心理落差让林山迅速崩溃了。她呆呆地站了一会儿，然后便撒气地跺着脚呜呜大哭起来。哭声在空旷的匝道上回荡着，又被风送到了更远的地方。

突然，广场另一边仿佛有人迅速从房子后面探了下头。林山吓了一跳，立刻止住哭，透过模糊的泪眼盯着那个位置。对方一定是发现了她，因为他很快又探出身子往这边张望过来。这一下她看清楚了。那是个男人，带着草帽，手里拖着一把铁锨还是锄头的工具。他朝这边观望了一阵子，仿佛确定了只有她一个人，然后便慢吞吞地从房子后面出来，朝她走了过来。

林山全身的血液凝固住了，脸上的肌肉不受控制地抽搐着。她不傻，又已经看了那么多年的《今日说法》，她能意识到眼前的处境是凶险大过乐观。也许对方心存善意而来，但谁保证对方了解到她孤立无援的那一刻，善恶不会在瞬间交替呢？没准现在已经交替了，因为他现在一边走一边四处观察的神态，实在不像是要热心伸出援手啊！

她强作镇定地举起已经没电的手机，装作在通电话的样子，同时转过身，尽力控制住狂奔的念头，慢悠悠地走出匝道。估计脱离了对方的视线范围，她立刻加紧脚步，几乎是一溜小跑起来。走出一段，忍不住扭头去看，见那人依然在远处不疾不徐地跟着。他一直在尾随着她！他一定在观察，确定她孤身一人之后就要下手了！

林山心里一阵发慌，忍不住发足狂奔起来。背后仿佛随之响起了急促的脚步声，想象中的手已经快要触及背心，她的腿很快便哆嗦得不听使唤，步子越来越凌乱，速度也越来越慢。远远看见一辆车迎面开了过来，她顾不得危险，跑到路中央便使劲挥舞起双手来。随着一声刺耳的声响，车子戛然而止，周致跳了下来，脸因为过度紧张而扭曲着。他冲过来死死攥住林山的手腕，连声说道：“吓死我了！车是空的！吓死我了！”

巨大的喜悦让林山的泪水瞬间流了下来，但她一句话也说不出来，只顾着回头张望。那男人在她身后几百米的地方翻过路栏，迅速朝路边的庄稼地去了。她扭过头来，哭着说道：“也吓死我了。你怎么会来了？”

周致依旧死死钳住她的手腕：“中午我和会明一起吃的饭。”

把车交给救援公司之后，周致开车带林山回A市。天已经全暗了下来，西城高速不断向远方延伸着，渐渐淹没在了大片的黑暗之中。在温暖而颠簸的车子里，时间和地理的概念逐渐模糊，他们像是行驶在黑夜的海上，又像是在无垠时间的荒野里。周致的手轻轻覆在了她的手背上，温暖中带着微微的粗糙感，林山被恐惧刺激过的神经终于松弛了下来，昏昏沉沉睡了过去。

再醒过来的时候，周围漆黑一片，只有路灯微弱的光从车顶玻璃洒下来。林山迷迷糊糊望了好一会儿，才发现这是在她家楼前，周致却没在车上。她推门下去，绕着附近走了几步，便听见周致的声音从旁边的小花园里传了出来：“……您批评得对，确实是我的错。下午家里临时有点急事，忘了跟您请假……我明白、我明白，很重要……保证不会有下次。”见她过来，把手指放在嘴上比了个“嘘”的姿势。

林山乖乖地坐在长椅上，等他讲完电话之后才开口问道：“我反正都到家了，你有事就回单位吧。”

他没吭声，走过来坐在她身边。

月色如水般倾泻在大地上，世间万物像洒上了一层薄薄的糖霜。一阵微风吹过，在四季桂的叶间纠缠着，发出簌簌的声响。

“林山……”周致轻轻叫道。

“嗯？”

“我今天特别害怕。”

“我也是。”

“我是说，我这辈子都没这么害怕过。”周致扭头看着她，眼睛闪闪发亮。

这世上如果有女孩子还在猜那个男人到底爱不爱自己，那一定是没有见过这样的眼神，这样热烈、恳切、卑微的眼神，这样把心写在眼睛里、让人一目了然的眼神，这样让人忽冷忽热、全身战栗的眼神。这么说他对她并没有成见，有一些幸福的事就要发生了？果真吗？她能吗？

林山垂下眼睛，十分客气地说：“都不知道该怎么感谢你，这回人情欠大了。”

眼里的光暗淡了，周致交叉着双手，勉强用一种轻快的语气说道：“不用客气，都是朋友，应该的。”

“应该什么？”林山看着他，“求助电话又不是打给你的，你应该主动跑过来？一百多公里的路，应该只飞车半个小时？还是明明单位有会，也应该旷工跟我坐在这儿？”

周致紧张地看着她。

“我不愿欠人家人情。”林山轻轻拉起了他的手。

淡黄色的护手霜轻轻匀开，指尖、手背、掌心，她的手指在他掌间纠缠辗转，时而十指相扣，时而掌心相合。油润滑腻的乳液在两个人灼热的手间晕开、融化，空气中立刻弥漫了一股淡淡的玫瑰花香。

许久，她把手从他的指间缓缓抽出，问道：“还清了吗？”

他喃喃说：“现在是我欠你了。”

接着，两人度过了一段甜蜜的日子。那些晨送和暮接，那些数不清的早餐、午餐和晚餐，以及雨点一样密集的电话和信息，把人的心占得满满的，也把时间冲击得支离破碎。

林山不知道周致是如何摆布他的工作的，她只知道自己的已经是一团糟了。该整理的资料摆满了桌子，OA 里的待阅文件插遍了小红旗，消息框里不断闪烁的数字提示她尚有一堆的待办事项。她就像没有写完暑假生活的小学生，一面享受这假期带来的无限美好；一面却在心里暗暗担忧着。直到这天，在接到老何的一通电话之后，她终于痛下决心，跟周致要求闭关两天。

“风险部要我写一份富邦电力的情况说明。之前谈的那几次都是口头了解，这次估计是动真格的了，要落在纸面上。这事关系到黄莉的名誉和最后责任的认定，我想集中精神好好捋一下。”

“那也不用避而不见啊。晚上加班行吗？我陪你。”

“你在我身边我什么都干不了。”林山皱眉，“周行长，你自己的工作都不用做了吗？阶段性存款完成了？中收呢？有效户呢？银监局最近的短贷长用排查呢？六项规定自查自纠呢？”

“我不管。反正我不想分开。要能把你变成个小人儿就好了，那样我就可以把你放这儿，走到哪里都带着。”他指了指胸口的衬衣口袋。

“感动死了！鸡皮疙瘩都出来了。”林山使劲搓了搓胳膊，“但对不起，这个报告很重要，我必须得在单位一个人加班。”

“那我在车里等着行吗？你加班的时候把百叶窗拉起来，这样我抬头就能看见你，等多久都没关系。”

林山斩钉截铁：“那也不行。”

“凭什么不行？我看着你而已，又不会打扰你。”

“我害臊。”林山信口扯道。

瞥见他的表情又心软了，迟疑了一下，这才犹犹豫豫地开口说：“我不想你总在支行露面。要是被吴晓悦发觉了就不好了。我们的事，我还没想好怎么跟雅南讲……”

“我们的事为什么要和她讲？是要宣示主权吗？”

“瞎扯。这件事总要让她知道吧！她的心思你又不是不知道，况且人家最近还帮过你……”提起这事林山还有些酸溜溜的。

“她帮我？帮我什么？”

“不是拿下了联席保荐吗？”

“你这从哪听来的？这才叫瞎扯。”周致皱眉，“我爸和冯叔共事多年，两个人关系一直不错。这几年虽然他的位子越来越高，但老交情还在。我拿联席保荐是他帮的忙，那看的是老一辈的关系。况且我事事按规矩来，人情都是该怎么还怎么还，他何苦不卖我爸这个面子？这里头又跟冯雅南有什么关系了？”他拉过林山的手：“她有什么心思我不管，但对于我来说，她就只是个发小而已。所以我们的事她知道或不知道都不相干，好吗？”

“哦。”

“哦是什么意思？是说我可以在楼下等你了吧？”周致扯着她的衣袖轻轻往脸上蹭着。

林山“扑哧”一下笑了出来，无奈地点了点头。

富邦电力的情况说明提交后，分行又分别叫黄莉和林山调查了几次，反馈的结果都还不错。一方面基于对黄莉人品的认可；另一方面基于林山斩钉截铁的确定，调查人员最终采信了林山的证言，串通造假这事便算是翻了篇儿，但毕竟贷款无法收回，责任追究还是难免的。

一阵子之后，黄莉的病假休满了。她回了一趟支行，专门和王同辉交涉辞职的事情。为了负责新兴羊绒的不良贷款主动放弃了跳槽的机会，哪知道辞职被王同辉拦了一下子，就又赶上了富邦电力这事，黄莉心里的郁闷可想而知。而因为她的病假，王同辉也是憋了满肚子的火无处发泄。仇人见面分外眼红，两人说了几句话不到，便像火把扔上了柴火垛，吵嚷声把楼顶都掀起来了。

“劳动法规定提前三十天通知单位，我辞职申请已经交了快两个月了，你凭什么不给我办手续？”

“你要是清清白白的，我不拦你，可你身上背着逾期贷款！给单位造成了几百万的损失，拍拍屁股就走，可能吗？你先清收，什么时候把钱收回来再来找我。”

“我清白不清白，自有分行做责任认定。银行里干了十年往上的客户经理们，有那个敢拍着胸脯保证自己的贷款笔笔没问题？汇通这些年收不回来的不良贷款多了去了，这些客户经理也都还在这儿干等着？”

“他们都是做了责任认定……”

“那我也申请分行立刻对我做责任认定，该打该罚我都认。”

“你想做就做，你以为分行是你家开的？一切按规定来。”

“按规定！规定说了，分行有权视情况对客户经理进行责任认定。这个视情况到底是多久？要是一年半载都不启动我怎么办？要是启动追责，最后认定我没有失职行为又怎么办？我损失的工作机会谁负责？”

“谁也不负责，算你自己倒霉！”

“怎么说话呢！亏得还是个领导，你什么水平！”

“你别管我什么水平，先看你自己什么水平！你的客户个个出问题，自己不觉得害臊吗？别以为分行认定了就没事了，你自己做了什么事，我心里都明白着呢！”

“你明白什么？我做了什么事？你把话说清楚点！”黄莉眼睛

里喷出火来，“匿名电话是你打的吧？干这些偷偷摸摸的事情，你要脸吗？”

“你骂人！你诬赖人！凭什么说我打匿名电话！你这是诬陷，我叫警察来你信不信？”

闻讯而来的众人纷纷劝架，林山把黄莉连拉带拽弄到了档案室。黄莉喘着粗气连连说道：“绝对是他，我知道绝对是他。你听他说的那话，绝对是他！”

“什么匿名电话？”林山听得没头没脑。

“有人给德众的人力资源部打匿名电话，说我和企业内外串通，伪造他项权证骗贷。”黄莉指了指自己的鼻子，“我，骗贷！”

林山第一感觉也是王同辉。她想起那次风险部调查时，他咬牙切齿说的那些话。但伪造骗贷这个罪名实在是太严重了，这样捏造事实去造谣中伤未免太过卑鄙，林山难以想象人的手段会下作至此。

“那德众什么反应？”

“我师傅当然信得过我，但说服不了人资部。人家跟我讲得很委婉，说完全相信我，但鉴于事情的性质严重，不能不持谨慎态度，所以欢迎我拿到汇通的责任认定之后再去。这其实就等于是拒了。”

“什么？那边都把你拒了，你干吗还跑回来闹着辞职？”

“看你说的！难道我还留下来啊！这人之所以造谣，就是想搞臭我，让我哪儿也去不了。我就偏要走，哪怕从此被踢出银行界我也不会留在这儿！我今天把话放在这儿，要是让这个王八蛋遂了愿，我从此就不姓黄！”黄莉赌咒发誓。

让林山没想到的是，黄莉这话一语成谶。她被德众拒绝之后，先去了融发，又去了恒信，最后是建融，但每次都会被如影随形的匿名电话所破坏。这电话仿佛成了附骨之疽，紧紧地和黄莉的动向粘在了一起，而且变本加厉地加上了“德众都不用她”“德众和融发都不用她”“德众融发恒信都不要她”之类的言语。

黄莉也真是硬气。她发了狠，索性一家银行都不再联系，直接在众人的视线里消失了。半年后，当她开着一辆速腾再次出现的时候，名片上的头衔已经成了一家投资公司的金融服务顾问，业务范围是提供各种资金链及融资解决方案。在过去这短短数月里，她通过为票据业务牵线而赚得盆满钵满，轻轻松松便掘得了人生中的第一桶金。

“以前真傻，干吗非耗死在银行啊！这么好的行情，以后我谁也不跟，我要自己单干了！”

她戴着墨镜，迎着猛烈的风对林山说道。夕阳的余晖洒下来，给她的笑容镀上了一层梦幻的、金色的光芒。

五

H分行上任的新行长姓雷，是如假包换的M省人，根正苗红的嫡系部队，脾气火暴的鹰派。

“业绩！我要打造的是能出业绩的队伍。不要强调过程，我不管你们怎么干，我只看结果。要建立能上能下的通道，谁能拿到业绩，不管是正式还是派遣，是大学生还是文盲，转正、提级、发奖金！拿不到业绩来，管你什么老资格、老关系，撤职、罚钱、去信用卡团队。总之，以后在H分行，一切都围绕业绩说话，这是所有人立足的根本。”

他说到做到，马上围绕着为业绩服务的主题实施了一系列的改革。第一个挨刀子的，是分行办公大楼。

M省人经商成风，大多笃信风水，发源于M省的汇通银行也不能免俗。总行近年来有一位御用的风水大师深得高层信任，全国任何一家分行选址，都要大师亲自勘察把关才行。由于 H 分行成立时间较早，未能经过大师法眼考量，始终让雷行长放心不下。于是上任时执意请大师来看了一趟，没想到这一看还真出了问题。

大师说，H 分行和旁边工商银行都对着白浪河转弯的尖角，迎面就是一股极强的水煞。但工商银行发源在北方，北属水，可以以海纳百川之势，把煞气全部吸收融合掉。汇通发源于南方，南属火，同这股煞气形成水火不容、相杀相克之势，所以这些年 H 分行的业务被克得不见起色。分析完弊病，大师拿着罗盘和地图，访遍了 A 市的大街小巷，最后终于在远离市中心的东南新区重新选中了一块风水宝地。

雷行长上报此事后，总行十分重视，不惜缴纳违约金，撕毁了现办公楼尚未到期的租赁合同，把新办公地转移到了这里。这消息一出，银行新址旁边的楼盘立刻打出“上风上水上东南”的广告，把每平方米房价提高了两千块。

与此同时，“狼一样的营销队伍”也在如火如荼地组建中。行内招聘和社会招聘在双线并行，传统的吸收培养模式被完全打破了，什么学历、资历统统靠后。想进队伍，要么可以奉献关系资源；要么可以奉献自己。

期间，中兴东路支行陆续进来了三个实习的新人，一个比一个令林山不可思议。第一个小伙子以前是保险销售经理，西装笔挺，头发油光，像随时会跳上台唱一曲《感恩的心》。第二个小伙子刚毕业，衣着相貌都还普通，但从露面开始就以斜下方 45° 的角度俯视一切，并习惯以“我表姨夫说”作为句子的开头。不到半天，连门口的保安师傅都知道了他有个成功的表姨夫。第三个最为神奇。这是一位年近四十的大姐，妆容艳丽，顾盼神飞。她只在支行露了一面，然后便开着宝马轿车绝尘而去，只留下香奈儿 5 号经典的浓香在空气中缭绕，经久不散。

“好像是叫谢宝丽，从你们融发跳过来的，自打那天走了就再也没上过班。”林山啃着玉米跟周致说道。

“谢宝丽？你们这个新行长厉害，这宝都挖到了。”

“就这还宝呢？我跟她聊了两句，什么业务都不懂，而且现在压根不在单位露面呢！”

“那都不叫事。我们行那时候是给她配了两个助手，就是像你这样的业务精英，专门替她打杂呢。”周致笑嘻嘻地说。

林山翻了翻白眼：“直接说吧，她又是哪个大人物的亲戚？”

“水务集团某领导的老情人。”周致扼腕叹息，“这样的人才融发居然没能留住，真是可惜了。”

“呸！你们真是没节操、没下限。”

周致无辜地摊开手：“哪家行不这样？大家都是一样的啊！”

林山没话说了。是啊！汇通不是也宝贝一样的抢来了吗？

“突然觉得我不适合做客户经理,完全没有竞争力。”她叹口气。

“也别那么悲观。客户经理有资源型的，也有苦力型的。”周致笑了起来，“资源型的，要你去找什么李老板、严老板之类，像你这样的刺头估计不会同意……”

“那未必。情势所迫，也许我改变心意呢？”林山小声嘟囔。

“你说什么？”周致一面侧头凑过了耳朵，一面已经把手放在了她的胳肢窝附近。

“别闹，”林山笑着躲闪，“再给我说说苦力型的！”

“苦力型的你绝对胜任。”周致放下了手，“身体不错，吃苦耐劳，而且挺接地气的。

林山斜睨着他：“说来听听。”

“看似书呆子，实际有股江湖气，不拘小节、古道热肠、重义轻利……虽然搞不到大客户，但跟中小企业打成一片还是有希望的。”

“这话不错，我很爱听，”林山笑道，“但可惜论据完全错了。一个成功的客户经理怎么能重义轻利呢？一定要对利益有强烈的渴望，得有为了利益和一切斗争、决裂的勇气。这点上我有限，开始就输在了起跑线上。”

停了片刻，又问：“你觉得干审查员怎么样？”

“不怎么样。”周致立刻摇了摇头。

“干吗这么武断。你不觉得挺适合我的吗？”

“你是不是有什么想法？”他挺直了身子。

“我们授信部现在缺人缺得厉害，老总想调我过去，今天下午已经正式谈了。”

“咱不去啊！一天到晚被拴在办公室里审项目，等将来颈椎、腰椎、手腕、眼睛都不好，落一身毛病。况且风险条线提职最慢、最难出头，一点前途也没有。去那儿图什么呢？”

“可我挺想试试的。银行是经营风险的，最核心的技术都在授信，要能去见识一下挺好的，也对我的路子。”

“客户经理做久了也能学到这些技术啊！”

“专业度差远了。况且，我也不太想干客户经理了。客户经理的主要价值体现在营销方面，可我在这方面真是一点都不开窍。”

“不管怎么说，我不想你那么累。”周致的手摩挲着她的头发，“你接着做客户经理，我随便给你找几个客户，那就能有业绩了。到时候轻轻松松，时间还自由。”

“不要。”她斩钉截铁地回绝了。

“为什么？干吗每次一提这个你反应就这么激烈？”

“那你还老提？”林山沉着脸，眼睛看向了别处，“反正……我不愿意这样。”

她确实不喜欢这种感觉。这就像是在被接济，像是她矮了他一头，顺带也矮了雅南一头。她不像雅南那样有能力去帮他，但至少要做到和他比肩吧？可能也正是因为这样，她才这么强烈地想要去授信部。在那里她才能完全靠自己的技术站住脚，也只有这样，他们的关系才是纯粹的。

“实在想去那就去吧。”周致看着她的脸色，“授信部也挺好的，不错，很适合你。”

“再说来听听。”林山斜睨着他。

“你这个人，虽然不拘小节、古道热肠、重义轻利，但其实黑白分明、严于律己、规则感极强……”周致见风使舵地说。

林山忍不住“扑哧”笑了，拍拍他的肩膀说：“周行长，你实在是我的知己啊！”

周致拉住她的手，目光炯炯地问道：“那奖励一下？”

林山脸红了，把吃了一半的玉米递过去：“拿去，赏你了。”

他并不接，就着在她手里啃了两口，便顺势移到手腕上来。林山一阵眩晕，忍不住仰头靠在了沙发背上。去授信部就好了，希望一切都能顺利。这个念头在她的脑海里盘旋着，然后随着意识的模糊，渐渐陷入了更深处的迷离之中。

周末，林山到分行参加公司条线的业务汇报会。

雷行长到任后，以饱满的态度投入工作之中，各种调研会、分析会和讨论会排满了工作日的晚上和周末。到现在已经足足折腾了一个月了，却丝毫没有收尾的迹象。

这就是外派制度的好处所在。没有家眷累赘，多余的荷尔蒙可以通过加班和开会全部转化为臆想中的生产力，所以近年来才这么流行。疲惫不堪的林山坐在那儿，听着台上声如洪钟的声音暗想。

汇报一直到了下午六点多才结束。散会时，林山等几个人又被公司部另外叫住，核对了些业务上的事儿。等全部弄完，人几乎都走空了，走廊的正门也锁住了。他们几个只好坐另一部电梯先下到了三楼。

这是零售部的地盘，林山并不常来。早就听说零售部一向执行五加二、白加黑的作息制度，不少人在分行都备有被褥，如今一见果真不同凡响。明明是周日下午，里面却灯火通明，员工整整齐齐坐满了整个办公区，跟正常工作日没什么两样。

“杨晓红，你是猪脑袋啊！昨天弄了一天，花溪曼谷的手续还是缺这少那的。你说，昨天下午你跑出去干什么了？工作没做好你出去干什么了？”平地一声呵斥划破了办公室的寂静，十分提神醒脑。

林山定睛一看，叫唤的这人原来是零售部的总经理程宗辉。他两年前从总行主动请调下到分行，来之前只是普通职员一名。千里离家，目标明确，只为求财。这两年使出了吃奶的力气搞压榨，踩着累累白骨，成功地拼出了不俗的业绩。林山曾在内部网站上见过他在庆功宴上的照片。几个女员工一字排开，扭腰歪头，手举着钞票做亲吻状。程宗辉站在中间左拥右抱，左手一串鸡油黄蜜蜡，右手一串小叶紫檀木珠，市侩得一塌糊涂。

那个被呵斥的姑娘吓坏了。她战战兢兢地说：“程总，我去诊所打针了。发高烧，觉得全身没劲儿，就在楼下那个诊所打了一针，然后马上就回来了。”

林山听她的名字就觉得似曾相识，现在看着她的脸觉得更面熟了。端详了一会儿，突然记起来了，这不是实习时带她办信用卡的那个小师傅吗？

“打针！打什么针？这边工作还没做完你打个屁的针呀！分得清轻重缓急吗？以后要再敢这样就给我滚蛋，听见了吗？”程宗辉不为所动，接着挺着脖子呵斥。

杨晓红连连点头，身体哆嗦得如同风中的一片残叶。

“这就是杨晓红呀！一看就是个受气包的样。”林山身后有人说。

“怎么？”旁人问。

“我们支行的零售客户经理们常说起她。这个人就是零售部天字第一号倒霉蛋，成天像个粗使丫头一样，什么都干，还老挨骂。”

“哦，她呀！你这一说我也想起来了。听说程宗辉有一次还公然说，招人不能招家庭条件好的，不好支使。就得招像杨晓红这样的，农村出身，又穷又没背景，往死里用也不敢放个屁。原来就是她呀！”另一个压低声音说道。

这是人话吗？太不是个东西了！林山从玻璃门望进去，只见杨晓红满脸通红，垂着头坐在座位上，而周围的人都面色冷淡，像什么都没发生一样各做各的事。林山心里怪替她难受的，脑袋一热，便径自朝着她的工位去了：“小杨师傅，你来零售部了？”

杨晓红诧异地看着她，看样子已经完全记不起来了。

“我是林山，实习的时候跟你一块去新世纪办过信用卡。”

“哦哦，想起来了！姐，是你啊！”她惊喜地叫了起来。

周围立刻响起了一阵嫌弃的嘶嘶声。杨晓红不好意思地四下看了看，跟着拉起林山到了茶水间。

“你什么时候调零售部了啊？”林山问。

“有半年了吧！今年零售部不是一下子做了很多按揭项目吗？实在做不过来，就到信用卡中心去调人，我就来了。”

“恭喜、恭喜，这可真是件大好事啊！”零售部虽说辛苦，但好歹是分行管理部室，比起信用卡中心来可谓天上地下，林山由衷地替她高兴。

“不，不是正式的。”杨晓红连忙澄清，“只是先过来帮忙而已，人事关系还都在信用卡中心呢！”

“那也不错。再怎么说也是个机会，总比没有强。信用卡那么多人里偏挑中了你，说明你很优秀呀！”

“那也不是，别人都不愿来。”杨晓红怪不好意思的，“一个月才给八百块，活儿还特多……我都已经连轴转了十天都没回过家了。程总说如果干得好就会帮忙争取转正，但他们都说这也就是哄哄人，其实很难办的，根本没什么保证的……”

“话不能这么说，这种事领导不可能给你明确保证的，他既然说了帮忙，那就说明不是完全没希望。”林山安慰她。

“我也是为了这点希望才来的。更何况，我也是实在不愿在信用卡团队待下去了。”杨晓红四下看看，压低声音说，“你听说没有？今年初有个小姑娘出去扫街，被人骗到家里杀掉了。”

“没有，没听说过！”林山吓得汗毛都竖起来了。

“现在上头都不让提这事了，所以你们都不知道。那个小姑娘刚毕业的，进团队没多久，也没什么经验。可能是因为连着几个月任务不达标，自己有点着急了，扫街的时候碰到个男人说想办卡，诓她一起回家去取身份证，她就信了。结果那男的没安好心眼，她又拼死抵抗，就给人杀掉了……”说着说着眼圈红了。

“你跟她熟吗？”林山小心地问。

“算是吧。她最初来的时候我带过她几回，但信用卡人员流动大，没几天她就去别的团队了。挺好的一个小姑娘，长得可白了，也有对象了，真是特别可惜……”杨晓红忍不住抬手抹了抹眼睛，这才接着说，“反正打那以后，我心里也有阴影了。想想以前钻的那些小巷子、黑咕隆咚的写字楼就觉得后怕，真是不敢再干下去了。零售部确实特别累，我有时候真累得东南西北都找不着，但至少工作环境安全啊！我已经挺知足了。”

林山看着杨晓红，心里感慨万千。人和人的处境是不一样的，看待事物的角度自然也不一样。所以，就算被压榨也好，被责骂也好，别人眼里地狱一般的零售部，在杨晓红心中依旧是天堂。林山刚刚心里的不平瞬间烟消云散了。

“嗯，那是当然了！零售部是分行管理部室，为了这个机会，再怎么辛苦也都值得！”她给杨晓红鼓劲儿。

“就是这个意思啊！要真能留下，我这辈子就再也没什么不满足的了！”杨晓红无比憧憬地笑了。

六

雷行长上任后的第一个季末，存款攻坚战拉开了帷幕。

靠着前两年的铺垫，中兴东路支行日子不算太难。盘一盘家底，有进有出，时点余额比起上季末来还有些盈余，在诸多支行里是中等偏上的水平。但可能是急于在新行长面前打响头炮，也可能是看到曹行长领导的新华路支行表现抢眼，王同辉认为现在同他理想的目标还相差甚远。

“新来的这三个人资源倒是都有一些，但目前还没有理顺，远水解不了近渴。吴晓悦那儿几个大户都是刚做过大业务的，也不太好新增。我想黄莉的客户你接了不少，况且手里还有个华恒，所以回旋余地应该是很大的。你想想办法，争取季末时点能再冲一些。”他对林山说。

黄莉当时找人托关系办离职，吴晓悦不愿意接的客户，还是林山最后兜了底儿。林山一直感觉王同辉会因为这件事对她不满，听完他这番话不禁更加确认了这个想法。

“知道了，王行长。”林山一副绝对合作的态度，“小户都没问题，我自己跑就行了。唯独华恒集团这儿，您能不能抽时间跟我一起去拜访一次高总？我看其他行跑得很勤。咱们要是总也不露面，交情淡了，那业务就都不好做了。”

“林山不是我说你，你主观能动性太差了，什么事总想拉上领导。领导要全办了，那还要你这个客户经理干什么？是不是？”王同辉笑着说。

“不是我非拉上领导，王行长。沟通讲地位对等，高总这人更看重这个。别的行都是支行行长找他，偏偏咱们行是个客户经理，他肯定会有意见的。上次‘拓业贷’我去找过他，他就很不高兴……”

“但最后你还是办下来了，不是吗？”王同辉似笑非笑地看着她，“所以说找对人很重要，要学会用巧劲。”

林山心里咯噔一下——难道他知道她和严超的事？

“您的意思是？”她试探着问。

“你直接找严超啊！不是更管用吗？”

他知道了！不用说，这一定是吴晓悦的关系。

“我一个小客户经理，直接越过财务部去直接找严总，这更不好了吧？”林山不接他那茬，继续装糊涂。

“我相信你沟通协调的能力。”王同辉意味深长地说，“这个季末的表现对支行很重要，我希望每一个人都使出全力，不要有所保留。”

林山臭着脸回到办公室，坐在了自己的办公桌前。

华恒集团季末新增八千万元时点存款，这是王同辉给她任务，这个任务数几乎等同于剩余所有客户任务数的总和。很明显，王同辉对她寄予了很大希望。他盼望她去找严超解决这个问题，他盼望着自己的女下属和企业老总存在不正当的关系，然后加以利用。林山突然记起以前新兴羊绒的李老板对黄莉有所图时，曹行长把主办客户经理换成了李会明。

卑鄙呀！她在心里咬牙切齿地骂道。

“你怎么了？脸色很差啊。”吴晓悦关心地问。

自打上次雅南的生日聚会之后，半是失望，半是觉得不同路，林山一直有意无意地同吴晓悦保持着距离。此刻见她问，强忍着要大吵一架的冲动答道：“哦，刚王行长叫我过去，说希望华恒这个季末能新增八千万元的存款。”

“这么大数！大户就是不一样！”晓悦吐了吐舌头，“怎么样，能要到吗？”

“不知道。”林山冷淡地别过了头。

她必须自己挺过这一关去。调到授信部的事，方志诚应该已经启动了。这节骨眼上她最好温顺一些，让王同辉看到她努力配合的姿态。所谓宁得罪君子，不得罪小人，她见识过他在黄莉事件上的死缠烂打。她不愿意激怒他，给自己带来不必要的麻烦。

但听他的去找严超？不，那是绝对不可能的。世上哪有只占便宜不吃亏的事？那都是债，是要还的人情债。上次“拓业贷”的事，没奉献点什么她已经觉得怪不好意思了，这次再送上门去，难道想让人连本带息一气收清吗？她叹口气，心想还是在底下人身上下功夫吧！

华恒财务部，谭姐招呼林山坐下，不动声色地看着她把一张礼品卡塞到鼠标垫底下。

“是为季末存款来的吧？”她推心置腹地说，“东北基地一开工，钱特别紧张，我们账面几乎没有头寸。但你放心，知道这个季末对银行重要，高总让从一个星期前就开始攒银票了，到时候准备拿到德众去贴现。你听我的，三十号下午过来守着。这点钱大家都盯着呢，到时候肯定是盯得紧的沾光。”

“我等着这钱救命呢，确定能贴出来吧？”林山不放心。

“不光你等救命。德众也想要这存款，他们自然会想尽办法贴出来的。”

林山揣着这个承诺，心里略微安定了一些。

中间的日子不敢闲着，把手里一堆小客户全部维护了一个遍，该拜访的拜访，该打电话的打电话，零零散散也要了一千万元过来。

到了三十号，如约赶到华恒时，已经有七八个人乌泱泱挤在财务部，或站或坐，面色焦虑。林山吓了一跳，还以为华恒因为欠薪工伤之类卷入了群体性事件，直听到有人玩笑说“又来了一个”，这才意识到那些都是银行界的同行们。那些人见又来一个分蛋糕的，也是一阵紧张，有几个性急的立刻起身往会计身边凑了凑。

“德众那边到底是个什么进度，劳驾您再给问问。这都三点多了，怎么一笔贴现办到现在还没完呢？”其中一个焦急地问。

“问着呢！客户经理一直说在办，就是今天赶上放款的人多，所以慢。”

“不会是故意拖着，最后想把这钱截下吧？”这话说出了大家共同的担心，引起了一阵赞同的嗡嗡声。

“那不会！跟他们讲好贴出来之后要一块分的，要不然这次贴现就不会交给他们做了。这么大的银行总不至于说话不算数。”会计斩钉截铁地说。

见他如此自信，剩余的人都略觉踏实了些，四散开去，又叽叽喳喳聊成了一团。

“林山？你在这干什么呢？”一个人推门进来，惊诧地问道。

是融发的宋经理。林山招呼：“宋哥我也等存款呢！你怎么才来？”

“不不，我只是过来拿点东西的。”宋经理接过会计递过来的文件，一边看一边问，“等什么存款？”

“华恒把票据拿去德众贴现了，我们等着钱回来呢。”

“德众？”宋经理一愣，随即笑道，“我劝你别浪费时间了，回去吧。”

“怎么呢？”谈话声戛然而止，所有人的眼睛都齐刷刷地望向了他。

“你没听说吗？德众马上行庆，各家分行铆足了劲跟总行献礼，现在时点增量都能拿千分之一的激励了。千分之一，这都是落个人腰包里的钱啊！现在那边的客户经理们眼睛都是红的，谁敢动存款他都能跟你拼命，你居然还等着人家往外给你转钱。现在几点了？”他摇着头看手表，“四点多了吧！看着吧。他一准儿跟你说，放款中心太磨叽了，办业务的人太多了，或者今天系统用崩了，一直拖到大额支付系统关门。到时候钱就是转不了了，你能怎么办？”

“可是他们不是都答应过的吗？”林山求助似的看着刚才打包票的那个会计。

“是、是，答应了。但要真像宋经理说的这样，我们可没办法。这是头回合作，我们就是觉得他贴息低点，可没成想他们这样子呀！我们的钱存哪个银行都一样，一点区别都没有，绝对没跟着他们一块乱来。”会计一看众人都盯着他，不由得无辜地摊开了手。

“要真这么干，那不成要流氓了吗？”有人愤恨地说道。

宋经理瞥他一眼：“干银行的都知道德众流氓，这又不是头一回了。”完了扭头又跟林山说：“别等了，真没用，快回去吧！”

众人目送他出门，面面相觑。突然，一人暴喝：“咱们盯德众去！看他们到底玩什么把戏，不能便宜了他们！”

“走！”响应无数，屋里的人呼啦啦都随着去了。

林山连个可商量的人都没有，一时没了主意。团团转了一会儿，转身又回到了座位上。孤零零地坐了两分钟，又改变了主意，起身追了出去。

德众银行已经乱做了一团。五点多了，大额支付系统已经关闭，一切都已经结束了。心存希望和信任等了半天，结果却是竹篮打水一场空，众人愤怒得失去了理智，把德众的客户经理团团围住，吵得面红耳赤。“揍他！”不知道谁喊了一句，两派人马就此开打。

衬衫破了，领带松了，眼镜掉了，一场混战，斯文扫地。

林山站在最外围，焦灼又无奈地看着眼前的情景。突然眼前黑影一闪，额头被飞过来的档案盒击中，她“哎哟”一声，痛苦地捂着脑袋蹲下了。电话好死不死就在此时叮叮咚咚响了起来。王同辉！她强睁开金星直冒的眼睛看了看，慌忙接了起来。

“华恒的钱呢？大额现在已经关了。我问你，华恒的钱在哪儿呢？”王同辉像疯了一样，音调都变了。

林山头晕目眩，索性半跪半坐，捂着头把情况跟他汇报了一遍。

“我有没有告诉你跟严超要？我说了没有，让你直接跟严超联系！为什么不照办？！”

“王行长，我还是觉得，直接越过财务部和他联系有些不好……”

“你故意的是吧？你是不是觉得授信部调你，马上要飞高枝儿了，所以就不用听我的了？”

“我真没……”林山忍着气继续解释。

“一路货！死拧巴！全跟曹勇一个样！觉得自己可了不起可牛了，谁也不求、谁也不靠是吧？我让你哪儿也去不成，你信不信？”

“那我不干了，你信不信？我辞职也不跟你干了，你信不信？”脑子还没反应，这话已经自己冲了出来。完了还不解气，又狠狠地把手机摔了出去。手机滚了几下，无辜地躺在了不远处的地毯上。

好！骂得好，骂得痛快，真是解气。但，接下来怎么办呢？逞强后的空虚渐渐袭来，她一动不动地愣了一会神儿，然后站起身一瘸一拐地把手机捡了起来。已经黑屏了，一定是因为刚才甩得劲儿太大了。林山心疼地摆弄了一阵子，见毫无起色，只好沮丧地往外走去。

夜幕已经降临，刚落过的阵雨把天空洗成了明净的深蓝色，夕阳的余晖不舍地流连着，留下了一片灿若锦缎的晚霞。林山无暇欣赏，只顾顺着大路茫然地往公交车站走。一辆轿车疾驰而过，飞溅起路边一洼雨水，全泼在了她的身上。她停住脚，盯着裤子上的大片泥渍愣了片刻，一屁股坐在路边的花坛上大哭起来。

“呆子，手机也不接，在这儿傻哭什么呢？”不知过了多久，有人蹲下来拍了拍她的后背，“害我找了这么一大圈。”

这声音让她更委屈了。她把脸埋在胳膊里，闷声闷气地说：“我要离开汇通了。”

“可我马上就要来汇通了呀！”

“啊？”她吃惊地抬起头，睁大了被泪水黏糊住的双眼。

周致正笑吟吟地看着她。

七

汇通银行给周致开出的职位是对公金融部总经理，下辖公司、投行、金融市场三个子部门。之所以给出这个大礼包，据周致说，是因为想拿下A钢集团。

A钢集团是全国钢铁行业的巨无霸，是H省国企中当之无愧的头牌。来H省开银行不做A钢，就如同游法国只买了艾格，或是进自助餐厅没吃海鲜一样，经济上的损失和精神上的挫败都将幻化成一股执念，一想到它，“梅花便落满南山”。

汇通不是没和A钢合作过。H省分行刚开业的时候，曾经把A钢作为头号种子选手，兴冲冲报到了总行。可惜那时的汇通刚刚走出M省，眼界十分有限。M省境内没有钢厂，缺乏参照物的总行面对A钢每年数千亿元的营收十分为难。思虑再三，最终批了十亿授信，金额跟M省最著名的一家饼干企业持平。

据说批复回来之后，A 钢财务部直接把审批书甩在了主办客户经理脸上，然后便潇洒地和汇通拜拜了。后来，虽然接下来的几任行长对双方关系进行了不懈地修补，总行也终于参考了同业行情，把授信调整到了两百亿元，但第一次的伤害总是刻骨铭心的。这些年过去了，汇通一直处于 A 钢授信圈的外围，零打碎敲做一些边缘业务而已。

"他听说我做 A 钢起家的，所以想用我这条线切进去，拿到 A 钢百分之十以上的业务份额。做到的话，会再给我行长助理的职位。"

"哦。"林山百感交集。

"你看上去好像并不太高兴啊。"周致歪头望着她。

"你要升职，我要失业，两个人差距越来越大，所以心里不是滋味。"林山坦言。

"怎么分这么清楚？不能把我的也看作自己的吗？"

"当然不能了。要真能的话，那我现在立刻把王同辉叫我办公室，随便找个茬骂他个狗血喷头，一边骂一边还要用手戳他的脸！"林山做出一副容嬷嬷的表情，边说边比画，十分解气。

"就这么干！说吧，需要我做点什么？"周致摩拳擦掌，一副准备大干一场的样子。

林山瞪着他，"扑哧"一声笑了出来，心里刚刚郁结的怒气也烟消云散了。

"让我来想想办法吧？"周致握着她的手。

"不了，还是我自己先试试吧。"

"干吗总不愿我帮你？我有时候觉得你不是在要强，而是在故意跟我划清界限。为什么？我是外人吗？"周致有些不高兴。

"以前没和你在一起的时候，我什么都处理得好好的，现在就要事事都依靠你了？我就是想看看自己到底能不能独立工作下去不行吗？"林山更不高兴。

“这世上哪有人是完全独立的？求人帮忙的时候还是占了大部分吧？你不让我帮忙，那你去找会明、找黄莉，不一样是依靠人家吗？”

“那不一样。那是求人，是有借有还的人情债，求之前要考虑再三的。但求自己的男朋友就不一样了，又简单又不用还，很容易上瘾成惯性的。”

“上瘾又怎么了？还怕我断了供给啊？”周致打趣。

“嗯。”郑阳在她心里一闪而过，她随口答道。

“居然对我这么没信心。”周致一脸受伤。

“不是、不是，”林山赶紧弥补，“我把你当成救命毫毛，一定要到逼不得已的时候才舍得用呢！”

“那我受宠若惊。只是请姑娘听我一句：我是姑娘的人，我的也是姑娘的。从今往后牵马坠镫，甘愿任你差遣，请千万不要吝惜，但用无妨。”

油嘴滑舌底下，分明是羞答答的认真。林山看着他略有些窘迫的脸，心里一股热流涌动着，淌了个满山遍野。她多爱眼前这个人啊！他严肃的黑眼睛，他带着微微粗糙感的双手，她爱所有这一切。她无法言说出这许多的爱，只能顺从地点点头，依偎在他的肩膀上。

但是那个念头，那个和郑阳分手后形成的念头，依旧如同凸起的石头顽固地矗立在林山心里，没有被这片热流所淹没。是的，无论爱有多么炽烈，也无论承诺有多么真诚，她依旧笃信，没有什么能完全融合两个人的一切。所以尽情地爱吧，但同时一定要记得，也要独立地活。

第二天，林山行动起来。她在额头贴了个纱布片，径自来到了王同辉的办公室。不管是调动还是辞职，总还要在这个屋檐下待上一段时日，主动来缓和一下关系总不会错。当然，王同辉不是个大度的人，她不会傻到认为他能心无芥蒂，只盼着双方面子上能过得去就行了。

“王行长，我来跟您认错了。”她开门见山，“昨天是我太着急、太冲动了，您千万别跟我计较。”

王同辉见她这个形象登门，很吃了一惊，但很快便恢复了平常的面色。他鼻子里轻哼一声，不置可否地从桌上端起了水杯。

林山不管他，自顾自接着说道：“都怪我脾气太急了。这阵子为了月末存款，我把手里的客户都跑了一遍，但总共就要来了一千多万，心里本来就挺别扭的。到了华恒这边，又是掏腰包给人送礼，又是紧盯死守的，没想到临了被德众摆了一道，真是撞墙的心都有了。您给我打电话的时候，正赶上其他行的人到德众去打群架，我跟着一块去了，结果脑袋被砸了个大口子。当时又急又气，所以说了不该说的话。您千万别跟我计较。”

王同辉一言不发，一直看着林山。良久，突然笑了起来：“行啊林山，可以啊！”

林山假装听不懂他话里的讽刺，不卑不亢地微笑着。

“我不会跟你计较，你回去吧。”他摆了摆手，就像看了一出平淡乏味的演出之后，敷衍地拍了两下巴掌。

这就可以了，该做的都做了，她并没有奢望太多。

“那您忙吧，我下去了。”她站起身走了出去。

接下来便是一阵紧锣密鼓的地下活动。林山整理了简历，把曹行长、李会明和黄莉都求了一个遍，托他们找熟人给不同的银行递了上去，又连续参加了几个面试。

“大学毕业，当过柜员，服务过大型客户，拓展过小型企业，做过银团授信，还有十几家企业的贷后管理经验。”在这金融全盛的时代，这份履历的受欢迎程度超出了林山自己的想象，各个银行无一例外地向她伸出了橄榄枝，职位涵盖了客户经理、产品经理、风险经理等前中后台。

林山拿着众多的offer，不知怎么突然想起了吴良策，心里充满了感激。在A市的最后几年里，他小节或许有亏，但在大方向上并没有错。在这个火急火燎、什么都要立竿见影的时代，他尽力坚持了慢工细活的老派做法。林山她们当时或者因为不能立刻进入更高的平台而有怨言，但现在回头看，她们的经历是扎实而完整的，她们的每一步都没有白走。

“必须到基层去，每个岗位都做一遍，这样能对银行业务有个全面的了解，对未来的个人发展也更有利。”

这话又一次在她的脑海里回响起来，眼下的境遇让她更加笃信，经验就是财富，技术就是底气，即使没有所谓的资源，但只要有了这些，也就有了在这个行业永久生存下去的能力。

带着满满的底气，她来到了方志诚的办公室，打听调动的进度。

“现在是支行这儿不愿意放。说人手太紧张了。如果把你再调走的话，就成吴晓悦一个老人带三个新人了。”方志诚说道。

意料之中。

林山笑道：“之前一直是黄莉一个老人带我一个新人，现在比起来还改善了不少呢！”

“是，话是没错，可我们没法跟支行这么说呀。调人这个事，虽说行里有一定的权力，但总体还是得尊重支行意见。像支行这么强烈阻拦的，嘿嘿，还真没碰见过……”方志诚苦笑。

“那方总，我来授信部这事，就算是没希望了？”

“那不是。你是个好苗子，我觉得不要来可惜。我是想你先在支行待一阵子，带带这几个新人。等他们差不多了我再跟你们王行长提提，到时候他也没别的话可说。真是，我原本以为就是走个程序的事儿，没想到还卡住了……”

“没关系，方总，我理解。我今天来就是问问结果，知道是这么个情况，我就没什么好犹豫了。”

“什么意思？”方志诚立刻警惕地追问。

“有个朋友介绍我去德众的授信部，那边对我的简历很满意，目前已经给了录用通知。”林山垂下眼皮，无比惋惜地说，“我不愿意离开汇通。同样是当审查员，我肯定愿意选咱们行的授信部。但现在这个情况，我想我只好辞职了。”

“什么？这情况你们王行长知道吗？”方志诚着急了。

“他还不知道。我想先听听调动的进度，再决定走不走，所以拿到那边的通知就先问您来了。”

“林山，你不要冲动，最好考虑清楚。这边的机会不是没有，顶多再等上三四个月，我会跟王同辉再提调动的事儿。你想德众算是个什么规模？和我们能比吗？完全不是一个档次啊！”

“方总，这些我都知道。抛开规模不说，我从毕业就来汇通，对这里的一切都有感情了。就算是挣得少点职位低点，那肯定也还是愿意留这儿的。可现在的问题是，我对调动的前景并不乐观。我们王行长这人一向比较强势，只有他调别人的份儿。别人调他的人？”林山笑着摇了摇头，“难度太大了。所以依我看，等了四五个月之后，来授信部的希望也还是很渺茫的。我觉得还是抓住眼前的机会比较好。”

“你这是激将？”方志诚笑了。

“没有没有，我都拿到德众的职位了，不至于。从我们王行长手里调人，难度确实很高，我说的是事实。”

方志诚看着林山，一时沉吟不语。片刻，突然开口说：“你回去吧！直接跟你们王行长提辞职走程序吧。”

算盘落空，林山大感意外。但已经放手一搏，无论输赢最后也只能认账。她吐一口气，起身告辞。

“行里辛辛苦苦培养起来的人才，哪能因为扯皮，便宜其他行拣现成的呢？”方志诚突然说道，同时狡黠地冲她眨了眨眼睛。

几天后，王同辉拿着林山的辞职信，头隐隐作痛。

跳槽这件事真是会传染的。它会在思维上暗示，在意愿上推动，在渠道上串联，一个群体里只要出了一个，周边的人便都有了发作的风险。现在的世道也变了。连林山这种资历的小客户经理都敢跳槽了？连她这种资历的小客户经理都有人要了？王同辉真是对一切都估计不足了。

“基层支行是什么？是尖刀班、排头兵。支行行长是什么？那是带队伍的人。分行信任你才把队伍交给你，结果你把队伍都带散了，人都带没了，你能说你一点责任都没有吗？”他记起了吴良策以前对一个支行长的训斥。

“底下的人都跳槽，这对一个领导绝对不是什么好事。老哥你在人力干了这么多年，这点事还不知道吗？上头才不会管什么具体原因，一定会觉得是你有问题。雷行长刚来你就给他留下这么个印象，多不好呀！授信部不是一直想调她吗？方志诚刚还来找我说这事呢。你不如做个人情，说服她留在咱们自己的授信部。行内调动，这跟人才外流的性质就完全不一样了，说出去还显得你大度，肯为底下的员工着想。”人资部的继任者、他以前的副手这样推心置腹地劝他。

只好这样了。这也不是什么听话的主儿，走就走吧，省得看着心烦。王同辉在心里安慰了自己一阵子，但随即又忍不住懊恼起来。现在这是什么世道？拍拍屁股就要走了！还是以前好，进单位就是一辈子，跳槽？听都没听过。要现在还能那样就好了……

第八章

再见，中兴东路

一

林山从中兴东路走得十分凄凉。短短两年时间里，李会明走了，李敏走了，黄莉也走了，真正并肩过的老同事们几乎走空了。只剩了张樊和几个个贷客户经理，零零落落凑了一桌为她送别。

她有心理准备。同条线的几个新人原本便和她没什么交情，又知道王同辉不痛快，薄凉理所应当。但吴晓悦啊！虽然近来渐行渐远，但毕竟也曾是交情不错的朋友。想起她最近的表现，林山在阵阵失落的同时，也有一种彻底放弃的痛快感。

她记得，听到消息后的吴晓悦有多高兴啊！她亲热地拉她的手，拍她的胳膊，搂她的肩膀，咯咯笑着说以后在授信部有人了，强烈要求优先审查的待遇。但到了需要交接的时候，她又是多么的忙碌啊！她今天去拜访客户，明天到分行办事，后天又有一份必须马上交出的报告，还因为家里的急事休了整整一个星期的年休假。到了终于交接完成的那一刻，林山的笑容只够勉强盖住愤恨。真的刚刚好，再富余一点都没有了。

她们之间真的存在过友谊吗？她，晓悦和雅南？林山自嘲地想，也许她们之间感情最真挚的时候，就是她和郑阳分手的那段日子吧？

管它呢！她使劲晃晃头，给自己倒了一杯酒。不管怎么说，她靠自己做到了不是吗？中兴东路这一页最终就要翻过去了。她扭过头，继续和其他人幺二三地呼喝起来。

汇通H省分行的授信部位于大厦五层，同层的还有风险部和法律合规部，被一并戏称为“风控三太岁”。这层楼的布置同其他楼层格外不同——寸土寸金的楼面之上特意辟出了一条水渠，里面常年流水潺潺，游动着几条金鱼。这也是出自前面那位风水大师的手笔。大师认为“三太岁”守一方疆土，灭一行风险，工作如同消防队员，所以必须有水环绕方能平安。

听说雷行长很在乎这个意头。他四十出头，正是要“好风凭借力，送我上青云”的时候，对于承担刹车片作用的“三太岁”并不十分喜欢。但对他们的化身，这抽象了的流水和金鱼，却是由衷地尊重和爱护。闲暇时，他常会过来看看，指挥别人刷刷池子、换换水、喂喂食。“三太岁”也知道讨好，配合地指定了专人，负责定期检查和维护。林山来报到的时候，就正碰见那个斯斯文文的小伙子，把翻了肚皮的金鱼捞出来，然后神不知鬼不觉放进一尾一模一样的。

授信部名义上一共有七个审查员，但B市筹建二分行要走了一个，总行授信部缺人借调了一个，因病休养了一个，所以现在实际只剩下了四个人。这几个人都是三四十岁的年纪，衣着朴素，面色枯黄，脖子因为长期伏案而习惯地微俯着。大家平时常打交道，都十分熟稔。跟林山招呼一声，便都不再客气，把头埋回了小山似的项目里。

林山收拾工位、办门禁卡、领办公用品，一直忙活了一上午，直到科技部过来装系统才得了会儿闲。看看表已经十一点多了，估摸着第一拨公事也该告一段落，于是悄悄溜到公司部那层，在远离员工办公区的一侧找到了周致的办公室——他比她还要早两周过来。

门是半敞的，周致低着头，手轻轻按在紧皱着的眉心上，正专注地看一份文件。林山敲了敲门，他抬起头，一见是她便咧嘴笑了："不是号称要转地下吗？现在又明目张胆跑上来？"

"就这一次嘛！看一眼就走。"林山把门紧紧关上，想想不好，又拉到全开。再想想，又恢复到之前半开半关的状态。

"别跟那个门过不去了，没用。你看你贼眉鼠眼的，人家一看就知道有问题啦！"

"呸！你贼眉鼠眼。"林山坐在了他办公桌对面的椅子上。

"收拾好了吗？抽空咱去买两盆绿植给你摆上吧！我见别人都摆。"

"我不用，桌上根本没地儿。审查员的桌子上都是卷，铺天盖地的，哪有空间搞那个小情小调？"

"小情小调，唉……"周致摇头叹息，"那中午一起吃饭呢？"

"不要了，我一点都不饿。方总上午已经给我分卷了，说是很着急，我想趁中午加会儿班。"

"你也是做过客户经理的人，还信这一套？这世上就没有不急的项目。"

"是，谢谢提醒。可刚到一个新岗位，我想好好表现一下。"

"那不愿出去就去食堂吧，对付吃一口，省得下午没劲干活。"

"知道、知道。"林山敷衍着站起了身，"我下去了。"

"等等！真是讨债来的，一点也不让人省心。"周致拉开抽屉，拿出一盒小点心来，"这你拿去，饿了就垫垫。"

"你怎么还有这种东西呀！"林山拿着那个精致细巧的盒子好笑地问。

"我怎么会买？雅南拿过来的……"周致说了一半，突然住口。

"哦，哦，雅南。"林山的笑僵在了脸上，"嗯，这是她的风格，很可爱，粉嘟嘟的……"

“我们现在上下级，又是一个条线，免不了总打交道。”周致端详着她的表情，“你笑不出来就别笑了，我看着都尴尬死了。”

林山“扑哧”乐了，扬手给他一巴掌：“你就是早有预谋！你来汇通就是居心不良，就是要跟人家亲近来了。现在如愿了！”

“是呀、是呀，可算是如愿了！”他抓着她的手贴在胸前，心脏在她手心下咚咚跳动。

“办公室呢！别动手动脚的。”她赶紧把手撤出来，“我回去了，晚上再一块吃饭吧。”

“忘跟你说了，晚上约了国资委那边，雷行长也出席呢。”

“哦，那算了吧。”林山有点小失望。

“不行！怎么能算了呢？不在一块黏糊会儿能叫过了一天？结束了我去找你，等着啊！”

“美得你！”她红了脸，转身出了他的办公室。

从技术的角度来讲，审查员和客户经理的工作其实具有类同性，只不过审查员的视角要更高、更细、更全面而已。林山做客户经理的时候就是个技术派，现在拿几篇审查报告揣摩了一阵子，很快便进入了角色。读卷宗、提问题、写报告，进展得有条不紊。方志诚问了几次进度，见她上手不慢，便又陆陆续续分了几个项目过来，其中一个小企业的续授信特别着急，名字叫作福禧红木。

“建设东路支行的项目，报上来挺长时间了。因为大家手里的活儿都不少，我一直没往下分，你这次优先看它。”方志诚嘱咐道。

这是一家红木家具生产企业，申请贷款一千万，由H省创投担保公司担保。林山以前从没有接触过家具企业，对这个行当并不了解，但对红木家具这个词却不由自主地生出一股戒备来。

她家小区的底层就有一家红木家具店。开业没多久，便在门窗上贴满了粉粉绿绿的海报，上面写满了“跳楼价”“挥泪甩卖”“一折销售”“买一送一”这样触目惊心的大字。那在风中瑟瑟抖动的招贴纸、黑洞洞的店面和落满灰的样品，每见一次便在印象里加一分萧条。再上网一搜，什么“市场水深”“业内乱象”“家具厂商成片倒闭”的新闻铺天盖地，更是让人对这个行业生出种日薄西山的感觉。

“林山，我们的福禧红木是分给你了是吧？”一声生硬的问话打断了她的思绪，她从满屏的负面新闻里抬起头，见戴昀正站在她跟前。

“对。”分卷还没一会儿就跟过来了，林山暗暗佩服她盯人的能力。

“那好，下午你跟我们去企业看看吧！”一副不容置疑的语气。

“下午？太紧张了吧？卷我还没看过呢！”林山吓了一跳。今天是周五，她本打算利用周末时间看看卷，拉个问题清单，周一再去企业。这样也算是极速了，但没想到戴昀有更高的要求。

“你中午看啊！反正这个项目很简单，没什么费事的。”见林山面露迟疑，戴昀不耐烦地继续说道，“这个户你们已经给拖了一个多月了，恒信和融发跟我们同时介入，人家马上都要审批了。现在业绩压力这么大，经营机构找个好企业容易吗？况且还是省创投给担保的。你再晚点，别的行都批完了，那还能有咱们的事吗？”

她在欺生。林山见过她对其他审查员客客气气的样子。但没办法，谁让自己确实是个面团一样的新人呢？以现在业绩压力之大，戴昀声名之悍，她还真不敢拒绝这个有些过分的要求。

“那好吧。”她很㞞地答应了。

福囍红木建在郊县的一大片旷野之中。厂里三排砖房，分布着生产车间、展厅和原料库，十分规整。最后一排是员工的宿舍和厨房，院子里有女人在晾衣服，还有拖着鼻涕的小孩子在跑来跑去。

福禧红木的董老板介绍说，厂里的雕刻工人都是从江浙一带来的，这些都是工人带过来的家属。

“我包吃包住。家眷在这儿，工人们才好安心给我赶工。再说了，红木原料贵重得很，像这一块就值十几万，人多了好看家护院。”董老板拍着一块木头疙瘩说道。

林山看着这堆粗细不一的木头。它们看上去跟普通木头没什么区别，一样黑乎乎、皱巴巴的，说这个是几十万的酸枝，那个是值十几万的花梨，也只能凭董老板一张嘴了。

“现在您这儿的订单怎么样？我听说高端红木消费有限，市场很萧条，南方的企业已经倒了一大批了。”林山问道。

“小姑娘，这你就不懂了吧！这世上有倒闭的企业，但没有倒闭的行业。”林山听到“小姑娘”三个字，脸上一阵发烧，暗暗为自己的年轻而羞愧。

“你看现在每年盖多少房子？谁家花上百万买套房子不得买点好家具？你们这些小年轻的喜欢什么欧式、美式，那都是些不值钱的木板子。真正四五十岁，也就是有实力的这些中年人还是喜欢红木。这可是真东西，能一代一代传下去的。瞧瞧这光泽，这纹路……”董老板拍着一张八仙桌，啧啧赞叹了一阵，“再说了，除了家庭消费，什么高端餐饮、会所啦，这也是好大一块呐。我们前两年搭上了京津的会所这条线，这两年进货量持续增长，到现在已经占销售额的三分之二了。守着这条线，吃多好不敢说，但吃饱绝对没问题。”

“做生意讲的是头脑和眼光。多好的行业里也有把生意做烂的，多不景气的行业里也有挣钱的。”戴昀抓住机会教导了林山一句，又转过头抱歉地跟董老板说，“我们这个审查员是新来的，没什么经验，您见谅。”

“理解，理解。”董老板宽容地笑道。

见谅什么呀！理解什么呀！现在整个行业不景气，问一句难道不应该吗？这两人一搭一档，弄得倒像是她问了多蠢的问题一样。林山脸都绿了。

“咱们去看看账吧！”她强忍着气说道。看这些无比珍贵的木头疙瘩没用，看一屋子工艺精湛的雕花家具也没用，吹个天花乱坠还是没用，到头来还得是数据上见功夫。

“那咱们去董老板办公室坐坐，喝点好茶去。”戴昀立刻响应。她穿了一双细高跟的尖头皮鞋，在厂区走这一大圈，早就吃不消了。

一行人到了办公楼，从门后的荫凉儿里突然站起一个人，吓了大家一跳。

“倪大，上班时间你不开工，在这儿待着干什么！”董老板呵斥道。

那中年人矮小敦实得像块石头，他在门口叉腰一站，毫无惧色地说道：“董老板，你今天可算露面了！我要跟你说说加班费的事情。我们为了赶单，已经连着两个月都三班倒了，原来说好每个月给多加两千块钱，可李会计为什么给我们扣到只有一千？毛阿弟为了给你赶工，手指头都轧伤了，我们蛮对得起你，你不要太黑心啦！你赚钱吃肉，总要给干活的人留口汤喝的。你要是不给我们补上这个钱，我们今天就全部罢工不干啦！”

董老板赔着笑说：“倪大，没有扣你们的钱啊！但客户只付了定金，我们又要买料，又要掏展费，暂时周转不开嘛！你们把这个单赶出来，我们交了货，客户立刻就会付尾款，我会给你们按两千结掉。你跟我干了这么久了，我董明亮什么时候亏待过你们了？今天银行的贵宾过来，这是正经事。你先去干活，我们回头再讲这个事情。”

旁边陪同的会计等人也连忙上前，连哄带劝地把他哄走了。

“这么忙啊！连轴赶两个月？这得多大张订单呀？”戴昀问给林山听。

“北京一个会所，定了大几百万的家具，天天催我交货，我这儿真是日赶夜赶啊！”董老板面有得意之色。

到了办公室，客户经理陪林山看账本，董老板则陪着戴昀在一旁喝茶。

“就拐角那个小柜子……”林山听戴昀低声说。

“那个五斗的？角磕掉块漆……要不再打个新的？”

“不用，这个就好……”说完朝林山瞟了一眼。

林山充耳不闻，头也不抬地翻着手里的账本子和凭证。福禧红木财务管理之规范超出了她的预期，让她十分吃惊。商场的销售每笔都附了定金刷卡单或是现金收据，发货单上都有对应的订单号，收货人一栏还都有个人签名。林山连抽了几笔辨别，见每张上签名的字迹不一样，笔的颜色粗细也都不相同。面向会所的销售都订了合同，回款一律通过银行公对公转账，转账凭证齐整，每一张都印有“中国人民银行”的水印。

如果说到这儿林山还有丁点怀疑的话，等毛阿弟那张医院费用单出现在账簿里时，她便彻底缴械了。在这种规模的小企业里，账目如此清楚，凭证如此规整，真是十分罕见，之前确实是她心存偏见了。这样的经营状况，再加上一个国资委纯正血统的省创投提供保证，批是没问题了，她这样在心里作了预判。

二

周一，林山正在整理从企业带回来的资料，突然接到方志诚的信息，让她速来参加项目对接会，后面还特意加上了“福禧红木”四个字。

项目对接会是每周一上午召开的例会，一般由公司部主持召开，授信部列席，经营团队汇报，会议主旨是协调解决经营机构在授信时遇到的问题。方志诚在授信老总的位子上坐了将近五年，恩威并重，即便有问题支行也并不敢公然得罪他，所以之前的会议开得十分和平。

但近来，客户经理队伍迅速扩充，三教九流都汇集于此，难免有些生猛人出没。再加上雷行长隔三岔五过来亲自坐镇，所以现在风向转换，对接会颇有些诉苦会的架势，抱怨“业务难做”“授信部批得慢卡得死”成了主旋律。方志诚每次开完会回来，面色都阴沉得能挤出水来。大家都心照不宣地退避三舍，除了要紧事谁也不去招惹他。

林山接到指示，有一种接近旋涡中心的紧张感。她一边往楼上蹿一面纳闷：才刚去过企业，一切都按部就班地走着，这有什么好对接的？

来到七楼会议室，一众人正围坐在会议桌旁，气氛十分肃穆。

“林山，坐下。周五你去了福禧红木是吧？刚才戴行长说想要加快速度，这个星期就把这个户批出来。”方志诚招呼。

“主要是另外有两家银行跟我们竞争。这个户是省创投担保的，像这种强担保的优质客户，我们怕批晚了就没机会了。”戴昀很知道分寸，她笑着跟方志诚解释，显得十分无奈和无辜。

“担保是不错，但主体也得差不多才行。”方志诚慢条斯理地说，“林山周五刚去了现场，你把情况先跟雷行长和大家汇报一下吧！”

“是。周五我和建设东路支行一起到了企业，从现场勘察的情况来看，这个企业的经营还是不错的……企业有商场和会所两种销售模式……原始凭证很规范，能够跟现场介绍的情况印证……”林山自信地介绍着情况，丝毫没有注意到方志诚面色越来越凝重。

“那你认为这个企业能批吗？”雷行长直截了当地问。

授信不是要信审委集体决策的事情吗？在这儿就要她表态吗？

这怎么答？她朝方志诚望过去。他的眉毛好像微皱了一下，但又好像没有，她不太确定。

“我认为能。”她说道，但随即又加了一句废话，“基于现有核查情况。”

“你呢？”雷行长转向了方志诚。

“雷行长，林山周五去了企业，今天就开对接会，她说的这些情况我也是头一次听。对红木行业我个人还是有些疑虑的，所以现在不好贸然判断，我想下来再具体了解一下再说。”

“要尽快。客户不会总等着我们考虑的。做业务当然要谨慎，但也要注意把握尺度，过于谨慎其实相当于不愿担当。”雷行长颇有些不痛快，“接着说下一个吧。”

会议室瞬间响起了一阵纸张翻动的声音。

散会后。啪！方志诚把本子扔在办公桌上，解开了衬衣的袖扣。“知道自己错哪了吗？”他对着跟进办公室的林山说道。

“不知道。”林山老老实实地回答。

“太不审慎！咱们干审查的，不管一个企业好或坏，在台面上都只应该谈坏。把企业的问题都摆出来，无论什么结果，你都有回旋余地。”方志诚敲着桌子，“但像你刚才，把企业说得样样都好，我问你，如果我意见和你不一致怎么办？如果信审会通不过怎么办？如果通过了最后又出了问题怎么办？”

“方总，是我错了。”林山如醍醐灌顶。

“算了，你刚干，也不能全怪你。”方志诚沉思片刻，接着问道，“福禧的账真一点问题没有？”

“真的。我从没见过这么正规的小企业。现场碰巧听说有个工伤，我着意在账里找了找，连医院费用单据都有。我觉得侧面证明账是真实的。”

“这就奇怪了，怎么可能呢？很少会这样的，除非……但是也查不了那么深啊。”他喃喃自语着，突然又叹口气，“算啦，从上到下都这么着急，我何苦总当这个恶人。上信审会议吧！”

这是林山当审查员后的第一次信审会，紧张的心情不亚于毕业时论文答辩。当天，她把自己的审查报告打印好，把重点勾勒出来，又把委员们可能问到的问题看了几遍，便早早来到了等候室。第三个、第四个，还有两个项目就要轮到她了，但建设东路支行的人还没到。她有些着急，连忙打电话去催，但对方的手机一直处于占线状态，始终没人应答。

“把你调到最后一个吧！让已经到了的客户经理先说。”信审会秘书说道。

“那……只好这样了。”

林山更锲而不舍地拨号，无人接听。等候室从开始的人头攒动，慢慢成了稀稀落落，最后就只剩了林山一个。天色已经全暗了，她还在等，却听见会议室门开了，接着响起了杂乱的脚步声，委员们一个接一个走了出来。

“方总……”她愕然追了出去。

“你还在这儿干什么？”方志诚停下来，一脸惊讶。

“福禧红木不是要上会吗？”

“福禧红木？你不知道吗？高利贷今天上午闯进厂子里，把东西全搬空了。他们没告诉你吗？”

“没有。”林山腿瞬间软了。

“先回去吧，过后再说。”方志诚走掉了。

电话响了，是建设东路支行的客户经理：“林山呀！戴行长下午一直带着我到处跟领导们汇报，没顾上接你电话。福禧红木那事，你知道了吧……”

“咔嚓”，林山挂断了电话。她虽然是这个企业的审查员，还在等着上会，但与通知她一声相比，显然还是跟领导们汇报更重要。

她很气愤，但又顾不上气愤，惶惑、羞愧以及不解迅速占据了她的心。她紧紧靠在门框上，思绪纷至沓来。问题出在哪儿了呢？那样一个企业，三班倒的工人、整齐干净的凭证，她到底看错了哪里？她定定地想了一会儿，猛然站直身子往办公室去了。

大家应该都知道了吧？不然为什么投向她的目光这样复杂。这是同情？理解？讥讽还是奚落？她不敢细看。匆匆来到了自己的工位前，桌子下面有一个小箱子，里面是企业各种资料的复印件。电脑里有百十张照片，全是在企业现场用手机拍下来的原始凭证。她一股脑打了包，逃一样地回了家。

打开台灯，拉上窗帘，林山接着便一动不动地坐在了电脑前。所有的资料摆在桌上，一张张、一件件，编号、日期、付款人、付款行、收款方、收款行，甚至三行数字和符号组成的识别码，她一张张查看着，拿一切可能有关联的资料来回比对着。眼睛一会儿就酸胀起来，她拿拳头狠狠揉了两下，便又继续下去。

她知道希望很渺茫。这只是企业资料的一部分，漏洞未必在其中，但不做点什么她实在不甘心。她点着鼠标，一张张翻动着照片。突然，一张票据跳进了眼帘，让她隐隐产生了些别扭的感觉。这是一张中国人民银行印制的转账凭证，上面的信息显示，北京芳华投资有限公司向福禧红木转账四百万元，付款行是中国交通银行股份有限公司南城支行。

中农工建交，赫赫有名的五大国有行，大家习惯性地称呼它们建行、中行，很少会用到全称。交通银行的全称是“中国交通银行股份有限公司”吗？她不确定。她倒是听说过其他四大国有行的名称里都有中国的字样，但交通银行？业务合作太少了，所以并不熟悉。

来到网上检索。先是官网的交行简介这一栏。“交通银行始建于1908年，是中国历史最悠久的银行之一……”通篇都是简称，这不行。

又找到了交行股票信息，进入了公司简介这一栏。终于，“交通银行股份有限公司”这一行字清楚地映入了她的眼帘。

假的，都是假的，上当了，林山瘫坐在了椅子上。

看走眼的懊悔和破案的快乐交织了片刻，前者便占了上风。她为什么没能早点发现这个漏洞呢？现在还有什么用？这是她审查的第一个项目啊！她原本指望能扬名立万，没想到结局却是如此羞耻。她以后还怎么在这个行当里抬头？还有谁会信服她？完了，这辈子都要背着这个坏名声了，职业生涯就算是完蛋了！一时间，她万念俱灰，不由得绝望地哭泣起来。

客厅大门传来钥匙转动的声音，一阵脚步声由远及近，周致推开了房门。像丧家犬见到了主人，她立刻扑到他肩膀上，哽咽着说：“我完了。”

“又冒傻气了。怎么就完了？审查员也是人，个别户判断错了也是正常的。更何况你还是新手呢！”周致轻拍着她的后背。

“你都知道了？那肯定已经传遍全行了。”林山哭得更厉害了。

“传就传呗，顶多三五天就完了。行里逾了期的贷款都一堆呢，你这点小事儿不会有人老惦记着。”

“会，他们肯定一直记着。以后项目上只要有不满意的地方，就会在背后拿这件事嘲笑我。”林山满脸是泪。

“那又能怎么样？谁这一辈子还能保证没人嚼舌根了？你呀，就是太爱面子了，总想人人都夸你才好，纯属小孩子心性。”周致轻声安抚着，“现在上班了，是在职场上，得像个大人了。脸皮厚一点，别为点小事就这么脆弱。”

“不，这太丢人了，我不想再去上班了。我，我要辞职……”

周致没接话。他腾出一只手来，故意在桌上翻来翻去："这么多票！我看看都是什么啊！出货单，发票，转账凭证。嗯，弄得真挺正规。这谁能看出问题来？老审查员也未必能吧。"

"我已经看出来了。"林山立刻忘记了哭，"你看这张票。看名字这儿……中国交通股份有限公司，明白了吧？"

"造假！"周致一拍桌子，"你看看这印章，这水印，这颜色，都跟真的一模一样，这一定是那种专业造假公司了。这是诈骗呀，谁审谁栽。要我说咱们运气真不错，还没批它自己就先被高利贷端了。"

林山心里舒服了些："连账都不能信，我以后都不知道该怎么干了。"

"呆子，账本来就不能信，你还当宝贝呢！我做银行这么多年，就从来没看过账。"

"你当然不看了。你只看人家能存多少钱。"

"小瞧人。光你们授信要控制风险呀？以前做支行长，不管哪个客户出事我都跑不了，不可能蒙着眼睛干呀。不是我事后诸葛亮，像福禧红木这种客户，我大概听听都不会做的，哪还会费劲去看账。"

"吹牛。"

"这又不难，有什么可吹的。福禧红木是国企吗？有国企控股参股吗？没有吧？那血统首先就不行。它的业务能傍上靠山吗？它的产品是供应政府、企事业单位或其他什么财大气粗的单位吗？显然也不是。那它这个行业好吗？规模大吗？老板牛吗？也没有。像这种十八不靠的小企业，在市场里完全单打独斗，说崩就崩，我怎么会做它呢？"

"你有资源，找的尽是大企业，标准自然可以定高些。可底下有一群无权无势无经验的小客户经理呢！在市场上能找到个企业就像宝贝一样。我要按你这标准否决了，人家非到雷行长跟前结结实实告我们一大状不可！”林山说道，“更何况这还是省创投担保呢。雷行长的导向，强担保的项目不要纠结，一律通过。为此我们方总已经挨过几次批了。”

“省创投……”周致若有所思，“以前是一块金字招牌，但现在已经滥了。它这两年都在玩资金，担保这块只是幌子。现在经济好所以大家都好，一旦经济有波动，那就是灭顶之灾。”

“那你赶快把这情况跟雷行长反映一下呀。”

“我？”他醒过神来，“这位女侠，我负责公司业务，大老板定调子帮我推动业务，我表示感激还来不及呢，怎么能去提意见？”

三

汇通 H 分行的新办公楼虽然风水很好，但质量却着实一般。从搬进来之后，各楼层就一直状况不断，物业维修的工人整天提着工具箱四处修补。终于有一天，三楼半面的天花板都掉落下来，砸在了零售部的办公桌上，把文具、电脑拍倒了一片。幸亏当时是午饭时间，没有造成人员伤亡。办公室请人检查后，说是整修大约需要一个月的时间，于是零售部的员工便被疏散到了其他楼层。林山这层因为空间分外宽敞，所以接收了其中的绝大部分，杨晓红也在其中。两个人碰面的机会一下多了起来，时常会在茶水间聊上两句，有时也会结伴吃饭。

一个周六，林山到分行加班，在电梯里正碰上她，旁边还跟着个上了年纪的老太太。

“姐，你今天也来加班了！”她热情地招呼着，“这是我娘，早上刚坐火车从老家过来的。娘，这是林姐，跟我一层，对我可照顾了。”

杨晓红的母亲握着林山的手连连称谢。

“阿姨您快别客气。您是刚到？怎么不回家去休息一下？”

“本来想请半天假的，可程总没答应。没办法，我娘头一回来A市，我住的地方也不大好找，还是先让她跟我来单位待一会儿吧。”杨晓红见电梯无人，无奈地说。

杨晓红妈妈立刻宽慰：“我有什么要紧的，早一会儿晚一会儿回家都没事儿。公家的事重要，可不能给人耽误。”

说着话，电梯到达，娘俩儿跟林山道别后，一块往零售部去了。林山也来到自己的座位前，翻开了手里已经拖了很久的一个项目。

这个项目并不复杂，但因为一个不懂行加不靠谱的客户经理，给她平添了许多烦恼。到目前为止，她已经提过六轮问题了，加上数不清的电话沟通，已经创下了她个人的最高纪录。可漏答、答非所问、前后矛盾以及答出新信息等情况依旧每次都有，让她有一种雾里看花，怎么都弄不清楚的感觉。心力交瘁之下，她好几次都是强忍着，才没对那个惫懒的家伙大吼。

而让她没想到的是，这家支行的行长居然还跑来告了她的状：“现在分行反复强调，审查员提问题要提到点子上，把问题一步都提到位。她这样左一个问题右一个问题，没完没了，企业烦都烦死了！方总您能不能照顾我们一下，别总给我们分新手了？我们营销不容易，老拿我们的项目练手，这么练下去就快练没了。”

这行长是刚从融发银行应聘过来的，作风很是彪悍。林山听他黑白颠倒，实在是气得不轻，但因为有福禧红木的心病，却不敢强辩。

方志诚见他进门的架势就已经皱起了眉，耐着性子听他说完，不咸不淡地答了句：“我了解一下情况。你现在先出去好吧？我有点要紧事。”

那行长脸上红一阵青一阵地走了。

“一点规矩都没有。以为是融发的授信部吗？想闹就闹？”方志诚一边嘟囔着，一边把林山打印出来的六轮问答记录看了一遍。

“卷直接给他退了。”他对着林山吩咐道。

“啊？”林山十分惊讶。

方志诚不理会她，又把综合员叫了进来：“马上发个通知下去。以后支行报送的项目，如果报告质量太差的话，我们部门有权直接拒收，已经收下的也可以直接退卷。行了，没事都出去干活吧。”

立刻杀一个回马枪！方总真是够强硬，也不怕对方去告状，林山吐了吐舌头。她心里的气已经出了，可是要见好就收，别再激化矛盾了。所以，当客户经理修修补补，再次把项目报上来时，她丝毫不敢怠慢，马上着手看起来。

林山把客户经理最新的回复打开看了一遍。受水平所限，回答还是不尽如人意，但好在态度端正了不少。她索性放弃了再问，只挑选了些还堪用的，结合着企业的资料，自己推测起来。这就像在修补一件满是大洞的毛衣，线却全要凭自己的手搓出来，实在耗神费力。林山本以为大半天就能搞定，可最终合上卷宗的时候，外面天色已经全暗了下来。

林山收拾东西撤退，路过零售部的时候见里面依旧灯火通明，便随便张望了一下——杨晓红和她妈妈居然还在。杨晓红在忙着填合同，连她妈妈也没闲着，正在拿着号码机敲档案。林山笑了。她走进去招呼道：“一人干银行，全家都遭殃。连阿姨也跟着加了一天班啊。”

“我回家也是闲着，在这帮帮忙也挺好。”老太太客客气气地说完，又加了一句，“孩子们不容易，真太累了。”

“杨晓红！”林山还没来得及答话，便被一声突如其来的吆喝吓了一跳，扭头一看，见程宗辉怒气冲冲走了进来。

杨晓红像条件反射一样，噌地站了起来。

一个大姐赶紧走到程宗辉身边提醒："程总，这位是晓红妈妈。今天早上刚来看闺女的，家都没顾上回呢，就在这儿帮咱们干了一天！"

程宗辉如此"尊贵"的人，怎会屑于在没价值的人身上浪费一点时间？他的眼神只"赐"给了老太太二分之一秒，便迅速转向了杨晓红："你猪脑袋是吧？做过多少次了，双签还会漏！脑袋这么大每天只记得吃啊！你是不是不想干了？不想干就回信用卡中心去，不要占着位子不干活！"他拿手里的合同啪啪地摔着桌子，像狂暴的雨点打击着屋顶。

周围一片安静，杨晓红的脸红得像要滴出血来了。她本是被骂惯了的，平时怎么都能忍，但今天不一样。因为母亲在场啊！他是个领导，但同时也是个人啊，怎么能当着母亲的面这样骂她呢？她咬着牙低声说道："程总，我一个人两天做了四十二笔手续，难免有错儿，我补上不行吗？请你别再骂了。"

已经准备离开的程宗辉一怔，他完全没想到杨晓红今天没按标准挨骂程序走。他扫视一下周围，等着自己的哼哈二将们跳出来替他呵斥杨晓红，却见平时逆来顺受的人们忿忿的，仿佛都有些不平的意思。他不由得愤怒了，心想：反了！这还了得？今天要是不处置一个，这些人就要骑到他头上来了。

"难免有错是吧？"他的眼睛威胁地瞪着，鼓鼓的眼球凸在外面，看上去恶心极了，"我现在到信用卡中心去，一点错儿都不出的能抓一大把回来。你信不信？

杨晓红妈妈的眼泪一直在眼眶里打转转，始终没敢吭声。这会儿听程宗辉这样说，连忙拉着晓红的胳膊打了两下："你这个孩子，做错了还顶嘴，快跟领导道歉……"

杨晓红嘴唇哆嗦了半天，最终一句话也没说出来。

"杨晓红工作态度不端正，工作能力也不能适应我们部门的需求，你明天就把她退回信用卡去，再重新选一个来。”程宗辉对着那个大姐吩咐。说完，叉着腰又缓踱到了屋子正中央：“有一个算一个，都给我听好了。别觉得零售部离了谁就不转了。我告诉你们，现在最不缺的就是人。能干就给我好好的，不能干趁早滚蛋！”

他离开了。众人盯着他的背影，木然站在原地，安静得就像在默哀。突然，“咣当”一声巨响，杨晓红妈妈栽倒在了地上。一片惊呼声中，人们手忙脚乱地围了过去，掐人中的掐人中，扇风的扇风，但老人牙关紧咬，一点也没有醒过来的迹象。人们边喊着“快叫救护车”边拨电话，杨晓红哭着问：“先到诊所看看行吗？我娘没医保，报不了……”

杨晓红银行卡里只有六百多元钱，林山跟着到了医院，帮她垫上住院费。一番折腾之后，杨晓红妈妈终于醒了过来。医生说是因为过于疲倦，再加上情绪激动，最后引起了轻微脑溢血。输上液之后情况虽然稳定多了，但还是有头晕恶心的症状，要留院观察一阵子。老人家睁眼第一件事，便推着杨晓红说：“别管我了，快回去跟领导道歉……”众人一顿劝慰，一阵感慨。

杨晓红一直没吭声，等林山离开的时候，她默默地跟到了大门口，红着眼圈说了一句：“我刚要是道歉了就好了。”

“明明是他过分了，你为什么要道歉？此处不留爷，自有留爷处。你大学毕业还能找不到事做？哪儿挣不了这几百块钱？”

杨晓红摇头：“我一个农村普通人家出来的，学校也一般，能进银行真是烧高香了。骂两句就骂两句呗，零售部谁不挨骂？我干吗要顶嘴？要再忍忍就好了。现在可怎么办呀？”她失神地看着茫茫的暮色，嘴里喃喃自语着，慢慢往回走去。

愤慨、同情和无奈同时在林山心里翻滚着，她难受极了，低头便把脚下一个小石子狠狠踢了出去。石子在路面连滚带蹦了一阵，撞在路边的铁皮房子上，发出叮当一声脆响。突然，一个主意蹦了出来，她不由一阵兴奋。

“你报名参加对公客户经理选拔吧！”林山追上杨晓红，拉着她的胳膊说道。

“我连零售都干不成，还能干对公客户经理？别开玩笑了。”

“没开玩笑。现在分行全范围招收客户经理，没有资格限制，只要想干就能报名，你就试试呗！”

“可是信贷我什么都不懂，又没资源……”

“信贷这块我可以教你。我把题库给你，你拿回去看，不懂的尽管来问我。至于资源嘛，确实有人开头就有，但这样的毕竟是少数，大多数都是慢慢积累的。而且有了机会的话，我说不定也能帮你介绍几个客户……”林山一心想让她跳出火坑，所以尽拣好的一面鼓励她。

“那，我试试？”杨晓红又燃起了希望。

“试试，一定要试试。万一成了呢？”林山热心地怂恿着。

可能一切都是注定的，杨晓红命里就该进入这个行当。在她报名参加选拔之后没几天，林山接到了一个电话。

“林经理，我们写字楼产权证下来了啊！”

“您哪位？”林山一头雾水。

“我是新宇轮胎的老板呀！不记得了？”声音里有些尴尬。

“哦，当然记得。我以前的手机摔坏了，通讯录的号码都丢了，所以不知道是您打来的。”林山赶紧解释。

“这样啊！我就是想问问，有了产权证我们的授信是不是可以继续了？”

“能，当然能。可找我不行，我现在已经不再做营销了……”林山突然心头一阵狂喜，立刻改口说，“不过没关系。我可以帮你介绍一个客户经理，绝对靠谱！”

还没正式做客户经理，就已经储备了一个客户，这在一众候选人中是个亮点。加上紧锣密鼓的补习，杨晓红最后的笔试成绩也达到了及格线。于是，在综合测评之后，她出奇顺利进入了对公客户经理的条线。

放榜那天，杨晓红高兴得发了疯，死活要请林山吃饭。她拉着林山来到附近巷子里一家山西刀削面馆，点了一份排骨牛肉豪华双拼削面给林山，一份西红柿鸡蛋削面给自己，还要再来两份凉菜。

“够了，不要再点了，吃不了浪费！”林山制止。她知道杨晓红这段时间一直在复习，没有出去办信用卡，已经好久都没有收入了。

“不行，一定要点。我太高兴了！我这辈子都没这么高兴过。姐你不知道你帮了我多大忙，我该怎么感谢你才好啊！”

“是你自己点儿正，又能努力，我只是顺势推了一把而已。”林山笑着摆手，“通知分到哪个支行了吗？要能分到新华路就好了。”

“还没。老听你说曹行长，我也希望能去新华路，可又觉得太贪心了。哪能什么好事都让我赶上呢？”

“未必，你现在时气正壮呢！”

可惜事情并不总遂人愿。

因为新宇轮胎，杨晓红得到了进入对公信贷条线的机会，但也因为它，而失去了其他选择的可能——中兴东路支行是新宇轮胎的首次授信行，虽然目前授信已经到期，但客户关系都还在，王同辉以此为理由拒绝杨晓红接手带走。分行公司部顺水推舟，正好把她分到了中兴东路支行，一来解决了客户争端；二来补了林山走后的空缺。

“也挺好！我已经很知足啦！”杨晓红笑得很灿烂。

希望你从此一切顺利。林山看着她的笑脸，在心里默默祝福着。

四

“从听说你调授信部就想请你吃饭，可一直瞎忙活，老也抽不出空来。”雅南端起面前的咖啡杯，豆沙色指甲闪着剔透的光泽。她今天穿了件深蓝色碎花连衣裙，脚上一双RV方扣，优雅又得体。

她一直是这个样子，美貌和品味同样突出，总能以最好的形象示人，林山暗想。“能想象。雷行长要大发展，你是核心部门的领导，肯定逃不掉。”

虽然从来不觉得自己有错，但对于和周致在一起这件事，她总觉得欠雅南一个交代。有几次她想主动约雅南谈一下，但又总觉尺度不好拿捏，搞不好就会被对方觉得是在宣示战果。这事想想就觉得头痛，她便拿着上次周致的劝慰做挡箭牌，一天天往后拖下去。顺其自然吧，等对了机会再说，这是她安慰自己的借口。

今天雅南突然约她喝咖啡，她隐隐感觉到要发生些什么，心里是有些犯怵的，同时又觉得如果真能在今天说开了，也未尝不是一种解脱。

“是呀，要大发展，所以到处招兵买马。底下的客户经理是新招的，什么都不懂，出去谈业务都得我们派人跟着。偏偏顶头上司也是新来的，也得熟悉情况。”雅南笑着，“我这天天都得陪着，不是业务汇报，就是跟着去各二级分行调研，简直一会儿自己的工夫都没有。”

林山笑笑，不置可否。

“你不吃醋吧？”雅南突然问道。

“你指什么？”林山没想到她这么直接切入了正题，多少有些惊讶。

“周致都告诉我了。去B市调研，晚上一起散步时聊了聊。”她笑眯眯地看着林山。

林山心里立刻提防了起来。雅南心直口快，痛快不痛快都写在脸上，要是她现在发怒、责骂，甚至扑过来厮打，林山都不吃惊，但她现在这副模样反而让人揣想起来，不知道到底什么意思。

“不会。为了工作，难免的。”林山也不多说，只淡淡答了句，仿佛这事十分自然。

“这不是挺通情达理的吗？只是以后这种时候会非常多的，希望你都不介意。”雅南依旧笑着，“说起来人也真是奇怪。以前我只顾着喜欢他，他只顾着拿我当小孩子，一块长这么大，却从没认真说过话。现在一起共事了，才发现两个人其实挺投机的。单位的事、自己的事、朋友的事，越聊越起劲，最后就说起了你们的事。既然都好上了，干吗还要偷偷摸摸不公开呀？别说周致不理解，我也不能理解。”

如果说她是存心要挑起林山的醋意和猜忌，那么她成功了，林山忍不住在心里勾勒起了两人月下谈心的情形。

“他跟你说不理解……”林山骤然停住嘴，改口说，“也不是刻意的，只是觉得没必要搞得天下皆知。”

“一定不会是因为对我愧疚吧？”雅南笑容里带着一丝恨恨的意味，“不像你的作风。”

“雅南……”林山试图寻找合适的措辞。

“你挺有手段的。本来是你高攀了他，可你装出一副又有原则又独立的样子，还要转成地下情，结果弄得他还觉得找到你是赚大了。男人蠢起来真是没边儿的。”

林山半张着嘴，把解释的话都咽了回去。她看着雅南，原本的一点点愧疚烟消云散了。她明白了，雅南今天是心存恶意而来了。早知道是这样，那就简单多了嘛！她最不怕的就是挑衅。对抗远比周旋要容易，不是吗?

“倒不是装的。”她把后背靠在椅子上，懒洋洋地说，“你也知道我被甩过一次。那一次就被甩怕了，所以不到最后落定不愿对外宣布，免得自己难堪。至于他是不是因为这一点感觉赚到了，我就不清楚了。”

林山有这样的特质。当她决定对着干的时候，她总能知道如何最快地激怒别人。此刻，雅南看她惫懒的样子，心里的火瞬间冒了上来。她的微笑消失了，冷着脸说:“你还挺有自知之明，知道两个人不配，自己驾驭不了这样的关系。”

“嗯。”林山一脸无所谓。

“那你为什么还要跟他在一起?他和你根本不合适，门不当户不对，你对他没有一点帮助。对于男人而言，事业就是一切，也可以代替一切。你不要以为只有郑阳这样的穷小子才会被诱惑，我了解周致这种家庭的孩子，他们向上的愿望更强烈。”

“周致不是已经有自己的事业了吗?”

“这就叫事业?出身真是会限制人的视野。你觉得做个对公金融的总经理已经是挺高的位置了?但对周致而言，路才刚刚开始呢!只可惜，唉……”雅南摇头惋惜。

“只可惜他不思进取，居然和我恋爱了。”林山替她把话说完。

“一个人能走多远，取决于能借多少力，越往上越是如此。周致是很聪明，自己也有能力，但他能走到这一步还是离不开他家庭的背景。但是他爸马上就要退居二线了你知道吧?短时间内他还能靠余热，长期呢?”

“看来只能靠岳父了。”

“对了。其实林山你聪明着呢!”雅南不理她语气里的嘲讽，“这些你都明白，你没安全感，你不确定，所以你有意选择了不公开恋爱。可我想问你，这样担惊受怕有什么意思?还不如及早放手，免得耗费了青春又受伤害。”

“嗯，有道理，但有一点我不太明白。既然借力对他这么重要，那他干吗选我？开头直接和你在一起不好吗？”

“很简单。谁都有头脑发热的时候，以至于一时忘了自己最想要什么。”

“好的，他是头脑发热。”林山笑了，“那么你呢？你明知道他是为了你的家庭，就算在一起了，又有什么意思？”

“人不能指望着事事顺心，我很早就明白这个道理了。从小到大，我的一切便利都是家庭带来的，到了谈婚论嫁的时候，我又凭什么要求非得发生例外？这就是我与生俱来的命运，我接受并且享受。”

“这样你幸福吗？”林山忍不住问了一个烂问题。

“一定幸福。我们是最适合彼此的，无论背景、能力还是目标，他早晚会看明白这一点。所以，”雅南微笑，“如果你肯撤出是最好不过了，对我们三个都好。”

林山摇了摇头。

“你不愿意？”雅南挑起了眉毛。

“当然不愿意！雅南你一定没有体验过真正的爱情，否则不会提出这么傻的建议来。我们现在正爱得起劲呢！那种感觉，就像两根麦芽糖纠缠在一起，在灼人的热度里逐渐融化，最后成了黏糊糊甜蜜蜜的糖浆。这感觉太美好了，我为了它奋不顾身还来不及呢，怎么会为了你这几句话就主动撤出？”

周致的爱是林山唯一的武器。心痛之下，林山高高举起，重重击下，雅南的脸色终于变了。她干涩地笑笑：“如果你能把这股劲头用在事业上，一定会更出色，不至于到现在还只是个审查员。”

“你也知道，出身限制了我的想象力，所以我总是很容易满足。”

“我本觉得朋友一场，想尽量通过和平的方式解决这个问题。但既然你是这样的态度，那我也不会再有所顾忌。我现在就明确地告诉你，我不会放弃周致的，但我不会像你一样，鬼鬼祟祟挖别人的墙脚……”

“雅南，我没有挖过你的墙脚。爱情不是排队，谁来得早谁就一定有收获。从第一次见面开始，周致就只喜欢我一个人，你要正视这个事实。”

雅南突然“扑哧”一声笑了出来。

“看你一本正经的，开口闭口都是爱，真是幼稚得可爱。”雅南斜睨着她，仿佛她是一个可怜的乞丐，身上只有一件用爱做成的破衣烂衫，“你哪知道这世界上比爱有吸引力的事多了去了！我们试一试吧！如果你不怕最后……”

“你见过化成糖浆的麦芽糖吗？”林山不愿也不敢听下去，迅速截断了她的话，“即使你分开它们、再造它们，果真就能掰扯得一清二楚？”

她停顿了一下，等着这话深深钻到雅南心里，这才继续说道：“你都不怕，我已经得到了最想要的部分，又有什么好怕的？”

和雅南一起喝的这杯咖啡，林山用了很久才消化掉。一段时间内，她的嗓子眼总有一股劣质糖精般齁人的味道，直顶到脑门，连带着整个人都不舒服起来。好几次她想跟周致说这件事，可话到嘴边转悠一阵子，还是咽了回去。

这就像是在索要安慰、爱抚或保证，太没意思了，更何况对她而言并没有什么实际作用。她学的是法律，干的是审查，习惯让她更倾向于观察细节，更倾向于搜集佐证，更倾向于自行判断。至于当事人的言论？对她而言价值不大，基本要纳入不予采信的行列了。

林山就这么自己别扭了一阵子。一天，在加油站结账时顺手买了张刮刮乐，走大运居然刮出五十块钱来。她乐了一阵，突然记起围城里所说的法式迷信来——太太不忠实，偷人，丈夫做了乌龟，买彩票准中头奖，赌钱准赢。于是半是找茬半是玩笑地问周致：“我手气这么好，你是不是爱上别人了？”

周致不屑：“你才中五十块钱，我顶多是看了别的女生一眼。要让我爱上别人，估计要到你中五百万大奖的时候了。”

“没出息。中彩票都不敢说多点，咬咬牙才说成五百万。是不是存心说少了咒我中奖，你好移情别恋？”林山继续耍无赖。

“哦，门槛定低了，那提高到一亿怎么样？”周致正儿八经在记事本上撕张纸，“来来来，口说无凭，立个字据啊！”

林山本是瞎闹，看他真事儿似的递过张纸来让她签字，不由得好笑。低头一看，那张纸上写着：“基于平等自愿原则，当事人周致及林山现约定如下：林山通过国家正规发行的彩票产品中奖，且奖金达到一亿元（含）以上，是解除双方恋爱关系的唯一有效条件。除该条件外，任何其他解除双方关系的行为均为无效。”底下还龙飞凤舞地签上了自己的名字。

“真扯！”她笑得前仰后合，“傻死了！我才不签。”

“惹了事又想跑？哪有这么便宜的。”周致强拉着她的手，在他名字后面留下了一个潦草的签名。

这是一个暖融融的秋日午后，阳光照耀在银杏叶子上，金灿灿一片。两个人趁午休时间把车开到郊区山脚下，享受着这段时间以来难得的相聚。

马上就要年底了。在经历了三个季末传统时点，以及“谁说女子不如男——三八保险销售大赛”“奋斗的青春最美丽——五四存款大赛”“金秋又重阳——安颐理财销售大赛”等节日型竞赛，还有数不清的专项营销活动之后，雷行长上任后的第一个年末很快就要到来了。

虽然前期奋战的硝烟还未散去，员工们枯竭的资源还没恢复，但考核仍在继续，业绩冲上去就不能再掉下来，雷行长正在期待属于自己的开门红。于是，公司条线一马当先，率先重整旗鼓，拉开了年末大会战的序幕。周致忙，林山也忙，两个人都没了以前在支行时的自由，虽然就在同一栋楼里办公，但见面的次数却远不及从前多。一个月以来，今天是头一次两人都在A市，于是便溜出来享受片刻二人世界。

嗡嗡，两个人的手机同时震动了两下。林山一动不动，只顾仰着头眯着眼睛晒太阳。周致拿出来看了一眼便笑了："问还不肯说，前天是去宝塬了吧？休想瞒过我。"

这一阵子她都在为雅南的咖啡怄气，又加上好久没和他见面，所以心里存了怨气，他问什么都不好好答。

"怎么？你在我身边留了奸细？"林山懒洋洋地问。

"群里都把照片发出来了。"

这年头，微信群在工作里被用滥了，简直成了一场灾难。条线有群，部门有群，单项事务有群，连临时一块出个差都要建个小群。各种群纵横交错，每天从早到晚叮叮咚咚，真是让人不胜其烦。

林山从周致手里拿过手机，见名叫"亮剑八百亿"的公司业务群里发布了这样一段话：自年末大会战启动以来，平安路支行高度重视，对存款、机构业务、资产投放和客户攻坚等进行了合理的调度和编排，同时要求每个客户经理进一步提升团队建设紧迫感，做好各阶段业务规划，紧密布局加快进度，力争在年末完成任务指标。

发布者正是平安路支行自家的客户经理。接下来是十几张照片，每张照片都专门配了解说，什么"孙行长利用下班时间组织学习业务"，什么"客户经理周末时间加班加点"，林山那张照片下写的是"审查员不辞辛劳至宝塬勘察企业"。

林山压根不知道他们是什么时候照下这张照片的。从背景看，那应该是在深夜的宝塬火车站，照片上的她两眼失神，头发飞散，正颓废地往前迈着步子。侧前方不远处，是麦当劳依稀可辨的招牌。

记起来了。那是她去买热饮的时候。在连续一周出差看企业之后，去宝塬的那天她几乎支撑不住了，候车时突然一阵眩晕，手指哆嗦得拿不住任何东西。全靠一步步挪到麦当劳，连着喝尽三杯热可可才又活了过来。

“这些人！为什么不征求我意见就往群里发？还发这么丑的。”上至行长下至客户经理，公司条线前中后台几百人都在群里，她想这回自己可是形象尽毁了。

再往下看，一堆人点赞送花，间插着“辛苦”“厉害”之类捧场的留言。其中最让人动容的一条是这样说的：“我们资管部也要向授信部学习，听雷行长的话，一边拉着支行的手；一边拉着企业的手，为年末攻坚奋战到底！”

林山看得直皱眉：“我觉得你们条线的风气很有问题。一群做业务的人，现在搞起政治来了。整天在微信群里歌功颂德，表功表决心，乌烟瘴气的。”

“他们也是没办法。考核逼得太紧，每天一排名，每周一例会，每月一淘汰，上下没有一个好受的。业绩不行只能靠态度来补，总得让领导知道自己不是白吃饭的闲人啊！”

“行里就是搞这套的人太多了，干实事的太少了。”

“你觉得谁是干实事的？你们曹行长算吧？可他也这样啊。”

“不可能！曹行长才不是这样的人！”

“A建集团刚实行资金归集，账面资金全被归集到总部去了，他们的存款掉了一大块。曹勇连着好几个月都是落后支行代表，只要有业务例会就要上台检讨，被折腾得可是不轻。这个时候在微信群里跟跟风、表表态也是很正常的呀！”

“看你们把老实人都逼成什么样了！评价一个人难道不应该把时间段放得长一些吗？为什么不想想他以前为分行做了多少业务？

资金归集是突发情况，他只是一时遇到了困难。一个人再能干，资源总是有限的吧？这一轮一轮薅羊毛，总会有用尽的时候，培养新资源是需要时间的啊！”

“雷行长统共能在H省分行干几年啊，还能耐心等着你慢慢成长？总行现在的口号是发展，不是稳定，你看看现在各分行行长轮岗的速度就知道了。这种短平快的调动就是为了短平快的攫取，这样才能实现最大的发展。”

“那羊呢？就没有人考虑了？”

“羊？不是给喂草了吗？所以有毛的时候要多吃，毛少的时候要多表忠心，到了实在没毛的时候，那也只好由人处置了。”周致笑着，语气里却有一股兔死狐悲的悲凉。

五

“姐，你知道存款怎么买吗？”杨晓红在林山旁边心神不宁地坐了一会儿，终于开口问道。

“买什么？”林山从报告里惊讶地抬起了头。

“存款。年末大会战，分行给我们这些见习客户经理定的指标是日均存款三千万，完不成就会被踢到人力池去。我只有新宇轮胎两千万的银承保证金，还差着一千万呢。”

客户经理实行流动制，这是打造“狼一样的队伍”的一部分。业绩达标的时候，大块吃肉大碗喝酒，业绩掉下来了，便被拨到人力池观察。在人力池一段时日，如果业绩仍不改善，下一步便是被辞退。重压之下，客户经理们往往会到市场上花钱买存款来度过考核时点。这事在小银行里常见，林山以前总听说，没想到这么快也发生在汇通了。

“见习客户经理不是有一年的保护期可以免于考核吗？”

“那是从前了，现在周总把保护期缩成四个月了。”

“哦。”林山愣了一下神，但很快又不甘心地追问，“那支行呢？你们都是新人，支行不能直接撒手啊。那么多客户呢，把业绩稍微匀点给你不就行了吗？”

“支行日子也不好过。我看他们跟企业的关系处得挺一般，业务都是有一搭没一搭的，能把存量维持住就不错了。连晓悦姐的增量还没着落呢，哪顾得上我们？”

基于自己的经历，林山原以为杨晓红只要进入对公客户经理队伍就万事大吉了。在羽翼丰满之前，她会得到支行的庇护和师傅的关怀。可没想到现在一切都不一样了，小鸟们被迅速推出鸟巢，而且马上就要独自面对一场狂风骤雨。

“好吧，我帮你打听打听。”她无奈地答应了。

林山已经许久没有同黄莉见过面了。黄莉离开银行系统后，她们便像走上了两条运行轨迹完全不同的道路，鲜有交集。中间也曾经约过几次，但终究因为时间不合都没能见成。林山听说她自己成立了一家金融咨询服务公司，票据、资金，什么挣钱做什么，业务风生水起。传说中的她富足阔绰，是辞职后成功的典范。

黄莉赴约的时候，林山看她同从前并没有什么变化。依旧还是平底鞋，牛仔裤和冲锋衣，一副随时准备着拔脚就走的样子。唯一不同的是原来那辆速腾不见了，取而代之的是一辆白色的极光。

“现在都这么搞？”黄莉听林山说完也觉十分新鲜，“资金我倒是能找到，就是价钱不便宜。汇通给她的激励才能有多少？从我这儿拿的话，都搭进去不算完，自己还得倒贴。她图什么呀！”

“就图能留住这个客户经理的身份，将来有机会转正呗。一个小姑娘，没关系没门路的，好不容易到了这一步，实在不愿意放弃这个机会。”林山把杨晓红的情况大概讲了一遍。

“确实怪可怜的！”黄莉感慨，“那就更别从我这儿拿了。我给你介绍个朋友吧，他有些零散的储蓄资源，价格没那么高。”

“太好了！我替她谢谢你。”

“不用谢，我正好有事也要求你呢！你帮我查个企业。”

黄莉说的是一家在建的锂离子电池生产企业，手里有一项发明专利和多项实用新型专利，是H省新能源汽车规划重点支持项目。项目建了几年，在接近尾声的时候，老板又有了别的想法，所以想找新的投资方接手。

“我觉得这个项目不错。新能源汽车现在这么火，国家政策支持，补贴也很高，它的配套行业也差不了。况且厂子已经建得差不多了，初步估算，只要再投大几千万的铺底流动资金就能转起来。”

“大几千万？你哪来的钱？！”林山的第一反应。

“这你放心，咱是干什么的呀？”黄莉挤挤眼睛，一副成竹在胸的样子。

士别三日当刮目相看，黄莉闯荡了一阵子，能力已经不是林山所能想象的了。“那也不要做实业呀！”这是林山的第二个反应，“多难干啊！你现在的业务弄得好好的，又不是不挣钱，干吗非要自讨苦吃呢？”

“天天倒票倒资金，我心里有点腻烦了。不管干多好挣多少钱，说到底不过是个掮客，老有种不务正业的感觉。都说实业兴邦，正好赶上这么个好项目，那索性就脱虚入实呗。”

“真没想到黄莉姐你居然是这样的人！”林山肃然起敬。

“什么这样那样的。”黄莉笑了，“现在跟你说挺简单，其实当初思想斗争了好久呢。你们可都得支持我啊！”

“绝对！说吧，需要我干什么？”

“这家企业是新成立的，很干净，但我怕这个老板有问题。你们信审不都有各种平台吗？什么红盾、银码、风控眼、法院执行之类的。你帮忙好好挖一挖，看看他是不是还有其他企业，里头有没有不对劲的地方。”

“没问题！可你也知道，系统信息也是有限的，或许能查出问题来，或许不能，所以你一定不能完全靠我这边的信息做决断。”

“放心，这么大事我怎么会都押在你身上？多个渠道一块进行呢。”黄莉伸了一个大大的懒腰，“唉，等这事弄完了我一定要好好歇歇，太操心了，真把我累坏了。”

“能歇才怪！真接了这个企业就等于上了套，估计你以后都没有松心的时候了。”林山感慨。

说实话，黄莉的选择让她觉得不可思议，因此也由衷地敬佩，特别是在目前的时间点上。

政府几轮调控之后，房价出现了报复性反弹，以周为单位刷新着人们的三观。在三千点徘徊了好几年的股市指数也不甘示弱，服用了兴奋剂一样直接飙到了五千点，颇有再创当年七千点辉煌的架势。各种暴富的传说在流传，无论偏好房子的保守派还是偏好股市的激进派，人们仿佛都在一口沸腾的大锅里，被这热度鼓荡得心烦意乱。各路资金承载着无数发财致富的梦想，浩浩荡荡向这两大市场集结，有人卖了房子买股票，有人卖了股票买房子；还有人在想方设法借钱来买股票和房子。

一款叫作消费贷的产品适时地走红了。这款产品为拉动内需、助力消费而生，用途限于装修、旅游、教育或大宗消费等。国人消费能力有限，消费贷能力却爆棚，这个产品在一线城市率先兴起，短期内激增了几千亿元，然后便又朝着二三线城市蔓延而来。程宗辉作为市场的弄潮儿，在 H 省诸多银行还没回过味来的时候，已经打出了“最长三十年，最高一百万，免抵押免担保”的宣传口号，因此在市场上一炮而红，把本行的个贷量扩张到了一个前所未有的新高度。紧跟着，本着吃光挖净的原则，又面向本行同事推出了专门的行员消费贷。说不清到底是谁蛊惑了谁，谁又成就了谁，反正一段时间内，林山发现连平时只关心奥数和美容的女同事们都纷纷下载了大智慧软件。

零售业务的突飞猛进把公司板块映衬得分外沉闷。

被寄予厚望的A钢，整体金融服务方案经过了N次修改之后，刚刚才转入授信部，真正拉动数据增长至少要到明年初春了。客户经理们被各种会议和政策鞭策得四处乱跑，但统计数字却始终以一种缓慢的速度向前蠕动，公司条线上下弥漫着一种焦灼的气氛。一个周一，参加完项目对接会的方志诚回到办公室便脸色阴沉地召集部门所有人开会。

“最近对公条线的数据一点起色也没有，雷行长又一个劲儿地施压，情势越来越紧张。从这几次开会的情况来看，我估计这群人马上就要乱咬人了，所以召集大家提前准备一下。”他哑着嗓子说。

“下面我提几点要求。第一，从今天起部门强制要求加班，晚上九点前都不能走。我知道大家工作一直都很辛苦，所以之前没这么要求，但现在顶不住了，抗不过大趋势去。现在别的部门都开始了，都比赛看谁耗得晚，我们部门也不能太实心眼了。更何况现在很多人告状，说我们审理速度太慢导致了客户的流失，这个锅我们不能背。所以就算是做样子，大家也都要顶过一阵子去。”

底下一阵轻微的骚动，他摆摆手压下去，接着说道：“第二，以后大家要重视项目进度表的使用。一个项目从到审查员手里开始，下面每一步都要有详细的记载。什么时候发了预审问题，什么时候收到客户经理的回复，回复是否完整，每一步都要记载，并且要有客户经理的签名或邮件作为佐证。工作中沟通一律改成使用电子邮件，要留存书面证据。不要为了图省事用电话，不然万一过后被告状的话，根本说不清。

“第三点，所有预备否决的项目，我们自己内部要先开会讨论，把否决理由做充分，要刀刀见血。不能再像以前那样，觉得烂项目人人心里都有数，找两条不痛不痒的理由就否掉了。现在是非常时期，烂项目也是项目，你否掉了就是砸人饭碗、断人财路，人家一样会跟你死缠到底。我要说的就这些，大家有什么意见没有？”

其他人互相看了看，都不讲话。良久，有人笑道：“汇通越来越有意思了。业绩上不去，不该找公司业务部的茬儿吗？毕竟他们管业务推动。现在倒先修理起授信部来了！”

“人家公司业务部就会乖乖束手就范？就不会找个旁人赖一赖？上报的项目数量在那摆着呢，你授信部要不就审不出来，要不就是否决了，不赖你赖谁？”方志诚笑道。

“可质量也在那儿摆着呢！拉了一堆烂项目来凑数，让咱们怎么批？”

“你说是烂项目，人家公司部说好着呢，明明是你授信部卡得太紧。这年头，不会扯皮都不好意思在银行混。”方志诚笑道，“不过这是运动时期，不是常态。大家稳住了，熬过了这阵子就好了。”

这之后没几天，公司部突然召集了一次对公业务促进会，雷行长出席，参加人员是全体支行长和客户经理，阵势很是盛大。更蹊跷的是，授信部居然受邀全体列席。

“不外乎是让我们也感受一下现在的业务压力。那就去听听吧！人家周总都专门给我下帖子了。”方志诚故作轻松地调侃着。然而到底有些不踏实，他又嘱咐大家：“把自己的项目都过一遍，防着现场有人刺毛。”

进会场的那一刻林山就觉得不对了。能容纳上百人的小礼堂被分成了泾渭分明的两个部分，一边是所有营销人员的座位，现在已经坐得满满当当了，而旁边单独空出来的这一大片，便是为授信部这七八个人预留的贵宾席了。此情此景，饶是方志诚身经百战，脸色也忍不住骤然变了。他黑着脸带着这几个人走过去，在一片空位中落了座，就像汪洋中的一座孤岛。林山忍不住瞥了一眼周致，见他正俯身跟坐在前排的雅南说着什么。

会议开始了。周致对对公业务情况作了个极为简要的介绍，然后便邀请各家支行逐个上台发言了。登台的支行长们手里都拿着稿子，个别的还做了PPT，一看便是有备而来。发言开始是规规矩矩的，都是围绕着业务拓展在讲，直到雷行长有意无意地问了句“我们的授信与其他行相比有没有优势”之后，发言才逐渐有些变味了。

有几个猛人率先跳出来打了头炮。有人说因为审查员提的问题过多而导致了客户的反感；有人抱怨授信部尺度过严，同一个项目在他行批过了，但在汇通却被否决了；有人说授信部太慢了，一个项目审几个月，最后黄花菜都凉了。当然也有和稀泥的滑头。有的绕开眼前的授信部，把总行终批的项目拿出来说事，什么提款条件苛刻、额度保守，反正责任一股脑都记在千山万水之外的总行头上；也有的先讲效率确实有待提高，但马上又分析了授信人少活多这些客观困难。总之众生百态，不一而足。

方志诚不动声色地听了一会儿，扭头低声吩咐：“下去两个人，从系统里把所有批复了但没提款的客户调上来，只提三季度的数。快。”

“方总，大家对授信部的意见你也听见了，你上来表个态吧？”营销人员的发言结束了，雷行长对着方志诚说道。

方志诚带着刚拿到的清单上了台。

“雷行长，各位同事们，今天受邀参加了这个会，我很受触动。这是一个难得的机会，可以让我们面对面听到营销条线兄弟姐妹们的心声，也可以让我们发现自己工作中的不足。以后像这类会议，我强烈要求参加，就算周总不给我发请帖我也要来，到时候希望大家不要嫌我蹭会开，给我下逐客令。”

哗！台下哄堂大笑，剑拔弩张的气愤瞬间松弛了，有人还捧场地拍了几下手。

“在这儿我想跟大家澄清一点。授信部不是经营机构的敌人，而是队友，我们一损俱损，一荣俱荣。大家业务做得好，分行业绩就好，分行业绩好了，我们的奖金也跟着往上涨。我们何乐而不为呢？只不过因为风险控制的职责所在，不可避免地会跟大家产生分歧，会惹大家不高兴。所以，我觉得沟通和理解是十分重要的。大家都知道，我们现在人手很少。根据总行配比政策，按我们行的风险资产计算，应该至少有八个审查员才对。可我们现在有多少呢？只有五个。人少没关系，我们可以加班，可以夜以继日地干，但是我们搁不住总有人浪费审查资源。”

方志诚举起了手中的纸：“这是一份授信部批复但客户没有提款的清单。数据是什么样的呢？我以三季度为例。授信批复新增的敞口额度达到了三十亿，实际提用率呢？只有10%。这三十亿的项目，当初都是拿着公司部出具的优先审查单来的，行长们个个火急火燎，说在和别的行竞争，拍着胸脯保证批下来就能带来多少多少存款。我们信了，把别的项目往后排，优先给你们审出来了。结果呢？没下文了。兄弟们啊，我们只有五个人，经不住你们这么折腾，这对其他支行的项目也不公平。信审的资源只有这么多，我呼吁大家靠谱点，不要瞎忽悠，把资源留给那些真正优质、真正能给分行带来收益的项目。我们授信部每一个人都时刻准备着，为这样的项目奋战到底。”

台下响起了一阵尴尬的掌声。林山向主席台望去，见周致脸上似笑非笑，也跟着拍了几下手。而旁边的雷行长则皱着眉，一副若有所思的样子。

六

“做业务就做业务，这样争来争去有意思吗？”林山有些不满地问周致。

“没意思，但有必要。”周致慢条斯理地说道，“最近对授信部的不满情绪确实挺严重，公司部是客户经理的娘家人，给他们鼓劲，给他们跑腿，包括给负面情绪找出口，不都是我这个位置该做的事吗？要是光知道往下压任务，其他什么都不管，怎么可能会搞好推动？”

“说得好像底下的客户经理个个都是好的，错都在授信一样。前阵子我刚见识过你们一个支行长黑白颠倒，过来倒打一耙。这可是我亲身经历的，不是道听途说。要我说我们部门没什么问题，大家都很勤勉敬业，是你们的人坏心眼。”

“我们肯定有坏心眼的人，但我看授信部除了你之外，也未必个个都是勤勉敬业吧？”

林山虽然爱抬杠，但对事实还是承认的。她想起部门里也有人一个月只出两笔项目，也有人爱打官腔打太极，一时不吭声了。

周致见她没话，接着说道：“雷行长来了之后，制度、作风，一切都在往小银行的路子上靠。别人都在努力改变，但唯独授信部还是老样子。雷行长明里暗里点了方志诚好几次，说不要让授信成为业务发展的中梗阻，可我看也没什么实际效果。”

“职责本来就不同。你们营销是火，烧得越旺越好，但授信不能跟着瞎激动啊！看见风险这层楼的水池子没有？说明我们本来就是该泼冷水的。我觉得方总和你一样，只是做了这个位置该做的事。”林山摇头说道，“你们是在各尽其责，这样挑起矛盾实在太不应该的。”

“谁说是我先挑起的？”周致无辜地摊开了手，“方志诚哪像你说得那么单纯？已经好几次了，他向雷行长告状，说我们出具的产品服务方案不专业，我们和总行公司部沟通不畅，导致后期授信方案反复调整，影响了业务落地。甚至A钢，为了减少后期的扯皮，我特意拿产品服务方案的草稿提前征询过他的。当时他百般推脱，说这是公司部的工作范畴，不好提前介入，总之就是不肯配合。等方案做完了报到授信部，立刻又到雷行长跟前，说方案里这不符合授信要求，那不符合经营特点的。A钢啊！这种大客户，前期沟通多艰难、多辛苦啊，他一点不当回事，反而要这种小伎俩整人。我最看不惯这种拿业务当儿戏的老油条了。”

“有这样的事？那是太不应该了……”林山骤然听说方志诚的另外一副面孔，一时间五味杂陈，“那你也没必要搞这么难看啊！又是审判席，又是当面锣对面鼓地指责，以后还天天打交道，这样一点余地都没有了。”

“我怎么会那么没风度？那是雷行长的意思呀！我觉得他是借公司部的手给方志诚下不来台。”周致意味深长地说，“你看看汇通的这些省分行们，有几家授信部老总用的是当地人？”

汇通银行缘起于地方一隅，虽然已经立足全国，但以地缘为纽带的文化却根深蒂固，直接的表现便是对当地人的不信任。所以，拓展业务的活儿可以交给当地人，但像授信这种风控敏感部门，坚决不能像其他银行一样实现本土化，必须有自己人镇守才能放心。于是，总行向各家分行输送，分行再向二级分行输送，上行下效，严防死守。这几年本部的青壮几乎都被派空了，阴盛阳衰，举目皆为老弱妇孺。听说为了平衡气场，总行在御用大师的指点下，还专门千里迢迢运了块泰山石摆在了风控部门的楼层。

“前几年因为吴良策在任，所以H省分行一直是个例外，可现在雷行长来了。”周致接着说道，“我估计开头他没想要一棒子打死，所以一直在观察，可惜老方自己搞砸了。他心眼太多，况且在这位置上做久了，已经成气候了。刚才会上你见了吧？雷行长亲自问大家对授信有没有意见，那是一种导向啊！可除了那几个愣子，其他人居然都不敢吭声，这才是犯了忌讳呢！你说你要是雷行长，是愿用一个当地老油条，整天判断他和自己是不是一条心，还是愿从总行直接调个听话的小孩子来？”

林山听他说得有理，想起方志诚在H省守土多年，如今却前景堪忧，心里不胜感慨。由人及己，又开始为周致担忧：“以他这个做派，要是哪天你业务上让他不满意了，会不会也这么不留情面啊？”

“会啊！没用的家伙，对你有什么可客气的？”周致故意一本正经地说。见她满脸担忧，这才嬉笑道：“傻子，瞎操心！他得靠着我呢。我拿下A钢，他让我做行助，明码标价，一清二楚。要是有什么不愉快，我带着业务换一家行接着干就是了，又不是非在汇通才能过。这就是有资源的好处啊！”

林山勉强笑了，但心里却忍不住在想，如果没有资源了呢？

之后的一天中午，林山正在食堂吃午饭，方志诚匆匆忙忙把她叫了回来：“你准备一下，一会儿去C市看个企业，争取能赶上后天的信审会。”

“可是方总，我手头有几个做了一半的报告，都很急。”林山很为难。

“优先处理这个。今天上午的项目汇报会，C分行说这企业不错，雷行长让努力配合。”他鼻孔里发出一声冷笑，“哼，也不知道从哪儿挖来个客户经理，说家里有背景，后面准备靠人家拿C市的棚改项目，这就宝贝似的供起来了。这是过来后报的第一个户，要保护人家的积极性。已经给我们提要求了，不能慢，最好这周上信审会，下周就把款放了。我们能怎么办？只能听话服务呗。”

林山听说方志诚同C分行行长素来不和，现在听他这口气，也没敢多话，只答了一句“知道了”，便出门跟C分行的人一起走了。

敢跟大老板汇报说项目不错，林山原本觉得这一定是个成规模的企业，可到现场一看，却发现压根不是那么回事。这家企业名叫新华塑业有限责任公司，民营，中等规模，主营产品是PVC塑料板，工艺流程就是把聚乙烯、聚丙烯混合配比加热，再加压剪裁成型，毫无技术含量可言。这到底好在哪里呢？还要几家银行来抢？说实话她疑惑得很。

她在车间慢慢走着，努力想摒弃第一印象，发掘出企业的闪光点来。八九个人寸步不离地陪在她身旁，众星捧月一般。说实话，这么大的排场，她以前实地调查时可从没享受过。唯一尴尬的是，人们可能都急于切入主题，忘了开场的自我介绍，结果她到现在也分不清到这些人都是做什么的。

“那个……”她刚开口，那位冯姓老板立刻往前迈了几步，旁边一个高瘦男人也立刻跟着凑了过来。

这个男人从开始就不离冯老板左右，虽然一直沉默不言，但对林山一举一动都十分关注。好几次林山都感到他在观察自己，但当她扭过头时，对方却立刻把视线转移到了别处。什么意思？保镖？还是董事长在垂帘听政？林山好奇心陡起。

“我是想问，这一条线年产能大概有多少？”她故意对着神秘男子问道。

那男人一愣，立刻朝冯老板望过去。“设计产能是两千吨，我们实际每年都产两千三左右。”冯老板回答。

“哦，超负荷生产了，机子磨损率会不会很高？你们一般多久检修一次呀？”林山继续问那位神秘人。

“这没准，平时哪儿坏了修哪儿，小修小补不断呢。”又是冯老板回答。

“明白了。”林山笑道，“这位怎么称呼？看来不是您企业的人啊？不好意思，今天人太多了，我好像弄混了。”

“他呀！”冯老板似乎有些猝不及防，“是我朋友。今天正好也在这儿，帮我一块招呼一下贵客。”

林山飞快瞥了那人一眼，见他已经尴尬地把脸转向了别处，一副啼笑皆非的样子。这解释太烂了，林山心想。这里头肯定有猫腻，只是不知道和她的关系大不大。

她正揣摩着，突然被一台机器上的东西给吸引住了。那是一张没撕彻底的标签，被贴在桌面和桌腿的交界处，不仔细的话根本看不到。标签被扯掉了大部分，只留下了一个“恒”字，一个单立人的偏旁部首,还有就是被粘胶搞得一塌糊涂、只能勉强辨认的“押”字。正是这个模糊的“押”字刺激到了她作为审查员的神经，让她的眼神从忙碌的工人、机器边的灰尘和机油、废弃编织袋子上的批次日期上迅速聚焦到了这里。押！这可是信贷领域绝对的敏感词啊！

“去别的地方看看吧！”林山直起身，往前走了几步，若无其事地提议道。

原料库、成品库、车间一路走过来，冯老板滔滔不绝地介绍：“这一行确实没什么技术含量，干的人不少，但下游需求量也大呀！什么防腐、电镀、包装，还有什么铁路垫片之类都得用。大客户们最怕什么？质量不稳定呀！你说这批货用着不错，结果下次再买回来一用，‘咔嚓’断了，闹心不闹心啊？所以前几年我就聘了几个质量检验员，从我厂子里发出去的每一车货，都必须通过质量检验，不然不能出厂。这块确实把成本提高了一部分，但值得啊！现在市场上都认我的货，我们那个质检单子比外头的认证还值钱呢。喏，那就是我们的质检室。”

林山循着他手指的方向看了看，见不远处坐落着几间平房。“那过去看看吧！”她随口说道。

冯老板一愣，显然没想到她会做此提议，不过质检室一般不属于企业的机要重地，看看应该无妨，于是坦然答道：“走，看看吧。”

和大多数企业的质检室一样，屋里空间狭小，陈设也很破败，一群人都拥进去几乎连下脚的地方都没有了，四下转一圈便预备出去。林山突然瞥见了墙上挂着的质检记录，心里一动，不由得停了下来。

“出厂的每一车货都要有质检合格证吧？”她问质检员。

“算是吧。我们一般是按批次质检。如果分了几车发货，每一车都会配一份批次合格证的。”

“那你会记录吗？”

“会。销售部那边会问，我怕记不清，所以批次、车辆都会记录下来。”

“哦。”林山问完，动手去摘质检本。记录很简单，一周大约有两三次检验，跟刚刚在成品库看到的出库记录大为不同。

“这比出库记录少很多啊？”她问道。

冯老板脸色有些变了：“哎，你听他说呢！又没人查，他们怎么会一笔一记录啊。”等林山把本子挂回去往外走的时候，他又补了一句：“质检就是个样子，都是有一搭没一搭的，他们这东西根本不能作准。”

近黄昏的时候，该查的都查完了，林山拒绝了冯老板留下吃饭的殷殷请求，预备去火车站坐车。“您以前跟恒信银行合作过吗？”临上车前，她像是想起了什么，突然又扭头对着冯老板问道。

“没有。”冯老板矢口否认。

“知道了。”林山上车走了。

七

“否决？C分行想下周就能落地，你给的结论是否决？”方志诚立刻坐直了身子。林山的汇报显然很出乎他的意料，他一下子来了精神。

“是，我看完现场觉得很不好。”林山答道。

“说说吧。”

“账上的问题就不说了，民营企业有的那些问题，它一样也不少。我就光说说现场让我怀疑的地方吧。第一是工人的衣服，穿的是统一的工作服，但衣服特别新，不像常年在车间穿的；第二，正在运行的生产线操控键盘上，大部分都落满了灰，我觉得要是常用的话不可能如此；第三，出库单和质检记录相比差太多，相比之下，我更相信质检记录。因为人人都知道出库单是银行的必查项，很有可能是伪造了；第四，我在机器上发现了撕掉的押品粘签，我高度怀疑这企业原来和恒信合作过，但问老板的时候，他否认了；第五，这是最蹊跷的。现场有个很奇怪的人，从头到尾一直盯着我。老板说是他的朋友，但我看神态一点都不像。因为那人全程冷着脸，对老板爱答不理的。但老板对他很客气，那样子倒像他是个大人物似的。”

“有可能是高利贷。”方志诚笑眯眯的，似乎对这些情况十分满意，“跟着看银行会不会接盘。”

“高利贷？”林山完全没想到这一层，“这我没想到……”

“恒信方面你查证过了吗？”方志诚迅速转换了问题。

“托人打听了一下，双方确实合作过，但一年前业务就结清了。原来的审查员和主办客户经理都已经离职，别人不清楚怎么回事。”

“恒信人员流动也够快的。”方志诚感慨一句，“那企业瞒着咱们干什么？肯定不是好事。不管怎么说，反正出来就没再进去，这说明同业并不看好它。别人都不进，那我们为什么要进？”他吩咐道，“你写报告吧，意见按否决出。”

“这都是我个人感觉，一点实证没有。这能行吗？”林山有些没底。

“怎么不行？有几个企业是把明显的硬伤摆在那儿，让你理直气壮否决的？我们面临的大多数问题都是有弹性的、可争论判断的，这个时候就是要靠审查员的经验和判断啊。”

“可这个客户经理不是身份特殊？后边还有大项目要带过来。”林山试探。

“这种背后的故事，姑且一听了事。要是真出了问题的话，你觉得审计的人会听我们讲背后的故事吗？”他摆摆手，“去吧！把报告写细，把面上的理由找充足，剩下的就不用管了。”

这个项目在当周的信审会上被干脆利落地毙掉了。不甘心的C分行很快开启了猛烈的反扑，又把状告到了雷行长那儿。林山不知道其中斗争的具体细节，但当方志诚通知她新华塑业要再上会讨论一次时，她便知道他们已经败下阵来了。

“不管方志诚的动机如何，我觉得这个项目确实不该批。”林山抱怨。

“你管它呢！第一次上会你出了否决，系统里已经有了痕迹，日后就算有问题也说得过去了。”周致很不以为然。

“我没说责任的事。我就是说这个企业本身，感觉很不好。”

“胳膊扭不过大腿去，雷行长愿批，你非拧着那个劲干吗？顺水推舟批算了。”他马上要到C分行出差，很敷衍地答了一句。

这天晚上十一点多，林山已经睡下了，手机突然响了起来。她摸过来一看，是周致。按下接听键，音乐交织着喧哗的人声哗地一下子涌进来，她不由得皱着眉把话筒挪开了两寸。

“林山，那个塑料……在听吗？喂？”周致一定喝多了，舌头都不利索了。

“你在哪儿呢？这么晚了还没结束？”

“嗯。那个塑料你别批……听见了吗？”

“你说新华塑业？”林山突然明白过来，“怎么了？你听到什么了吗？”

“法院封了。”

“谁告诉你的？什么时候的事？什么原因？”林山一连串问道。

话筒里一片安静。她连着“喂”了好几声，可那边除了嘈杂的人声，没有任何回答。正急得没着落，突然听见有人惊呼：“呀，怎么在这儿给睡过去了！”

林山心里一紧，那是雅南的声音。

“你看你们！我就说他今天有点不舒服，你们还非要灌！”雅南语气很冲，“周致醒醒！起来了，躺在这儿会感冒的，回房间。”

一阵窸窸窣窣，夹杂挽留、送别的喧哗，又是脚步声、说话声、开门声。好一阵子之后，随着“砰”的一声门响，那边终于安静了下来。林山刚试探着轻轻“喂”了一声，便听到雅南的声音又响了起来：“自己下午还说头疼呢，结果人家一劝就又喝开了。把外套脱了再躺，这样舒服点。”

什么？她也留下来了？和周致单独在一起？林山脑袋嗡的一声，举着手机愣在了那儿。

“喂？喂？”她对着话筒叫到。

“抬胳膊，对了，往上伸。”雅南继续喃喃说道，“这是什么？手机？来，放桌子上啊。”

几乎在同时，林山耳边传来了“嘟嘟”几声响——电话被挂断了。再拨，已经关机了。给雅南拨，是无法接通。

一夜辗转无眠。挨到第二天清晨又拨过去，还是关机。林山直挺挺坐了半晌，怒火渐渐从雅南身上烧到了周致身上。她干脆地关掉了手机，胡乱收拾一下上班去了。

到单位找到方志诚汇报了新华塑业的情况，说起消息来源时，只含混地讲是听C市一个朋友说的。方志诚十分兴奋，到处托关系打听，最后终于证明了消息属实。

“运气太好了！真是现世报。”他的表情就像被天上掉下来的馅饼砸中了，“我还纳闷C分行这两天怎么懈怠了呢！一定是想瞒着咱们，拖着糊弄过去了事。我马上跟雷行长汇报去！”

走了两步，又扭头吩咐林山：“以风险提示的名义给全行发邮件，然后抄送所有行领导。就说某分行急于拓展业务，自己的尽职调查不到位，没能察觉出企业风险，在授信部出具否决意见后还胡搅蛮缠、到处告状，结果现在企业被查封了。具体措辞你自己斟酌一下。”

“会不会太尖锐了？”林山提醒。

“不会。机会这么难得，得好好给他们上一课。”方志诚得意地说道。

针尖对麦芒，犯我者必诛，这是方志诚的处事方式。随便吧！发邮件、写大字报、开批斗会，都无所谓了，林山的神魂已经飘荡到了C市。办公电话一响，心就跟着惊跳。几次忍不住要把手机打开，可这个想法一冒头，就强迫自己站起身到茶水间去续上一杯水。结果一天喝了许多杯水，跑了无数次厕所。

周致居然一直没联系她。为什么呢？昨晚的话没说完，今天难道不该给她打电话吗？打她的手机关机难道不该着急吗？着了急难道不该打办公室电话吗？一次没人接难道不该多打几次吗？可他怎么就仿佛没这回事似的。是忙吗？是忘了？还是……因为做了对不起她的事，不知道怎么面对她？

林山“呼”地站了起来，走到落地窗前大口大口地吸着气。窗外灰蒙蒙的，惨淡的夕阳和黄昏的雾气交织在一起，更觉薄凉。她突然觉得一刻也坚持不住了，借口身体不舒服请假离开了。

叮！电梯一声脆响。她心不在焉地抬头瞥了一眼，居然是负二层。该死！刚才进电梯忘记按键了，居然一路到了地下车库。林山叹口气，刚往角落里靠了靠，电梯门便开了，周致和雅南两个人赫然等在门外。六目相对，俱是十分惊讶。

“你，这是干什么去？”周致率先问道。

“请假提前走，结果进电梯忘记按键了。”林山微笑着说。当着雅南，她想尽量如常。

“总是糊里糊涂的。”周致低声嗔怪一句，走了进来。雅南笑吟吟的，也落落大方地跟着走了进来。林山不吭声，眼睛越过他们的头顶，直勾勾盯在了一排按键上。

突然，一只温暖的手伸过来握住了她的手，她还没反应过来，已经被周致拉着走出了电梯间。

“算了，反正也快下班了，我不上去了。”他对电梯里的雅南说道，“你差不多也回家吧！这两天辛苦了。”

林山被他拉着走过昏暗的停车场，心里的气已经消了一大半。男人毫不顾忌地公然表示亲密，还是在潜在的情敌面前，这在最大程度上满足了一个女人的虚荣心。而这种虚荣心一般会迅速转化成男人需要的一切，比方温情、体贴、原谅等。

“劳模今天怎么早退了？”周致关上车门就没了正经，笑嘻嘻地问道。

“心情不好。”林山努力在脸上罩了一层寒霜。

“为什么？那个塑料厂的事吗？不是跟你说被查封了吗？咦，我应该告诉你了吧！我记得是打了电话的。”周致表情犹豫起来。

“你说了。”林山淡淡地说，“但只说了半截话，然后就不知道干什么去了。”

“你是为这不高兴啊？”周致小心翼翼地看着她，“昨晚的那场合不光有C分行的人，还有我一个发小，现在金融办那边挂职，结果喝太多了，后来可能就直接睡过去了。唉，该死该死，今天该给你打个电话再确认一下的！可排得太紧了，上午和政府座谈，下午跟C钢座谈，中间夹着又喝了一场，直弄得我晕乎乎的……从早起就没正经吃饭，胃到现在还有点疼呢。”周致边说边瞟她。

林山知道他在耍诈，可还是忍不住把手里的热水壶递过去，恨恨地说：“你就是活该！一出差就喝成这样，自己一点也不会节制。早饭又没人追着你喝酒，怎么也不好好吃……”

“早上出来晚了，慌里慌张的。”

“昨晚干什么了，今天早晨这么慌张？”林山骤然停手。

周致愣了一下，抬头看着她无辜地说：“没干什么呀！就是喝多了……”

“冯雅南昨晚什么时候走的？”林山打断他的话，直截了当地问道。

周致脸上立刻露出了诧异的表情，但很快又变成了一种忍俊不禁：“厉害啊！在我身边放了奸细吗？”

“谁跟你开玩笑？我很认真地问你，她到底什么时候走的。”林山声音里不自觉带了哽咽。

“我不知道，喝太多了。”他有点慌张起来，“还是今天她自己告诉我的，说昨晚帮我烧了热水沏了茶，但我一点都不记得了。”

“那发生了别的什么，肯定也不记得了？”

“能发生什么？你瞎想什么呢？我就这么不堪，出差一晚还要赶紧发生点什么？”周致有点生气了。

“清醒的时候也许不会，但醉成那个样子谁说得准？”林山毫不退让。

“醉的时候也不会！什么都没发生！”周致斩钉截铁地怼了一句，“喝多了还能发生什么，哪有那个行为能力。”

林山忍住笑。她已经信了，但嘴上不肯放松：“也许你只是不记得了。”

“告诉你没有就是没有。就算是喝多了，这种事自己心里难道没数吗？”

“哪种事啊？”她忍不住抿嘴笑道，“自己在那说什么呢！不明白。”

“你！”周致看她促狭，忍不住一把把她拉了过来，“坏蛋一个！不明白是吧？”

灼热的吻随之雨点一样落在了林山的嘴唇上、脸颊上。一阵狂风骤雨过后，两个人安静下来，温柔地依偎在了一起。

“看到你俩总在一块我很不舒服。心里劝自己这纯粹是因为工作，要相信你，可有的时候还是忍不住吃醋。”林山把头靠在周致的肩膀上，“我真怕哪天你让我伤了心，我就不会这么爱你了，想想心就疼呢。”

“要真是不爱了心就不会疼了。”

“可我现在想到以后不再爱你，就觉得疼得喘不过气来。我想跳到以后去，让以后的自己对现在的自己保证，要一直爱你！”

“说得你好像要移情别恋了。”周致不满地用胡须在她脸上狠狠地扎着，“你哪有别的选择？说好了不中一亿不能分开。”

“那真高兴我中不了一亿。也真高兴我不用选择不爱你。”林山喃喃说着，把脸更深地埋进了周致的颈窝里。

第九章

重 聚

一

十二月三十一日，喊了许久的年末大会战真的来了。

公司部和零售部一天一统计、两天一调度，各种业务拓展会、碰头会安排得密密麻麻；零售客户经理用尽了姑姨娘舅的各种资源，把三舅、姥姥缝枕头里的钱都忽悠出来买了理财产品；对公客户经理们求爷爷、告奶奶，把陪喝、陪唱、陪聊讨回来的好户、赖户一股脑儿扔给了授信部；审查员脸上闪烁着静电的火花，在真与假、好与坏、实质风险和合规风险之间沉沉浮浮；放款中心在各种欲言又止的放款前提中纠结，在缺东少西的放款资料前纠结，最终还是手攥着一堆欠条盖上了审核通过的红章。这一切，终于在十二月三十一日下午五点钟，随着系统的关闭戛然而止了。

元旦过后，总行发布了统计数据。H 分行全辖存款增量位列第九名，多年来首次挤进了十强。老大龙颜大悦，全行鸡犬升天，传统的新年联欢会也应景地改成了“迎新春暨业绩庆功大会”。到了当天，下午还在上班时，热身便提前开始了。辛苦费、过节费、行长特别奖励相继入账，办公室里的到账短信提醒声此起彼伏，仿佛撒钱一般叮咚作响。人人笑逐颜开，瞬间觉得生活无比美好。

紧跟着，这拨捡钱的喜悦还未散去，在H省会议中心金色大厅举行的庆功会又拉开了帷幕。这是一个可容纳上百桌的大厅，此刻座无虚席，汇聚了从全省各地赶来的汇通员工。桌上的菜品从鲍鱼、龙虾到海参、鱼肚，两千多元一桌的标准让大家吃出了自豪，吃出了归属感。优秀个人和单位的颁奖环节，写着十万、二十万、五十万的牌子伴随着阵阵惊呼鱼贯而出；每隔半小时的抽奖，苹果电脑、苹果手机、金条，相继引发欢声雷动。到了雷行长致辞感谢完毕的时候，等候许久的年终奖适时入账，全场几百个人的手机壮观地同时响起，热烈的气氛也终于达到了最高潮。

鲜花着锦、烈火烹油。林山看着周围沸腾的人群，不知怎么突然想起了这句话。有人在和红包自拍，有人拿着写有奖金的牌子跳舞，有人在赌咒发誓，有人在表决心唱赞歌，碰倒的拉菲酒瓶躺在桌子上，洁白的桌布瞬间红了一大片。不行，这里面的热气让她头晕目眩，一切仿佛都越来越魔幻。她远远看了看正和领导们推杯换盏的周致，独自一个人走了出去。

厚重的鎏金大门在她身后关上了，一股寒气袭来，林山瞬间神清气爽。天上的月亮清清朗朗，照在地上薄薄的一层小雪上，四处都亮堂堂的。她一步步走到外面的马路上，再回头看时，那金碧辉煌的大厅便成了另一个世界。她仿佛深陷其中，又仿佛置身事外，正在欣喜地、骄傲地、怀疑地、悲悯地注视着它。这样子深深烙在了她的脑海中，以至于再听到“盛世”这个词时，便不由自主浮现起眼前的情景来。

春节前的日子就在这样欢快祥和的气氛中过去了。节后上班，行里犒劳的利是大礼包还没吃完，一条关于人事调整的重磅消息便迅速流传开来。调整主要针对分行的管理部室，涉及数个中后台人员，去向全部为基层营销条线。虽然每个人在职级上都有提升，但考虑到这些人的个性以及未来的业绩压力，这次的调整更像是一次流放了。

也就是在这次调整中，方志诚被调离授信部，派到新开业的E市做了分行行长。他的继任者，是总行授信部一个叫傅维衎的审查员。傅维衎年纪同林山差不多，从事授信审查的时间也只比她长几个月。全是因为总行授信部急需补充因外派产生的缺口，一年前才从客户经理队伍里调入审查条线。

可能为了避开所有尴尬的安慰和送别，方志诚离开得很急。林山记着他的知遇之恩，后来出差曾专程去拜访过他一趟，见他虽然谈笑如旧，但眉目间颇有不平之意。林山想，对于他这种做久了后台的人，冷不丁被推到一线其实是一种折磨。果然，在E分行待了没半年，他便跳到A市一家城商行做了主管风险的副行长，总算是又回归了风控的老本行。

傅维衎热热闹闹地上任了。同大多黏腻沉静的总行审查员不同，他做事响快干脆，很对林山的胃口。他刚脱离客户经理队伍不久，对一线的不易和艰辛尚能同情，又因为刚走上领导的位子，还没有培养出得失算计的心思，所以一切以业务为中心，处事公正又简单。一般来说，这种作风根本无法驾驭火药桶一样的授信部总经理职位，很容易便会被人整得灰飞烟灭，但所幸他由雷行长亲自挑选，有老大的保驾护航，这才对旁人形成了有力的震慑。

经济依然大好，遍地都是申请贷款的企业，资金流动性宽裕，大家全部有借有还。被真金白银刺激到的营销人员们跑来了各种项目，源源不断地送到授信部。傅维衎扬起手里的小鞭子，奋力驱策授信部向前急冲。A钢落地了，地产落地了，数不清的中小企业也落地了，整个春天都是一派忙碌又繁华的景象。所有的人都忍不住要大干一场，连杨晓红都连着找了好几个企业来咨询林山。

“不行。”

“不行。”

“肯定通不过。”

林山无一例外地否定了。杨晓红也不知道从哪里搜罗了这些小化工、小造纸、小煤厂，全是高耗能高污染的企业。这根本不是能不能审批的问题，而是连信审会都不能提交的。一个审查员如果让这种项目上了会，专业水平都会被委员们质疑的。

“晓红呀，这些客户都是从哪儿来的？”林山忍不住问。

“有的是自己找过来的，有的是就在我家附近，我自己去拜访的。都不太好是吗？”杨晓红被她连续否定了几次，不由有些胆怯，“我太着急了，眼看就要一季度考核了，我可再没钱买存款了。”

“我理解。可你这方向不对啊！”看着她失望的表情，林山不忍再打击，只能又把行业、规模、财务、担保这些东西老生常谈了一遍。

过了一阵子，杨晓红又来了。这次兴冲冲地，进门就叫道：“姐，你再看看这个！这绝对是好企业！”

林山接过资料来，一看封皮就乐了，居然是盛大泵业。

“国有的，听说有好几个发明专利，一年销售两个多亿呢！你看，渣浆泵行业协会评的行业标兵，还有重合同守信誉单位、消费者信得过产品……这么多证书！这次渠道也可靠，是我同村一个人，正好在这厂子财务部上班，他给我介绍的。怎么样？”杨晓红两眼放光地看着林山。

“进步不小，这次这个好多了。”林山夸奖，“是怎么联系上的？”

“我们直接给他们财务部的头儿打电话，问需不需要对公贷款。他们说可以见面谈一下，就这么联系上了。”

看来情况还是没有改善，对资金十分饥渴呀！林山一面想一面翻开了手里的报表，财务结构基本没什么变化。汇通撤出之后，另外一家城商行顶了进来。现在的借款银行明细里，一溜的农信社、城商行，全是利息极高的小型金融机构。

“晓红，”林山为难地说，“我的意见，这个户还是不要做的好。”

“为什么？”杨晓红有点急了，“这个企业销售不是挺高的吗？利润也好，为什么还不行？我让晓悦姐他们都看了，都说挺好的呀。”

问过晓悦了？那她怎么都没提醒杨晓红一句，这个户被退出过？林山暗想。

“不瞒你说，这个客户以前就是中兴东路支行的老客户，我还管过一段，后来也是在我手里收清的。我知道你现在为业绩发愁，可这个户的现金流有问题，你也不想放了款就出问题吧？”

杨晓红看她一眼，小声争辩说：“可这么长时间，人家不是一直还在经营着吗？再说有那么多银行都在里面，也都没撤……”

“一直在经营并不代表没问题，而且在我看来这个问题很严重。我的意见是不要报了，因为我这一关就过不去。”

林山语气有点着急。刚刚路过的傅维衔做了个手势，她知道那是在示意她加快速度。有一个传签项目，要赶在雷行长离开前去签字。

杨晓红张了张嘴，但看看她的脸色，最终又闭上了。她站了一会儿，然后抱着卷宗默默地走了。林山的精神全部集中在手头的审批意见上，没有注意到她什么时候离开的。林山很忙，甚至都没有注意到，那之后杨晓红再也没有拿项目过来咨询她。

林山的日子在一片忙碌混沌中往前滚动着，滚过了繁花似锦的春天，滚过了绿叶成荫的夏天，眨眼间，大半年时间忽然就过去了。

这天下班回家，楼道门快要关上的那一刻，林山突然瞥见一张小广告，黑色加粗的“高回报投资”几个大字分外显眼。她鬼使神差地凑近看了一眼，原来是民间集资的小广告，上面详细列出了一系列企业及投资回报率，像某化工厂、某机械厂、某焦化厂等。逐排看下来，投资收益率几乎没有低于 20% 的。

这些行业她都接触过，平均毛利都不到 10%，凭什么能负担得起高达 20% 的资金成本？集资来的钱显然是投到别的领域了。股市前阵子刚被腰斩，那只能是债市或房市了。现在民间集资猖狂，好多老百姓看见这么一张小破纸，连企业是做什么的都不了解便把毕生积蓄投了进去，实在是危险得很。她摇了摇头，刚准备离开，宏津纺织这个名字跳进了她的眼睛里。

宏津纺织？这不是分行那个授信客户吗？B 市赫赫有名的纳税大户，有一千多名员工的大型服装出口企业？他们在银行的授信渠道很畅通啊，居然也搞集资借贷这一套？她立刻拿出手机，拍了张照片发给了傅维衎。

授信企业涉及民间借贷，这是银行最忌讳的事情。在跟行领导汇报后，傅维衎带着项目审查员和风险部、国际部组成了联合调查小组，浩浩荡荡地赶赴了 B 市。在企业待了两天回来，这件高高抬起的事情又被轻轻放下了：分行做出了维持授信的决定。

“都民间借贷了，为什么还维持？”林山私下问傅维衎。

“说实话，现在的企业哪有不涉及民间借贷的？关键还是看它有没有兜底的能力。我去这一趟觉得企业还行，老板也算是实在。”

原来，宏津纺织的老板一见调查组的阵势，没兜任何圈子便交了实底。民间借贷的规模是多少，借来的钱都用在了哪里，一股脑儿都告诉了调查组，连内部账本都搬出来让他们查了个底儿掉。

“这个老板很有想法。他现在跟十几个国际品牌有合作，算是国内比较大的代工厂，但他并不满足光做产业链的底端，一直想往上游扩张。去年他看中了一个新型合成布料技术，想投资一条线扩大生产。你也知道，他这种情况从银行拿固定资产贷款很难，也是不得已才在民间借贷的。他现有借贷规模在七八千万元，我估算了一下，跟投资总额大致匹配，现有的现金流规模也差不多能覆盖。”傅维衍说，“我真挺欣赏他这种想做实事的心态，况且企业确实经营得不错。一千多个就业岗位，几个亿元的出口量，大几千万元的税收，这在全省的民营企业里也是数得着的。瑕不掩瑜，咱们抽贷是容易，可没准就把一个好企业毁了。”

“那上头什么意见？”

“同意了，雷行长还是很信任咱们的。”傅维衍不无得意地回答。

也是看在每年上亿元的国际结算量上吧？林山以小人之心般地想。

二

林山提着公文包站在分行的办公大楼门前等。一辆白色的奥迪A4轻巧地穿过车流，戛然停在了她面前。吴晓悦落下车窗，笑嘻嘻地招呼：“上车！”副驾驶的杨晓红也冲她挥了挥手。

自从调到分行，林山就没怎么再见过晓悦。她几乎不怎么在分行露面，既没来授信部交涉过项目，也不怎么放款。守着分配的几个授信客户，她个人的业绩不突出也不落后。她好像一下子安静了，从原来热热闹闹的一号人物，变得不显山不露水了。低潮时期，韬光养晦是个不错的选择，林山闲暇的时候会这样想。

可现在的见面让她完全转不过弯来。眼前这个长发披肩、烈焰红唇的女子真的是吴晓悦吗？林山拉开车门，口中称赞：“嗬，香车美女！一阵子不见，变风格了！”

“变好还是变坏？”晓悦乐呵呵的。

“无所谓好坏，以前也不错，现在是……更成熟了。”林山话一出口便觉得有点不到位，又加了一句，“大衣真漂亮。”

“还行吧！前两天刚在 Maxmara 买的。”

“好看，这款式很经典，颜色也漂亮。”

“同款还有一个姜黄色，穿上特别衬肤色，我当时在这两件之间纠结了好久呢。后来一想，让自己这么为难干什么？喜欢就两件都买了呗，最后两件都给提回家了。”晓悦轻描淡写地说。

“售货员高兴坏了吧？赶上这么个大客户！”

“非给我办了张会员卡。她家衣服还行，你也去看看吧，我的卡可以打折。”

“不用了，”林山嬉笑，“我可穿不着这么大牌！天天不是坐办公室就是跟乡镇企业打交道，有套工装就足够了。”

“还是老样子啊！”晓悦笑得十分满意，“车该买了吧？”

“看着呢，近期准备买。”

“准备买什么牌子？我认识一个奥迪店的财务经理，能拿内部折扣。”

林山吐了吐舌头：“这我用不上。我就打算大众、丰田、福特之类的牌子里选呢！”

“哎呀，不是我说你，买就买个好点的呗！挣钱是为了享受生活的，不然还有什么意义？”

虽然不知道原因，但你也不过是最近才豪车华服般提高了消费标准嘛！现在转头就教育我了。林山心想。

“苦兮兮的审查员，挣的都是血汗钱，才舍不得花呢！”林山打了个哈哈。

林山今天是要同晓悦去封平县看几个标准件企业。小微企业贷款兴起后，银行们大都盯上了这块蛋糕，并且针对企业需求不断推陈出新，眼下最为流行的一种产品叫作“联保连贷”。

小企业大多没有可抵押的资产，又不愿负担担保公司的担保费用，“联保连贷”这种业务方式便应运而生了。具体操作是，四家规模相当的小企业凑成一组互相担保，任意一家逾期，剩余三家要承担清偿责任。封平县是远近闻名的标准件生产基地，具有大规模的产业集群，最容易推行这种业务模式。公司部已经提了几次需求，想请授信部给出可行性建议。傅维衎借这次看企业的机会，把调研的任务交代给了林山。

车子往高速公路方向飞驰而去，很快便到了收费站。晓悦伸手在包里摸索了好一会儿，皱眉说道:“呀，又忘了取现金了。晓红……”

“我有。”林山见晓红脸上一犹豫，已经把自己的钱包拿了出来。

“不用你，怎么能让你垫呢？”晓悦把她的钱挡了回去，“晓红你带了吗？”脸上已经有点不高兴了。

杨晓红赶紧从钱包里掏了一百块钱出来：“姐，我就带了这么多。”

“来回八十，够了。”晓悦唰地一下抽过来交给收费员，“回去还你。”

杨晓红脸上通红，没有吭声。

到了封平，陪同她们的总共有七八个人，有联保企业的老板们，还有当地标准件行业协会的会长。林山转了一大圈，见大都是小规模的作坊式经营，心里便有些不大看好。

“我们封平是标准件之乡，家家有机器，户户有模具。从事标准件生产的人得占了全县的90%以上。好多上班的人也一样在家支个机子，下了班没事就做几个。副业嘛！这个钱不挣白不挣。”会长热情地介绍。

“看着规模都不太大。”林山四下张望。

“也有做得大的，但大的都能从银行搞到贷款，就不需要联保连贷了。我们现在主要是想解决小企业的融资难问题，今天带您看的都是小企业，规模肯定都大不到哪儿去。”

林山点点头，试探地问：“如果找担保公司担保，你们觉得能接受吗？”

会长立刻摇了摇头：“我们这个市场，现在有四五家银行已经进来了，都是做联保连贷。人家融发，光今年上半年就放了一个多亿。你们要是非要担保公司那就没优势了，大家肯定都不会找你们啊！”

“哦。”林山暗自为融发的胆量咋舌。

“大小先放一边，我插话问一句，你们几个能主事儿吗？”那几个老板一直聚在一块观望，其中一个圆胖脸的突然开口问道。

从开始见了面，林山就觉得他们几个表情很古怪，说不出是失望、愠怒还是怀疑，总之很别扭。此刻听他这样问，林山和晓悦三个人都是一愣。

“唉，他说话直，你们别误会。”另一个瘦长脸出来打圆场，“我们没别的意思，就是见来了三个女同志，担心你们做不了主，把贷款的事给耽误了。”

这倒是大姑娘上轿头一遭呢！林山和晓悦对视一眼，彼此都有些啼笑皆非。多大的企业也都去过了，从没因为是女人而被歧视，如今却在这小作坊里被质疑了。也不知道是该笑这几个老板井底之蛙，还是该感叹自己道行尚浅，气场不足服众。

“谁告诉你女的主不了事？今年我们支行批了七八户小企业了，个个规模比你们大，哪一个不是我给办的？”晓悦的眉毛竖着，样子十分厉害，“这位林经理，我们分行授信部主管风险的，H 省建投、地产知道吧？集团授信都是她批的，你们这些芝麻绿豆小户她会做不了主？”

那几个人被她唬住了，作声不得。一时，又是瘦长脸出来赔笑：“是，我就说大城市的女同志们能干，不像我们这儿的老娘们儿，整天就会打麻将。”

晓悦强绷住脸背过了身；林山憋住笑意，假装看机器往前走了几步；杨晓红的脸上则满是自豪，涨得通红通红。

当天回去，周致问林山调研结果，林山摇了摇头：“都太小了，这都不能叫小企业，也就是个体工商户的规模。经营也是要章法没章法，要思路没思路，大多立起个摊子挣点零花钱而已，一点抗风险能力都没有。”

“不是有风险控制手段吗？什么每户存百分之二十五的保证金，一个人逾期其他人分担偿还之类的，也控制不住？”

林山摇了摇头：“我不看好。风控手段也得基于诚信和人品才能顺利执行。不出风险的时候，你好我好大家好。万一真有一个逾期，银行真扣划了保证金，你说别人心里能平衡？索性自己那份也不还了！一组里出这么一个老赖就没法弄了。利益面前，亲兄弟还闹矛盾呢，更别提四个各怀心思的异姓人了。”

“是这样。”周致若有所思，“那其他行呢？知道他们什么模式吗？”

“和我们一样的呗！联保连贷还能玩出什么新花样来？他们就是胆大敢做而已。对了，我听说融发上半年已经做了一个亿了。太猛了！我都想象不出他们的风控怎么审核通过的。”

“这风格很融发。”周致笑了，“他们认为违约概率一定的情况下，扩大业务基数是有利于对冲风险的。这种事可不是一个风控部门能左右的，这是自上至下的一种战略决策。”

“咱不管别人，这块业务你可别那么积极地推，我总感觉是个雷区。”

“我不想推，可老大不停推我呢，底下客户经理们也都摩拳擦掌地要支持。我不可能什么也不做呀！”周致耸耸肩，“不过我也不太担心。现在资金流动性好着呢，逾期是小概率事件，我们进去这一轮一定死不了，到期之后看市场情况再说了。”

“赌徒心态。”林山撇撇嘴，“你们未必过得了我们部门那关！

傅维衎不会同意的。”

“那可不取决于傅维衎或者我，”周致狡黠地笑了笑，“还要看雷行长的决心。”

果然，傅维衎对大规模联保连贷极不赞成。他据理力争了几次，但都没什么效果。眼看风向不对，便在上下传导的压力之下采取了“曲线救国”的方式——迅速发布了一份联保连贷业务操作细则。细则中的客户准入标准缜密苛刻，层层对应下来，目前 90% 以上的客户都被挡在了门外。

经营机构立刻发起反击，上下造势，想效仿其他行把小金额贷款的审批权限移交到公司部负责。周致只想推动业务，并不想接风控这烫手的山芋，面对雷行长的询问一时骑虎难下。幸亏傅维衎挺身而出，说什么也不肯把这部分权限放出去，才省却了周致表态的麻烦。

“把审批权限分给公司部？怎么可能！既是运动员又是裁判员，到时候还不折腾得天下大乱？”傅维衎的出发点十分光明正大。

事情这样悬而未决的时候，一个重磅新闻传来了——宏津纺织的老板被逮捕了。

他最终还是辜负了傅维衎的信任。抓捕的原因是涉嫌严重骗税。随着案情曝光，很多不为人知的细节都浮出了水面。宏津纺织，这个 H 省的出口大户，在最近六年的时间里虚开增值税发票二十多亿元、涉嫌骗取出口退税两亿多元。

进项税票是真的，但采购原材料是假的，票据都是从十几个省市的几百个纺织企业手里买来的；订单合同是真的，彻夜加班生产也是真的，但实际总量只有账面总量的 5%；出口报关单是真的，但货物出口是假的，是从大量有出口却不能退税的服装加工企业手里收购来的；收汇是真的，但货款回流是假的，是支付高价佣金后由地下钱庄汇出的。办案方的通报称，这个案件链环完整，货物、单证和资金充分匹配，具备真假业务混杂的特点。专业经侦人员从海关发现问题，到侦查掌握证据，再到抓捕，一共花了七个月的时间。

“根本不可能看得透。海关数据是真的，票据都是真的。人家是专业经侦都花了七个月，我们只是银行的风控而已，怎么可能看得透？”听说到案情的审查员们纷纷将心比心地议论道。

是呀，根本看不透。就像你无法叫醒一个装睡的人；你也很难看穿一个精心准备的骗局。骗取国家退税是高难度的操作，宏津纺织不过是在骗税的同时顺便骗了骗银行。

“一个多亿啊！我们本来有机会撤出的。”傅维衍失神地说，“但我真的以为他是要做些实事的。”

林山同情地看着他。她知道，他以后再也不会相信任何企业了。一个热血、乐观、敢于担当的年轻人消失了，取而代之的，是用怀疑的目光冷冷打量一切的人。

隔天，傅维衍同意把小额联保连贷审批权限移交给公司部。

三

到老灶台火锅门口时，林山老远便望见了黄莉那辆白色极光车。她正调整车身，准备往一个空车位里倒。一辆黑色的奥迪 Q7 从另一个方向开过来，抢在她之前干脆利落地扎了进去。

林山紧走几步，正要跟摔门下车的黄莉一同上前理论，却见奥迪车的玻璃摇了下来，李会明嬉皮笑脸地说：“黄莉这技术还是没长进啊！”

“你小子，什么时候又换车了？”进了包间，黄莉把围巾大衣挂在衣架上，边挽袖子边问道。

“前天才提的车。”李会明悠哉游哉地靠在椅背上，手里玩着车钥匙。

“我就知道！要不为显摆这车，铁公鸡怎么会想起请我们吃饭来？”

“说话这么不讨人喜欢，你都怎么做成的生意？”

两个人嘻嘻哈哈互相损了一顿。林山看着他俩，仿佛又回到了以前在中兴东路的时光，心里涌起一阵轻松喜悦。

“曹行长来不了了？”黄莉问李会明。

“他得周末才回来。”

方志诚跳槽之后，曹勇被调到E分行接替了他的位置。虽然职位和权力都比之前高了一格，但还是摆脱不了拓荒牛的命运。

“H省最穷就是E市了。除了山就是山，什么产业基础都没有，业务太不好干了。我想想都替他发愁。”林山说。

“谁叫汇通眼光这么差，非跑到这种地方开分行的。”

“哪是眼光差？我听说是因为银监局。下一家分行本想开在D市，可银监局没批。说是D市经济好，银行都扎堆在那里开分行，现在都已经有八家了，希望接下来的银行优先照顾一下经济落后地区。E市就是指定给汇通的，听说要先在E市开分行，下次再申报D市时才会同意。”

“也是，说起来E市堂堂一个地级市，到现在连一个股份制银行都没有呢，确实该带动一下。”那两人感慨，“就是曹行长比较郁闷。离家这么远，又是个穷地方。他还适应吧？”

“我看他挺知足的。不过话说回来，曹行长总是挺知足的。”林山说。

“说得也是。”另外两个人笑了起来，“老头心态老好了！”

服务员拿着菜单过来。

“还是老样子吧？金牌肥牛、羔羊肉、毛肚、虾滑、丸子拼盘，另外还有黄莉的冻豆腐，林山的宽粉。”李会明熟练地点完菜，看服务员离开，压低声音笑道，“还记得吧？黄莉你以前每次来都从超市里买一大包鱼丸、蟹棒，趁服务员不注意的时候往里加。”

“那时候真是穷酸啊！幸亏跳出火坑来了。”黄莉大笑了一阵，转而问林山，“中兴东路怎么样？还没散架？”因为走得非常不愉快，她对效力十几年的老东家一直是爱恨交加。

“怎么会散？你们这么能干，给攒下了丰厚的家底，还能吃一阵子呢！”林山笑道。

“便宜他了，就当喂了狗吧！”

林山知道她在说王同辉。

“那天在分行碰见他，觉得没什么精气神，估计日子也不是太好过。他一个搞政治的人，本来一切计划得好好的，偏偏赶上吴良策说走就走，把什么都打乱了，弄得他卡在支行，动也动不了，抓业务又不擅长。眼下虽然能凑合着应付，但依着我们大老板的性子，估计也不会舒服太久了。”林山说。

“那我就放心了。”黄莉伸直了腿，舒服地靠在了椅背上。

“女人，心眼也就跟针尖一样大。”李会明忍不住摇头，“某种程度上你该感谢人家的。要是不是人家挤对你，你不会离开银行界。不离开银行界，你现在还挣那份死工资呢，怎么会有现在的好风光！”

“你怎么知道我现在好风光？天天跟油头滑脑的中介皮条客们打交道，你觉得好干啊？”黄莉满是不屑。

“说起油头滑脑，我倒想起件重要的事。”李会明认真起来，“上次你给我客户介绍做过桥资金的那个人怎么样啊？我老觉得有点不大地道。也不知道从哪儿找到了我的联系方式，这两天追着给我打电话，问企业的续授信能不能批。这不是笑话吗？这我能告诉他吗？”

“那你可得小心点。这人我没打过交道，是一个朋友给介绍的。因为你当时找得急，手头宽裕的就只有他自己。”

“看着就贼眉鼠眼的，老觉得他会生点事似的，不地道。”李会明摇了摇头，“还是跟你合作放心。”

“那是！论人品论能力，到现在还没碰上过能比我更强的呢！”黄莉得意地说，“可惜我现在的主业不是这些了，你们就惋惜去吧！”

“怎么着，你那个破电池厂还真想做大做强啊？前阵子那些麻烦事还没让你回过味来？”

“你个钱串子怎么能理解我的境界？”黄莉兀自享受地喝了一口热茶。

“境界理解不了。但我知道玩火危险，你可别最后跌了大跟头才认。”李会明收起了吊儿郎当的表情，脸上是少有的严肃和关心。

“呸！你个乌鸦嘴！你才跌跟头呢！我这多好的一个项目，怎么就会跌跟头了？问题都是暂时的，我就不信我撑不起这个摊子来。”

“那最好，我们都盼着你能撑起摊子来呢。”

林山在一旁听着。两个人的对话，她能模糊地明白个大概。可后来呢？李会明说的玩火、栽跟头是什么意思？黄莉做什么了？她有麻烦事？她满肚子疑问，正想插个话问问，却被李会明的问话打断了：“有个叫青川矿业的企业，林山你回去帮我摸摸底，看你们行什么态度。”

“这户怎么了？”

“在我们行的授信到期了。我拿不定主意要不要继续做，想参考一下同业的意见。”李会明答道。

“行，那我回去就问问。”林山一口答应了。

青川矿业属于小型企业，由派驻到小企业部的同事专审。林山一路找过去，对方一听这个名字就摇了摇头：“这个户挺差的，我预备否决了。”

李会明做过的客户，能有多差？林山好奇，忍不住问对方怎么个差法。

“民营，主业是开铁矿的，有十几个关联企业，涉及小额贷、担保公司、房地产、餐饮娱乐。”

“都查实了？”

“风控搜上直接调出来的。”

“哦，哦，那是够差的。”林山立刻表示了理解。

士别三日，当刮目相看。没想到李会明的胆子已经大到如此了，抑或该说，他的风险意识已经被拉低至此了。林山考虑自己是不是该给他提个醒，但转念一想，他吃的盐比她吃的米都多，这户好坏他怎么会没底？肯定是留好后手的了。

林山跟同事道个谢，准备回去交差。刚转身就听见对方又嘀咕了一句：“这个杨晓红的客户其实都挺差劲的。”

“啊？”林山立刻又回过身，“这是杨晓红的客户？”

“可不就是她嘛！”同事说，“别看是个新人，跑起户来可起劲呢！这半年时间得报了十几个上来，就是质量都不怎么样，我们勉强批了两户。”

还批了两户呢？林山有些意外：“批的什么企业？”

“一户煤炭贸易；另一户生产矿山机械的。”

“听着貌似也不太好啊！”

“小企业嘛！没法跟审大企业一样讲究，又是行业准入，又是财务指标什么的。我们就是烂泥里面刨食吃，这两个就算能看过眼了。”同事压低了声音，“我现在做这小企业的审查，每天都觉得像坐在火山口上一样提心吊胆，不知道哪天就喷发了。可有什么办法？不论上下都不管你这一套，逼着要做呢！我只盼着哪天把我调回授信部，离了这个是非之地就好了。”

又聊了一会儿，林山告辞回来，心里有些不大得劲。杨晓红这阵子居然折腾了这么大动静，却一点都没跟自己通气。是因为没让她做盛大泵业，也是自己上次态度不好，她这才不敢再来找自己了？可两眼一抹黑地自己这么闯，万一出了问题怎么办？可能因为一手促成杨晓红做客户经理，林山总觉得对她背负着一定责任。想来想去，林山约杨晓红一起吃了个饭。

“前两天去小企业那边办事，才听说你最近做得挺不错，报了不少客户呢！”林山以鼓励开场。

“姐你听说啦？”杨晓红看着林山，高兴里又有点不安，“开始总想征求一下你的意见，后来觉得你太忙，就不好意思总去麻烦你了。”

“不管再忙，帮你看个户的时间总还有的嘛。跟我不用那么客气。”林山笑道，“我帮你把关，一来是怕你没经验，真出了风险；二来总是报些不靠谱的户，给别人留下个不专业的印象就难改观了。”她小心翼翼地解释着自己的初衷。

“我知道，我知道，你是为我好。”

“不过现在看来是多虑了，你历练了好多，不用管也做得不错。”

“真的吗？你觉得我做得还行？”

“当然还行了！这才一年不到，自己跑的两个户都批过了，比我那时候强多了。”林山由衷地说。

“哪有……”杨晓红高兴得满脸通红，但随即又有些不好意思，“这得多谢晓悦姐呢！这些客户都是她帮我介绍的。”

“晓悦？”林山有些意外。晓悦能有自己的客户资源了？

“对呀！晓悦姐可厉害了，她认识了一个什么事务所的人，老给她介绍客户。她看我处境挺难的，就全部都介绍给我做了。”

“都介绍给你？她自己没做？”

“嗯，她说这些小企业做起来太麻烦，她又不很缺业绩，所以都让给我做。但她也不是一推六二五什么都不管了。报告怎么表述，审查员的问题怎么回答，都手把手地教我。而且做成了之后，不光业绩一点都不分，绩效也是一分钱也不拿，全都记在我头上呢！”

“碰上这么个好师傅，你可得珍惜啊。”林山没想到晓悦能这样待一个新人，一时十分感动。

“我也这么觉得。所以有些小事……”杨晓红自觉失言，收声吞下了下半句。

“什么？”

“也没什么。有时候会帮她跑跑腿，或者垫个饭费、路费什么的。”杨晓红支支吾吾的。

“哦，这个呀！”林山不以为意，她向来觉得钱财上吃点小亏不算什么，“和同事们相处不能太计较，尤其人家还帮了你那么大忙呢！”

“嗯，我知道。”杨晓红低头吃了一阵子菜。

“那个……你现在已经批了的这两个户，我觉得有些问题必须得提醒你一下。”这话在林山心里斟酌良久，终于还是忍不住说出来了。

“哦。”

“那个矿山机械，你注意看着点融资银行的变化，特别是恒信银行。你报批时说恒信正办理续贷手续，但我看从结清到现在已经一个多月了，不管多慢都应该办得差不多了，就怕人家找理由撤了。还有，H矿务集团跟它签的那个合同，只是个虚拟框架，你最好每个月都收集一下提货单、发货单和回款单什么的，看看H矿每个月到底能采购多少。H矿是它最大的客户，这块夯实了问题就不会太大。那个煤炭贸易户……”林山把心里的担心滔滔不绝说了一个遍。

“知道了。”

怎么这么敷衍？林山心里有点别扭：“你没经历过客户逾期，不知道这件事情的严重性，有些人的职业前途就这么搭进去了。所以风险的事可不是闹着玩的，不能当儿戏。”

“我没当儿戏呀！”杨晓红不自然地笑了笑，“姐可能因为你经得多见得多，所以一眼总能看到企业的缺点，但哪有十全十美的企业啊？咱们银行经营的不就是风险吗？一个企业，有人看着可以，有人看着不行，这也不是绝对的，都有个人判断掺杂在里头的。姐你的位子决定了你看到的都是风险，但我们不能这样啊，不然怎么生存？”

这话真不像是杨晓红能说出来的。做客户经理这阵子，这样的观点她一定听了很多也思索了很多，根深蒂固地印在了心里，才能这样自然地表达出来。林山一时哑口无言。

杨晓红看她的样子，挠挠头，不好意思地说：“放心吧姐。我经验不行，但还有审查员帮我把关呢！”

是呀，还有小企业的审查员呢！难道这世界上就她林山一个人懂风控不成？她这是操的哪门子心？林山心里苦笑。

“那你好好干吧！我没什么不放心了。”

“嗯，我会的。”杨晓红又高兴起来，兴致勃勃地答道。

四

翻开面前华恒集团的资料册，林山有一种恍若隔世的感觉。兜兜转转一圈，这个客户居然又到了她手里，只不过之前是做客户经理，现在的角色变成了审查员。

“华恒上市成功后，融资渠道迅速拓宽。我们行给予的传统授信，无论是金额、价格都毫无吸引力，用途上又有诸多限制，所以竞争能力直线下降，授信参与度从前年的 10% 一路下滑，落到目前只有 3%……”

这是华恒集团上市增发专项业务联动会，雅南正在介绍企业情况。

“客户关系维护太差！ A 市统共有几家上市企业？这么好的企业做起来都不上心！企业要定向增发了，支行居然毫不知情，还是投行部先得到的消息！饭做好了都不行，还要喂到嘴里去才吃啊！”雷行长打断雅南的话，暴怒地说道。

王同辉脸涨得通红，一声都不敢吭。

雷行长嫌弃地瞥了他一眼，扭头指示雅南：“你继续。”

“这次华恒的定向增发总金额达到了二十亿，这是笔大业务。做一个夹层基金，直接为股东或战略投资人提供资金认购股票，这是总行刚设计出来的产品，应该说对这种上市增发企业是很有吸引力的。所以我对于拿下这单业务还是很有信心的，但前提是效率一定要高，和各方面的沟通也要做到位。”

“做！一定要做成！人财物你们投行部主导，资源都归你们调配，授信部和支行配合。这项目一个星期之内必须给我送出分行。谁掉链子我直接问责！”雷行长干脆利落地说。

大家作鸟兽散，分头忙乱起来。因为被骂了个灰头土脸，支行行动异常迅速，旧报告修修补补攒了一份新的，第二天便把球踢给了林山。

林山也怕板子打在自己的身上，但仗着自己以前对华恒的了解，估计再怎么两天时间也都够了，因此还算镇定。但等拿到年报看了一遍数据，她立刻就蒙了。变化之大，用剧烈形容毫不为过，就像一个许久不见的朋友，你心里勾勒的还是那个清秀瘦弱的少年，见面却发现他早成了谢顶的油腻大叔。

债务爆炸式增长，长短期借款同比扩大了一倍；持续跑马圈地，在建工程量同比扩大了两倍；销售收入也跟着迅猛增长，但来源同主业一毛钱关系没有，贡献者是去年才收购过来的一个建筑施工企业。诡异，真太诡异了，林山立刻觉得十分棘手。

“我在平台上查过了，这家建筑施工企业前年才在湖南注册成立，今年营业收入就蹿到了六个多亿。华恒说，这六个多亿都是为他们的关联企业生产施工挣来的，也就说都是关联交易。这就没法判断了，造假空间是很大的。而且他们这些关联企业的工程没一个在湖南周边的，他们千里迢迢去收购一家湖南的建筑企业做什么？这太蹊跷了。”林山向傅维衍汇报。

“这数字，太疯狂了……这户不能做，坚决不能做。”傅维衍翻来覆去看着手里的报告，嘴里喃喃念叨着，不知道是在对林山强调，还是在对自己强调。

“要不要去一趟湖南，去调查一下这个企业？”

“雷行长让这个星期之内就出手，哪有时间？况且对这种大客户我们没有话语权，人家未必配合。”他摇着头，“虽然是做风控，其实时间、手段处处受限，我们也是够尴尬的。”

“那要不要跟雷行长汇报一下？华恒现在不停地建生产线，没有一条能真正产生效益的，明显就是融资的幌子。这是在玩资金，很危险的。这些情况他并不知道。”

“汇报是一定的，但一个在股市上随随便便就能融到几十亿的企业，就算是在玩资金，一年两年也不会倒。按目前的情况，老大一定不会放弃……”傅维衍若有所思。

“一两年不倒，但这笔股票锁定期三年呢！三年之后谁敢保证？要我说直接否决吧。”

“开玩笑！这个项目上下都盯着，我们直不愣登地出否决意见？你这不是吸引火力吗？”

“又不能做，又不能否。那你什么意思？”林山迷糊了。

“我在想，能不能迂回一点，”傅维衔沉吟，“可以审批通过，但要把我们的担心和发现的问题全部写上去，一点都不要保留。我觉得总行会明白我们意思，做出适当判断的。”

林山回到工位，仔细琢磨半晌，便把下面的总结意见写在了报告上。

企业优势：第一，随着传感器需求量的不断扩容，该类产品需求量快速增长，市场前景广阔。第二，华恒集团在行业内经营多年，目前已初步完成了传感器业务的产能扩张和产线结构的布局，经营状况较为稳定。

企业劣势：第一，电子传感器产品更新换代较快，目前 GB402 代产品已投放市场，且核心技术掌握在外国少数技术寡头手中，302 代产品已出现价格下降、利润下滑等不利情况。从华恒集团产业布局来看，目前在建的传感器生产线以 402 代为主，但同时也有部分 302 代生产线处于在建或建成运营初期。根据与技术寡头施陆公司之前签订的协议，华恒集团的 402 代产品每年均需付出高昂的技术使用费，因此在市场上并没有价格优势。综上，华恒系列企业的技术在该行业并不具备先进性和自主性，未来面向低端市场销售的可能性较大。

第二，华恒集团近年来持续在传感器领域扩张，同时在建的生产线达到九条之多，但迄今只有两条投产试运营，均未形成量化销售的规模。集团收入主要为建筑施工，且来源大部分为关联交易，真实性不易判断。

第三，集团内部股权关系复杂，关联交易与各类资金往来频繁，从应收账款、预付账款等主要营运科目明细、利润来源、现金流等主要财务点观察，判断认为企业核心业务收入、利润水平及现金流均不如报表显示乐观。

第四，华恒集团近年来通过银行融资、定向增发、债券发行等多种渠道融入资金，来补充因对外投资、固定资产建设及营运资金周转缓慢导致的资金缺口，融资量增长过快，短期借款增速持续在1倍以上，而目前销售增长速度并未达到预期效果，生产线投产对于销售拉动作用有限，长短期偿债能力均处于较低水平。且从集团的融资担保方式来看，以有效资产抵押的很少，多为股权质押、关联互保，第二还款来源保障力度不足。

第五，华恒集团近年来持续进行产能扩张，历经几年投资后，目前仍有较大规模的产能建设尚未完成，而根据近期的规划，集团将继续向触控显示、光伏发电等领域扩张，总投资额不详。整体看，集团投资计划过于激进，需要大量资金进行支持，未来如融资环节出现问题，极易引发连锁风险。

综上，A分行拟同意华恒集团定向增发业务，请总行批核。

两星期后的一天，没头没脑的，雷行长突然叫傅维衎和林山到他办公室去。到那儿一看，周致和冯雅南也在。周致迅速和林山交换了一下眼神，目光里仿佛有千言万语，见她不解，随即又垂了下去。

“小冯刚从总行投行部协调项目回来。关于华恒，她了解到了点新情况。你们听听吧。”雷行长面无表情地指示雅南，“你说。”

“好，是这样的。华恒这个项目，初期我们就和总行做了大量沟通。真正报到总行之后，我又一直泡在投行部盯进度，所以对他们的态度还是比较了解的。投行部认为华恒这个企业很不错，或许有一些短期问题，但远景还是乐观的，所以他们对这笔定增融资项目一直是支持态度。但昨天我突然听到一个消息，说总行最后的结论很可能是否决，这就很奇怪了。我连忙托人内部打听了一下，原来问题出在分行这边。”雅南看着林山，“总行说，分行授信部的同事把企业的问题写得太尖锐直白，在这种情况下，他们就算想批也不能批了。”

林山脑袋瞬间嗡的一声。授信部的风险评审意见属于绝对保密资料，雅南通过什么关系挖到了这个情况？总行这不是违规吗？这把他们搞得多被动、多狼狈啊！

“那他们怎么才能批？”雷行长绷着脸问。

“分行授信部把报告撤回，把意见修改成正常状况，然后再上报。”

“听见了吗？”雷行长转向傅维衎，似乎在强压着怒气，“之前汇报的时候我怎么跟你说的？我告诉你不要管这些细枝末节的问题，直接批就行。嗬，你倒挺聪明，把锅踢给总行了。”

傅维衎脸涨得通红，看着怪可怜的。

“千防万防，家贼难防，背后跟我要这种心眼。”雷行长忿忿地看着他俩，“去，立刻给我把报告撤回来，按总行说的改！”

贼？明明是尽忠职守的看门狗好不好！说得他们好像是在为自己动心眼、要阴谋一样！还有报告。凭什么要求他们撤回来改掉？分行有分行的看法，总行有总行的看法，总行愿意批就批呗，凭什么非要按着分行的头粉饰太平？这太欺负人了吧？林山一时憋气，忍不住脱口说道：“雷行长……”

“刚刚说的市财政那件事……”一直看着她脸色的周致已经先一步站在了大老板桌前，仿佛没想到抢了她的话，抱歉地说，“你还有什么事吗？我这儿有点重要的事跟领导汇报呢！”

他的眼里满是抚慰和警示，林山犹豫了，冲到嘴边的话又咽了回去。

一旁的雅南突然开口：“财政那点事早点晚点有什么关系？华恒这单才是火烧眉毛呢！今天相关人员都在，还是一气都说明白了才好，省得过后又生枝节。”

雷行长转向林山问：“你什么事？”

被堵墙角了。林山的怒火又重新被雅南笑吟吟的样子激了起来：“我是想跟您汇报一下，在报告里把企业的劣势全部写出来，这是我个人的行为，跟傅总没关系。”

反正自己今天不会有好果子了，不如先把傅维衍给剔出来。他人不坏，最近已经够倒霉了。

“我这么做并没有想要把锅推给总行。您知道，把企业所有的问题指出来，交给领导或者总行决策，这是审查员的职责。即使说得直白尖锐了些，那也不是凭空捏造的，而是确实存在，是我自己确实担心的。我只是在做自己的工作，并没有存心捣乱，或者非要破坏什么。”

“你就想说这个？”

“是。”

“你是觉得我说你们说冤枉了，所以来跟我剖白心声来了？”

林山没说话。

“而且看你的样子，你觉得自己这么干还挺光荣、挺自豪的？”

“那没有，只是正常尽职而已。”

“这间屋子里的人都在尽职，并不是光只有你们授信部而已。”周致又插了话，“雷行长是整个分行的领头人，这艘大船上上下下他都要操心。你能看到的他早看到了，你考虑到的东西他都已经考虑了不知道多少遍了。你的出发点不能说有错，但还是欠大局观。赶紧回去改报告吧，不要耽误了华恒的业务。”

“随随便便搞个增发就能拿到几十亿的企业，这种户你们都觉得不能做，那还有什么户能做啊？风控做久了，都快忘了营销条线的难处了吧？营销一个项目容易吗？我们在前头冲锋陷阵，赔多少笑脸，喝多少场酒，改多少次方案才能搞一个项目回来？可否掉它就只是简单几行字的事，前面的一切都白做了。要我说，审查员也不能一干到底，时不时轮个岗，下派到支行体验一下也挺好的。”雅南慢条斯理地说。

雷行长冲雅南颔首以示安抚。然后正眼都不看林山一眼，只对着傅维衎吩咐道：“立刻下去改报告。这个项目再出任何问题，都拿授信部是问。”

当天晚上，周致跟林山生气：“你说你跟雷行长较什么真啊？”

“你没听见他说得多难听？做风险的不也是在为他把关吗？可他说得我们好像在故意要心眼一样，这锅我凭什么要背？”

“那就一定要当场怼回去？他是领导，这么顶撞他有什么好处？”

“没好处拉倒！大不了辞职不干了。反正不能让他冤枉我。”林山自觉今天受了屈辱，硬挺了脖子和周致犟。

“你这是前阵子在市场上试了试行情，自信心膨胀了吧？”周致被这番混话气得不轻，忍不住讥讽，“不是我说你，工作这么久了还这么幼稚，这个性格再加上这种想法，跳到哪个行都干不好。吃亏都在后头呢！”

即使知道是出于好意，林山也被他的话激怒了：“干什么总揪着我说？你为什么不说冯雅南？要不是因为她挤对，我怎么会忍不住？”

“你别怨人家，那只是外部因素，还是多反省反省自己的脾气。”周致倒杯水喝，嘟囔着自言自语，“再说她在华恒这个项目上确实付出了很多心血，结果被你们背后否掉了，心情不好也不是不能理解。”

林山脸上骤然变色。她狠狠瞪了周致一眼，摔门出去了。

五

一、二、三、四……

林山手指着台历上，又重新数了一遍日子。一个星期了，可感觉像过了一年那么漫长呢！

周致出差了。他以前也出差，但两个人的信息和电话密集到让人觉察不到他的离开。而如今，已经静悄悄几天都没消息了。当然，这怪林山自己，开始是她自己下决心要给他点颜色看看的。周致居然会向着冯雅南说话？她实在太生气了，一定要给他一个足够深刻的教训。所以不管他怎么低声下气地道歉，怎么轻言软语地剖白心迹，她都忍住了，对他出门前几天报平安、报行程的短信也一概没理。当知道对方爱你的时候，所有的气都生得理直气壮，所有的赖也都耍得有恃无恐。

但从昨天到现在，周致一直没联系她。世界瞬间安静了，就像进入了一个真空罐子，她开始想念他，开始像需要空气一样迫切需要他的消息。是自己过分了吗？他不耐烦了？生气了？太忙了？还是跟雅南谈心去了……

真是一刻都坐不住，所以当傅维衍让她到B分行支援贷前调研的时候，她毫不犹豫就答应了。出去走一趟也好，全当分散精力了。

贷前调研是在公司部极力倡导下、雷行长的支持下刚开始实施的一项制度，说白了就是风险前置。一个项目费了很多功夫报到授信部，结果被否决了，那前期就都是无用功了。为什么不能在最初接触客户时就让授信跟上呢？这样就可以提早判断这个项目能不能做以及怎么做，又省时间又出成果，多好的一件事呀！

真是好！一众审查员跟着叫好。米里的虫拣出来，鱼里的刺挑出来，蒸熟做好晾到不凉不热再喂到嘴里去，把客户经理、产品经理、风险经理的工资一并给我们发了更好呐！要不怎么说压力让人聪明呢，不是外部竞争激烈，大家怎么能琢磨出这种便宜的主意来？

B 分行这次一共安排了七家企业的贷前调研，行业涵盖了钢铁、水泥、混凝土以及物流等。林山花了两天时间走了四户，到第五户的时候，来到了一家名叫嘉华房地产的公司。

“房地产？我怎么不记得有这么个户？”林山翻包找项目清单。

B 分行陪同人员指着清单上的一家贸易公司悄声说：“就是这个。”

振通贸易公司，主营铁矿石贸易，最大的下游为 A 钢，年销售八亿元，意向申贷额度一亿五千万元，省创投担保公司担保。林山快速浏览了一遍，疑惑地问：“什么意思？”

“我们不瞒你。振通贸易是十九所找的壳公司，钱实际是十九所借的。这情况之前跟雷行长也汇报过的。”

借壳融资是明令禁止但又屡禁不止的融资行为，背后的借款人往往是因为政策受限、不好亲自出面的角色。相比于使用资管计划、信托计划这些低调的解决方案，借壳无疑更简单粗暴，能直抵人心，但能否过关很大程度上取决于背后的故事。一般小门小户的借壳属于绝对违规，发现一户毙一户，决不姑息，但那些地方政府、企事业单位或其他大型企业的借壳就要另当别论了。这些招牌闪闪的客户一般都会得到老大的首肯，并在此加持之下一路绿灯，喝退授信部的一切持不同意见者。

这次 B 分行开门见山，同时又搬出雷行长镇场，实在是爽快直接，总比被批得一无是处之后才扭扭捏捏说出事实强多了。

“A 市的十九所？那跟嘉华房地产又有什么关系？”林山问。

“十九所在 B 市原来有一个附属的电子元件工厂，大约五六年前破产了。工厂的位置还不错，十九所的领导们就考虑搞点副业，开发几套房子，所以成立了嘉华房地产。但这公司没做过别的项目，资质又是暂定，很难融到资。”

“十九所是嘉华房地产公司的出资人？”

“实际是，而且主事儿的也是十九所派过来，但面上什么关系都没有。”

嗬！壳中壳，可真是够复杂的。

会议室门外一阵喧哗，公司方面的人过来了，林山答了一句“知道了”，随着站起了身。

“这是财务部陆总，这是我们的项目经理小徐，哎？郑总呢？刚还跟着……哦，来了，这是我们的总经理郑总。”

一个年轻男人匆匆穿众向前，笑容满面地向林山伸出了手。四目相对的那一刻，两个人惊讶地同时“咦”了出来。

那男人是郑阳。

这样一个阳光灿烂的中午，林山和郑阳坐在了咖啡厅里。

“听说要和汇通合作的时候我就想起你了，没想到真遇上了。”郑阳笑着说，表情自然得就像对着一个许久未见的老同学。

林山没答话。她还不知道该用一种什么样的态度对他。记恨他？谈不上了，他在她的生活里就像六月里的暴雨，雨过地皮湿，但很快便被蒸发得一干二净。那么就热情点？也做不到。也许有人觉得和伤害过自己的人把手言欢叫大度，但她只觉得那很二百五。甚至今天为什么要答应这个约会，她自己也不是很清楚，也许只是为了满足好奇心，看看一个为事业背弃爱情的男人会是怎么样的状态。

“这么说，你现在已经不做柜员了，主要负责贷款审批？”郑阳说，“挺好的，职业前景更好。”

“是，谁也不会一直在原地踏步。”林山终于开口了。

“这回是彻底转行了，记得原来你特别想做法律相关工作的。”

“无所谓了，其实当初来银行就已经算是转行了。”

说者无心，林山见郑阳神色不自然，才意识到这句话有点戳人短处，不由得一阵后悔。倒不是怕他难堪，是感觉显得自己小气似的。

“银行挺好的……而且我很看好你。你一向出色，无论做什么行业都不会差。”他说。

“谢谢。”林山喝了口咖啡。

“依你看，我们这个项目怎么样？能批吗？”郑阳转换了话题。

“不知道，我只是审查员，并没有决定的权力。”

“但你的汇报很重要对吧？他们说，是会对决策产生一定的影响的。”

“可能吧。”林山停顿一下，又补了一句，“有一定参考价值而已。”

“那你会，你打算怎么汇报？”他观察着她的表情，小心翼翼地问，“我们……过去的那些事情，不会影响到你的态度吧？”

不是为叙旧，不是为愧疚，这才是他约她出来的目的啊！林山突然一阵自嘲，又一阵轻松。“不会，绝对不会。”她几乎忍不住要放声大笑了，“那都多久以前的事了？跟我的职业操守比起来能算得上什么啊？”

话虽然尖刻，但郑阳听得舒坦。林山他还是了解的，她说不会那肯定是不会了。“我也这么觉得，那不像是你的性格。”他有点尴尬地恭维。

“你倒是很了解我。”林山讽刺道，“看来这项目对你很重要。”

“那谈不上，谈不上。”郑阳矢口否认，“我们这种单位的作风你也知道，旱涝保收，干好干坏都一样，我不过白问一嘴。”

防着她呢。这几年职位虽然升高了，但撒谎的本领却没见长进啊！林山笑笑没戳破。

“这些年，你过得还好吧？”既然放了心，免不得要落入俗套，叙叙旧。

“承蒙关心，都还挺不错的。你呢？跟那个培培还是蓓蓓的结婚了吗？”

“结了。”郑阳有些尴尬，“你呢？还是……一个人吗？”

要不要扬眉吐气地宣布自己已经有了一个男朋友呢？林山片刻犹豫之后，淡淡地说：“私事，无可奉告。”

郑阳会错了意，把这当成了单身狗的托词。他叹口气：“我一直记得以前，人生中非常幸福的那段日子，也总记起你……”

他真是帅，特别是神色如此温柔的时候。林山眯起眼睛，以旁观者的角度观察着。职位和权力真是男人的春药，带来的变化是翻天覆地的。分开的时候他充其量只能算是一个帅气的男生而已，如今却俨然是一个风度翩翩的男人了。等等，翻天覆地吗？或许并不。他的神情是更加自信了，举止是更加从容了，可那股绵软的气质却怎么也抹不掉，总在眼波不经意的流转间流露出来。多奇怪啊，一米八的大男人，却会给人柔弱的感觉！不像周致……他那双炯炯的小眼睛浮现起来，她心里立刻一阵甜蜜。

“时常后悔，真的，如果再来一次我绝对不会这样做。”郑阳停住口，真挚地看着她。

“后悔？”林山缓过神来，“你这就俗了。这条路是你自己选的，该得到的都得到了，现在后悔是件很没意思的事。”

“不不，我不是为这个选择后悔。”郑阳有些尴尬。

“哦？你不是为这个选择后悔？”这倒有些出乎林山意料。她还一直以为说后悔是这类事情的固定套路呢。

“对，我对自己的现状很满意。我没有伤害你的意思，说实话，到现在每次想起你，想起大学时光，我都觉得那是我最快乐的时候，但这并不代表我不喜欢目前的一切。快乐的时光可以作为回忆永远珍藏起来，但说实在的，这世上哪有什么能跟事业有成的快乐相提并论啊！”郑阳像坐在主席台上发言的领导一样侃侃而谈。

“这世上哪有什么能跟事业有成的快乐相提并论啊”，这话不停在林山脑海中盘旋着，她走神了。

“林山？”郑阳叫了一声。

她缓过神来，端起咖啡掩饰着喝了一口，问道：“那你刚说后悔……”

“我是后悔自己处理问题的方式，当年太幼稚了。如果再让我选，我不会瞒着你，会选择开诚布公地跟你谈，争取得到你的谅解，而不是一直遮遮掩掩。那次付出的代价太大了，”他笑道：“长这么大，唯一的一巴掌是你给的，还是众目睽睽之下，现在想起来还觉得火辣辣的呢！”

哦，原来是这样。

“抱歉，我当时也是很冲动。”林山顺着他的话意思了一下。

“会说抱歉，说明你也是成长了。”郑阳欣慰地看着她，仿佛家长看着终于懂事了的儿女，“时光真是一把杀猪刀啊，带走了我们的幼稚，酝酿了如今的成熟。重新再来一次的话，相信你也一定会选择更理性和得体的方式处理吧。”

“会。”林山不可思议地直瞪着他，“我可以忍耐到回家，关上门再动手。”

郑阳张着嘴，瞪大了眼睛。

“郑阳，咱俩也算是熟人了，你跟我弄这套有意思吗？”林山站起来恶狠狠地说，“什么成熟理性得体，你省省吧，别让我啐你。咖啡钱你付！”说完头也不回地朝外走了。

连续奔波了几天，回到A市那天已经是晚上了。林山进门，疲倦地把行李往地上一丢，从冰箱里搜出来一根葱、半把蔫了的小白菜，凑合下了一碗面。刚端上桌，筷子还没拿起来，便听见一阵敲门声。凑过去从猫眼里一看，果真是周致。

哗啦！她打开门，板着脸转身往回走。

“这几天跑前跑后可把我忙坏了。”周致跟在她身后说道。

低级！用这招就能哄她说话吗？她在心里默默地鄙夷，却听他接着说道：“会明出的事你知道了吧？”

“李哥怎么了？”林山立刻转过了身。

“进了局子了。”

李会明被公安逮捕了，起因就是上次说过的青川矿业。

青川矿业资金周转出现问题，李会明怕它在融发的贷款逾期，托黄莉介绍了一个民间过桥资金方。过桥方进行风险考察、办理库存抵押之后决定介入，但同时又反复打听融发是否续贷。李会明为自家贷款解套，便支应说希望很大，结果青山矿业如愿借到资金还了款。随后，林山反馈了汇通不看好这个项目的消息，李会明觉得没有同业介入，企业现金流仅靠自己一家完全托不住，便没敢再做下一轮。青川矿业资金吃紧，过桥方眼看自己的钱就要打水漂，立刻去变现抵押物。过程中发现用于抵押的煤炭掺杂了大量煤矸石，根本不值评估的抵押价值。财物两空的过桥方震怒之下到法院提起了诉讼，强烈要求融发银行把收回的贷款吐出来。同时，公安部门配合行动了起来，以违法发放贷款的名义抓捕了李会明。

“这太离谱了吧？搞民间借贷风险本来就很大，自己不看看清楚，钱收不回来了怪到银行头上了？这真是头一遭碰上。”林山已经完全忘记了和周致闹别扭的事。

“这个过桥方是当地的地头蛇，很有人脉，咽不下这口气呗。”

“不是，你等等，我以前司法考试时读到过类似的案例……”她跑到书架旁边，抽下珍藏的那本大部头翻了起来，“看，法条解读里说了，违法发放贷款的判断，贷款未还清或给银行造成重大损失是要点。李哥这贷款已经收回了，怎么能用这个罪呢？这没道理啊！不妥，太不妥了。”

“人家不是也起诉了银行，要求返还自己的资金吗？”

“那更扯淡了，银行凭什么返还？因为你疏忽大意，没有判断好风险？银行根本没有义务审查还款资金来源有没有潜在纠纷啊！这不现实。要真这样判的话，那以后民间过桥资金都不用担心借款人的还款风险了，反正有银行兜底。金融秩序和安全从何谈起啊？”林山边说边开电脑，“人民银行好像专门出过一个文否认这种做法。我记得以前上课，老师讲赃款对债权关系的影响时提到过，等我找找……”

周致歪头看着她学究的样子，忍不住笑了：“呆子，过来，别查了。”他拉着她的手，愣把她扯到了身边。

“干吗？干吗不让我查？”

“查了也没用。没听说过吗？当需要举起法律武器维权时，你就已经是弱势群体了。”周致笑道，“不管采用什么措施，融发银行是不会放任不管的，你放心吧！”

第十章

道别的声音

一

好久之后，当林山再回忆起这段日子时，都觉得这个青川矿业像是分水岭，所有不好的事情都是在那之后陆续发生的。

在多方的努力之下，李会明终于被取保候审，从看守所里出来了。林山约黄莉一道给他洗尘打气，见面后却发现两个人精神都不大好，都是一副心神不宁的样子。林山开始还在强撑场子，到后半场不由自主也惶惶起来。一餐饭吃得了无生气，跟上次相聚比起来，差别巨大。

到了散席的时候，一直寡言的李会明上了车，又突然摇下车窗对黄莉说："听我句劝，尽快把自己撇清了从那厂子撤出来吧。那是个是非之地，别把自己搭进去。"他停一停，脸上交织着痛苦、愤怒和恐惧："我就盼着大家都平平安安的，一辈子别沾公检法的边儿才好。你就听我这句吧！"

"我听，我想办法撤……"黄莉对自己昔日的搭档无奈地笑道，"就怕已经撤不干净了。"

李会明叹息一声，开车离开了。

林山有一种模糊的恐慌感。她紧张地问："黄莉姐你遇到什么问题了？严重吗？我们能帮上忙吗？"

"资金上有点小问题。做生意嘛，都难免碰到的。"黄莉拍拍她的肩膀。在她眼里，林山明显还是那个初出茅庐的新学生呢！

"真没事？那为什么李哥那么严肃？"林山不信。其实她心里也明白，如果是黄莉都处理不了的问题她就更不行了，可又不想就这样袖手旁观。

"他是进去了一趟，心态难免有变化，其实没那么严重。顶多明年春天吧，估计就能解决了。到时候李会明这案子也差不多结了，咱们再好好聚一回。这回都有事压着，玩得一点也不痛快。"

"那好吧。"林山看着她爽利干脆的样子，终于相信了那只是个小问题。

那个冬天过得很不太平。救市的资金好像已经消化殆尽，新一轮的低迷有了冒头的迹象。一件接一件的风险事件如同咕嘟咕嘟的开水泡泡，此起彼伏顶起了锅盖。钢铁和煤炭行业都是经济波动的晴雨表，任何风暴袭来时，都不免最先受到影响。正当H省金融界都紧张地盯防省内这两个支柱产业时，风险却在不经意的角落悄然发生了——四月的一天，上百名群众在市政府门前拉起了横幅，要求政府主持公道，追讨被旭兴房地产公司卷走的血汗钱。

旭兴是A市最为传奇的民营房地产公司，没有之一。这家房地产公司大约在十年前成立，凭借民间集资、偏僻处拿地、规模性开发，先后建起了旭兴牡丹园、旭兴月季园、旭兴现代城、旭兴幸福城等十余个大型楼盘。这些楼盘大多散落在交通不便的市县结合带，容积率又极高，从来不被银行看好。但在房地产市场温度节节攀升的情况下，楼盘每次居然都出人意料地一售而空，旭兴集团也因此像野草一样地疯狂地生长壮大起来。

因为知根知底，A 市银行界向来对旭兴系列敬而远之，空前一致地采取封杀态度。而随着初期的不断碰壁，旭兴也彻底放弃了在主流融资渠道获得支持的想法，把注意力专门放在了民间集资上，并最终成为了 A 市乃至 H 省家喻户晓的财神爷。集资后可享受低于市场价 30% 买房、可选择现金或房产作为本金支付方式、年息 30% 的回报率，这些优惠政策几乎把所有收益意识高于风险意识的群众一网打尽了，民间甚至流传着“A 市至少有三分之一的孩子大学学费是从旭兴赚来的”的说法。

然而，这一神话最终随着旭兴老板的失联破灭了。老百姓们拉起横幅维权，而众多基金信托 P2P 等债权人则手持合同而来，依约定宣布债权提前到期，并要求担保方履行代偿责任。这个担保方就此被推到了台前，引起了一片哗然——居然是 H 省创投担保公司。

省创投担保公司，省国资委的亲儿子，H 省担保界的扛把子，怎么会给旭兴这种草台班子做了担保呢？而且担保金额还达到了十亿！到底是管理疏忽了，还是利益驱动下刻意为之？除了这一单之外，会不会还有其他问题存在？面对巨额的代偿要求和质疑，省国资委立刻宣布暂停了创投公司的全部业务，并成立应急小组迅速介入了调查，更大的问题随之暴露了。

在市场的刺激下，H 省创投担保公司近年来极力扩张，对外担保额已经达到了六百亿。其中正规银行渠道仅有二百亿左右，剩下全部通过金融租赁、信托、基金、有限合伙、P2P 等流向了房地产、矿业、钢铁等过剩行业。除担保外，集团还成立了一堆投资、金融租赁、基金管理和资产管理公司，保投联动、借保联动，资金在体内循环运转，既是撬动收益的杠杆，也成了掩盖风险的工具，经营风格之激进让人瞠目结舌。

拔出萝卜带出泥。创投事件迅速发酵蔓延，在金融界引起了一片混乱。无论从血统还是从实力，H 省创投担保公司都是响当当的一块金字招牌，长时间以来深得银行的信任。一段时间内，“见创投即批”一直是业内的风潮，汇通银行就曾经倡导“创投提供担保的企业，可以放松对主体的风险审查”这种思路。因为执行中的犹豫，方志诚当年还遭到了猛烈的批评。如今，盲目地信任终于结出了恶果。创投出事，省内二十九家银行无一幸免，全部有大量业务涉及其中。经济下行的暴风骤雨之前，信贷资产突然失去了原来的缓冲保护，这相当于直接在洪水里裸泳，恐慌自然难免。各家银行纷纷调整战略，寻找最佳应对姿势。

汇通无疑是其中反应速度最快的一个。创投事件一个星期后，雷行长强硬、果敢而坚定地拿出了自己的分析：纵观经济面，实体企业抗风险能力整体不强，目前最为保险的不外乎政府和房市了。未来一年里，企业类贷款一律不再新增，已有的也要逐步压缩退出。公司业务主要围绕地方政府债开展，零贷业务全部围绕按揭和二手房贷开展。

敢想，敢干，又具备如此明显的机会主义倾向，汇通在A市银行间一战成名，很快被一大堆地产商及地方融资平台包围，风光无限时，背后企业的骂声和同业的奚落便都充耳不闻了。如此一段时日，行里又风传马上会有一项更令人咋舌的政策推出，林山跟周致求证，得到了对方肯定的回答。

“是，他是打算退出A钢。”周致的脸色很不好看。

“可不是刚刚才进去吗？马上又要退出来？这太反复无常了吧？”

“最近南方连着出了两单钢铁违约，他觉得苗头不好。船小好调头，统共只做了一百亿，自然想跑就跑了。”

“出事那几单不是特钢就是钢板涂镀的，那些都跟A钢没可比性啊！A钢这么大的企业如果出了问题，H省的GDP得掉下一半去，怎么能这么轻率处理呢？想进的时候千方百计托关系往里挤，现在听见点风吹草动马上退出来，这个名声传出去，汇通以后还要不要在A市立足？以后经济好转了谁还愿意和你合作呀？”林山义愤填膺，觉得怎么连自己都懂的道理做领导的反而不懂呢。

“经济好转的时候还不一定是谁在这儿当行长呢！”周致疲倦地说。

“可我听说，为了连续从企业撤贷的事，国资委约谈雷行长了，听说态度还很严厉，说这些外来银行，经济繁荣的时候让你们进来了，酒也喝了肉也吃了，现在经济下行了，你们不能拍拍屁股就抽贷，这对当地的企业和经济完全是不负责任。难道这也没效果？”

“谈话而已。只能把愤怒的态度亮出来，又不能真正来干预银行内部的风控决策，雷行长一句‘总行政策’就推得一干二净了。”

林山怔了半晌，拉住他的手心疼地问：“A钢那边很生气吧？”

A钢在汇通的业务是周致一手促成的。当时企业的领导层刚刚换届，还是托了父辈很多老关系，费尽周折才跟新一茬的人说上了话。如今说变就变，他夹在中间的难受可想而知。

“真是没法交代，我从没办过这么难看的事……”他摇头，“要早两年，一百亿对A钢不算什么，抽走也伤不着筋骨。可现在哪家的钱都紧张，资金计划都是做好了的，突然来这么一手让人家怎么摆布……”

“这是行长的决定，也不是你能左右的，他们应该能理解。”林山安慰。

“不理解也没办法。”周致叹道，“我是在人屋檐下，哪能不低头呢？”

林山听他这样说，突然想起了另外一件事。按当初的承诺，A钢业务落地后，雷行长给周致申报了行长助理的职位，但一直在总行待批。现在要全线退出A钢，周致的主要作用消失，提职的事会不会有变数呢？

“那你的职务呢？会不会受影响？”她担心地问。

“干吗？提不了职你就不要我了？”他笑着，故意逗她。

傻子，我是怕到时候有人来抢你，林山心里怅然想道。

“那都是后话了。”还没等她开口，周致已经接着说道，“眼下还是先把A钢这把火灭了吧！”

不管事情多么棘手，汇通最终还是按照领导的心意从A钢撤了出来，而各种不平不忿也随之平息了。连A钢都撤？那不是疯了吗？疯子行事哪有什么道理可言？撤个把普通企业自然也就不奇怪了。

客户经理们大多靠做企业吃饭，一刀切的政策转型相当于断其衣食父母，这些人本来还义愤填膺地想找行里理论一番，但掂量掂量A钢的分量，再看看自己的客户，不由得退缩了。退缩之后便是深深的迷茫。做政府债、做机构客户，哪有几个人能找到这样的资源啊？看看每月入账的几百元基本工资，想想半年后便要掉进人力池的危机，日子过不下去的客户经理们开始人心浮动了。

尽管跳槽的氛围越来越浓厚，但晓悦辞职的消息传来时，林山还是吃了一惊。她干吗要走呢？没理由啊！

虽然这两年中兴东路把企业客户做了个七零八落，但她手里握着支行所有政府机构类客户，几乎没有受到太大的影响。眼下雷行长大力倡导政府机构类业务，分行举全行之力帮她做推进，前有华恒集团上市增发，接下来又有建投下属高速公路公司的资产证券化，简直堪称顺风顺水。况且最近还传出了消息，说她的名字已经上了提职名单，只等月底的班子会讨论通过了。在这个节骨眼上，她为什么要走呢？要走也要捞个职位再走啊？

“德众是给晓悦什么职位啊？”林山好奇地向杨晓红打听。

“可威风了，叫业务总监！晓悦姐说跟咱们这边主管对公业务的支行长差不多，手底下带着好几个客户经理。”

也不过是营销条线的小头目，跟汇通的提职比起来不相伯仲，有那么大的吸引力吗？林山暗想，晓悦这次可是没算清楚账。

二

李会明的案子是在那年夏末彻底了结的。

因为案由罕见，这案子名噪一时，引起了银行界、法学界及媒体的巨大关注。各种因素混搅在一起博弈良久，案件也因此一拖再拖。所幸被推向风口浪尖的融发银行背水一战，正规和非正规渠道都付出了巨大努力，最终李会明被无罪释放了。

事情虽然结束了，对人的影响却永远留了下来。李会明像一下子老了十岁，以前的精气神全部不见了，只剩下颓唐得一塌糊涂的躯壳。三十多岁，正是一个男人年富力强的黄金时期，他却坚决从支行长的位子上退了下来，到分行稽核部做了一名普通员工，终日与一帮快退休的老同志们为伍。不出意外的话，搞搞检查、整整档案，这就是他余生的全部抱负了。

林山为此感慨了很久。她总忍不住想起最初见到的李会明，有点不满，有点野心勃勃，又有点跃跃欲试。想想命运真是个可怕的东西，它的走向并不完全掌握在自己手里，一个意外的拐点便能使所有的计划和抱负全部清零。这种想法让林山深深陷入了宿命论的悲观之中，但随之而来的另一件事，更是把她的情绪打进了谷底。

那天下午，许久未见的黄莉突然打来电话，说临时有事脱不开身，要请林山帮忙到幼儿园接趟孩子。黄莉的爱人常年外派，孩子一向是她的父母帮忙照管。今天想必也是有特殊情况，不得已才向林山求助的。

“行，接了还给你送回家去？”林山答道。以前在中兴东路支行的时候她就常替黄莉干这事，可谓熟门熟路。

“不，千万别。你把她带你那儿去，晚点我再去接她。”

“好。”林山听她声音匆忙，仿佛正在办什么急事，便也没再多问。

下班去幼儿园，到办公室办接孩子的特殊批条，层层审核花了很长时间。等到教室门口时，里面就只剩零星几个孩子了。黄莉的女儿一见林山就跑了过来，阿姨长、阿姨短地叫个不停。再小一些的时候，她妈妈常会带她到单位加班，林山带着她撕过废档案、卖过饮料瓶，换来的钱全都买了零食。两个人交情不错。

“姥姥、姥爷今天为什么没来？”幼儿园的老师十分尽责，拿到批条还在怀疑地问林山。

“她妈妈是我同事，打电话说家里临时有点事，所以都来不了啦。”林山尊重这份责任感，十分耐心地解释，“您看，这是我身份证，汇通银行的工作证、驾驶证。这些刚在办公室都留了复印件，摄像头也给我照了相了。您放心吧！”

“鑫鑫，你认识这个阿姨吗？她叫什么？”老师俯下身问孩子。

“认识，叫林山，我妈妈办公室的。”

老师站直身子，抱歉地对林山说：“不好意思多问了几句啊！不是不相信您，是今天比较奇怪。刚就有两个男的过来说是来接鑫鑫的，又没有接送卡。我让他们去办公室批条子，两人去了好久没回来，结果最后您拿着条子过来了。您认识他们吗？是不是也是朋友？”

确实有点奇怪，但可能是黄莉还托了别的朋友，弄巧了吧。林山也没多想，跟老师道了谢，带着鑫鑫离开了。下楼的时候，无意瞥见有两个年轻男人站在宣传画那边正在讨论着什么，衣着打扮十分前卫。一点不像当爹的人呢！这想法在脑海里一闪而过，随即便被小女孩叽叽喳喳的吵闹打断了。

“好了，付鑫鑫。我不会带你到肯德基买薯条，肯定也不会给你买甜筒，这些你妈都不让吃你以为我不知道吗？米饭或汤面，饺子或馄饨，任选一样吧！”

小女孩噘嘴想了半晌，不情愿地说：“那我要吃生煎包。”

生煎包？这个小鬼嘴还挺刁，那只能去城南那家新开的华城购物了，那有一家煎包店，离这儿最近。

“好吧！”林山应了一声，驱车往南去了。

华城购物开业半年多了，因为门口的高架桥没出口，交通不便利，所以客人一直不算太多。林山从桥上下来，费劲地兜了几个圈子，这才绕到了商场门前。到地下停车场时，她望着黑洞洞的入口犹豫了一下，最终还是往前走了一段，把车停在了商场门前。

四两生煎，三碟小菜，两碗红枣板栗粥。小朋友吃得满嘴油光，手背在嘴上一抹，跟着又在衣服上一蹭。

“哎呀、付鑫鑫，餐巾纸是做什么的呀！”

林山用盘子里最后一张纸巾给她擦干净，跟着起身到前台取新的。目光扫过某一处的时候，脑子里突然冒出了异样的感觉，重新盯回去，发现店外果汁吧的高脚凳上坐着两个男人，正是刚才在鑫鑫幼儿园见过的那两个。他们坐在那儿，有一搭没一搭地往这边望着，见她看过来，忙若无其事地把目光移开了。

只是巧合吗？不可能！这里又不是什么热门的去处。他们一定是一路跟着她过来的。他们就是刚刚老师说的那两个人。林山的心怦怦直跳。她走回座位，先把付鑫鑫抱到腿上，随即便给黄莉拨了电话。

“您拨打的电话不在服务区……”这个温柔的女声一遍遍地强调着。怎么回事？忙活什么呢？林山疑惑地挂断了电话。

那就周致吧！给他打电话来接她们。嘟……嘟……嘟……铃声响了几个全程也没人接，这当口，干什么去了！

林山心焦，恨恨地埋怨了一阵子，才记起他家今天有场家宴，邀请的都是父辈几位故交，很久之前就已经跟她请过假了。作为后生晚辈，这种场合忙于照应，想必是一时无暇顾及手机吧。

现在一切都只能靠自己了！林山吸口长气，努力让自己镇静下来。一个男服务员在收拾邻座的桌子，红色工作服晃来晃去，十分扎眼。她茫然盯了一会儿，突然高兴起来，专对着那人招呼道："您好，我这儿结一下账。"

"好嘞！"那人取来底单，麻利地报道，"一共消费七十二元。"

林山拿着提包，装模作样地翻腾了好一阵，这才抬头尴尬地说："呀！钱包可能是落车上了。"

"没事。支付宝、微信都行。"。

"对不起，我不会用这些。"林山一脸歉意，"你能不能跟我到车上去拿一趟？车就停在大门口，没几步路。"

"好吧。"服务员跟前台请示了一下，答应了。

林山紧紧抱着鑫鑫，一路挨在服务员身边，直到上车。往门口张望，见那两个男人随即跟了出来，发动了不远处的一辆灰色面包车。

"还有一件事要麻烦你，我急着到火车站接个人，现在已经快晚了。你能不能跟我到门口收费那儿把车钱给交了？这样我还能省点时间。"林山递给他一张一百元大钞，"给，这就不用找了。"

"没问题。"那人看了看不足一百米的收费处，愉快地打了个响指。

路杆缓缓升起，林山把车开出大门，汇入车流里等灯。后视镜里，她见那个服务员在不紧不慢地交费，随之跟上的面包车里探出一张焦急的脸，同收费员匆匆交涉几句，扬手便往收费岗亭里扔了一张钞票。路杆又升了起来，那辆面包车急速冲出，排在了她之后两三辆车的位置。

绿灯亮了，林山紧张地盯着前车陆续通过路口，一辆、两辆、三辆……开始闪了，就是现在！她一脚油门踩下去要抢这个黄灯，谁知斜刺里一辆电动车猛然冲出，随着一声刺耳的刹车横在了她的车前。林山呆若木鸡地看着那人一脚支地，冲她又是比画又是大骂后扬长而去，心里又是害怕又是失望。

失败了。接下来怎么走？晚高峰已过，不能走高架桥，那样目标太明确了，方便对方定位。也不能妄图走小巷子甩掉他们，黑灯瞎火，万一被堵截住，可真是得不偿失了。绿灯亮时，她已经拿定了主意，拐上主路即向分行疾驰而去。那附近有一座宏大的立交桥，她预备在那里彻底甩掉这个尾巴。一个三百六十度转弯，加上两个二百七十度转弯，她顺利地完成了原本简单的九十度右转弯动作，从东北方向的出口麻利地下了桥。往后视镜观察良久，后面果然没有那辆面包车的影子。

估计还在桥上兜圈子呢吧？她得意地想。这桥因极度复杂的拐弯方式被众人称为神桥，多少老司机都栽在了这儿，只因为是林山回家的必经之路，她无可避免地反复练习，才熟练地掌握了通行方法。

一路风驰电掣到了小区，直到进家反锁了门，插上防盗闩，这才算彻底松了一口气。给黄莉打电话还是无法接通，孩子闹觉，开始叫着要妈妈，林山强忍住心焦给她找出动画片来看，最后终于把她看困了，坐在沙发上就睡了过去。林山又拨了一阵子电话，最后实在坚持不住，也跟着迷糊了过去。

不知过了多久，突然被敲门声给吵醒了。她从沙发上一跃而起，心怕得突突乱跳。挂钟已经十二点半了，这会是谁？那两个男人最终还是跟了来？一动不动地听了一阵，见低沉而急促的笃笃声依旧不懈地响着，她这才光着脚溜到了门口。悄悄从猫眼往外望了一眼，一颗心落回了肚子里，是黄莉！

“你手机怎么回事？一直无法接通……”她打开门，迫不及待地问道。

“鑫鑫呢？”黄莉闪了进来，带着一股寒气。

“已经睡了。”

“一会儿跟你说。有吃的吗给我来点，快饿死了。”

“怎么这个点还没吃饭？”

“一直在派出所了。先给我吃的，一会儿跟你说。”

林山被“派出所”这三个字吓到了。她打开柜子找吃的，但手和脚控制不住地哆嗦，先是被厨房门口的脚垫绊了个踉跄，跟着又把牛奶都倒在了杯子外面。

黄莉几口就吞下了大半个面包，对正开微波炉的林山摆摆手，仰头便把冷牛奶一气全喝了下去。

“今天上午我家里出事了，”她一边把剩下的面包往嘴里塞，一边含糊地说，“那帮混蛋找到我家里去，在门上喷了红漆，贴了大字报。两个老人都被吓坏了，老太太当时心脏病就犯了，我把他们送到了医院，情况稍微稳定了之后，就一直在派出所录口供了。”

“喷红漆……哪帮混蛋？”林山有些结巴。

“那帮要账的。”黄莉又撕开了一包饼干，“我被人坑了。”

问题的根源在电池厂的前任老板身上。

这人是倒腾钢材起家的。十几年前，在市场最为鼎盛的时候，A 市大小钢厂门口都挤满了来抢货的人。人们半夜里便开着大货车到厂门口蹲守，为的是占据最好的地形，等钢材出厂的时候好一拥而上。那时候一吨钢转手一卖就净赚五百块，抢到钢就相当于抢到了钱，人人为此奋不顾身。这位前任老板无疑是其中最手狠的角色。据说他每次都是领着一大批闲散人员，手持铁锨和锄头进场，在几次斗狠胜利后成功坐上了拿货的头把交椅。行情最好的那几年，在迅速完成原始积累之后，他的产业又蔓延到了汽车贸易、房地产和物流园。锂电池厂是他投资的第一个实体企业，可能原本是看中国家对新能源汽车行业的支持，想要趁机占些政策的便宜，可整套活干下来发现实业远不如贸易轻松自在，这才把厂子转给了黄莉。

这些信息都是面上的，黄莉接手之前都清楚。虽然风闻对方不是什么善类，但想到一方付钱，一方转让股份，交割清讫之后便各不相干了，就并没拿这太当回事。可真正进去之后才发现事情没那么简单，这个老板虽然已经撤出了，但给黄莉埋下的问题却是致命的。

他的摊子铺得很大，从银行融资又困难，所以一直借助于各种非正规的资金渠道。电池厂成立后，借着这个好噱头，他从附近县乡的老百姓手里、高利贷手里、各种投资公司手里筹到了两亿多元，甚至在黄莉已经接手之后，还依旧在打着电池厂的名义集资。之前流动性资金宽裕，拆东墙补西墙还能遮掩得住，可随着经济下行，资金全面趋紧，市场上的钱越来越难找、价格也越来越高。这人眼见情况不妙，把剩的钱打个包，居然直接脚底抹油开溜了。众多债主找不到他，便把目标放在了他的产业上，已经转手的电池厂也成了目标之一。

老百姓们头系着白布躺在厂门口哭闹，债主一拨一拨地登门造访，黄莉劝慰、解释、发怒，甚至把股权关系变更贴在厂门口，可一点用都没有。

“现在更郁闷了。有个人看中了这厂子，非要从我手里买走呢！”黄莉苦笑。

“开玩笑吧！这么多的麻烦居然还有人敢买？”林山不相信。

“这人就是当地县里的地头蛇，黑白两道都熟，估计都能搞定吧！”

“那卖给他，让他去搞，你不正好脱身吗？”林山不明白这有什么好郁闷的。

“哪有那么简单？他是看我处境困难，想趁机捡漏，我当然不可能答应了。我试生产的产品已经送检了，质量合格就能规模化生产了，到时候现金流不就活了吗？凭什么便宜了他？结果这下烂事就一件接一件地来了。一群地痞流氓装成要债的，天天在我厂门口转悠，拦着工人不让进厂，堵着卡车不让运货。我找园区、找政府、找公检法，全都找了，可一点用都没有。打电话叫 110，警察刚到人已经散了；警察一走，人又重新聚回来了。总之就是铁了心要给我搅黄了。”黄莉又抽了块饼干，接着说道，“昨天上午，我气得不行了，给他们录了像，又带着工人按住了一个混混，直接送到了派出所。本来想吓吓他们，哪知道今天上午厂里所有的玻璃就都给人砸了，家里也被人喷了红漆。”

“那看来下午跟踪我和鑫鑫的，也是这帮人了。”林山磕磕巴巴地说。

“跟踪？你说有人跟踪鑫鑫？”黄莉一改刚才的镇定，惊恐地睁大了眼睛。

“嗯，开始还到幼儿园接鑫鑫了。”林山把事情讲了一遍。

“这些下三滥的人，什么下三滥的招都能使啊！”黄莉咬牙切齿地骂着，眼里的泪成串地滚了下来，“不行，幼儿园不能上了，家也不能住了，明天就把她和姥姥、姥爷一道送回老家去！”

“就这么让她一直在老家待着？”林山觉得这不是长久之计。

“什么时候平息了什么时候再回来，我会尽快想办法解决的。”黄莉控制住情绪，坚定地说道。

都是这个厂子惹出来的麻烦，还不放手？这好好的家不就散了吗？林山心里一阵难过：“黄莉姐你撤了吧，还找家银行领工资。社会上的人太坏了，咱们不行。”

“不能撤！你知道当初投资的钱哪来的？那是我众筹的一个小

基金。里面有我全部的积蓄，也有亲朋好友，亲朋好友的亲朋好友，还有一堆信得过我的投资人。我撤了，这债怎么办？走到这一步，我别无选择，只能坚持住。这厂子就是我翻身的希望，它能盘活我就能活，它完了我也就完了。我只能坚持啊……”

黄莉抚着鑫鑫的头发喃喃低语，仿佛在给自己打气。林山眼圈不争气地红了。她怕自己紧绷的嗓音暴露了悲伤，因此一句话也没说。昏黄的台灯下，两个人都沉默着。

林山暗想，在逃离和面对之间，黄莉总要选择面对，不管眼前的责任有多大，摊子又有多烂。说实话，她还从没见过像黄莉这样有勇气的女人……不，也包括男人呢！

三

“秋花惨淡秋草黄，耿耿秋灯秋夜长……”

夜雨打在窗外的芭蕉叶上，滴滴答答清晰可闻，茶几上的台灯散发出柔和的橘色光线。林山坐在地毯上，一手捧书，另一只手被周致握着放在了胸口。后者躺在林山背后的沙发上，双眼微闭，鼻息均匀而酣畅。

已经十一点了。半小时前，刚喝完一场大酒的周致迷迷糊糊地摸了过来，笃笃的敲门声把已经休息了的她惊醒了。

“我觉得好久没见过你了。”他蒙蒙胧胧地微笑着，说完这句话便倒在沙发上酣睡起来。可怜林山睡意全无，只好从书架上拿本书，守在他旁边看了起来。

“一亿太少了……太少。”周致喃喃说道。

做梦还在做业务呢！闻着他身上刺鼻的酒气，林山不由得苦笑。经济下行，业务又转型，可能拿来政府资源的才有几个人？整个下半年业务凋敝，放款中心一天只有四五笔拆票，业务总金额连三百万都不到，高层还在喊年底新增利润翻一番。怎么翻？关系不够硬，那就出去四处喝呗。大领导喝大场，小鱼小虾喝小场，不沾酒都不好意思说营销，就只除了……雅南这类人，她不无惆怅地想。

丁零零……周致的手机突然铃声大作，在一片静谧中震耳欲聋。林山吓得心里突突直跳，慌忙拿起来按下了消音键。

“雷行长的电话，接吗？”她拍了拍依旧呼呼大睡的周致。

原以为他意识已经涣散，没想到这个名字提神醒脑的功效一流，周致一听就立刻清醒了过来。

“雷行长。嗯，是的，好，我明白……在盯，一直在盯……明白，嗯，好……”整整半个小时，周致一手扶着额头，一手举着手机，就这样翻来覆去地说着这几句话。

林山心疼，好不容易捱到挂断，立刻不满地问：“几点了！他干吗这么晚给人打电话？”

“指标呗，刚又把目前的指标进度领我复习了一遍。”

“这是什么急事？值得夜里十一点给人打电话？领导就能这么没素质？简直是周扒皮嘛！我们签的是劳动合同，又不是卖身契。”

“领导嘛！他自己心里着急，干吗要让你那么舒服？就是找个人传导一下嘛……”周致喃喃说着，翻身调整一下姿势，均匀的鼻息声随之又响了起来。

心理素质真好，真是能想得开。要是自己，这个时间接到领导这样的电话，还不一定怎么心绪起伏呢！林山想。

她把毯子给他重新搭了搭，见半截手机压在靠枕下面，便想抽出来放在旁边的茶几上。无意按到了解锁键，屏幕立刻亮了起来，一条未读信息跳到了林山眼里。

“照片！糊涂蛋，不催就记不住。”后面跟了一个捂嘴偷笑的表情。那个粉红的头像她很熟悉，是雅南。

林山重新坐回了地毯上。

她从没看过周致的手机。虽然周致对她从不设防，手机都是随手一丢。这种念头不是没在她脑海里闪现过，但真的只是一闪，便被她自己不屑地丢弃了。周致爱她，她难道感觉不到吗？这种笃定的感觉让她满足。而检查手机？连想一想都好像是一种亵渎。可现在偏偏让她看到了雅南这条信息！这句没头没脑的话激起了她探究的好奇心。就像面对魔盒的潘多拉，即使知道打开的后果莫测，也阻挡不了行动的决心了。她看了看周致熟睡的脸，输入了他常用的密码，轻轻划开了手机。

聊天记录不多，几乎都是雅南主导，话题有公有私，他的回答都很简短。通话记录十分频繁，大部分发生在正常工作时间内，短不到一分钟，长有一个小时，也有个别发生在晚上。但这都不算什么，毕竟是同一条线的领导和下属，遇到需要讨论的业务也是难免的，林山自己也经历过几次呢！她宽心地想着，随即打开了相册。

这一组照片一定是昨晚吃饭拍的了。老年人赏画叙旧品酒，年轻一代勾肩搭背亲密无间，看来场面不小呢，两辈人都聚齐了。她的手指漫不经心地在一张张黑白灰的群像上划过，突然在一抹亮色上停住了。照片上，身穿着酒红色 DVF 的雅南靠在周致身边，歪着头巧笑嫣然，一只手举起来做了一个胜利的姿势。后面餐桌上，长辈们欣慰的笑脸分明在说，这两个孩子真是一对璧人。

林山仔细端详着周致淡然的脸、雅南开心的脸和长辈们欣慰的脸。看了那么久，直到心里像堵了一块大石头似的才默然起身，关灯出去了。

秋雨接着缠绵了几天，打在枯黄的残叶上，人也跟着落寞起来。林山握着一杯热茶，凝神盯着办公室窗外的雨雾。她刚和黄莉通过电话，老人和孩子已经被送到老家安置，眼下只剩她孤身一人在 A

市。林山邀她同住，但她一口回绝了，说是已经物色好了住的地方。她是不愿牵连旁人，可这种情况怎么能让人放心呢？这两天吧，等天好些了一定要去看她一趟，林山暗想。

过道另一头，大会议室的门突然开了。随着一阵骚乱，一堆人半抬半抱了一个人出来，放在了会客区的空位上。

“把领子给她松松。”

“别围这么紧呀，散开点。”

“杨晓红，杨晓红，醒醒，醒醒。”

叽叽喳喳乱成一团。

林山几步上前，吃惊地问：“晓红吗？这是怎么了？”

“谁知道，刚在会议室里头一下子就昏过去了。”围着的一众对公客户经理七嘴八舌地说了起来。

会议室里正在开的是对公条线营销例会。业务难做，但任务照样分下来，较往年一点没有减少。为了尽快出数，公司部启用了一切能启用的手段，除了扣钱罚款调级等措施外，还包括了每周在例会上的精神鞭策。具体操作是，先由周业绩排名后10位的客户经理们上台发言，当着全体同仁的面做自我批评和检讨，然后再由客户经理们挨个汇报自己的目标客户和营销进度，过程中会穿插领导随兴发挥的诘问或责难。杨晓红这次是落后代表。

“她站起来的时候我就觉得有点不对劲。脸煞白煞白的，手脚直劲儿地哆嗦，果然走到一半就昏倒了。”一个人说道。

“估计压力太大了。领导们说话也太难听了，连挖苦带讽刺的，我坐在台下听着都觉得难受，更别提台上发言的人了。”另一人跟着感慨。

“哎……”杨晓红吐出一口长气，悠悠转醒过来。她环顾一下四周，一时想不起发生了什么。

“好啦，醒过来了，应该没事了。林山，要不麻烦你帮着照顾一下她？里头还开着会呢，我们不好总在外头待着。”大家说道。

林山冲他们挥了挥手。

“我也在开会。”杨晓红见众人走向会议室，迷迷糊糊地说道，“后来晕了？”

“嗯，听他们说是这么回事。”

“真丢人，真丢人……”杨晓红不住地念叨，突然又想起一桩要紧事来，立马紧抓着林山问道，“我还用再进去发言吗？”

“傻子，都晕倒出来了，还进去干什么？”

杨晓红放心地吐出一口长气：“太好了，那晕一下也算值了。”

“瞧瞧你，至于吗？”林山笑了。

“姐你可不知道，这个周例会都快把我吓死了。我都是从周日早晨醒了就开始发愁，开始数日子，过一天心里就沉一分，到开会头天晚上就跟压了块大石头似的，沉甸甸的透不过气来。这次排名落到后十名，我更是吓死了，从前天起就睡不着觉了呢。”

“你心未免太重了，其实不用。干营销谁能保证自己一直名列前茅？偶尔落后也是难免的。曹行长那么能干不也当过落后代表吗？所以还是把心放宽点。不然任务压不死你，先被自己的思想活动给压死了。”

“嗯，道理我懂，可有时候就是控制不住自己，可能跟性格有关吧！”杨晓红叹道，“不过这个例会的气氛真是很可怕呀，你要参加一次就知道了。领导们训起人来都可狠了，雷行长不用说，反正他平时总骂人。但平时挺和气的那些，像周总，也跟变了个人似的，损起人来毫不留情……”

“你说谁？”林山惊讶地打断了她。

“公司部的周总啊。你也觉得不像吧？平时挺和气一个人。不过大家都说他是因为最近压力太大了才这样的。”

“是存款的事吗？全行上下谁压力不大呀！”

“不光存款。他职务那事你不知道？客户经理们早就都传开了。”杨晓红惊讶。

林山摇了摇头。在一家银行里，消息最灵通的无疑是客户经理们，现在连她这个周致的女朋友也要从他们那里打听消息呢。

“分行的行长助理，最早不都说是定的周总吗？可A钢退了，周总的作用其实就不大了。大家都说雷行长现在想找一个有政府背景的人替掉他，这样推起政府业务会更容易些。听说也考虑过冯总，可她毕竟是个女的，好多事不方便，所以现在同时在行外物色着呢！这种情况，你想周总心情能好吗？他只能拼命压底下的人，争取能出数，也是希望雷行长能回心转意呗。”

这些他都没告诉过她。是好面子？怕她担心？还是别的什么原因？林山心里翻腾着，一句话也说不上来。

“公司部最近的政策越来越紧，好多惩罚不是光说说而已了。上个月就有好几个客户经理都被调到了人力池，一个月只发几百块钱。”杨晓红压低声音，“大家觉得他太狠，背地里都在偷偷埋怨，对他解决不良贷款的一些做法也都议论纷纷的……”

“什么做法？”

“具体我也不大懂。反正就是有好多小企业都逾期了，都是他们自己批的。这追究起来不都是周总的问题吗？所以他就不让暴露出来，找别的企业给接过来盖住，怎么接我其实也不大明白。”

杨晓红入行没多久不清楚，可林山一听就明白了。A企业贷款五百万元到期后还不起，银行可以给关联的B企业贷款五百万元，由B企业代替偿还。这样，风险被暂时地掩盖了，同时还新增了B企业的一笔贷款业绩。这种玩法很不入流，但因为是权宜之计，所以每个银行都会有一些，但规模绝不会太大。

“你说小企业那边都这样搞？”林山心里隐隐担心。

“听说是不少。也不知道是怎么回事，去年还都干得挺红火的，今年突然就都还不上钱了，真是奇怪。”杨晓红看了看沉思的林山，又犹犹豫豫地问道，“姐，你以前说贷款逾期是很严重的，到底是怎么个严重法？”

“逾期就要做责任认定。客户经理是第一责任人，一般都会被认定成有责任，完了之后会被处分。”林山心不在焉地答道。

“什么处分？”

“就是记过、记大过之类的，同时还要负责把逾期的贷款清收回来。这个处分会一直跟着你，无论你跳到哪个行……其实也跳不走了，因为这个处分相当于宣布你金融职业生涯的终结，很少有别人会雇用这样的人，在原单位也不会被重用了。”

“那……会坐牢吗？”杨晓红怯生生地问。

“为什么这么问？”林山暂时从自己的思路里抽身出来，抬头看着她。

“你那个师傅，不是就因为贷款的事被抓了吗？”

“哦，他那个啊，那个是有特殊性的。”她随口答完，突然又一转念：干这一行，越守规矩越好，所以开头就该把规则说严些。

“如果放贷款过程中有不规矩，比方收礼受贿之类的，那也有可能被追究刑事责任的。”

杨晓红半张着嘴，愣了一阵子才低声答道：“哦，明白了。”

四

林山做了一个梦。

那是一个傍晚的光景。世界静谧无声，金色的夕阳洒在波光粼粼的小河上，洒在成片的柳树枝条上，有一种圣洁的灿烂。她推了一辆自行车沿着河滩向前走，恍惚觉得自己很着急，是要赶着给什么人去送行。

一阵风吹过来，仿佛有什么人在她耳边喃喃轻语着：就这样了，这就是最后一程了，这一世的缘分就要到此为止了。她想不起那是谁，只依稀觉得是个很亲近的人，于是心口像压了一块巨石一样难过起来。“别，你等等我，等等我”，她心里叫着。

河滩柔软的细沙像藤草一样牵绊着行人，林山的腿像是被绑住了，怎么都走不快。啊！她焦急地大喊一声，跟着使出蛮力把脚拔了起来。腿一下子变得轻飘飘的，仿佛挣脱了重力的束缚，直踢到了天空中，然后又随着“咚”的巨响重重砸在了床上。一阵疼痛中，她睁开了眼，只见房间里漆黑一片，只有路灯透过窗帘的缝隙，在地上留下了一条窄窄的光。

第二天上班，梦境虽然已经烟消云散了，可那种悲伤的感觉还在林山心里余音缭绕。这个梦太蹊跷了，不会应在什么人身上吧？说起来，周边的人里现在就数黄莉最让人惦记了。林山的念头一触及此便赶紧避开，跟着“呸、呸”两口，在心里念叨着大吉大利，但终究还是忍不住给黄莉打了个电话。

“这两天怎么样？没什么事吧？”

“有事啊！当然有事，还都是好事呢！”黄莉的心情似乎十分不错。

“是吗？快说说啥好事？”林山心放下了一半。

“记得我跟你说试生产产品送检的事吧？已经通过了！今天是批量生产的第一批产品下线，来了一堆大车，都在门口等着拉货呢！”黄莉的声音听着就好像她马上要蹦起来了一样。

“那些小流氓们呢？他们不是总守在门口吗？你怎么解决？”

“要不说都是好事么！已经连着一个星期没露面了，估计背后那人也是不耐烦了吧！”

“太好了！”林山暗想，这才是真正的大好事。

“我今天心情超级好！等我这儿装完了车，晚上咱们聚……”

黄莉的话突然被一阵杂乱的声音给打断了。有人急促地叫道：“着火了，黄姐，库里着火了！”

“哪儿？！”

“材料库那边！”

“打119，那挨着成品库，会爆炸呀！”这一连串的变故来得猝不及防，黄莉立刻挂断了电话，只留下这声尖锐的叫喊在林山脑海里嗡嗡作响。

她立刻请假下楼，开车便往黄莉的厂子飞驰而去。河西县城源中路，河西县城源中路，她在心里翻来覆去地念叨着，眼前仿佛出现了一座熊熊燃烧的工厂，滚滚浓烟随着剧烈的爆炸声直冲上了天际。果然不是个好梦，就知道不是个好梦！她把脚下的油门一踩到底，眼泪急得成串往下滚落。

半小时后，她已经拐上县郊一条杂草丛生的公路，远远便看见了聚集的人群。场面好像没有想象中惨烈，厂子大门敞开，被一条警戒线围了起来，两辆消防车停在里面不远处，还在持续往一间仓库上喷水。那仓库的外墙被熏得乌黑，房顶上断断续续冒出缕缕黑烟，直往天空飘去。警戒线外，赶来看热闹的群众里三层外三层，一个个翘首企足地往里张望着。

林山狂奔过去，奋力挤到人群最前面，对一个维持秩序的警察问道：“里面情况怎么样？人都疏散了吗？我家有人在这里上班啊！”

那警察往旁边扬了扬下巴：“都在那边了。”

林山顺着他指的方向一看，果然，七八个工人模样的人稀稀落落站在一旁。离他们不远处，黄莉独自坐在地上一个扁了的纸箱上，头上、身上都是黑灰。

“老天爷呀！谢天谢地，你没事！”林山冲过去半跪下来，紧紧抓住了她的胳膊。

黄莉木然看着她，脸上如同一潭死水。

“旁边就是锂电池库房，再晚几分钟……”她咽了一口吐沫。

林山脊背一阵发凉，仿佛听见了响彻天空的爆炸声。

“没事，这不是及时发现了吗？都过去了，人没事，人都没事就好。”她有些语无伦次。

“幸亏人没事……”

一直在不远处站着的一个男人往这边望了一会儿，跟着双手插兜，优哉游哉踱到了她俩跟前。他俯下身，笑嘻嘻地说：“这火还真是会烧啊！是吧？”

这叫什么话？哪有人会在灾难之后这样说话的？林山心里顿生厌恶，恨不能用手按着他的脸使劲推开才解气。

“关你什么事吗？”林山直瞪着眼睛问道。

对方无赖兮兮地笑了笑，没说话。

“怎么个会烧法？”黄莉的声音响了起来。林山扭头看她，发现她专注地盯着那个男人，眼神仿佛有些不同寻常的意味。

“这么多危险易炸的材料，这火偏偏都绕开了，单烧了最不值钱、最不危险的包装材料。这还不算会烧？”

“让你这么一说还真是，我得谢谢这火手下留情了。”

那人摆摆手：“光谢哪行啊？你得磕头拜佛。这次是过去了，可下次还会这么幸运吗？”

“还有下次啊？”黄莉淡淡地问道。

“那我哪儿知道！我又不是神仙。我就是看您厂子这么大，自己瞎琢磨啊。下次不一定是火灾，也有可能是墙倒了，房塌了，机器出故障呢。人生在世，保不齐有七灾八难不是？万一，我是说万一啊，出个事故死上一两个，您这辈子就搭进去了。真可怕，这事一想就觉得可怕得不得了呢！”

“那依着你，我该怎么着呢？”

“您是干大事的人，我怎么敢在您跟前比画呢？我胆小，就只能说我自个。要我的话，我早一甩手，谁爱接谁接去！有人能耐大，压得住牛鬼蛇神那让他上。咱拿着钱吃香喝辣的，不比这天天提心吊胆的强吗？”

“有道理。”黄莉叹口气，“看来我也得好好想想了。”

“这就对了。听人劝吃饱饭，想得开最重要。是吧大妹子？”那人突然转头，对着目瞪口呆的林山亲昵地挤了挤眼，站起来摇摇摆摆走掉了。

“没想到人心能这么狠毒，真没想到，”黄莉一动不动地盯着还在冒黑烟的厂房看了一会儿，突然撒手撒脚一仰，躺在了身后一堆破烂上。

“这个厂子真不能再要了。”黄莉疲惫地闭上了双眼。

林山把黄莉带回了市里。到了新租的住处，黄莉径自下车，对准备一同进去的林山摆了摆手：“你回去吧。这儿空荡荡的，连个坐的地方都没有。我没事，就是有些事想自己好好考虑一下。”她一副心力交瘁的样子，似乎连多说一个字的力气都没有了。林山顺从地点点头，坐回了车里。目送黄莉进了楼道，又守在楼门口多待了一阵子，直到看见没什么闲杂人等跟着过来这才离开了。

回到单位，进办公室正撞上傅维衎。他皱着眉，一脸的不高兴：“怎么这么久？”

“哦，路上有点堵车。”林山支吾着，她心想之前请假时也没规定多长时间回来啊。

傅维衍不再理她，转身对着办公室里其他人说道：“业务越难做的时候我们越要守得住摊子，不能让人觉得我们很轻松。让客户经理们一看，好家伙，我们火急火燎地找项目，天天担心丢饭碗，你们授信拿着稳当工资倒是挺悠闲。你说人家心理能平衡吗？所以今天再强调一遍，不管有没有项目大家都要坐得住，纪律上不能松懈。”

看他走出办公室，林山十分郁闷。这算什么？要是这样，刚才干脆别准她的假不得了吗？干吗准了假过后又来这么一顿？

心里正不是个滋味的，要好的同事凑了过来，悄悄安慰她说：“别理他。听说上面刚决定让他负责调整风险分类的事，他是自己心烦呢！”

风险分类？这是风险部的活儿，现在怎么会派到授信部的傅维衍头上呢？

“风险部顾总要辞职了。”同事挤挤眼睛，意味深长地说，“有意思吧？”

林山恍然大悟。这么说，前阵子行里风传的事情是真的了？

都说急转身会扭着腰，雷行长果敢坚定的转型之路在现实面前遭遇了滑铁卢。自推行方案以来，分别遇到了想撒欢的地方政府和想按头的上级银行，想撒欢的分行和在按头和不按头之间摇摆不定的总行等一系列的矛盾。内外充分营销完毕，项目终于批下来了，却又碰上自家低到尘埃的Raroc值和同业低到没有三观的竞价之间的矛盾。结果折腾了大半年，全分行没有一笔政府类业务成功落地，企业类业务又在有条不紊地压缩，当年的业绩指标无法完成已经是板上钉钉了。正当众人都在疑惑，这种状况下领导反复强调明年开年利润翻番，到底是哪里来的自信时，一件奇怪的事情发生了——全辖有十几个企业客户被悄悄下调了风险分类。

风险分类适用于所有信贷业务，本质是判断一笔业务本息按时偿还的可能性，分为正常、关注、次级、可疑和损失等五类。不同类别对应的减值拨备率不同，银行需要在当年利润中按比例计提。比方一笔贷款，如果分类为正常，收来的利息可以百分之百计入银行当年利润。但如果分类是次级，将近一半的利息就都要进入减值拨备，剩下来的才能作为利润了。

风险分类是监管机构把握金融行业整体风险度的依据，因此，银监局对不同类别都给出了详细的划分标准，但在具体认定上，银行仍有一定的自主空间。有时候，为掩盖不良资产比例，维持账面利润水平，会故意不进行分类下调。汇通这次反其道而行之，众人猜测正是要先抑后扬，先通过人为下调评级把部分利润计提拨备，等明年开年再上调回来，利润翻番的目标不就能轻轻松松实现了吗?

现在，风险部老总的辞职多多少少印证了大家的猜测。早有消息说，因为被汇通突然下调了评级，很多企业在其他银行办理业务时受到了质疑甚至拒绝，导致正常的续贷业务无法进行，有的资金链都因此出现了问题。汇通此举已经激起了企业们的公愤。这时候万一有人向监管机构举报，追查下来怎么办?

可面对这么严重的后果，大领导的表现却像个十足的赌徒，依旧我行我素，甚至还有扩大规模的趋势。那风险部老总明哲保身式的辞职，以及傅维衍接手的种种不情愿，自然是情有可原了。

向来笃信“与有肝胆人共事”的林山觉得这行径很不光彩。这么大的一间企业，行事作风总得让自己的员工有点荣誉感和自豪感吧？再不济，基本的道德水准应该大致相合吧？不然怎么能让别人心甘情愿追随你呢?

跟周致这样抱怨时，他的表情十分不屑：“给钱啊！对大多数人来讲，你说的荣誉感和自豪感啦、认同和追随啦，都可以通过给钱来实现。汇通不远千里来到H省的地盘上开店，就只为求财，当地的企业、当地的员工都只是实现目的的工具而已。你出业绩，他付薪水，双方就是纯粹的金钱雇佣关系。是你自己太理想化，想要的太多了。”

“这种论调可真是冷冰冰的。”

“事实确实如此嘛。”

“也许吧！但我始终还是觉得银行跟一般的企业不同，该有自己的道德高度。”

“是，你是拿着竹竿在鸡笼边锄强扶弱的女侠，想法哪是一般人能理解的呢？我们这些普通人可顾不上这么多。只要能完成指标，调分类、调测算、调人员，愿意调什么都行啊！”他的语气像是玩笑，但林山还是听出了嘲讽。

“那是，还能给还不上钱的企业的关联方贷款呢！”她回击。

“又说这个！这没什么吧？这种情况哪家都有，你要连这个都看不惯了，那就是矫情了。”周致有点不耐烦。

“怎么就叫矫情？”林山生气了，“这里面有个度的问题。一两个可能是权宜之计，但你大规模地做，这就突破了底线了！”

周致也不高兴起来：“你还说别人呢，你自己还不是投机心理？要是按你的标准，就只有是非黑白一条线，那越线即违规，做一两个和七八个性质有什么不同？你凭什么就认定一两个行，七八个就不行了？”

“盗窃一次偷了一万块，和盗窃一百次偷了一千万，这两种行为的定性能一样吗？处罚能一样吗？”

“刚刚明明讲的是道德，讨论的是对错，怎么现在又说起定性和处罚了？完全两码事啊！自己的逻辑都是混乱的，还总是要抨击别人。”

林山气结，一句话也答不上来。

“我要是审查员，整天光负责审项目，那我也能站在高坎上指指点点了。可我的位置是那样吗？你每次都只是一味的批评，一点都不体谅我，还不如外人。”从考核制度苛刻，到掩盖小企业爆发的风险，周致近来被她连着说了几次，攒了一肚子怨气。

“哪个外人？”

周致皱起了眉：“我知道你在想什么，你觉得我说的是雅南。我现在不想为这个吵。”

“那就是雅南喽！”

“是，那就是她吧！反正怎么也绕不开这个点。”周致赌气说道，“我压根不在乎她的体谅，但我必须得承认，她思想确实更成熟，更像个职业女性。”

“三观跟你更一致，处事方式跟你也更合拍是吧？”林山怒到极点。

“林山，咱们为这些拌嘴有意思吗？”周致见她气得全身哆嗦，不由得软了下来，“干什么每次都要为这些不相干的人和事搞得不愉快？”

“我觉得很相干。”林山狠狠甩掉他的手，“我是逻辑混乱，没事找事，站着说话不腰疼的小审查员，不体谅你，三观又不合。那干吗还在一起？你找跟你合拍的那个去吧！我给你腾地方，我们分手。”

五

新年伊始，企业们被下调到不良的评级又被齐刷刷调了回来，H分行利润轻轻松松增长了两亿元，成了全辖增速第一的头牌。总行发来了喜气洋洋的贺电，作为H分行的荣誉证明，在一楼大厅的布告栏贴了好久。

就在贺电的大红色刚有些滞暗时，雷行长升迁的消息便传了出来——因为在任期间表现突出，他被派往南方沿海某发达城市担任当地分行行长，无论是级别还是地位都比眼下高了不少。大喜之下，待人难免和善友爱，他把傅维衎从助理的位置上转了正，算是对他配合调整风险分类的奖赏。不久之后，周致行长助理的批文也终于下来了。

发文那天，正在工位上忙碌的林山收到了一大束鲜花，引起了众同事的一片惊呼和拷问。她红着脸支应了几句，趁人不注意把夹在花束中的卡片取下来，随手塞到了桌子上的卷宗里。偏偏一个眼尖冒失的看见了，趁她不注意一把抽了出来。

“藏什么？让我们看看白马王子是谁呀！”边说边把卡片打开了，一张纸悠悠飘了下来。

林山的心瞬间提到了嗓子眼。

那人捡起那张纸：“刮刮乐？什么意思？暗号吗？”

林山把卡片抢过来瞥了一眼，见上面一片空白，心里瞬间明白了。

“是呀，高级暗号，就只有我才能破译呢！”连说带笑一通，直等众人散了，她拿着那张彩票坐在了桌前，心里不由得涌起了一阵甜蜜。

办公电话响了。

“喂，您好。”她接了起来。

“是我。”周致的声音响了起来，“别挂、别挂，不然我自己过去了……”

已经放一半的手停住了。“什么事快说！”她故意板着脸。

“好。我就是想问问，你最近买过彩票了吗？”

“没有！”

“那肯定也没中过奖吧？”

“没有。”

“那一亿肯定也没中过喽？”

“没有。”林山强忍住笑。

“那现在给你一次机会。你把刮刮乐刮开，如果中了一个亿的话，我二话不说立刻放下电话。但如果中不了的话，你什么都不能说，下班后乖乖跟我一起去吃饭。怎么样？”

“你骗小孩子呢？刮刮乐什么时候能刮出一个亿来？”

“真的吗？感谢中国福利彩票，看来你别无选择了。”停了一停，周致又软声软语地说，“来吧，今天这么高兴的日子，我只想跟你在一块庆祝……”

“不去。我又不成熟又不职业，怎么配跟你一块？你找跟你合拍的去吧！”

“林山！”他严肃起来，“如果你还是这样固执的话，那我只好采取措施了。从现在起，每半小时送一束花怎么样？不过花上的卡片可就不会是空白的了。如果你不怕舆论的压力和群众的眼睛，那就接着拒绝吧！”

林山紧咬着嘴唇，低声骂了一句：“无赖！”

下了班，周致照例在附近小路上等她，林山上车时还臭着一张脸，但和他四目一对便绷不住劲儿了，“扑哧”一声笑了出来。

“可算好了。”他顺势把她拉进怀里，脸颊在她的头发上揉搓着，直蹭得乱糟糟起来，“晚上带你去个好地方。”

一路穿街过巷，到了地方林山一看便笑了：“红星饭店！怎么想起这儿了？”

“第一次跟你单独吃饭的地方，有纪念意义。”周致的手臂环住了她的腰，“进去吧！”

两人进了店里的雅间。桌椅板凳依旧很朴素，但可能因为精心打扫过，看上去十分整洁。

“我都不知道这店里居然还有雅间。”林山笑道。

“只此一间，可比丽晶还难预定呢，费好大劲。”

“看来你早有预谋了。”林山胳膊支在桌子上，托着腮帮子说，“现在人也到了，说吧，什么正事？”

周致不答。他环顾四周，笑问：“还记得第一次来我们坐哪桌吗？”

“当然记得，就那个角落那儿，现在那个胖子坐着的那桌。”林山透过半截玻璃门往外指了指。

“就像在眼前一样。”周致感慨，“那天是为了送华恒的划款指令吧！之前华恒的庆功宴没见到你，我就挺失望的，后来一打听才知道你扭了脚。想打电话问候一下，又觉得关系还没那么近，似乎有点突兀。后来那天听老宋说要给你送指令，可把我高兴坏了，赶紧撒谎说是顺路，把文件给接过来了。”

林山微笑不语，心里暖乎乎的。

“后来鼓足勇气说请你吃饭，你答应了，我是又高兴又忐忑。高兴的是你答应得很痛快，我想你应该是愿意和我在一起。忐忑的是你居然说想吃羊蝎子，我又觉得你兴许对我是没什么意思。想想那会儿那个悬心劲儿，再看看现在，真是幸福啊！”

“怎么？今天是忆苦思甜日吗？”林山调侃。

“差不多。程序是这样的，先回忆过去，然后再畅想未来。”

“唔，还有畅想未来？”林山突然一阵紧张。

“当然有，而且还不少呢！”

“有我的事吗？”

“肯定的。”

“需要我帮忙？”

“每一件都需要。”

“麻烦吗？”

“有些简单，有些可能会麻烦。”

“说来听听。”

“好，那你听着。”他拉起了她的手，“第一件就是，什么时候带我去C市见见你的父母？”

林山瞪大了眼睛：“你这是在……”

“对呀，”周致目光炯炯地看着她，“这就是啊。”

嗡嗡嗡，桌面的手机突然一阵震动，周致看都没看，按下静音推到了一边。可手机锲而不舍地响着，而且随着震动，又一步一步挪回了桌子中央。

“先接电话。”林山甜蜜地说。

“喂？”周致无奈地拿起了手机，话筒里立刻传来一阵急促的哇啦哇啦声，他的脸色骤然变了，“什么？你说是谁？”

林山盯着周致。

“怎么了？”见他挂了电话，她紧张地问道。

“是杨晓红，”他艰难地说，“现在在中兴东路支行的顶层。”

支行周围的交通被看热闹的人们完全堵塞了。周致把车停在了两条街以外，林山跳下车便一路狂奔，完全顾不上背后周致焦急的叫喊。

办公楼周围已经警戒了，到处是灯光闪烁的警车。楼前有几个消防员正在给救生气垫充气。林山拉起警戒线正要往里钻，便被维持秩序的警察挡住了。

“我是汇通的员工，楼上这个姑娘跟我关系很好，让我上去劝劝她吧，我一定能劝动她的。”

警察把她带到了大厅里，对正在跟警方交涉的办公室主任问道：“这是你们行的员工吗？她说她跟楼上那姑娘很熟。”

“林山？你跟杨晓红很熟吗？”他问道。

“很熟，谢主任，让我上去试试吧！”林山焦急地哀求。

“那赶紧，快去！刚抓了零售部几个人在上面劝着呢，你早在就好了！”

那位警官立刻带着林山来到了电梯旁。

“等等。”周致急匆匆追了过来，“我也一起上去。”

办公室主任见了他的影子，早一溜小跑跟了上来，边擦汗边说：“哎哟，我的周行长，老大刚打电话来，说现场都由您负责指挥。这楼下又是警方又是媒体，一堆急事都等着您拿主意呢！”

“你跟楼上那个女孩熟吗？”那个警官插嘴问道。见周致摇摇头，他训斥道：“那你上去干吗？一点用都没有啊！这个时候可不是谁官大谁说话管用的。”

“你别去了，留在下面吧。”电梯门开了，林山着急地走进去，扭头对他说道。

“你小心。”周致犹豫了一下，终于停在了电梯门外。

林山紧紧靠在了电梯壁上。看着显示屏上的数字不断增长，她刚才的勇气像是突然消失了，心“扑通、扑通”跳着，仿佛要挣出胸膛，两只脚也软得像面条一样了。

“害怕了？这种情况一般人碰上都会怕。”那个警官善解人意地说，“但你不能紧张，你得平静下来，好好想想怎么劝她。她最近碰上什么为难的事了吗？工作上、家里，或者个人情感方面，都包括。”

林山逐一回想，茫然摇了摇头。她已经有一段时间没和杨晓红见面了，实在不知道这中间发生了什么事情。她知道杨晓红心重，胆子又小，但能让对方崩溃到走上这条路的事情，她还真的想象不出来。

电梯停住了。他们又往上爬了半层楼梯，便来到了天台。通往天台的门大敞着，凛冽的寒风呼啸而过，整栋楼仿佛都微微晃动了起来。几个人稀稀落落站在天台周围，口中不断劝慰着，围栏最外面有个黑色的人影一动不动地站着，那就是杨晓红了。

林山按照警官的叮嘱，慢慢地走过去。

“晓红，是我，林山。”她轻轻说道。

杨晓红一动不动。

“你这是怎么了？听说你在天台上我都吓死了，我刚跟他们说，楼上这个姑娘是我妹妹，我想不通她怎么就做这种傻事了，我一定要上去问问，他们才让我上来了。刚陪我上来的那个警官还在问，你是不是碰到了什么困难或委屈，我说我也不知道，因为很久没跟你见面了。说这话我其实觉得挺害臊的，还号称是好姐妹呢，你指不定受了多大委屈才走这一步，而我居然一点都没察觉，这算哪门子的好姐妹呀！”

林山轻声细语地絮叨着，半步半步往前挪。

“我知道这会儿劝你也听不进去。我就想听你亲口跟我说说，到底是什么事让你走到这儿来了？过后也好告诉你妈妈。辛辛苦苦养大的女儿，一天福都还没享到，说没就没了，后半辈子的日子是别想好过了。但至少她得知道你是为了什么，不能都是糊里糊涂的。”

呜……呜……呜……杨晓红突然哭了起来。

“别哭，别哭！”林山看着她剧烈抽动的双肩一阵慌张，“有什么委屈过来跟我说说，没有什么是解决不了的。有的事情当事人觉得是个死结，其实根本就没那么严重，根本犯不着发那么大的愁。”

“这事谁也解决不了，谁也帮不了我。”杨晓红突然开口说道。

“不会的，相信我。你记得以前在零售部的时候吗？程总吼你那次？你当时也是觉得天要塌了。最后不也没事吗？”

“姐，你不明白，这次不一样。”杨晓红哽咽着说。

“是，事情可能会不一样，但都有解决的办法。这次是什么？

业绩完不成了？被调人力池了？挨领导的骂了？”林山焦急地一通乱猜，“但是不管哪一个都是干银行的常事，大家都是一样的啊！”

“姐，你别劝了，我已经想得很清楚了。我就希望以后不管你听说什么都一定要相信我，我是清白的。我可能是太笨，轻信了别人……”一阵哽咽，“但是我只是笨，我一点不规矩的事都没做过。”

“我当然相信你，你是个好孩子。你要强，但胆子小，不会去做不规矩的事。大家都知道你的为人，都会相信你……”林山见她在栏杆外动了一动，紧张地不断说着。

“姐，谢谢你，你老是对我这么好。我后悔后来听信了别人的话，总是想方设法避开你，结果弄成这样……这一辈子也就这样了，只盼着……下辈子再见面吧。”

就这样了，这就是最后一程了，这一世的缘分就要到此为止了。林山耳边响起了似曾相识的轻语。她仿佛重新来到了那片静谧的河滩，双脚被藤草一样的细沙牵绊着，全身一点力气都使不出来。

“别冲动，晓红，千万别冲动。”她慌张地说着，扑通一声跪了下去，“想想你妈妈，你让她下半辈子怎么过……”

“有我才没法过呢！我死了，一了百了，什么都清了……”她对她笑了笑，转过了身。

“不要，”林山向前伸出双手，语无伦次地呓语着，“晓红，求求你，不要……”

“呼”的一声，晓红的身影突然在天台上消失了。林山大脑一片空白，跟着便听见在很遥远的地方传来了一声歇斯底里的尖叫，绵绵不绝地响彻了天台。直到有人过来紧紧抱住她，轻轻掩住了她的嘴，她才意识到尖叫的正是她自己。她看着空荡荡的栏杆，两眼一黑，瞬间晕了过去。

六

林山休了病假。

她不能闭眼，只要一闭眼就会进入一个怪梦。梦里她仿佛陷入了失重的状态，整个人朝着一个无底的深渊不断跌落，任凭她如何手脚乱蹬，如何惊声尖叫都不会醒来，只在一片窒息的黑暗里不停向下跌落、跌落。

只有周致在的时候，她才能勉强睡上一会儿。他会守在旁边一直看着她，在她刚开始呼吸急促时便轻拍她手心，摇她的肩膀，直到她安全醒过来为止。而余下来的大多数时候，她都只是睁着眼坐在那儿，不断想着那件事而已。

杨晓红从楼顶坠落，被消防员提早准备的救生气垫救下后，就被急救车送入了医院，至今仍昏迷不醒。

在林山年轻的生命里，还未考虑过生死。晓红那张圆圆的脸不断浮现在她眼前，两个人短暂的交往就像电影一样一帧一帧在她眼前回放。林山想起了在新世纪实习第一次见她的时候，想起了她刚通过对公客户经理考试的时候，想起了她拿着项目过来问问题的时候。

“我这辈子都没这么高兴过。林姐你不知道你帮了我多大忙，我该怎么感谢你才好啊！”她幸福的声音在林山耳边响了起来。

转眼间，她又站在了天台上：“姐，谢谢你，你老是对我这么好。”

回忆周而复始，像滚滚的车轮一样来回碾压着林山的心脏，泪水便控制不住地从眼里涔涔而下。

“我就不该让你上去，这样的场景没人能承受得住。”看她这个样子，周致每每自责。

“是我自己非要去的。我以为我能劝得住她。”一阵钻心的痛苦，她把头埋在胳膊里又啜泣起来。

“别再哭了，看这两天眼睛都肿成什么样了。”他着急地说。

“我难受。”她哽咽着，“她就在我面前，我是有机会劝动她的，可我却给搞砸了。”

“这不怪你！当局者迷，一个人如果钻了牛角尖，是很难说服的。”

“这也是我难受的地方。如果我知道她为什么钻牛角尖就好了，可我到最后都不知道为了什么。”

周致站起身，踱到了窗户跟前。

“林山，有件事我一直想跟你说……”他慢吞吞地开口道，“其实在杨晓红出事前一天，我跟她谈过话的。”

“什么？”

“她之前报的小企业持续出问题，连续六户都逾期了，这你知道吗？”

“六户？”林山有些愕然，“我不知道，我完全不知道。小企业那边和我们是完全分开的，我们几乎没什么交集……”

“她自己也没有告诉你？”

林山默然摇了摇头。

“是了，她一定是不好意思跟你说的。”周致叹口气，“最近小企业逾期很多，她这儿虽然特别集中，但大家开始并没有多想，就只觉得她经验浅，看户不准而已。直到前一阵子，她客户里有三家企业给行里写了举报信。这三家老板是朋友，关系很好，想申请联保连贷业务。但联保连贷一般都是四户，据这几个人说，差的这一户他们自己凑不齐，客户经理就很热心地牵线介绍了另外一户企业进来。结果贷款到期，偏偏就是介绍的这户还不上钱，要另外三户代偿。这三户自然炸锅了，一气之下就把状告到了行里，说是客户经理私下收了骗子公司的钱，合起伙来坑了他们。监察部把问题转到了条线，我们就叫杨晓红过来了解了一下情况。”

“她怎么说？”林山紧张地问。

“她一口否认了。但我并不相信。”

“为什么不相信？这些都是企业单方面的说辞，他们为了推卸责任瞎编乱造的可能性很大啊！”

“你先别急，听我说，我不相信是有理由的。因为类似的事情之前就曾经发生过一次，那次也是杨晓红的客户。不同的是，那次企业是因为授信没批而过来大闹的。他们说客户经理私下收了钱，承诺帮他们在行里打点，结果最后事情却没办成。”

“那你们当时为什么不追究？”

“那个企业闹了一次之后就没下文了。行里只是听说有这么件事，自始至终没有接到任何实际举报。再加上当时吴晓悦刚从中兴东路支行辞职，人手实在是紧张，几方面因素综合，就没有深究。但这次的事情一出，我就觉得有些不对了。如果说这两次都是个例的话，那未免太巧合了。怎么在同一个客户经理身上连着出现这种情况呢？这不是太奇怪了吗？”

林山不语。她知道他说得对，这确实太奇怪了。

“所以，叫她来谈话的时候，我并没有太客气。为了问出实情，甚至……有意吓唬了她。”周致停下来看她一眼，“这是很严重的违规行为，我觉得为了了解情况，这些是有必要的。”

林山恍然大悟。她终于明白了杨晓红在天台上说的那些话是什么意思了。

“晓红不会的。她是缺钱，也很想挣钱，但她很老实。你刚刚提到跟企业要钱的那两件事，她既没那个心眼，也没那个胆量。更何况那天她亲口跟我说，她没做过不规矩的事。人都决定要去了……”她不由得又哽咽了，“怎么还有可能说谎呢？”

“是，当天谈话的时候她也这样说过。”周致凝视着窗外，“她说，对企业说的这些完全不知情，她所有的客户都是吴晓悦介绍的，她从来没有拿过任何一分钱。”

“吴晓悦？”她的豪车美服，她阔绰的出手，她突然拔高的消费，这些一一闪现了出来。电光石火间，林山突然意识到了什么。

“吴晓悦。”周致点了点头，“我这几天一直在想，她把这些小企业都介绍给杨晓红，自己在授信资料上不签字，不分业绩，择得干干净净是为什么？纯用好心能解释得过去吗？一定不是。她的目标根本不是那点业绩，而是跟企业要的好处费。可对企业而言，他们分不了那么清楚。杨晓红和吴晓悦都是他们的客户经理，两个人户一起做，事一起办，那么钱自然也是一起分了，所以举报时都用‘客户经理’一并代指了。这些杨晓红应该是意识到了，但她觉得没有实证，不敢贸然乱说，只好含蓄地说强调客户都是吴晓悦介绍的。”

我只是笨，但我没有做过不规矩的事，杨晓红的话在林山耳畔响了起来。你不是笨，你只是没想到人心会这样坏啊！林山心里叫着。

“我知道你们一定不会信。”林山绝望地说。

“字是她签的，业绩都在她名下的，现在突然说客户都是别人介绍的，把责任都推到一个离职的人头上，要你你会选择相信吗？”

“我知道了。她一定也是觉得说不清，所以才钻了牛角尖。”林山痛哭，“这些你为什么不早告诉我？那天我上天台之前你该告诉我啊。如果我知道了这些事情，劝她的时候针对性会强一些，她也许就不会跳下去了……你为什么现在才说啊！”

“林山，你体谅一下我啊，我当时也不能确定她为什么要跳楼。我是跟她刚谈过话，但也许她是因为其他问题想不开呢？那我主动把自己和这件事关联在一起，除了让舆论对自己不利之外，还能有什么意义呢？我刚刚提职，不愿意跟这种事有什么关系，或让别人产生什么联想啊。”他过来半跪下来，把头埋在了她的膝盖上，“而且我当时是想要一起上去的，就是想看看是不是能帮上忙，可后来还是被拦住了……”

“周致，这可是人命关天的事情啊。”

“我知道，我心里也很不好受。所以我这两天一直都在协调，想给杨晓红安排最好的医生。”他拉住了她的手，“别怪我，我没想到会这样。”

“我不知道，我现在什么也不知道。”林山的心乱极了，理智告诉她周致的处理情有可原，但情感偏偏又强调这样选择的不可饶恕。

“你先去单位吧，我想单独待一会儿。”她疲倦地说。

周致没再说什么，顺从地站起身离开了。

林山独自一个人待在房间里，怔怔地想了半天，也起身换了衣服走了出去。

德众银行，营销三部总监办公室，吴晓悦从宽大的皮椅里站起来，满面春风地迎接林山：“稀客稀客，什么风把你给吹来了？”

“杨晓红跳楼了你知道吧？”林山开门见山。

“听说了！真把我吓了一跳。你说好端端的怎么突然出了这么档子事呢？”吴晓悦啧啧惋惜，一面暗暗打量着林山的脸色。

“她手里的客户最近连着逾期，六户全都出了问题。”

“真是个实心眼的人。经济不好，到处都在冒不良。逾期几千万上亿的都好好活着呢，她这是何苦呢！”

“人和人不一样。有些人脸皮厚，做了缺德事也能逍遥自在。她不行，胆子太小了。”林山面无表情，“这你应该清楚的。”

“我？为什么我清楚？”吴晓悦依旧笑吟吟的，起身关上了办公室的门。

“我不跟你兜圈子，你该知道我为什么来这儿。晓红的客户都是你介绍的，现在一个跟着一个逾期，你能说自己一点责任都没有吗？”

“什么？我有什么责任？她没资源，担心完不成业绩，我觉得她可怜才帮她一把的。这些企业我介绍给她的时候可都是好好的，经济下行，企业大片地倒，这我有什么办法？拿业绩的时候不吭声，出了问题倒要怪到我头上啊？”

“你不用装了，你压根没安好心。你觉得她没经验，所以把这些乱七八糟的客户都给她做，自己却择得一干二净。其实无论经济下行与否，这些客户都是烂户，早晚都要出问题的。”

“我给她介绍客户，业绩分文不取，就为了把她坑了？干这种损人不利己的事我图什么？”

“企业的好处费！”

林山站起身走到衣架前，用两根手指捏起Maxmara大衣的衣领、Burberry背包的袋子以及羊绒围巾的一角，依次摔在了她的办公桌上。“这些都是怎么来的？人血馒头吃得痛快吗？”

吴晓悦的脸色骤然变了。

“我警告你，别胡说。你有证据吗？”

“企业已经举报了，行里早晚会彻查，你等着吧！”

“行里？好啊，来查啊，我等着！”吴晓悦轻蔑地说。

林山立刻明白了她的意思。她已经离职了，行里不会为了这总额两千万元的逾期跟一个离职的人大动干戈的。

“怪不得当初走得那么急，一定是嗅到了东窗事发的苗头吧？我猜就是企业授信被否决来行里闹的那次。对吗？”

“林山，我待你客气，你可别蹬鼻子上脸。现在别说你，就算是汇通也管不着我，有本事你去请公安调查我，没本事就给我出去，少在这儿胡说八道！”她双手撑着桌子，整个身体前倾，面目狰狞。

“我肯定要走的，我看见你就想起你干的缺德事，简直一刻都待不下去。但走之前我得让你知道，你也许能逃脱责任，但命运很公平，你的名声已经彻底完了。大家都不傻，你干的那些伎俩汇通已经传开了，你觉得传遍银行界还会远吗？你以后就是银行界的一堆垃圾，人人会避之不及。大家面上依旧会跟你客客气气，可转头就会呸一口，骂一句什么人品！你以后路会越走越窄的，不信我们走着瞧！”林山像个巫婆一样说道。

林山开始就知道，吴晓悦被追究的希望十分渺茫。但只要能把这些恶毒的言语一箭一箭射进她那已经被自私包裹得严严实实的心里，让她余生想起来就不痛快，那也算不虚此行了。

吴晓悦果然被彻底激怒了：“姓林的你算老几？凭什么跑到我这儿来扯七扯八的？你知道你自己多让人讨厌吗？总是一副高高在上的样子，好像自己有资格评判任何人！杨晓红后来为什么躲得远远的，什么都不跟你讲？你自己还觉不出味儿来是吗？要我说，你才是造成她走上这条路的原因，不信就看看盛大泵业！”

林山下意识要开口对骂，但马上被盛大泵业这个名字转移了注意力：“盛大泵业？”

“对！就是盛大泵业！你自以为是，因为是你主动清退的，为了自己面子，就一直坚持说它有问题，连报送的机会都没给她。不管她适不适合营销，懂不懂信贷，你硬把她领进了门，然后又摧毁了她的全部信心，让她走投无路。她跳了楼，你难道就一点责任都没有吗？”

“你胡说，盛大泵业现金流有问题，我是怕有风险，我是为了她好……”林山不由自主地辩解。

“你觉得自己干审查很专业，所以整天把风险写在脸上教训人是吧？你就没看错的时候吗？你要是看错了是不是也要负责任？”吴晓悦的脸凑过来，咄咄逼人地说着，“你去看看，自己去看看，盛大泵业现在是什么样子！”

说完，她抱着肩，冷笑着坐了下来。

七

林山来到了盛大泵业门前。

正是下班时间，川流不息的人群不断从办公楼、车间拥出，从林山身边挨挨蹭蹭地通过。她浑然不觉，只顾盯着大门上“安泵集团盛大泵业有限公司”的新招牌发愣。安泵集团，南方最大的泵业制造集团，沪深300成分股之一。它收购了盛大泵业？

“这不是林山吗？怎么这会儿来我们这儿了？”有人热情地拍了拍她的肩膀。回头一看，正是盛大泵业财务部一直打交道的耿云。

“耿姐，”她像抓住了救命稻草，“你们被安泵收购了？”

“对呀！”

“什么时候的事？”

“就前半年吧。安泵注资八个亿，现在是我们的控股股东了。”耿姐的语气十分自豪，“人家国际市场做得可好了，大单一个接一个。就是看上了我们厂的底子好，技术和设备都是没问题的，所以想在这儿建一个最大的渣浆泵生产基地呢。”

“可回款呢？应该还是不太及时吧？”林山急切地问。

“回款？现在安泵实行的是统购统消模式，我们的产品都是卖给总部。一家子嘛！结算很灵活的。我们需要的时候他们就给打点，不需要就先欠着。这块现在基本不用操心了。”耿云话匣子一开就收不住了，“人家上市公司就是好。从他们进来啊，我们员工的工资都是按月发，五险一金也都给按时缴……”

林山失魂落魄地回到了车上。

要是你判断错了呢……你是不是该负责任？这话像老鹰一样在林山的脑海里盘旋着，盘旋着，时不时俯冲下来，啄痛她已经混乱的神经。她只觉得天旋地转，终于忍不住伏在方向盘上，放声大哭起来。

半个月后，精神依旧委顿的林山终于回到了单位，发现杨晓红似乎已经在同事们的生活里完全消失了。没有人提及杨晓红，也没有人问她什么时候出院，更没有人在意她出院后，准备去哪里。

人们的注意力已经被另外一个突发事件占据了。银监局两天前突然进入 H 分行进行非常规检查，重点是风险评级和小企业业务，针对性之强，让人不由得怀疑是得到了什么内部信息。雷行长掐得好算得准，提早完成了胜利大撤退，但周致和傅维衍都还在。登高跌重向来是大众喜闻乐见的戏码，全行因此进入了一种高度亢奋的状态。

林山发现周致的情绪变得十分低落。以前他也碰到过困难，业绩压力大，雷行长责难，关系搞不定等。他会怒骂，会自嘲，会嬉皮笑脸地发牢骚，但从不会像现在一样，长时间地窝在沙发里，一言不发地沉思着。

“你怎么了？”林山心里还在为杨晓红的事情责怪他，即使忍不住关心，语气都是淡淡的。

“没什么。”他丝毫没有注意到她语气里刻意放进去的生硬，没注意她出来或进去，也没注意到她警惕和担忧的神情。他只是像突然被惊醒了，冲她温柔地笑笑，随即便又回到长长的沉思中。

林山像被隔绝到了一道门外。这么久以来，她头一次替周致感觉到了自己的没用。

这天晚上，林山因为加班被几个要好的同事扯出去吃饭。席间，银监局检查这个热门话题又不可避免地被提了起来。

“傅维衍这次估计完了。他本身也没什么根基，不过是靠雷行长才来 H 省提了职。一朝天子一朝臣，雷行长这一走，保护伞没了，再摊上这事儿，新行长巴不得把他推出去顶缸呢。”

“也不算顶缸，本来他就搞了，就算最后挨处分也不冤枉。”

“看你说的，雷行长让你做，你敢说不做？不记得风险部顾总为什么辞职了？”

“哎，那倒也是。光羡慕人家年纪轻轻升官，你看看里头这些风险，也不容易着呢！还不如我们这些小兵，虽然没权没势，但好歹过得心静。”

“你这就是普通老百姓的自我催眠。不管到什么时候，那肯定还是当领导好啊！傅维衎要栽，那只能怨他自己背景不行。你看人家周行长，肯定不会有事。”

“他怎么就肯定没事呢？”

“笨啊！忘了人家背后的女人了！”

几个人你一言我一语，说到这儿心领神会地一齐笑了起来。

“什么意思？”一直沉默不语的林山忍不住问道。

“咦，这个八卦你都不知道？你是汇通的员工吗？”大家惊讶地看着她，像看着外星人。

“八卦速度日新月异，我可赶不上。”林山勉强笑道。

“闭塞！今天给你普及一下吧。周致和冯雅南是一对儿，他背后的女人就是冯雅南，明白了吧？”

“大新闻啊！你们怎么知道的？”林山尽量不动声色。

“还新闻呢！全行老早就已经传开了。冯雅南整天泡在周致的办公室，两个人动不动就一块办事、出差什么的，这公司部的人都知道。最厉害的一次是在C市，据说周致喝多了，是冯雅南送到房间的。你猜怎么着？”说着笑了起来，“有人撞见冯雅南第二天一早才从他房间出来！”

“嗬，还有这么回事啊！”林山低头数自己碗里的饭粒。

“就这一句就得了啊？”大家不满地抱怨，“这人真没劲！面对八卦一点都不能响应大众情绪，下次什么都不告诉你了。”

“算了算了，看她这样子，还没从上次那事里缓过劲来呢。咱们说咱们的。”有人打圆场，“其实人家男未婚女未嫁，两人你情我愿，挺登对的。”

“登对什么啊！你看冯雅南整天劲儿劲儿的那个样子。仗着老爹本事，眼睛长在头顶上，可惜了周致这么一大好青年了。”

“可惜？这个大好青年，正是娶了冯雅南才算是没浪费呢。那绝对是如虎添翼、前途无量、鲜花着锦、烈火烹油……”

大家嘻嘻哈哈成一片。

林山站了起来：“我吃完了，回去接着干活，你们继续。”

从餐厅出来，她开车径自来到了周致家。他要去新加坡参加为期半个月的干部培训，机票是晚上十点多的，现在应该在家收拾。按了两下铃，门很快便开了，让她大吃一惊的是，雅南探出了身子。

“你啊，有事吗？”她扶着门框，大大咧咧地问道。

“周致呢？”林山强忍着脸上肌肉的抖动问道。

“不在。”雅南转身往里走去，“他在单位。”

林山站在门口，从兜里掏出了手机。

“不用打了，银监正找他问话，他不会接的。”雅南轻车熟路地从冰箱里拿出一罐饮料，边喝边说。

“那你在这儿干什么？”林山按掉了电话走了进来。

“我啊？他肯定来不及回来了，我来帮他取下行李。”

林山没答话，屋里一时间安静得让人尴尬。

“银监局检查的事你知道吧？”雅南半靠着餐桌问道。

“知道。”林山站起身准备离开。

“那你也该知道这次很严重吧？”雅南追问，“银监局发了通报，恒信银行C省分行是一样的问题，通过给关联企业放贷款掩盖不良，现在一把手已经被撤职了。”

“所以呢？”林山停住了脚。

“所以周致这次压力很大，所以他心情很不好，所以你既然帮不了他，就不要矫情来矫情去，为一些莫名其妙的事情去烦他。”

林山的心一阵刺痛。矫情，莫名其妙的事情，这些论调似曾相识，周致在吵架时也曾经说过的。这些从雅南嘴里说了出来，周致是不是曾和她谈论过？

“这是我们两个的事，不用你来指手画脚。”林山硬邦邦地说完，转身便往门口走去。

“好，你请便。”雅南做了个无所谓的手势，“反正你本来就是个自私的人，就算眼睁睁看着周致断送了前程也是无所谓的。

“你什么意思？”

“我的意思一直没有变，就和我们上次谈的时候一样。”

林山深吸一口气，转身又回到了雅南面前。

“我只问你一件事，你如实告诉我，很多事……我都会重新考虑。”她身体有些控制不住地哆嗦。

“说吧。”雅南抱起了手臂。

“之前在C市调研，周致喝多了，你送他回房那次。”她艰难地说道，“你，你到底有没有留下来……”

“过夜？”雅南歪着头询问，见她点头，随即干脆利落地答道，“有！”

“不可能，”林山有些结巴，“你这么想和周致在一起，如果……有的话，早就跑来告诉我，好叫我离开了。”

“很简单。我之所以没跟你说，是因为周致告诉我他已经跟你坦白过了，你们之间完全没问题。我当时还在想，你这么较真的人居然放过了这件事，也真是下了决心要套住周致了。到今天我才知道，原来他没说。”

“你说的都是真的吗？”

“保证真的。不过，其实我保证没什么用对不对？”

“我可以再问周致。”

“可以。但我猜，不管他怎么说，其实也没什么用对不对？”雅南十分轻松。

她说得不错。

疑心已经生了出来，一切不复如前，所有的求证也跟着没意义了。林山心下黯然，绝望地转身走了出去。

她的辞职是两天后提起的。因为裸辞，在周围引起了一阵不大不小的轰动。

“为什么？”傅维衎不解地问。虽然自己官司缠身，但忠厚的他仍然分了一部分关心给下属。

“因为……”林山耸了耸肩，“世界这么大，我想去看看。”

傅维衎无奈地笑了。

“看看也好。但别走太久，回来依然有竞争力。”他好心嘱咐。

“知道了。”林山笑了，“你呢？会继续留在H分行吗？”

“不会。”他摇了摇头，“我只是在尽最后一份职责。这个检查一结束，无论好坏，我都要回家了。”

“那，祝你拿到一个好的结果吧！”

傅维衎笑笑，两个人握了握手，林山便离开了。

离职申请表全部签完的那天，周致从新加坡打来电话。

“最近这两天好吗？”

“挺好。”

“项目多吗？忙不忙？不要太拼了，项目总是审不完的。”

“我知道。”

“我这里都很好。气候还可以，吃得不错，住得也还行。”

“嗯，那就好。”

“你怎么了？声音听着有点闷呢？”

“没什么，可能有点累吧。”

一阵沉默。

“那你早点休息吧，我先挂了。再有四天就回去了。”

“好。”她犹豫了一下，最终还是加了一句，“你保重。”

林山开着车，漫无目的地在灯火通明的城市走着。夜色很温柔。四月的风和软得就像情人的手，拂过嫩黄的树梢，沙沙响成一片。不知不觉间，她来到了中兴东路支行门前，站在了暗黄的路灯下。

这座略显破旧的建筑像往昔一样，静静矗立在那里，红底黑字的招牌、液晶屏上无声滑过的广告词，就跟她初次见到时一模一样。

是这里了，这就是她的起点。

她仿佛又回到了那个炎热的八月，躁动的蝉鸣声中，一个对银行一无所知的女生手持报道函，误打误撞进入这个行业。她看到她坐在五号窗口，努力露出八颗牙齿，对顾客说您好；她看见李敏扬起手里的皮筋，教她黄色代表二十、红色代表五十；她看见张樊带着她，西装革履地站在马友逼仄的小店里；她看见黄莉和李会明两个人，提着装满授信资料的布袋，说笑着走进营销科来。

这是一个最难忘的时代。无论好坏，这个时代无疑都是金色的。几年里，在资本和杠杆、金钱和欲望交织的洪流中，数不清的人怀揣着各式各样的理想沉沉浮浮，有人扬名立万，有人折沙沉戟。而她，在命运的安排下，在自己最好的年华里参与和见证了这个时代。所有这一切，都将牢牢镌刻在她的生命中，并最终成为难以忘却的过去。

“再见！”

林山再一次深深凝望了这里的一草一木，依依不舍地离开了。

尾 声

五月份的Z城骄阳似火，俨然已经进入了炎夏。

林山从一树一树的樱花下走过，到达致公大道顶头时，后背已经沁出了一层细细的汗。她来到一个饮水池旁，按下按钮，一股细流喷涌而出，在天空中划出一道优美的弧线。俯身咕嘟咕嘟喝了几大口，身上瞬间凉爽了许多。几只被喂得肥肥胖胖的白鸽也趁机飞了过来，凑近她的脚边轻啄着池底的残水。

致公大道的樱花是Z大著名景观，不输武大樱花。长达两千米的人行道两旁种满了樱花树，一到了花季便绽出深深浅浅的粉色，轻如烟雾，美若梦境。此刻，大道上游人如织，挤满了全国各地慕名前来赏花的人们。

“闺女，能帮我们照个合影吗？”一对老夫妻凑过来问道。

“好啊。”林山痛快地接过了相机。

这老两口头发花白，看上去至少有六七十岁了，但却精神矍铄。两人一律白裤子加红色POLO衫，就像马上要出镜做保健品广告似的，不停对着镜头做出心形、胜利等年轻人常用的姿势，神情专注又认真。林山被逗乐了，“咔嚓、咔嚓”一连拍了数十张。

拿过相机，老太太戴上老花镜逐一认真看了一遍，满意地笑了："谢谢，拍得真好！我们老两口这么大老远来一趟，能多拍点照片最好了。"

林山听她一口北方口音，随口问道："您哪里来的？"

"A 市的。我们是 A 钢的退休职工，单位组织我们来旅游的。A 钢您听说过吧？全球五百强……"老太太十分自豪。

林山愣住了。

"你看你，全中国的人都得知道你 A 钢啊！"老头见她表情茫然，扯住老太太的袖子，一边走一边道别，"闺女，谢谢啊，再见！"

林山愣愣地在原地杵了一会儿，直到那两个人的背影消失在了熙熙攘攘的人群中，这才捡起刚刚扔在脚边的背包，木然地往前走去。

A 市、A 钢，思绪的大门被骤然打开了，回忆一下子奔涌而来，挡都挡不住。有多久了？清晰得像昨天一样呢！她暗自叹了口气。

林山来 Z 市已经快一年了。

辞职后，她重新回到校园，到 Z 大法学院读了研究生。她离开得很彻底，换了电话号码，和 A 市所有的朋友和同事都切断了联系。她对自己的心肠照样狠硬，就像以往一样，为了防止反复，总要先把所有的念想都断个干干净净。在这一点上，这个选择与其说是为了充实自我，倒更像是一场放逐之旅了。

她攻读的是民商法方向，是跟金融实践最相关的专业。周致已经在她几年的银行工作中留下了深深的烙印，选择这个专业，算是对爱情的决绝之余留给过往的一些藕断丝连。研究生阶段的课程并不紧张，在读书和做课题之余，她还找了一家律师事务所实习。有几次碰上了银行的案子，看到其中的曲折处，她总是会心一笑，仿佛重新跟着这些同仁们授信、放款，从头做了一遍业务一样，有一种心洽意融的感觉。

她的手机里也保留了以前那些债券、信托等金融圈的APP，每天都要习惯性地翻一翻。从去年冬天起，经济下行趋势越来越明显，企业的日子也越来越难过。十月，公募市场的阳能债无法兑付中期票据的到期利息；十二月，金源债、汇鑫债两只私募债相继违约；今年二月，泰华煤炭无法兑付汇银集合资金信托计划到期本金；三月，国企抚元钢铁短期融资券债务违约；五月，央企下属子公司吉英能源违约。风险在全方位地蔓延，债券市场、信托市场的刚性兑付惯例，国企央企不会违约的信仰，都被逐一打破了。

与此同样惹眼的，是政府去杠杆的决心。新年伊始，监管部门重拳出击，连续出台了一系列文件，一口气对资管银信委贷债券同业都进行了清理整顿。业内还没在这一连串的打击中清醒过来，标志着金融新纪元的资管新规又咚咚落地了。影子银行被打破了，所有创新的融资渠道都被堵死了，监管机构要穿透层层包装直抵核心，强制引导所有资金回归到本源——实体经济上来。

纠结与挣扎，强大的决心与现实的暗流集结，风狂雨骤。坐在教室里的林山，隔着屏幕依旧感到了这种惊心动魄。她忍不住回想起她批过的那些企业，想起以前那些领导和同事们，现在他们又在做怎样的应对呢？而今天，这一对A钢来的老夫妻就像是某种预示一样，勾起了她更深处、更想要避开的那部分回忆。两年了，他怎么样了？该把她忘得一干二净了吧？那个她……总该在一起了吧？依旧有一种钝痛，隐隐蔓延开来，冷不防就占满了林山的整颗心。她木然走着，不知不觉中已经来到了图书馆。

“丁零零……”包里的手机骤然响了起来，在寂静的图书馆里分外刺耳。她像被惊醒了一样，抱歉地对众人点头示意，然后匆匆走到了外面。

“在上课吗？方便讲话吗？”是爸爸打来的。

“方便。怎么了？您怎么这个点打电话？”

“有件要紧事，着急告诉你一声。刚才华恒悦府打来了电话，说咱们这栋楼的房产证终于要下来了，下周一、周二办。你赶紧回来一趟吧。”

林山握住话筒的手微微颤抖起来：“必须我回去吗？不能代办？”

“不能。问过人家了，房管局不认。说除非有公证过的委托书，否则必须本人来。”

“好，我知道了。”她低声说道。

动车风驰电掣地向北疾驰，窗外的景色快速交替。起初是连绵的青山、纵横的水路和阡陌，慢慢便被越来越平坦的地势代替了，大片大片金色的麦田扑面而来。林山心里默默地数着，宝坞，碧源，然后是落川，再然后……就是A市了。A市火车站，以前成百次从这里出发看企业的地方，当林山的脚再次踏上这里坚硬的大理石地面时，心不由得随之狂跳起来。近乡情怯，哪怕只是短暂的停留，被勾起的回忆也足以让一个人再次心潮澎湃了。

来到预定的酒店，安顿好之后，林山先给房产中介打了个电话。两年前，辞职离开A市的时候，她只去看了一趟黄莉。在经历了一系列麻烦的内忧外困之后，黄莉的电池厂最终还是低价卖掉了，接手方正是之前觊觎良久的那个老板。厂子卖掉了，房子和车也卖掉了，外债的窟窿还是没有填够。林山知道黄莉艰难，想把空下来的房子给她住，却被她坚决拒绝了。

“知道你是好意，但不是这么个帮法，蹭吃蹭住，你们能帮我几年？三年？五年？还是一辈子？最后还是要靠我自己不是？我现在找了新工作，收入慢慢稳当了，每月除了生活开支还能还一点债。每月还一点，每月还一点，总有能还清的时候。反正一辈子呢！”黄莉这样说的时候，已经彻底脱离了金融行业，在一家通用民航公司找了一份销售的工作。林山只好把房子托管给了中介。当时逃也似的走了，这些杂事一概不放在心上，怎么租，租给谁，多少钱，全权都由他们去负责了。这次回来，一直悬着心的父母千叮咛万嘱咐，交代她一定要到房子那里查看一趟。

“没人看着，指不定给糟蹋成什么样了呢！背着你卖了你都不知道。”家里人这样感叹道。

于是，林山把这当成了头等大事，刚一安顿好就跟中介约了时间。

“没问题！您想什么时间都可以，定下来我通知房客就行。我一会儿就把备用钥匙给您送过去。”中介信心十足地说道，“我们很负责任，不是什么人都随便租的。给您找的这个房客，真是特别有素质，对这房子比一般的房主还要爱惜。我们中间也检查过几次，啧啧，绝对没得挑……”

“那就跟人家定一下，晚上七点吧。”林山看了看时间。

简单休整了一下，在附近吃了点东西，出来见餐厅旁边正好有一家汇通的支行，装修簇新簇新的。什么时候在这儿开了家新支行？这周围连个居民区都没有，个金业务可不那么好干，她习惯性地想。

顺便拐进去取了点钱。虽然离职这么久，但依然还是汇通的忠实客户，从银行卡到网银到 APP，都用习惯了以前那一套。

“呀！”旁边的女孩子突然大叫一声，同时把柜员机拍得“砰砰”作响。

“别拍了，拍也不顶用。”林山过去问，“怎么了？”

“我明明取五百，可这机子只吐出来四张。这可怎么办啊！”女孩焦急地环顾四周。

“不用着急，你明天上班时间过来，直接跟柜台报错就行了。”

“他们会还我？不用什么证据吗？我这手头什么都没有啊！”

“放心吧。一般日终会清点柜员机，如果确实有长款，数目跟你说的又相符，他们一定会给你的。”

“真的吗？”女孩拍着胸口，半是放心半是疑惑地问，“你是这银行的？”

“唔……算是吧。”林山答道。

从支行出来，已经六点半了。天色渐暗，她散着步，慢悠悠朝着华恒悦府的方向走去。空气温暖而干燥，春风中夹杂的柳絮让她的脸颊微微发痒，路边的碧桃长满了碧绿的叶片，花朵就要败了。

来到家门前，看了看时间，马上七点。她轻轻按了几下门铃，并没有人响应，于是按中介交代的直接用备用钥匙开了门。按亮电灯的那一刻，她瞪大眼睛愣在了当地，一动都不能动。

她是在做梦吗？为什么这里的一切，竟然都没有变化？

餐桌上铺着淡黄色的桌布，咖啡杯静静伫立在茶几一角，沙发上的靠枕还是熟悉的蓝底红花。一切就像她以前住在这里的时候一样，仿佛她从未离开过。她神思恍惚地在房间里游走，手在木桌上、书架上、挂钟上一一拂过，突然被小茶几上的一样东西吸引了。

那是一张精美的木框。里面摆放的不是相片，而是一张有些皱巴巴的纸，看上去极不协调。她走近了，走近了，最终看清了。那上面写着：“基于平等自愿原则，当事人周致及林山现约定如下：林山通过国家正规发行的彩票产品中奖，且奖金达到一亿元（含）以上，是解除双方恋爱关系的唯一有效条件。除该条件外，任何其他解除双方关系的行为均为无效。”底下的两个签名，一个龙飞凤舞，一个细弱潦草。外面一阵响动。大门被打开了，脚步声由远及近，最后在她身后几尺的地方停住了。

“你回来了。”一个熟悉的声音温柔地说。

林山没有回头，手里握着那个木框，已经泪流满面。

窗外，暮色四合，许多人家的灯已经一盏一盏地亮了起来。